W0314745

Querverlag

Jasper Nicolaisen

ERWACHSEN

ROMAN

Alle Charaktere, Schauplätze und Handlungen in diesem Roman sind frei erfunden. Ähnlichkeiten mit lebenden und toten Personen sind unbeabsichtigt.

Umschlag und grafische Realisierung von Sergio Vitale.

Druck und Weiterverarbeitung: Finidr
ISBN 978-3-89656-276-0
Printed in the Czech Republic

Bitte fordern Sie unser Gesamtverzeichnis an:
Querverlag GmbH
Akazienstraße 25, 10823 Berlin
www.querverlag.de

Kein Hindernis aus Stein hält Liebe auf.
Was Liebe kann, das wagt sie auch.

– Shakespeare, *Romeo und Julia*

N'oubliez pas de me rendre mon crayon.

– Thomas Mann, *Der Zauberberg*

1

Thomas stand auf Clemens' Beerdigung herum. Katha verbarg das Gesicht in den Händen, während Mau-Mau ihr die Schulter rubbelte. Mit der anderen Hand tippte sie Beat an, der auf sein Handy schielte. Die Parteispitze bildete lose Grüppchen. Der Vorsitzende sah auf die Uhr, dann zu Thomas und hob die Hand zum Gruß. Thomas nickte ihm zu.

Leute aus der Agentur waren gekommen. Vermutlich hatte es eine Rundmail gegeben. Bis hinunter zum Praktikanten trugen alle Schwarz und sahen verkleidet aus. Alle Jungs unterhalb vom Juniorchef trugen Turnschuhe; die Mädels besaßen offenbar durch die Bank dunkle Schuhe mit flachen Absätzen. Im Gegensatz zu den Jungs hatten sie die Gelegenheit genutzt, Accessoires auszuführen, die man nur bei einer Beerdigung tragen konnte: einen Hut, eine Stola, schwere geerbte Ohrclips.

Ein Auto kam den Kiesweg hinauf. Der taubenblaue Mercedes musste fast ein halbes Jahrhundert alt sein, war aber tadellos gepflegt. Thomas schloss die Augen.

Die Sonne scheint ja, dachte er. Er hielt das Gesicht in die Wärme und holte tief Luft.

Im Trauerraum ging die Musik los, die Clemens sich gewünscht hatte.

Morgenlicht weckt meine Seele auf / Ich lebe wieder und bin frei

Hinter den geschlossenen Lidern kamen Thomas jetzt die Tränen. Er schluckte schwer. Das Knirschen der Räder kam näher und verstummte. Der Motor erstarb. Türen knallten. Thomas fuhr zusammen.

Und die Tränen von gestern wird die Sonne trocken / Die Spuren der Verzweiflung wird der Wind verwehen

„Na, mein Junge."

Thomas blieb die Luft weg, als Edgar ihn umarmte. Er öffnete die Augen nicht.

„Hallo, Papa."

Edgar drückte ihm einen Kuss auf die Wange. Die Lippen waren nass, und der Bart stachelte. Er roch nach Bier und Lederjacke.

Alles ist wie immer, dachte Thomas. Nichts hat sich geändert. Seit ich ein Kind war, hat sich eigentlich nichts geändert.

Er schluchzte und erschrak selbst darüber.

Ich sehe die Wälder meiner Sehnsucht / Und den weiten sonnengelben Strand

„Na, dann wollen wir deinen Mann mal unter die Erde bringen", sagte Edgar und schob sich an ihm vorbei. Und als hätte die ganze Versammlung auf dieses Signal gewartet, war jetzt Räuspern zu vernehmen, Schritte, Kleiderrascheln und Schnäuzen, als die Trauergemeinde an Thomas vorbei nach drinnen ging, der noch immer mit geschlossenen Augen dastand.

Die Musik verstummte.

„Wir können dann anfangen", sagte Edgar leise zu irgendjemandem, der anscheinend auf diese Art von Anweisungen wartete.

Thomas wusste selbst nicht, worauf er wartete. Dann fiel es ihm ein: auf Clemens.

Aber Clemens war vor einem Monat bei einem Autounfall gestorben und würde ihn nie wieder an die Hand nehmen und irgendwo hinführen. Dreißig Jahre hatten sie sich gekannt und oft geliebt, und Clemens war immer derjenige gewesen, der Thomas an die Hand genommen hatte. Jetzt stand er alleine und schaffte es nicht, sich umzudrehen.

Die Sonne schien ihm immer noch ins Gesicht, und dass da eine tröstende Wärme war, als streichelte ihn jemand, machte

Thomas so froh und traurig zugleich, dass er schon wieder schluchzen musste.

„Thomas? Kommst du dann?", rief Edgar.

Thomas hörte Füßescharren, Flüstern und Husten. Die Unruhe galt ihm.

„Ja, gleich", wollte er sagen, aber die Worte blieben ihm im Hals stecken. Er schluckte schwer.

Ein Musikfetzen plärrte los.

Ich ficke deine Mutter ohne Schwanz / Ich rauch dein ganzes Leben in 'nem Blunt

„Beat!", schrie Katha.

„Du makst dem jetzt *sofurt* out!", knurrte Mau-Mau hinterher.

Fick dich, du Hurentochter / Fick dich, du Hurensohn / Ich hab dafür gezahlt, also tanz!

„Ja, okay! Ey, ich bin hier auf 'ner Beerdigung. Ich ruf dich später zurück." Beat traf so haargenau das Register zwischen „gelangweilt" und „aggressiv", wie es nur Teenager können.

„*Sofurt!*"

„Sorry."

„Du machst das jetzt aus!"

„Ja-ha."

Vereinzelt wurde gekichert.

Edgar räusperte sich vernehmlich.

Jetzt traute man sich zu lachen. Jemand klatschte ein paarmal in die Hände.

„Thomas, wir warten hier alle auf dich. Kommst du dann auch?"

Es war Edgar deutlich anzuhören, wie sehr er die Situation genoss. Genau so hätte er auch auf einer seiner Vernissagen vor den Kameras stehen können.

Thomas beugte sich vor und kotzte sich auf die Schuhe.

Zum schwarzen Anzug trägt man ausschließlich schwarze Schuhe, dachte er. Das hatte er, wie vieles andere in Stilfragen, von Edgar gelernt. Natürlich hatte er es nie so perfekt umsetzen können wie der weltweit renommierte Fotokünstler Edgar Edel.

„Langweilig muss es trotzdem nicht sein. Wir sind ja keine Spießer. Stiefeletten!" Er rang nach Luft und kotzte gleich noch mal drauf.

„Das", sagte Beat, „ist ja echt mal *superpeinlich*!"

„Du hörst *sofurt* auf, dem zu *filman*!"

„Nur 'n Foto."

„*Sofurt!*"

„Der Junge erkennt halt ein gutes Motiv, wenn er eins sieht", sagte Edgar.

Bänke wurden gerückt. Irgendwas fiel um. Aufgeregtes Geraune. Absätze klackerten näher.

„Thomas!"

Er öffnete die Augen, blinzelte und wischte sich den Mund ab. Katha riss ihn in ihre Arme.

„So eine Riesenscheiße", flüsterte sie.

„Aber echt." Über ihre Schulter sah er Edgar, der die Hände in die Hosentaschen gesteckt hatte und ihn mit hochgezogenen Augenbrauen anblickte. Beat stritt sich immer noch mit Mau-Mau um das Handy. Die Agenturleute rutschten in den Bänken herum, weil der Chef auf der Beerdigung von seinem Ehemann gekotzt hatte. Die Parteispitze schaute zum Vorsitzenden. Der hatte den Kopf gesenkt und die Hände gefaltet, um in präsidialer Ruhe abzuwarten, bis der Sturm sich gelegt hatte.

„Wir müssen hier nicht bleiben, weißt du?" Katha nahm seinen Kopf in die Hände und sah ihm in die Augen. Ihr Make-up war so dramatisch verlaufen, dass sie fast wieder aussah wie damals, als sie sich kennengelernt hatten, vor Clemens und vor Beat. Für einen Moment war die Frau Professorin Katharina Sternheim mit der Eigentumswohnung im Schöneberger Altbau beinahe wieder Katha. Ratten-Katha. Kunstkacke-Katha, LilaLesben-Katha. „Wir können einfach gehen, Thomas."

„Nee, lass mal." Er hielt sich an ihrem Hals fest. „Danke. Aber ich will das jetzt machen."

„Sicher?"

„Sicher."

„Okay.“ Sie hakte sich bei ihm unter, und gemeinsam gingen sie durch die Bankreihen des Trauerraums.

So plötzlich, wie der Aufruhr entstanden war, war er auch wieder verebbt. Jetzt war nichts mehr zu hören als ihre Schritte auf dem Steinboden. Alle starrten sie an, als sie auf die Urne und das Bild von Clemens zuschritten.

„Wenn du mich so unterhakst, denken die, du bist meine Pflegerin.“

„Das denken die eher, weil du noch Kotze auf deinen Schuhen hast.“

Ihr Geflüster war in der Stille sehr gut zu hören. Thomas erkannte ein paar lächelnde Gesichter. Jemand von der Agentur zeigte ihm den gereckten Daumen.

Das Bild von Clemens war groß. Er strahlte, wie immer.

Katha senkte ihre Stimme noch weiter. „Tut mir leid wegen Beat. Er ist zurzeit einfach ein Arsch.“

„Er sieht aus wie ich in seinem Alter. So einen Scheiß hätte ich auch gemacht.“

„Du warst doch viel zu brav.“

„Nee. Ich musste schließlich irgendwie die Aufmerksamkeit meines Vaters erregen.“

Katha tätschelte ihm den Arm. „Der ist auch ein Arsch. Das wissen wir doch. Aber du, da steht die Asche von deinem toten Liebsten. Jetzt wollen wir weinen, bis uns die Augen ausfallen.“

„Ich kann das nicht. Ich kann das nicht, wenn alle zugucken.“

Thomas merkte, dass seine Hände zitterten. Er schluckte und schluckte, aber der Kloß im Hals ging nicht weg. Clemens strahlte ihn an.

„Die sehen nur unseren Rücken. Ich zähle bis drei.“

„Katha, das wird nicht funktionieren. Ich versuche das mit dem Heulen, seit der Anruf kam. Es geht nicht.“

„Eins.“

Hinter ihnen schwoll das Rascheln und Räuspern wieder an.

„Katha, bitte.“

„Zwei." Sie hielt ihm ein Taschentuch hin. Ohne nachzudenken, griff er danach.

„Ich will das nicht. Ich will hier nicht sein. Ich kenne die alle gar nicht, und die, die ich kenne, die mag ich nicht."

„Du kennst mich. Und du kennst den da in der Urne. Es ist gut für dich, und du machst das jetzt."

„Auf keinen Fall."

„Drei."

Und Katha heulte los. Sie hielt sich nicht mit bebenden Schultern und gepresstem Geschnüffel auf. Sie stieß ein lautes Jammern aus, das eher an Geburtswehen erinnerte. Es gab kein anderes Geräusch mehr auf der Welt. Thomas warf einen Blick über die Schulter. Die gesamte Parteispitze starrte mit geschürzten Lippen zu Boden und zog wie Schutz suchend die Schultern hoch. Die Agenturleute sperrten Mund und Nase auf, als stünden sie für ein Plakat über unglaublich niedrige Preise vor der Kamera. Mau-Maus Miene war versteinert. Edgar hatte die Hände vor der Nase zu einem Zelt gelegt und schien alles für ein zukünftiges Bild abzuspeichern. Beat schaute nicht hin. Er hatte den Kopf zur Seite gedreht und schaute gelangweilt aus dem Fenster.

Thomas folgte seinem Blick. Die Sonne.

Thomas schloss erneut die Augen und hielt das Gesicht ins bunte Licht, das warm durch die Fenster fiel.

Neben ihm verebbte Kathas Geburtsheulen. Er hörte einen dumpfen Aufprall und gleich darauf scharfes Einatmen, vielstimmiges „Ohhh!" und sogar einen spitzen Schrei.

Sie wird doch nicht …?, dachte er. Er öffnete das linke Auge einen Spalt weit. Sie hatte. Katha war auf die Knie gefallen und lag jetzt heulend auf allen vieren da. Thomas machte das andere Auge auch noch auf.

Über ihr strahlte Clemens aus seinem Bild. Die Urne war weiß und blau gebändert wie eine Suppenterrine.

„Mama!" Beat kam angerannt. Mau-Mau stürzte mit wehenden Ponchoärmeln hinterher. Aus den Reihen der Agenturleute wurden jetzt ganz unverhohlen Fotos gemacht. Die Parteispitze schielte zum Vorsitzenden, aber der hielt immer noch eisern den Blick gesenkt, sodass es ihm alle gleichtun mussten.

Danke, dachte Thomas. Danke, Katha!

Und während die Trauerversammlung erneut im Chaos versank, warf er einen letzten Blick auf das Bild seines toten Mannes und nahm sein Strahlen mit in die lichtdurchflutete Stille hinter den geschlossenen Augenlidern. Die Sonne strich ihm warm über das Gesicht, weil sie für alle da war. Die Lebendigen und die Toten. Die Ärsche und die Hurensöhne. Die mit und die ohne Schwanz. Die Parteispitzen, die Werbeleute, die, die wissen, dass zum schwarzen Anzug schwarze Schuhe gehören, die, die nur Turnschuhe haben, und die, die den Tick mit den Stiefeletten kennen. Und die, die sich verlassen fühlen und nicht wissen, wohin mit sich, obwohl sie von allen Menschen umgeben sind, die ihr Leben bevölkern.

Thomas weinte nicht.

2

Die Beerdigung fand am Freitag statt. Am Montag saß Thomas in einem Meeting.

„Ähm", sagte Renate. „Bist du sicher, dass du heute hier sein willst?"

Die anderen Teilnehmer des Meetings waren in ihre Unterlagen vertieft oder plauderten leise miteinander. Thomas ließ die Papiere sinken und schaute seine Mitgeschäftsführerin über den Rand seiner Brille hinweg an. „Warum denn nicht?"

„Weil", sagte Renate. Sie tippte mit dem Radiergummi hinten am Bleistift auf den Konferenztisch. „Weil … ich dachte, wegen der Beerdigung."

„Was ist mit der Beerdigung?", fragte Thomas. „Ach so. Wegen dem Kotzen." Er lachte. „Ja, das war ein bisschen peinlich. Ich hoffe, ihr habt euch alle nicht zu sehr geschämt wegen mir."

„Also eigentlich nicht wegen dem Kotzen." Renate zwinkerte ein paarmal sehr schnell und presste die Lippen zusammen, während sie sich zu Thomas hinüberbeugte, ein Auftakt, den er aus zahllosen Kundengesprächen kannte. Sie wollte ihm irgendetwas Unangenehmes verkaufen. Renate hatte den „Laden" gemeinsam mit ihm gegründet und war für den guten Eindruck beim Kunden zuständig. Im Team ging das Gerücht um, dass sie mit einer Kombination aus *clean eating* und der Grinberg-Methode dafür gesorgt hatte, dass sie nur noch jeweils vier Stunden menstruierte, und zwar immer am exakt gleichen Tag ihres Zyklus, um ihre Arbeitstermine störungsfrei planen zu können.

Zuzutrauen wär's ihr, dachte Thomas. Eigentlich komisch, dass die hier mit so einem abgekauten Bleistift sitzt. Irgend so ein sündteurer Füllfederhalter wäre mehr ihr Stil. Wahrscheinlich irgendwie gekoppelt an ihr Tablet, sodass gleich ein Word-Dokument und eine Minipräsentation aus den Notizen wurden.

Plötzlich glaubte er zu wissen, woher ihre Bauchschmerzen kamen.

„Ach, wegen Kathas Auftritt. Du kennst bestimmt Katha? Nein? Komisch, ich hatte die bestimmt mal bei einer Party … also, das ist eine uralte Freundin von mir. Sie ist die Mutter meines Sohnes."

Die Tür ging auf, und eine junge Frau trat herein, die Thomas noch nie zuvor im Laden gesehen hatte. Sie schleppte einen Laptop in einer Schultertasche und einen Stoß großformatiger Papiere, die aus einer labbrigen Aktenhülle quollen und jeden Moment zu Boden zu gleiten drohten. Aus dem Papierwust ragte eine schmale, blasse Hand und umklammerte einen Coffee-to-go-Becher.

„Wer ist das?", fragte Thomas.

„Du hast einen Sohn?", fragte Renate.

Die junge Frau drehte sich langsam um sich selbst wie ein besonders gewichtiger Planet in einem Modell des Sonnensystems, und alle ihre Trabanten, Laptop, Papiere, Becher, strudelten ihr träge hinterher. Zweck dieser Rotation war es, die Tür mit dem Po aufzudrücken und sich zugleich in den Raum zu schieben. Kurz sah es aus, als wollten die Papiere nun wirklich ihr Gravitationsfeld verlassen, aber dann wurden sie in der Bewegung wieder eingefangen und in die Aktenhülle zurückgedrückt.

„Warum hilft denn da niemand?", flüsterte Thomas.

Renate nahm die Brille ab. „Thomas, ich kenne dich jetzt wie lange? Fünfzehn Jahre? Und ich erfahre heute, dass du einen Sohn hast?"

Das Gemurmel im Raum war verstummt, wahrscheinlich, weil alle gebannt zusahen, wie das System aus Frau und Trabanten in den Raum walzte. Jetzt versuchte die Unbekannte, den Kaffee auf dem Tisch abzustellen, ohne dass der Laptop von der Schulter rutschte oder die Papiere auf den Tisch kippten und alles mitrissen. Es handelte sich ohne Zweifel um eine seltene Himmelserscheinung, wie sie nur alle paar Jahrzehnte und auch dann nur bei gutem Wetter zu observieren war. Im Gesicht der jungen Frau zeigte sich eine starke Rotverschiebung.

„Beat", sagte Thomas, ohne den Blick von dem Schauspiel abzuwenden.

„Wie heißt der?" Renate kniff die Augen zusammen.

„Beat." Thomas wedelte mit der Hand. „Die Mütter. Sie haben beide einen etwas extravaganten Geschmack. Katha ist Kunstprofessorin, und Mau-Mau ist Künstlerin, da …"

„Beat." Renate ließ sich in den Sitz zurückfallen. „Das ist doch kein Name. Beat. Sagen die Leute da nicht immer ‚Beat' wie ‚Beatles'?"

„In der Schweiz ist das ein ganz normaler Name, und es gibt viele berühmte Beats. Sportler hauptsächlich. Und einen Kunsthistoriker, und so ist die Mama drauf gekommen."

„Und du hattest da gar kein Mitspracherecht?"

Thomas schüttelte den Kopf. „Es hieß damals, ich bin nur für die Zeugung verantwortlich. Schwule und Lesben mit Kindern, das war da alles noch nicht so wie heute. Ich hab gezeugt, und seitdem will das Kind mich eigentlich nicht großartig sehen. Und jetzt erfreut es uns durch Rap-Zoten auf der Beerdigung meines Mannes."

„Ach, der war das." Renate stöhnte. „Und sag mal, Zeugung, da hast du in ein Reagenzglas gewichst oder was?"

Der Kaffeebecher war inzwischen sicher auf dem Tisch gelandet. Ein Kreuz an der Außenwand verriet, dass es sich um ein Milchschaumprodukt handelte.

„Ich habe nicht in ein Glas gewichst. Entschuldige, ich bin von Beruf Aufschwätzer, und die beiden Frauen sind auch eher technikfern. Keiner von uns wusste, wie so was geht. Es war dann alles ganz altmodisch. Müssen wir das jetzt besprechen?"

„Wir haben es fünfzehn Jahre nicht besprochen."

„Ich wusste nicht, dass ich dir die Geschichte meiner Vaterwerdung schulde. Nach fünfzehn Jahren kannst du wohl dieses Meeting abwarten. Was passiert hier überhaupt? Und, um mich zu wiederholen, wer ist das?" Thomas deutete mit dem Kinn auf die Planetenfrau, die es inzwischen geschafft hatte, die Papiere auf dem Tisch abzulegen. Sie lächelte zaghaft, strich sich die verschwitzten Haare aus dem Gesicht und ließ aufseufzend die Schultern fallen. Sie lächelte. Hübsch, dachte Thomas. Und so jung. Müssen so junge Leute überhaupt schon arbeiten? Gehören die nicht noch an irgendeine Uni, wo sie lange schlafen dürfen, vorzugsweise nicht alleine, um frisch zu sein für die nächste Demo?

Renate fummelte sich eins der Handouts aus dem Stapel, der jetzt herumgereicht wurde.

„Das ist Frau von Rabenstein. Die ist neu hier. Und was heute stattfindet, ist eine Präsentation zu einem neuen Produkt, irgend so eine App, was mit Storytelling und Multimedia. Ich frage mich, warum wir hier mit schmutzigen Zetteln aus dem Kopierer arbeiten."

„Na, ist doch mal was anderes." Thomas nahm sich eine Kopie und reichte den Stapel weiter. „Weiß gar nicht, wann ich das letzte Mal ein Handout gekriegt habe."

„Ich wusste nicht, dass wir noch einen Kopierer irgendwo rumstehen haben." Renate beugte sich vor und ließ die Bleistiftspitze über das Papier fahren. „O Gott, ich glaube, das wird ganz schlimm. Die Frau von Rabenstein hat bestimmt viele Talente, aber solche Auftritte liegen ihr, glaube ich, nicht so."

Thomas beäugte ebenfalls den DIN-A3-Bogen. „Sind das Ameisen? Hat sie uns Ameisen mitgebracht? Ist das ein Gag?"

„Das sind keine Ameisen. Das ist die Schrift." Renate seufzte. „Was hat die denn studiert? Ich dachte, diese jungen Bachelor-Leute sind so irre auf Zack in puncto Außenwirkung und Entertainment und so. Aber das ist ja wirklich mal sehr …" Sie suchte nach dem passenden Wort. „*Inhaltslastig.*"

„Wolltest du mich deshalb heute nicht dabeihaben?" Thomas stupste sie leicht in die Seite. „Weil das hier möglicherweise eine peinliche Veranstaltung einer Newcomerin wird, die der Alte nicht mitkriegen soll?"

„Ich wollte dich heute nicht dabeihaben, weil ich finde, dass du drei Tage nach der Beerdigung deines Mannes hier noch nichts verloren hast. Du hast überhaupt noch keinen Tag freigemacht, seit Clemens tot ist. Das ist kein gesunder Trauerprozess."

„Mir geht's gut, danke."

„Das glaube ich nicht."

„Du, das wirst du mir doch bitte selber überlassen, wie es mir geht. Ich habe den Laden mitgegründet, ich arbeite hier seit fast zwanzig Jahren, der gehört mir praktisch. Das ist mein Wohnzimmer. Mir geht's gut, wenn ich hier bin. Mir geht's nicht gut, wenn ich alleine zu Hause die Wände anstarre. Ja?"

Renate hob die Hände. „Okay. Wie du meinst."

Frau von Rabenstein räusperte sich. „Hallo? Ich würde dann gerne … können wir dann?"

Die letzten Gespräche verstummten. Thomas sah sich um. Die Umsitzenden musterten das Handout mit hochgezogenen Augenbrauen. Einige grinsten sich unverhohlen zu. Es würde wohl wirklich eine peinliche Veranstaltung werden.

Ich hoffe, du kannst das retten, du Frau von Rabenstein, dachte er bei sich. Ich ertrage es nämlich nicht, wenn so hoffnungsfrohe Frischlinge sich öffentlich reinreiten.

Frau von Rabenstein holte tief Luft.

Come on, dachte Thomas. Hau sie alle um.

Dann fing Frau von Rabenstein an, das Handout vorzulesen.

Renate ließ leise den Kopf in die Handflächen sinken.

Die jungen Männer in der Runde grinsten feist und setzten sich breitbeiniger hin. Die Wanduhr tickte laut.

Frau von Rabenstein sah vom Blatt auf. Ihre Pupillen rannten in den Augenhöhlen herum wie zwei verschreckte Hasen, als sie sich im Raum umsah. Sie räusperte sich. Dann las sie weiter, schneller, und die Häschen schlugen Haken.

Wird nichts nützen, dachte Thomas. Vom immerhin interessanten Himmelskörper zu zwei Karnickeln auf der Flucht innerhalb weniger Minuten, da wird selbst mir ein bisschen schwindelig.

Er hob die Hand. Renate sah auf. Die jungen Männer runzelten die Stirn und setzten sich wieder gerade hin.

„Frau von Rabenstein!" Er winkte. „Huhu." Jemand kicherte. Frau von Rabenstein stockte und wurde so rot, als hätte sie sich gerade der Sonne zugekehrt.

„Ja?"

Die Stille im Raum veränderte sich. Es war nicht mehr die geladene Stille, in der eine Handvoll Menschen dachte: Wieso tut denn keiner was? Sie hielt sich bereit, um etwas in sich geschehen zu lassen.

„Danke." Thomas griff nach Renates Bleistift und drehte ihn in den Fingern. „Beziehungsweise, Entschuldigung, dass ich Sie so einfach … können wir Du sagen? Ja? Ich heiße Thomas."

„Julia", sagte Frau von Rabenstein. Sie tastete nach ihrem Kaffee.

„Julia." Thomas nickte und drehte weiter den Stift. „Also, Julia, entschuldige, dass ich dich so einfach unterbreche. Du hast dir da ja sehr viel Mühe gemacht mit deinem …" Er tippte auf das Handout. „Mit deiner Übersicht hier."

Einer der jungen Männer schnorchelte durch die Nase. Thomas warf ihm einen Blick zu. Er verstummte.

„Nur, ich bin schon etwas älter. Und außerdem war am Freitag die Beerdigung meines Mannes."

Alle im Raum senkten den Blick, was ein eigenes Geräusch verursachte. Als würden viele Vögel die Flügel streichen, dachte Thomas.

„Scheiße", entfuhr es Julia von Rabenstein. Sofort legte sie die Hand an den Mund. „Sorry. Sie sind das. Du bist das!"

„Ja!" Thomas lächelte sein gewinnendes Lächeln, von dem er genau wusste, dass es ihm recht gelungene Grübchen ins Gesicht zauberte. „Ja, ich bin das. Scheiße indeed, gell? Der Alte sitzt in der Präsentation. Ist aber gar nicht schlimm. Ich will nämlich gar nichts Böses. Ich will mich ja bloß entschuldigen, wie gesagt. Ich kann nämlich nicht so. Also, so gut zuhören heute. Und Hausaufgaben hab ich auch keine gemacht."

„Hausaufgaben?" Julia wühlte in den Unterlagen. „Ich weiß da jetzt gar nicht, was das so im Einzelnen ..."

„Ich meinte, ich hab's nicht mal geschafft, mich da vorher briefen zu lassen, worum's überhaupt geht bei dieser App hier."

Thomas breitete entschuldigend die Hände aus. „Und ich weiß, das ist jetzt so eine fiese Chefnummer, also ein totales Ausnutzen meiner Privilegien, und ich entschuldige mich in aller Form ..."

Ein besonders blasbereit herumlümmelnder Juniormitarbeiter, der Thomas direkt gegenübersaß, schürzte die Lippen. Thomas warf den Bleistift nach ihm. Der Getroffene zuckte zusammen und schaute so böse, als hätte Thomas ihn angespuckt. Renate machte ein kleines Geräusch, das Thomas kurz irritierte – wer war das jetzt gleich wieder, und warum fand Renate, man solle den nicht mit Bleistiften beschmeißen? –, aber er war schon mitten in seinem Ding. Solche kleinen Auftritte waren das, was ihn im Laden großgemacht hatte, und der Hauptgrund, warum es ihm hier oft so viel besser ging als irgendwo anders, wo er bloß er selber war. Danke, Papa, dachte er bei sich. Die großen Auftritte, damit bin ich aufgewachsen. Gibt kein besseres Vorbild.

Thomas holte tief Luft. „Du! Ich weiß, ich bin nicht der Chef. So ein Laden ist das hier nicht."

Der getroffene Jungmann rieb sich immer noch den Hals, wo der Stift ihn erwischt hatte. Julia sah erschrocken zwischen den beiden Männern hin und her und schien jetzt ganz Kaninchen geworden zu sein.

„Aber das Gerede von alten Leuten, das muss man ertragen, ja? Kannst ja auch gleich was sagen. Du weißt ja sicher schon, wie die App da geht. Jedenfalls, Julia ..." Er wendete sich wieder Frau von Rabenstein zu. „Es würde mir total helfen, wenn du mir diese App einfach mal zeigen würdest. Ich glaube, das geht irgendwie?" Er sah in die Runde, und schon stand jemand gebückt auf und fummelte an irgendwelchen Kabeln herum.

„Wie, zeigen?“ Julia umklammerte den Kaffeebecher mit beiden Händen und hielt ihn sich vors Gesicht. Die Kaninchenpupillen hockten ganz still da und baten stumm darum, nicht gefressen zu werden.

„Na, wenn du das auf dem Handy mal anwerfen könntest, und wir probieren das dann einfach mal.“

„Ja, okay. Das geht natürlich. Das können wir … Ich bräuchte aber wen, der da mal einfach was erzählt. Ich sagte ja bereits, das ist so ein Spracherkennungs-Slash-KI-Tool, eine Storytelling-Schnittstelle quasi, die in sozialen Medien vor allem …“

Thomas stand auf und ging nach vorne. Hinter ihm und Julia tauchte die Benutzeroberfläche der App als Projektion an der Wand auf.

„Was muss ich machen?“

Julia trank und sammelte sich. „Okay. Da tippe ich jetzt einmal. Jetzt können wir ein Foto von dir machen, so.“

Thomas versuchte, möglichst dämlich auszusehen. Offenbar war es ihm gelungen, denn als sein Konterfei hinter ihm an der Wand erschien, wurde gelacht. Julia musste auch lachen.

„Schön. Oder nicht so schön.“

Mehr Gelächter.

„Und jetzt drückst du auf das Mikro. Genau, dann erscheint jetzt hier die Timeline. Die Symbole sind ja relativ selbsterklärend. Geburt, Eltern, Schule, Herz ist für erste Liebe … wenn das dann mit deinem Facebook-Account gekoppelt ist, ist das personalisiert. Die App guckt dann, ob da schon Lebensereignisse abgespeichert sind und Familienfotos. Aber für heute wird's auch so gehen, oder? Das ist jetzt vielleicht ein bisschen spontan …“

„Nö, ich kann gut über mich reden. Das mache ich am liebsten.“ Thomas zwinkerte ihr übertrieben zu.

Der, den er mit dem Bleistift getroffen hatte, funkelte ihn böse an. Klaas, fiel ihm plötzlich ein. Klaas hieß der und war schon wer im Laden. Irgendein Junior-Senior-Executive-Consultant-of-Vice-Irgendwas. Tja, der war jetzt sauer.

„Hier muss ich drücken?“, fragte Thomas noch mal betont blöde, um Julia zu erheitern und Klaas zu ärgern. Renate saß mit verschränkten Armen und hochgezogenen Augenbrauen da. Was war denn heute bloß mit der los? Die hatte ihn doch früher immer kapiert.

„Da musst du drücken", nickte Julia. Opa hatte verstanden, wie das mit dem Touchscreen funktionierte. Ein kleiner Glockenton war zu vernehmen. Ein gelber Balken kroch an der Timeline auf dem Bildschirm entlang.

„Okay, geht los, ja? Na, ich rede einfach mal so drauflos. Guten Tag, mein Name ist Thomas, ich bin, wie alt bin ich denn gleich? Also, über vierzig auf jeden Fall, eigentlich schon …" Er unterbrach sich. „Ist das jetzt noch okay für die arme KI? Nicht dass die aus dem Tritt kommt."

Julia schüttelte den Kopf und bedeutete ihm weiterzureden.

„Schön. Na, also ein Mann, genau, ein Mann bin ich auch noch, ein Mann in den besten Jahren, wie man so sagt, wie ich sage, also, außer mir eigentlich keiner sagt. Wie alt bist du, Julia?"

„Achtundzwanzig", sagte Julia.

„Achtundzwanzig schon? Weia. Das sieht man dir gar nicht an. Na, in deinem Alter ist das noch kein Kompliment. Also, mein Vater ist der international renommierte Fotokünstler Edgar Edel. Ich sage das so, weil er das selber immer so sagt. Name klingt ausgedacht, ist aber echt. Ich heiße nicht Edel, sondern Weißmann, nach meiner Mutter, die ich aber nie bewusst kennengelernt habe, denn sie ist gestorben, als ich noch ein ganz kleines Kind war. Ja, alleinerziehender Papa, ganz modern noch Mitte der Siebziger, frühen Achtziger. Viel erzogen hat er aber nicht an mir, der international renommierte Fotokünstler, wie man mir vielleicht heute noch anmerkt. Habe sie aber alle mitgekriegt als Kind, Nina Hagen und den Martin, den Kippenberger, Ikemura, Penck, als er im Westen dann war, die ganze Tödliche Doris und all so brutale Leute. So bin ich eher, glaube ich, ganz sanft geworden. Tja, was ist das hier? Schule? Ganz gerne gegangen, ganz gute Noten, war ein angenehmer Kontrast zum Zuhause, wo alles immer, na eben so war, wie man sich das bei den Neuen Wilden vorstellt. Mensch, Pubertät, puh, schwer, wenn der Papa schon alle Grenzen übertreten hat. Da war ich still, ja, zu still für meinen Alten."

„Na, immerhin schwul", sagte jemand leise.

Thomas stockte. Er beschattete die Augen mit der Hand. Wer hatte das gesagt? Das Projektorlicht blendete ihn. Komisch, dachte er. Das muss ein Unwetter sein, was sich da draußen zusammenbraut. Das war doch vorhin noch nicht so dunkel. Wie spät es wohl ist?

„Lustig, dass du das … ja, das war wirklich was, wo ich meine Ehre ein bisschen gerettet hab bei meinem alten Herrn. Wenigstens schwul, ja. Der war ja selber. Also, mein Vater hat ja nichts ausgelassen. Machoschweine waren das alle, er und seine Kumpane. Das war ja damals die Betonzeit, die No-Future-Zeit, ja. Eine kalte Zeit. War vorbei mit den Hippies. Die waren große Schweiger und Lederjackenträger und bartstoppelbewehrt. Und wenn's gegangen wäre, dann hätten sie ihre Kunst den Leuten mitten in die Fresse rein, mit Stacheldraht drum und Glassplittern. Haben sie manchmal auch gemacht."

Thomas schluckte. Er versuchte, um das Projektorlicht herum einen Blick auf die Zuhörenden zu erhaschen. Vor den Fenstern war der Himmel fast schwarz. Julia hockte neben ihm auf dem Schreibtisch, trank Kaffee und sah ihn fragend an. Ihre Augen sahen kein bisschen mehr aus wie Kaninchen. Sie waren genauso schwarz wie die Sturmwolken draußen. Thomas' Mund war trocken. Er schluckte. Der Balken auf dem Handybildschirm lief weiter.

„Es war ganz normal bei uns, dass ich von der Schule nach Hause kam, und mein Vater lag noch im Bett oder war gerade beim Frühstück mit irgendeinem Typen. Oder auch einer Frau. Und lustig, mit dem schwul, meine erste Freundin, das war ja eine Frau, ein Mädchen. Klar, Freundin."

Thomas schluckte erneut. Außer dem Kaffeebecher in Julias Hand war weit und breit kein Getränk zu sehen. „Kann mir mal jemand ein Glas Wasser …?", fragte er und hob erneut die Hand gegen das Projektorlicht. Er blinzelte. Es war, als wäre er mit Julia ganz allein im Raum. Julia zuckte mit den Schultern und hielt ihm den Kaffee hin. Er nahm einen hastigen Schluck. Jemand hustete.

„Wie alt waren wir denn da?", fuhr Thomas fort. „Fünfzehn? Sechzehn? Als ich ihr gesagt habe, dass ich mir vorstellen könnte, auch mit einem Jungen zu schlafen, da hat sie mich verlassen. Per Brief hat man das damals noch gemacht. Sie war immer kränklich und oft in irgendwelchen Luftkurorten. Aus St. Peter-Ording oder von irgendeiner Hallig kam da so ein dicker Umschlag. Gespickt mit vielen Hermann-Hesse-Zitaten und was man als kluger junger Mensch so liest. Sie könnte den Gedanken nicht ertragen, woran ich wohl gedacht hätte, wenn wir intim geworden wären. Sie hat schon damals wirklich so geredet. Heute ist sie, glaube ich, Professorin. Philosophie. Sehr entlegene Gebiete. In einem ruhigen, rationalen Weltwinkel. Wie Schottland oder der Schweiz."

Er nahm Julia erneut den Becher aus der Hand und trank. Sie musterte ihn stirnrunzelnd, aber nicht unfreundlich. Thomas musste daran denken, dass er sie beim Hereinkommen für eine Art Planetensystem gehalten hatte. Jetzt fühlte er sich taxiert, beobachtet und vermessen wie eine seltene und etwas Furcht einflößende Himmelserscheinung. Ich rede ja einen totalen Blödsinn, dachte er bei sich. Das muss der Stress sein, wegen der Beerdigung. Er wollte schnell weitersprechen.

„Ich habe natürlich immer nur an sie gedacht dabei. Sie war sehr hübsch. Mein Mann, Clemens …", hob er an. Seine Stimme versagte. Er schluckte und schluckte, aber der Kloß im Hals ging nicht weg.

„Mein verstorbener Mann …" Das sage ich zum ersten Mal so, fiel ihm auf. Mein verstorbener Mann.

„Er hatte so einen Witz. ‚Ich bin Thomas' Mann', hat er immer gesagt, wenn wir irgendwo eingeladen waren. Dabei war er ja meistens der Eingeladene, bei seinen Parteigeschichten, und ich das Anhängsel. Das haben die Leute immer sehr an ihm gemocht. Dass er so bescheiden war. Er war natürlich überhaupt nicht bescheiden. Das war so seine Masche. Wenn er gesagt hat: Ich bin Thomas' Mann, wie der Schriftsteller, nur mit Apostroph. Da war gleich keiner mehr böse. Damals mussten wir immer noch damit rechnen, dass jemand böse ist, wegen dem Schwulsein. Und wenn er das so lustig gesagt hat, ich bin Thomas' Mann, da waren alle gleich versöhnt. Auch wenn sie vormittags im Bundestag noch verkündet hatten, dass man diese Aids-Seuche eindämmen muss. Und Leute wie uns in Lager stecken. Die Klemmschwestern von der CDU. Und die liberalen Zahnärzte und Rechtsanwälte. Mit ganz schön vielen davon ist er dann ja später noch verschwunden. Die von der CDU streichen es gleich aus ihrem Gedächtnis, hat er oft gesagt. Und die Zahnärzte und Rechtsanwälte fahren hinterher nach Hause und denken, morgen sag ich's der Brigitte oder der Uschi oder wie die Frau auch immer heißt. Morgen sag ich's ihr, dass ich bi bin."

Thomas rieb sich mit den Handballen die Augen.

„Das ist wirklich ein sehr ungünstiges Licht. Ich muss total bescheuert aussehen." Seine Hände waren nass, und seine Augen brannten.

„Thomas." Das war Renate. „Thomas, das reicht jetzt. Mach mal Schluss."

„Das kann man wohl sagen, dass das jetzt reicht", sagte jemand anders. Klaas.

Thomas winkte ab. „Es geht schon. Ich war nicht eifersüchtig wegen dem Rumvögeln. Ich fand es blöd, dass er das wegen der Politik gemacht hat. Aber wahrscheinlich war es nicht nur wegen der Politik. Warum ich das erzähle ..."

„Thomas." Renate klang bittend.

„Das frage ich mich auch, warum er uns das erzählt." Klaas, spöttisch.

„Er hat immer gesagt, Thomas, zeig mir einen Bisexuellen, dann zeig ich dir ein Einhorn. Die sind genauso selten. Es gibt nur Schwule wie uns und Normalos und Normalos, die Angst haben. Clemens hat nicht viel gehalten von Zwischenstufen. Er war immer sehr entschieden. Und bei dem Unfall war er ja auch gleich sofort tot. Es hat nicht mal eine Sekunde gedauert, haben die Ärzte gesagt."

Seine Wangen waren nicht vom Licht so heiß. Er weinte. Mit einem scharfen „Klack" wurde der Projektor abgeschaltet.

Bunte Punkte tanzten vor Thomas' Augen. Renate war aufgestanden und hatte noch die Hand am Projektor. Julia reckte sich über den Tisch und tippte auf das Smartphone, um die App zu beenden. Wieder ertönte die Glocke.

„Eingabe wird verarbeitet", sagte eine sanfte Maschinenstimme.

Thomas blinzelte die Tränen weg. Renate stand immer noch und starrte ihn fassungslos an. Die anderen in der Runde schauten verlegen zu Boden. Nur Klaas sah ihn unverhohlen an und grinste.

„Fahr mal nach Hause", sagte Renate leise. „Ruh dich aus. Komm erst mal klar."

Jetzt, wo der Projektor verstummt war, herrschte Stille im Raum. Thomas atmete heftig. Er versuchte, sich zu beruhigen, weil es ihm peinlich war, so laut zu keuchen, aber es gelang ihm nicht.

Wieder ertönte die Glocke.

„Hallo, Thomas", sagte eine sonore Männerstimme. „Danke für deine Eingabe. Hier ist deine Story."

Musik schwoll an.

„Machen Sie das aus!", herrschte Renate Julia an. Die starrte Thomas nur an wie in Trance. Begleitet von der Musik fuhr die Stimmer aus der App fort: „Hallo, mein Name ist Thomas. Ich bin ein bisexueller Mann in den besten Jahren. Zurzeit bin ich Single. Mein Vater ist sehr erfolgreich, ebenso wie meine Freunde von früher. In mir bin ich immer ein bisschen Kind geblieben. Zu meinem Beruf gehört es, andere zu begleiten."

„Ausmachen, hab ich gesagt!"

Julia erwachte aus ihrer Starre. Sie hechtete über den Tisch und hieb so heftig auf das Display, dass sie fast das Handy vom Tisch fegte.

„Das stimmt doch alles gar nicht", sagte Thomas leise.

Klaas lachte laut. Er legte den Kopf in den Nacken und brüllte, dass man seine Zähne sehen konnte. „Das ist ja wunderbar!", schrie er. „Das ist ja einfach ganz großartig! Ein bisexueller Mann in den besten Jahren. Ein echter Entscheider für unseren Laden." Er klatsche mit großer Geste in die Hände und schüttelte wiehernd den Kopf. „Zu seinem Beruf gehört es, andere zu begleiten. Ich fühle mich so gut, dass das der Macher bei uns in der Firma ist. Der hier jedes Meeting an sich reißen darf. Chapeau! Einfach nur: Chapeau!“

In der Runde wurde jetzt überall gegrinst.

„Sie sind jetzt sofort still“, sagte Renate leise.

„Es stimmt wirklich alles nicht“, sagte Thomas. „So ist das doch nicht.“ Ihm war schwindelig, und weil er nicht aufhören konnte zu weinen, sah er alles verschwommen.

Klaas senkte in gespielter Demut den Kopf. „Tut mir leid. Tut mir leid. Es ist gut zu wissen, dass die Silberrücken bei uns von ihren Weibchen verteidigt werden.“

„Raus mit Ihnen“, sagte Renate.

„Ach, *ich* muss jetzt gehen?“ Klaas stand ebenfalls auf.

Thomas sah zu Julia, die die Szene mit offenem Mund beobachtete. Achtundzwanzig, dachte er. Renate und Klaas schrien sich inzwischen an. Die restlichen Mitarbeiter verfolgten die Auseinandersetzung mit gespannter, ja fast freudiger Miene. Wie einen Boxkampf, dachte Thomas. Und er war schon längst k.o. Mit einem Mal fiel es ihm schwer zu stehen. Sein Anzug schien zentnerschwer an ihm zu hängen, als bestünde er aus reiner Müdigkeit.

„Ich werde gehen“, sagte er. Niemand in der Runde hörte ihm zu. Julia legte ihm die Hand auf den Arm.

„Ich werde gehen“, sagte er noch einmal, lauter. „Hallo. Ich gehe jetzt.“

Renate und Klass verstummten. Alle Gesichter wandten sich ihm zu.

„Ich gehe jetzt nach Hause“, sagte er. „Und ich glaube, ich komme auch erst mal nicht mehr wieder. Nein. Ich komme gar nicht mehr wieder. Ich kündige.“

Er ging. Mit jedem Schritt schien der Anzug schwerer zu werden. Es fühlte sich an, als sickerte die Müdigkeit aus dem Stoff durch die Haut bis in die Knochen. Weitergehen, dachte Thomas. Du musst weitergehen. Wenn du jetzt zusammenbrichst, kommst du hier nie mehr raus.

„Thomas“, rief Renate hinter ihm.

„Da haut der einfach ab“, schnaubte Klaas. „Klar. Wieso nicht?“

Als er schon den Fahrstuhlknopf gedrückt hatte, hörte er schnelle Schritte hinter sich. Julia kam ihm hinterhergelaufen.

„Hier, bitte“, sagte sie. Thomas erkannte nicht gleich, was sie ihm hinhielt.

„Dein Stift“, sagte Julia. Es war Renates Bleistift, mit dem er nach Klaas geworfen hatte.

„Danke“, sagte er. Er wollte danach greifen, aber sie zog ihn weg, wühlte in der Innentasche ihres Jacketts nach einem Stück Papier und kritzelte etwas darauf. Dann drückte sie ihm Stift und Papier in die Hand.

„Was ist das?“, fragte er.

„Da kannst du mich anrufen. Falls du mal den Rest der Story hören willst. Die App ist wirklich ziemlich gut.“

Thomas steckte Stift und Papier ein. Die Fahrstuhltür öffnete sich.

Julia hob die Hand und winkte. Ganz hinten im Flur stand Renate. Daneben, die Hände in den Hosentaschen, Klaas. Aus allen Flurtüren glotzten Leute.

Thomas winkte Julia ebenfalls zu.

Die Fahrstuhltür schloss sich.

Dann ging es abwärts.

3

Beat lag auf dem Bett und hatte die Musik voll aufgedreht.

Ich bin schwarz, ich bin schwarz / Ich hab Gras, ich hab Gras

Warum war *er* bloß nicht schwarz? Die Schwarzen hatten sich aus der Sklaverei erhoben und machten jetzt alle coolen Sachen. Oder wenigstens Jude, dachte Beat. Der größte Massenmord der Geschichte und heute ein eigenes Land mit einer krassen Armee. Klar, viele Leute hassten Juden. In der Schule hieß es immer wieder, sie hätten anderen das Land weggenommen. Beat hatte keine Ahnung, ob das eigentlich stimmte. Das wurde nie genau erklärt. Aber wenn, wäre es auf jeden Fall noch krasser. Ihr wolltet uns alle umbringen, aber das lassen wir uns nicht gefallen. Bitch. Ihr könnt uns hassen, Bitch. Wir haben es verdient, Bitch, weil wir nur machen, worauf wir Bock haben, Bitch.

Es fühlt sich gut an, *Bitch* zu denken. Gleich noch mal. Bitch.

Aber eigentlich doch lieber schwarz.

Leider war er so weiß wie nur irgendwas. Er hatte sogar fast rote Haare und überall Sommersprossen. Die einzige Minderheit, der er angehörte, war *Regenbogenfamilie.* Zwei lesbische Mütter und ein schwuler Vater. Schwule und Lesben waren die dümmste und nutzloseste Minderheit überhaupt. In der Schule hatten sie auch mal darüber geredet. Dann hatten alle zum CSD gemusst. Die Mädchen hatten sich hübsch gemacht. Er hatte natürlich keinem gesagt, dass er als Kind da andauernd mitgeschleppt worden war. Aber es hatte keine fünf Minuten gedauert, bevor so ein Scheißspruch gekommen war.

Die dümmste und nutzloseste Minderheit aller Zeiten, echt mal. Mami und Mama hatten ihm damit ewig in den Ohren gelegen, aber Beat kapierte einfach nicht, was für ein geiler Kampf das bitte gewesen sein sollte. Keinen BH tragen müssen, Frauenkleider anziehen und sich ohne Kondom in den Arsch ficken. Sklaverei oder Massenmord, okay. Aber doch nicht so Sexsachen und Klamotten. Es kam Beat immer vor, als wäre dieser ganze ach so schwere Kampf von den alten Schwulen und Lesben immer nur darum gegangen, was man gern zum Mittag isst oder was man auf dem Klo macht.

Und keine Drogen und gute Musik. Auf dem CSD hatte es nur Bionade gegeben, und die Musik war Schlager und so Chartszeug gewesen, aus der Zeit als Mama und Mami jung gewesen waren.

Eine richtige Scheißminderheit war das.

Ich fick deine Bitch, hab 'nen Heidenspaß / Und jetzt hab ich einen deutschen Pass / Ich fahr schwarz, ich fahr schwarz

Opa Eddie war cool. Der war Künstler und machte, worauf er Bock hatte. Auf den alten Fotos konnte man sehen, dass er auch wahnsinnig viele Schwarze gekannt hatte. Jedenfalls machte er einen Haufen Kohle, und bei YouTube gab es sogar Videos, wo er irgendwo nackt rumrannte und auf Bilder pisste. Er war beschnitten, das konnte man sehen. Also vielleicht sogar Jude. Waren Juden nicht immer beschnitten? Frauen waren da auch immer dabei in den Filmen. Frauen, die geil aussahen. Bis auf die ganzen Schamhaare halt, aber das war damals so, das wusste Beat.

Er hatte nichts gegen Schwule oder Lesben. Er verstand bloß nicht, warum sie immer so ein Riesending darum machen mussten, dass sie nun mal schwul oder lesbisch waren. Wo das doch echt keinen interessierte. Und immer durfte man irgendwas nicht sagen. Zum Beispiel Fotze. Oder Bitch halt. Es war einfach alles übertrieben *lame* bei den Schwulen und Lesben.

Am schlimmsten waren Transen. Sie dachten immer noch, sie wären so lustig, aber sie waren nicht lustig. Und Transmänner hatten immer schwere Geschichten, und man musste zuhören wie in der Kirche, und man durfte nicht lachen, weil es so klar war, dass sie sich was in die Hose gestopft hatten, damit es aussah wie ein Penis.

Und da war Beat wieder bei der Scheiße, die heute passiert war, und warum er jetzt endgültig die Schnauze voll hatte. Es war nämlich nur die Schuld von seiner *Regenbogenfamilie*, dass er diese Sachen wusste. Dass es ihm ganz normal vorkam, so was zu wissen.

Es war Bio gewesen, und Beat hatte versucht, krank zu sein und zu Hause zu bleiben, aber Mami und Mama waren sauer auf ihn wegen der Sachen auf der Beerdigung von Papas Mann. Also keine Chance auf Entschuldigungsbrief und Zu-Hause-Chillen. Gleich in der ersten Stunde war Bio gewesen. Beat hatte ja schon gewusst, dass es darum gehen würde. Er hatte versucht, sich die Ohrstöpsel vom Handy reinzumachen, aber das hatte die Baader gleich gecheckt und es ihm abgenommen.

„Gerade du solltest dich jetzt einbringen", hatte sie gesagt. „Gerade du."

Und alle so kicher, kicher, weil es war so klar gewesen, warum sie das gesagt hatte. Wegen der *Regenbogenfamilie.* Mama und Mami sagten das auch immer.

„Ist cool, wenn du dir auskennst darmit", sagte Mami dann immer.

„Cool wär, wenn du mal Deutsch lernen würdest", sagte Beat fast immer.

„Ja, dem sagt dern Richtige. I think du hast eine … was? … eine Vier in den Englisch? Ganz schün peinlich, wenn du ein Mom hast aus Canada", sagte Mami, und dann kam Mama und sagte, sie sollten sich nicht streiten.

„Spatzi, was die Mami meint, ist, dass dir das noch mal viel nützen wird, dass du Sachen weißt, die andere in deinem Alter nicht wissen. *Gerade* bei den Mädels."

Ja, genau. Was es ihm bei den *Mädels* nützte, war, dass sie sich über ihn lustig machten.

Jedes Mal, wenn Tonia mit ihrer Clique vor dem Klo stand und er da vorbeimusste, ging es los.

„Beate! Huhu, Beate!“ Alle rund um Tonia lachten. „Beate, ich bin so geil heute. Komm mal Muschi lecken. Ich wette, du kannst total geil Muschi lecken. Weil bei euch zu Hause alle Muschi lecken.“

Sie spreizte Zeige- und Mittelfinger vor dem Gesicht und fing an, daran herumzulecken und Fickgeräusche zu machen. „Oh, ja, hmm, geil, BEATE, o BEATE!“

Und ihre ganze Clique machte mit.

Einmal, ganz am Anfang, hatte er ihr eine reingehauen. Dann hatte er zur Direktorin gemusst, weil man Mädchen nicht haut. Und als er gemeint hatte, das sei Feminismus, dass man Mädchen eben auch doch haut, wenn sie so eine Scheiße machen, da hatte er drei Tage zu Hause bleiben müssen.

Und seitdem musste er jedes Mal an Tonia und ihrem Muschigelecke vorbei, wenn er zum Klo wollte.

„Bestimmt steht die eigentlich auf dich“, hatte Mama gesagt.

„Den will vielleicht wörklich, dass du ihrn Pussy leckst“, hatte Mami gesagt.

„Sollen wir mal mit der Schule reden?“, hatte Mama gefragt.

„Ey, ihr habt schon genug angerichtet“, hatte Beat gesagt. „Diesen Scheißnamen zum Beispiel.“

Jedenfalls, heute war Bio gewesen, und es war um Trans gegangen. Und Frau Baader hatte immer gesagt, dass Transmänner einen Dildo in der Hose tragen, damit es da eine Beule gibt. Beat hatte aus dem Fenster geguckt und sich immer wieder gesagt, dass es ihm ja egal sein konnte. War er vielleicht trans? Na eben.

Aber dann hatte sich Tonia gemeldet und gesagt, sie glaube nicht, dass das Dildo heißt, weil ein Dildo sei ein Sexspielzeug, und Transmänner würden ja wohl kaum immer mit einem Sexspielzeug in der Hose rumrennen.

Und alle so kicher, kicher.

„Wieso, ist doch geil“, hatte jemand gesagt.

„Ich hab auch immer ein Sexspielzeug in der Hose“, hatte jemand anders gesagt. „Willste mal sehen?“

Frau Baader hatte tief geseufzt.

„Du hast sicher recht, Tonia", hatte sie gesagt. „Weiß vielleicht jemand, wie das richtig heißt?"

„Transschwanz", hatte jemand gesagt.

Beat wusste selber nicht genau, warum, aber da war ihm der Kragen geplatzt. Es war ihm alles so dermaßen auf den Sack gegangen, dass er jeden Tag an dieser Scheißschule rumhängen musste, mit dieser behinderten Tonia und den Lehrern und dem arschlangweiligen Zeug jeden Tag, wo nichts dabei war, was er irgendwann mal für sein Leben gebrauchen konnte, und die *Regenbogenfamilie* und dass sein leiblicher Vater und seine Mama sich so zum Horst machten bei der Beerdigung, wie es peinlicher nicht mehr ging, und dass er einen blöden Namen hatte und fast rote Haare und dass er nicht pissen gehen konnte, ohne von Mädchen angekackt zu werden, die sich blöd stöhnend an den Fingern rumlutschten.

„Packer", hatte er gesagt. „Packer heißt das."

Und dann hatte Tonia gesagt, wer es schon mal im Arsch gehabt hätte, der müsste es ja wissen. Und dann hatte er ihr eine reingehauen, und sie hatte ihm mit ihren dämlichen Fake-Nails das Gesicht zerkratzt, und sie hatten beide zur Direktorin gemusst. Und weil es schon das zweite Mal gewesen war, würde es jetzt so Über-Ärger geben.

Und als wäre das noch nicht genug gewesen, war Kikeriara auf ihn zugewackelt gekommen, als er auf dem Weg nach draußen gewesen war. Kikeriara hieß eigentlich Chiara, aber alle nannten sie so, weil sie wirklich behindert war, nicht nur halt blöd oder so. Ihr eines Bein war kürzer als das andere, weshalb sie fast immer humpelte, und alle meinten, das wäre voll schade, weil Kikeriara eigentlich hübsch war und auch ziemlich schlau, wenn nicht das Gehumpel gewesen wäre.

„Beat! Hey, Beat. Warte mal."

„Ich muss los, Mann. Keine Zeit."

Beat war ziemlich zum Heulen gewesen wegen dem Über-Ärger, der ihn erwartete, und er hatte nur noch nach Hause gewollt.

„Was ist denn los mit dir? Du siehst ja scheiße aus. Dein Gesicht ist ja voll zerkratzt."

Kikeriara war in der Parallelklasse und wusste deshalb noch nicht, was passiert war.

„Ja, bisschen Ärger gehabt. Was willst du?"

„Sag mal, stimmt das, dass du der Enkel von Edgar Edel bist?"

„Opa Eddie? Ja. Wieso?"

„Wow. Das ist super. Ich interessiere mich nämlich auch für Fotografie. Meinst du, ich könnte den mal was fragen? Oder dass ich dir Fragen gebe und du schreibst dem dann?"

„Keine Ahnung. Glaub schon."

In Wirklichkeit hatte er nicht die geringste Lust, irgendwas mit Kikeriara zu tun zu haben, aber wenn es schon mal um sein einziges cooles Familienmitglied ging …

„Super. Du bist doch im Jahrgangschat? WhatsApp? Dann hab ich ja deinen Kontakt."

„Hm, ja."

Beim Rausgehen schaute er sich um, ob ihn irgendein Mädel aus der Fotzenclique beobachtet hatte. Einmal quatscht mich eine an, und dann ist es Kikeriara, dachte er. Ich hab doch gar keinen Bock auf den Fotoscheiß von der.

Und jetzt lag er hier auf dem Bett, die Kopfhörer auf den Ohren, und wartete, dass es an seine Zimmertür klopfte.

Er brauchte nicht lange zu warten.

Mama streckte den Kopf zur Tür rein. Er tat so, als würde er sie nicht bemerken, und ruckte sich demonstrativ die Kopfhörer zurecht. Aber sie ließ sich nicht abschrecken. Sie machte einen Schritt ins Zimmer und winkte. Ihr Mund bewegte sich.

Genervt riss Beat die Kopfhörer runter.

„Was?"

Mama blieb vor dem Bett stehen.

„Puh." Sie ließ die Schultern hängen. „Eigentlich wollte ich nur mal gucken, wie's dir so geht."

„Mir geht's richtig prima." Beat machte Anstalten, die Kopfhörer wieder aufzusetzen.

„Und ich wollte mich bei dir entschuldigen."

Jetzt setzte sich Mama doch aufs Bett. Beat rückte absichtlich nicht beiseite. Sie saß auf einer Pobacke am Bettrand und knetete sich die Hände.

„Mach das doch mal kurz aus, bitte."
„Wieso, ich will das hören."
„Ich versteh ja, dass du sauer bist. Du, für mich ist das nicht leicht gerade. Jetzt hör mir doch mal bitte zu."
„Wieso, du bist doch zu mir gekommen. Ich wollte hier bloß in Ruhe Musik hören."
„O Mann." Mama seufzte, dass die Lippen flatterten. „Okay, wahrscheinlich hast du auch alles Recht, so genervt zu sein. Also, ich wollte mich bei dir entschuldigen und dich fragen, was wir jetzt machen können. Mit der Schule, meine ich."
„Ey, die Scheißschule. Immer geht's nur um die Scheißschule."
Mama sah ihn jetzt direkt an, und Beat merkte, dass es ihr langsam schwerfiel, noch so nett zu bleiben. Gut so. Zu ihm war schließlich auch keiner nett. „Sag mal, hörst du mir überhaupt zu? Ich will mich nicht mit dir streiten. Ich hab mich jetzt schon ein paarmal entschuldigt. Ich will dir helfen. Jetzt sei doch mal nicht so scheiße zu mir."
„Warum denn überhaupt entschuldigen?" Das ging Beat am meisten auf die Nerven. Entschuldigen. Immer, wenn Mama sich bei ihm entschuldigen wollte, ging es eigentlich darum, dass er ihr irgendwas verzeihen sollte, wofür sie sich mal wieder schämte. Aber er hatte keinen Bock mehr, ihr zu sagen, was sie für eine gute Mutter war. Weil es nämlich auch nicht stimmte.
„Ich wollte mich entschuldigen, weil wir das so lange gar nicht ernst genommen haben mit der Schule. Die Mami und ich, wir haben, glaube ich, gar nicht kapiert, wie schlimm das für dich ist. Das ist ja schon Mobbing, irgendwie." Sie rieb sich die Stirn. „Also, du kannst dir ja sicher denken, wie ich darauf komme. Die haben mich mal wieder angerufen, wegen dem, was da heute in Bio passiert ist. Nee, sei mal kurz still jetzt."
Sie hob die Hand, als Beat protestieren wollte, und redete gleich weiter. „Die Frau Baader war sehr nett am Telefon, und die war auch gar nicht sauer auf dich. Na ja, nicht richtig. Aber sie meinte, dass man da was machen muss. Dass Mami und ich da was machen müssen, um dir den Rücken zu stärken.

Und ich finde, sie hat recht. Wir haben uns da halt so ein bisschen rausgezogen, weil uns das auch peinlich war. Unser Sohn verhaut da so Mädchen, und wir müssen dahin und uns die Vorwürfe abholen. Dabei sind wir eh schon die Komischen, als lesbische Mütter. Und da haben wir halt nur Ja und Amen gesagt und dass du dich benehmen wirst. Und so getan, als wäre das nichts Ernstes, was die anderen da mit dir machen."

Mama seufzte. „Wenn ich das jetzt noch mal durchdenke, ist mir das schon auch peinlich. Jahrelang haben wir dich zum CSD mitgeschleppt, und wenn es wirklich mal darum geht, dass wir aufstehen und was machen, weil du da wegen deiner Mamas gemobbt wirst, dann machen wir es uns so furchtbar einfach. Also, noch mal, mir tut es leid, und ich möchte da jetzt was machen. Ja?"

Sie legte ihm die Hand auf den Arm.

Bis jetzt hatte Beat die Wut ganz klein in sich drin gehalten, und die laute Musik aus den Kopfhörern hatte einen Käfig drum herum gebaut. Aber Mamas Hand auf seinem Arm ließ den harten, glühenden Kern in seinem Inneren explodieren.

„Fass mich nicht an." Er schüttelte ihre Hand ab und zog sich ganz in die Bettecke zurück. „Das hat euch doch bis jetzt auch einen Scheiß interessiert. Hauptsache, wir sind die Vorzeigefamilie. So cool. Mit zwei Mamas. Und alles kein Problem. Und wenn die anderen Probleme machen, scheißegal. Ich darf trotzdem kein Problem sein. Ja, ich bin aber ein Problem. Sorry. Ich bin halt nicht so cool und lesbisch. Wäre ja wohl auch schwierig. Soll ich mich am besten noch umoperieren lassen oder wie?"

Beat merkte, dass er irgendeinen Scheiß redete, den er eigentlich gar nicht sagen wollte. Aber es platzte aus ihm raus, und er konnte nicht aufhören. Es tat gut, einfach alles rauszulassen, auch wenn er heulte.

Mama heulte auch.

„Das heißt nicht umoperieren", sagte sie und kniff sofort ganz fest die Augen zusammen, weil sie selber merkte, wie blöd das gewesen war. Aber Beat wollte jetzt keine Rücksicht nehmen.

„Ey, das ist mal wieder so typisch, Hauptsache, man sagt das Richtige und drückt sich immer so korrekt aus. Das glaub ich dir keine Sekunde, dass du dir jetzt plötzlich um mich Sorgen machst!"

„Guys, was ist hier luhs?"

Mami stand in der Tür. Blass, müde und gereizt, frisch aus dem Atelier. Mit zwei Schritten war sie am Bett.

„Honey, what's up? Beat, was hast du gemakt? Kann das nicht mal eine Tag geben, dass du dein Mommy nikt zum Weine bringst?"

Sie funkelte ihn an und legte Mama den Arm um die Schulter.

„Schatz", sagte Mama schniefend, „so war das gar nicht. Bitte mach jetzt kein …"

Aber Mami war schon genauso wütend wie Beat. Durch den Tränenschleier kam es ihm vor, als würde er in einen Zerrspiegel blicken: die gleiche weiß glühende Wut, die jetzt von ganz unten explodierte.

„Really, ick meine, ick komme nach Hause von ein wirklich harte Tag in die Atelier, wo es nicht wirklik gar nicht gelauft ist. Also, wirklik gar nicht. Und denn hab ich das Gefuhl, ick kann mein Wife nicht allein lassen mit unsere Sohn, ohne dass so ein fuckin catastrophe passiert. Was ist wrong with you. Du zerstörst ein Beerdigung an Weekend, und wenn die Schule wieder losgeht, du makst ein Terror mit dein Mutter."

„Nicht …" Mama wollte etwas sagen, aber es war zu spät.

„Do you think it's funny? Mit dein Macho-Shit und das alles? Mädchen hauen, Rap mit Motherfucker hier, Motherfucker da und dann ein big fuck you an dein Mommy? Well, fuck you, Beat. Ick verliere mein Geduld hier. Really, fuck you. Wenn das ist, was du sagst zu allen, ick meine, du bist alt genug, den Gegenwind dann zu tragen. Fuck you."

„Fick dich doch selber!"

Beat drängelte sich an Mama vorbei, die mit einem Aufschrei am Boden landete, sprang auf und rannte auf den Flur. Er schnappte sich den Rucksack und riss die Wohnungstür auf. Bloß weg, egal wohin.

„Oh, that's great. That's just great. Schlag doch dein eigene Mutter …", brüllte Mami noch.

„Bist du verrückt?" Mama schrie auch. „Du stürmst hier rein und gehst auf ihn los, ohne dass du überhaupt weißt, was eigentlich Sache ist!"

Beat knallte die Tür zu und lief los, ohne zu wissen, wohin.

4

„Schlaf dich aus", textete Renate. „Bleib einfach ein paar Tage zu Haus. Das versteht jeder. Dann reden wir."

Thomas ließ das Handy sinken und schloss die Augen. Der Sturm, der sich vor den Fenstern des Konferenzraums zusammengebraut hatte, war inzwischen losgebrochen. Regen prasselte gegen die Scheiben des Taxis, als stünde der Wagen unter Beschuss.

Die Sitze waren angenehm fest. Das Handy lag glatt und kühl in seiner Hand. Trotz des Sturms glitt der Wagen gleichmäßig dahin. So ein Taxi ist eine Höhle, dachte Thomas. Eine Luxushöhle ohne Störungen. Man zahlt dafür, dass alles draußen bleibt.

Er schreckte hoch und riss die Augen auf. Hatte er überhaupt Geld dabei? Er klopfte Brust und Hüfte ab, fuhr in die Innentasche und rutschte hin und her, um an die Potaschen zu gelangen. Kein Geld. Keine Kreditkarte. Nur der Wohnungsschlüssel. Und der blöde Bleistift, den Frau von Rabenstein ihm überreicht hatte.

Julia, erinnerte er sich. Sie hieß Julia.

Das Portemonnaie musste er im Laden auf seinem Schreibtisch liegen gelassen haben. Einen Augenblick spielte er mit dem Gedanken, den Fahrer auf dem Weg von Mitte nach Tiergarten zur Umkehr anzuweisen, aber die Vorstellung, Renate, Julia und Klaas nach der Szene eben gegenübertreten zu müssen, hielt ihn davon ab.

Er beugte sich vor und tippte dem Fahrer auf die Schulter.

„Entschuldigen Sie, ich merke gerade, ich habe gar kein Geld bei mir. Aber wenn wir angekommen sind, hole ich Ihnen gleich aus der Wohnung, was ich Ihnen schuldig bin. Ja?“

„Klar. Kein Problem.“ Der Fahrer, ein schwarzhaariger, untersetzter Mann, den Thomas als Araber einschätzte, nahm den Blick nicht von der Straße.

„Ach so?“ Thomas ließ sich zurücksinken. Sein Handy vibrierte erneut. „Um Klaas kümmer ich mich“, begann die neue Nachricht von Renate. Er ließ den Deckel der Schutzhülle zuschnappen. „Das ist gar kein Problem für Sie?“

„Wieso Problem?“ Der Fahrer guckte immer noch auf die Straße.

„Das letzte Mal ist mir das passiert, als ich noch Student war“, erwiderte Thomas. „Da gab's Riesenärger. Ihr Kollege damals hätte mich fast auf offener Straße rausgeschmissen.“

„Mein Freund, der dachte, du willst den bescheißen“, sagte der Fahrer und sah Thomas jetzt zum ersten Mal im Rückspiegel an. „Aber heute? Kein Problem. Ich sehe doch, dass du Geld hast.“

„Ach ja? Das sieht man mir an?“ Thomas war erstaunt. Er trug Jackett, gut, aber sonst fand er sich eigentlich nicht besonders protzig angezogen. Er hatte sogar Turnschuhe an.

„Ja. Du siehst aus wie einer, der sich um Geld keine Gedanken machen muss. Wenn du Taxi fährst, lernst du, das zu erkennen.“

„So reich bin ich aber nicht“, sagte Thomas. Aus irgendeinem Grund war er etwas beleidigt. Schon sein Vater hatte ihn immer wegen des Geldes gehänselt, das er im Laden verdiente.

„Mein Freund, das hat nichts mit dem Kontostand zu tun. Guck mal, so wie du da sitzt und sprichst, und die Klamotten, die du anhast, ja? Und wo ich dich abhole und wo ich dich hinbringe. Mitte, Tiergarten. Da sehe ich dir einfach an, dass du einer bist, der über Geld nicht nachdenkt. Nicht mal, weil du so viel hast, sondern weil immer neues Geld reinkommt. Das ist ja der größte Luxus. Guck mal, mein Freund, wenn ich eine Million hätte, ja? Die wäre ja, was weiß ich …“

„Nach zwei Jahren wäre die weg", nickte Thomas. „Ich verstehe, was Sie meinen."

Der Fahrer lachte. „Zwei Jahre, mein Freund! Du machst dir echt keinen Kopf um Geld. Weißt du überhaupt, was die Taxifahrt hier dich kosten wird?"

„Nein", gestand Thomas.

„Eben!" Der Fahrer hielt an der Ampel, drehte sich halb nach hinten, ohne freilich die Straße aus den Augen zu lassen, um seine Worte besser mit der Hand untermalen zu können. „Du weißt es nicht, weil du das nicht wissen musst. Du bezahlst einfach, mit dem, was halt gerade in deinem Portemonnaie ist. Oder mit Karte, wenn das nicht reicht. Und du weißt, auf dieser Karte wird einfach immer Geld sein."

„Nicht, wenn ich mir ein Cabrio kaufen würde", sagte Thomas.

Der Fahrer winkte ab. „Ach, Digger, Cabrio! Du kaufst dir doch kein Cabrio einfach so. Da bist du viel zu vernünftig für."

„Ach, das sieht man mir auch an?"

„Ja, das sieht man dir an. Du machst nichts, wo du nicht ganz lange vorher drüber nachgedacht hast. Ein Cabrio kaufen. Oder plötzlich nach Ibiza fliegen. Oder wenn du eine schöne Frau siehst, irgendwo im Club oder was. Digger, du sprichst die nicht an. Weil man das nicht macht, wegen der Ehefrau und weil man Frauen eh nicht anspricht, wegen Sexismus. Machst du nicht."

Jetzt war Thomas wirklich beleidigt. Er war immerhin der Sohn des international renommierten Fotokünstlers Edgar Edel.

„Erst mal hab ich gar keine Ehefrau. Ich hab einen Ehemann."

Die Ampel sprang auf Grün, und das Taxi setzte sich wieder in Bewegung.

„Digger, egal. Dann sprichst du so 'ne schöne Frau eben wegen deinem Ehemann nicht an. Gleiche Nummer."

„Hätte ich nicht gedacht, dass Sie das so sehen."

Jetzt drehte sich der Fahrer um und würdigte die Straße keines Blickes mehr.

„Ich hab nichts gegen Schwule. Deutsche denken immer, ich hasse Schwule, weil sie glauben, ich bin Araber. Aber ich hasse Schwule nicht."

„Danke", sagte Thomas. „Würden Sie bitte wieder nach vorne gucken?"

„Hast du Angst?" Der Fahrer grinste. „Sag ich doch, du gehst voll auf Sicherheit. Ich kenne haufenweise Schwule. Mein Freund, bloß, weil ich aussehe, wie ich aussehe, lebe ich doch nicht im Mittelalter. Und selbst da haben sie die Schwulen nicht gehasst. Sexuelle Orientierung ist eine Erfindung der europäischen Neuzeit, mein Freund."

„Das wusste ich nicht", gab Thomas zu. „Wenn Sie jetzt bitte wieder nach vorn gucken würden."

Der Fahrer schaute wieder nach vorne. „Digger, die Araber, ja? Und die Türken. Vor allem die Türken. Das sind die größten Schwulen von allen. Küsschen hier, Küsschen da und Arm in Arm gehen. Aber die Schwulen sind natürlich die Schlimmsten! Darf bloß keiner wissen, wenn du dir mit deinem besten Kumpel einen runterholst. Solange du dich nicht ficken lässt – kein Problem. Heuchler!"

„Wenn Sie das sagen."

„Ich hasse die Araber nicht. Mein Freund, ich bin Kurde. Ja? Meine Familie kommt aus dem Iran, ja? Ich hab mir auch mit meinem Kumpel einen runtergeholt, ja? Wenn keine Frau da ist, was willst du machen? Ist doch nichts dabei."

„Auch mit Frau …"

„Sag ich ja. Frau, Mann, Hauptsache, Liebe und den Kindern geht es gut. Die Kinder sind immer das Wichtigste."

„Ich habe einen Sohn."

„Aber weißt du, wen ich wirklich hasse?"

„Nein. Aber das müssen Sie mir auch nicht …"

„Bist du Jude?"

„Was? Nein!"

„Mir ist das egal, Digger. Ich habe nichts gegen Juden. Auch nicht gegen Israel. Israel ist gut zu den Kurden. Guck mal, jetzt in Syrien? Wo waren denn da die Amis und die ganzen Araber? Und die Russen? Geh mir weg mit den Russen, Digger. Israel war gut zu den Kurden."

„Ich kenne mich da in Syrien wirklich überhaupt nicht aus. Das ist alles so unübersichtlich, was man da in den Nachrichten hört."

„Siehst du? Das meine ich. Du musst dir über Geld keine Gedanken machen, weil immer welches da sein wird. Ist Fakt. Das weißt du einfach. Und du musst dir über Politik keine Gedanken machen, weil die ganze Politik, mein Freund, die wird eh für dich gemacht."

„Das kann man jetzt so nicht sagen."

„Klar kann man das so sagen. Digger, du bist ein Mann, du bist weiß, du wirst immer Geld haben, und du hast einen deutschen Pass. Und für Leute wie dich wird die Politik gemacht, damit das alles so bleibt. Und du baust keinen Scheiß, laberst keine Frauen an, kaufst dir kein Cabrio, was weiß ich, damit auch alles so bleibt. Scheißegal, ob du schwul bist. Ist kein Vorwurf jetzt, ja? Ich sag nur, wie es ist. So, wir sind da. Macht 25,20 Euro."

Der Regen bombardierte noch immer das Auto. Durch die nassen Scheiben schwammen Lichter. Thomas musste an eine endlose Reihe von Schlägen denken, die auf ihn einprasselte. Die Szene im Büro, die Tirade des Taxifahrers. Clemens' Tod. Er sog den Taxigeruch nach Leder und kaltem Zigarettenrauch ein.

„Mein Mann ist letzte Woche gestorben", sagte er. „Ich bin in Trauer. Und ich denke überhaupt nicht immer über alles nach. Gerade eben habe ich meinen Job gekündigt. Einfach so. Alles hingeschmissen. Ehrlich gesagt habe ich keine Ahnung, ob da in Zukunft immer noch Geld nachkommt."

„Mein Freund!" Der Taxifahrer drehte sich zu ihm herum. Das Licht der Straßenlaternen spiegelte sich in seinen großen, feuchten Augen. „Fuck. Tut mir leid wegen deinem Mann."

„Danke", sagte Thomas.

„Erbst du da nicht irgendwas? Was hat dein Mann denn gemacht?"

„Politiker."
„Linkspartei?"
„Nein."
„Schade. Die Linkspartei ist die einzige Partei in Deutschland, die zu den Kurden steht. Einmal hab ich die Chefin von denen gefahren."
„Die Wagenknecht?"
„Kipping. So eine schöne Frau! Leider lesbisch."
„Katja Kipping ist lesbisch?"
„Digger, als Taxifahrer erkennst du so was."
„Ich glaube nicht, dass Katja Kipping lesbisch ist."
Der Taxifahrer hob die Hände. „Ich sag ja: Du musst dich nicht für Politik interessieren, weil es dich nichts angeht. Ich aber schon."
Thomas schüttelte den Kopf. „Okay. Es geht mich ehrlich gesagt auch wirklich nichts an, ob Katja Kipping lesbisch ist. Vererbt kriege ich leider so gut wie gar nichts. Wir waren beide keine großen Sparer. Haben immer alles gleich ausgegeben. Essen gehen. Reisen. Teure Spielzeuge. Solche Sachen."
Der Taxifahrer nickte. „Kenne ich. Aber die Wohnung …" Er zeigte auf den Altbau, vor dem das Taxi hielt. „Die Wohnung gehört euch?"
Thomas nickte. „Immerhin, ja. Aber die will ich doch nicht verkaufen."
„Mein Freund, du gehst wieder arbeiten. Logo gehst du wieder arbeiten. Erst mal kriegst du doch wohl eine Abfindung von deinem Laden."
„Ja, ja." Thomas presste die Handballen gegen die Augen und holte tief Luft.
„Digger, wird dir schlecht? Dann mach mal bitte die Tür auf."
„Nein, es geht gleich wieder. Ich hab da bloß die ganze letzte Zeit gar nicht drüber nachgedacht, was das alles kostet."
„Noch nie", sagte der Taxifahrer.
„Noch nie", gab Thomas zu. „Das war nämlich bei uns so, dass mein Mann diese ganzen finanziellen Dinge erledigt hat. Ich müsste mir da erst mal einen Überblick … O Gott, das sind

bestimmt jeden Monat … also, Essen, klar, Rundfunkgebühren, Putzhilfe … also, ein paar Tausend Euro sind das doch."

„Eine Putzhilfe kann man abbestellen."

„Ich nicht! Ich kann doch gar nicht putzen. Außerdem hab ich doch nicht die geringste Ahnung, wie die Telefonnummer von der ist."

„Verkauf doch die teuren Spielzeuge. Oder gleich die Wohnung. Oder vermiete die und nimm dir selbst was Kleineres."

Thomas merkte erst jetzt, dass er nach Luft rang.

„Ich bin arm", keuchte er. „O Gott. Ich bin arm!"

„Digger, jetzt mach mal halblang. Du machst dich hier gerade komplett lächerlich. Du hast eine eigene Wohnung, eine Putzhilfe und kriegst jederzeit wieder einen Job, bei dem du auch gar nicht wissen musst, wie viel du da eigentlich verdienst. Du bist doch nicht arm!"

„Doch."

„Na, dann aber auf echt hohem Niveau."

„Auf hohem Niveau arm sein ist aber genauso scheiße wie auf niedrigem Niveau. Es ist das einzige Niveau, das ich kenne!"

Der Taxifahrer legte ihm die Hand aufs Knie. „Mein Freund", sagte er leise. „Komm mal runter, mein Freund." Er fing an, Thomas' Oberschenkel zu kneten.

Thomas schluckte. „Das kann ich jetzt wirklich nicht", sagte er. „Echt. Ich sollte mich geschmeichelt fühlen, aber ich kann das jetzt nicht."

Der Taxifahrer lachte. „Wenn du echt keine Arbeit findest, haut dich doch deine Familie wieder raus." Die Hand knetete weiter. Thomas wollte sie wegschieben, fühlte sich aber zu schwach dazu.

„Ich will kein Geld von meinem Vater", keuchte er. „Und arbeiten will ich auch nicht mehr. Nie wieder. Ich hasse meinen Job. Ich lauf da jeden Morgen hin und rede eigentlich nur den ganzen Tag dummes Zeug, und das sind dann meine großartigen Ideen, und die Arbeit machen die anderen. Was produziere ich denn da? Was kann ich denn schon? Wem nützt das? Nie wieder will ich dahin. Und was anderes kann ich nicht."

Er schluchzte, teils aus Überforderung wegen des ganzen Tages und seiner ganzen absurden Situation, teils aber auch, weil er in diesem Moment merkte, dass es stimmte, was er über seine Arbeit sagte.

„Digger", sagte der Taxifahrer. „Digger, du bist nicht arm. Und du wirst auch nicht arm. Aber entschuldige, wenn ich das so sage, du musst mal mit deinem Leben klarkommen. Dein Mann hat sich um alles gekümmert, aber der ist jetzt weg."

Thomas schluchzte lauter. Die Hand massierte stärker.

„Alles wird gut, mein Freund. Du musst auf Gott vertrauen. Und auf dich selbst."

„Ich vertraue mir aber nicht", heulte Thomas. „Und ich glaube nicht an Gott. Ich kann nichts alleine. Und jetzt bin ich ganz alleine. Ich war noch nie alleine."

„Du brauchst Hilfe."

„Wer soll mir denn helfen?"

„Putzhilfen kann man abbestellen. Hilfe kann man sich organisieren."

Thomas wischte sich mit dem Handrücken die Tränen ab. Er hielt immer noch das Handy umklammert, das schon wieder vibrierte.

„Meinen Sie, ich soll zum Psychologen oder was?"

„Quatsch." Der Taxifahrer winkte mit der freien Hand ab. Die andere massierte weiter. „Psychologen helfen nicht. Die reden auch nur, genau wie du. Du brauchst jemanden, der den ganzen Quatsch konkret für dich regelt. Der die Rechnungen bezahlt. Der guckt, dass die Putzhilfe auch ihren Job macht. Der den Kühlschrank vollmacht und die Kontoauszüge abheftet. Du brauchst Einzelfallhilfe."

„Die kriegt man doch nur vom Sozialamt. Wenn ich dahin gehe und sage, ich brauche Einzelfallhilfe, die zeigen mir doch einen Vogel."

„Genau. Und dann bist du offiziell verrückt. Und dann kriegst du Einzelfallhilfe."

„Ich glaube nicht, dass das so funktioniert."

„Dann musst du dir das irgendwie privat organisieren. Im Internet, würde ich vorschlagen. Gig Economy! Heute gibt's doch für alles irgendwo eine Plattform. So, und jetzt brauch ich mal mein Geld. Mein Freund, die ganze Lebensberatung, das gibt Trinkgeld, ja?"

„Klar. Ich fürchte nur, in meiner Wohnung ist ehrlich gesagt auch gar kein Geld mehr. Mir fällt gerade ein, dass ich alles für den Floristen ausgegeben habe. Bei der Beerdigung."

„Dann musst du mir eben einen blasen."

„Was? Wie bitte?"

Der Taxifahrer lachte und hörte auf zu massieren. „Spaß. Echt, Digger. Du glaubst aber auch alles. Aber dein Handy kannst du mir geben."

„Ist das jetzt auch Spaß?"

„Nee."

Thomas wog das Handy in der Hand. Es vibrierte schon wieder. Wahrscheinlich Renate mit einer weiteren panischen Textnachricht.

„Okay", sagte Thomas und hielt dem Fahrer das Handy hin. „Bitte schön."

Der Fahrer verrenkte sich umständlich, um das Telefon in der Gesäßtasche zu verstauen. Als er fertig war, sagte er: „Okay, mein Freund, und das ist der Grund, warum du Einzelfallhilfe brauchst. Ja? Hör mal, du kannst mir doch nicht für eine Taxifahrt, die mit einem großzügigen Trinkgeld, ja, also wirklich einem großzügigen Trinkgeld für Lebensberatung, die dann vielleicht 50 Euro kostet. Da kannst du mir doch kein Handy geben, das auch gebraucht bestimmt noch 200 wert ist. Echt mal, Digger."

Der Taxifahrer schüttelte den Kopf und widmete sich dem anderen, am Armaturenbrett montierten Handy, aus dem krächzende Stimmen drangen.

Thomas lachte und nickte. „Okay. Verstanden. Danke für die Lektion."

„Bitte."

Der Regen prasselte. Die Stimmen krächzten.

„Kann ich mein Handy wiederhaben?", fragte Thomas.

„Kannst du zahlen?"

„Nee."

„Dann nicht. Und jetzt sieh zu, dass du rauskommst, mein Freund. Ich muss weiter."

Thomas stieg aus und hatte sofort das Gefühl, unter einer voll aufgedrehten Dusche zu stehen. Belämmert stand er am Bordstein, den Griff der Autotür in der Hand. Ich habe nichts mehr außer Julias Bleistift, dachte er.

Laut, um das Unwetter zu übertönen, fragte er: „Wen hassen Sie denn nun?"

Der Taxifahrer, der etwas in sein Handy gemurmelt hatte, schaute über die Schulter zurück. „Was?"

„Wen Sie hassen. Sie haben nichts gegen Schwule, nichts gegen Araber, nichts gegen Juden und nicht mal was gegen Israel, aber Sie wollten mir noch verraten, wen Sie wirklich hassen."

„Erdogan."

„Erdogan?"

Der Taxifahrer zog den Aschenbecher auf und rotzte verächtlich hinein. „Erdogan, die Schwuchtel. Er hat die Kurden immer nur gefickt."

Dann reckte er sich nach hinten und zog die Tür so heftig zu, dass Thomas den Halt verlor und beinahe unter das losbrausende Taxi geraten wäre. Gerade noch konnte er zurückspringen und kam mit einem Schwall Wasser aus dem Rinnstein davon, der ihm die Hose komplett durchnässte.

„Einzelfallhilfe", murmelte er und wühlte in der Tasche nach dem Schlüssel. „Einzelfallhilfe! Na, warum nicht?"

5

Kaum war Beat aus der Tür, hatte er das Gefühl, unter eine voll aufgedrehte Dusche geschubst worden zu sein. Er trug nicht mal eine Jacke, und die dünnen Turnschuhe waren sofort mit Wasser vollgesogen.

Halb ging er, halb rannte er. In seinem Kopf tobte ein Sturm, der mindestens ebenso heftig war wie das Unwetter, das gerade über der Stadt niederging, und die Wut, die kalte, eng zusammengepresste Wut, breitete sich jetzt, da der Deckel im Streit mit Mama und Mami einmal abgeplatzt war, durch seinen gesamten Körper aus wie eine giftige Ranke, die das Regenbombardement in sich aufsog und davon immer kräftiger und gieriger wurde.

Leute rempelten ihn an. Autos hupten. Das Licht der Straßenlaternen schwamm auf den anschwellenden Pfützen, und er trampelte, so doll er konnte, hinein. Das Wasser spritzte schwarz und kalt bis zu seinem Hals, bis ins Gesicht.

„Scheiße!" Der Regen, der Verkehr, die Leute, das Licht – alles wollte ihn kleinhalten. „Scheiße!", brüllte er noch einmal. „Scheiße, Scheiße, Scheiße!"

Er würde nie wieder nach Hause gehen, so viel stand fest. Mama und Mami würden sich Sorgen machen, sauer sein, die ganze Stadt absuchen. Ihm doch egal. Wenn sie ihn finden würden, würde er nicht mitkommen. Er hätte dann neue Freunde. In einem besetzten Haus. Irgendwo auf dem Land. Bei Opa Eddie, im Haus am See. Das wär's. Das würde Mama und Mami ärgern. Keine Schule mehr. Bei Opa Eddie dürfte er auch tun und lassen, was er wollte. Vielleicht würde er auch Kunst machen. Warum denn nicht? Künstler durften alles.

Im Gehen versuchte er, das Handy aus dem Rucksack zu kramen. Thomas würde wissen, wie die Adresse von Opa Eddie genau war. Und die Telefonnummer. Wieder rempelte ihn jemand an. Der Rucksack rutschte ihm von der Schulter. Er stolperte. Die Lasche ging auf, das Handy blitze im Regenlicht auf, segelte durch einen Lichtfleck und schredderte dann irgendwo im Dunkeln über den Asphalt.

„Pass doch auf!", schrie Beat. Sofort war er auf den Knien und tastete den Boden ab.

„Entschuldigung", sagte irgendjemand.

„Hurensohn!", schrie Beat noch.

Er suchte weiter den Boden ab, da schleuderte ihn ein Stoß nach vorne. Der Rempler hatte ihm einen Tritt versetzt. Mit einem Schmerzensschrei landete er im Nassen.

„Du kleiner Wichser", sagte die Stimme. Es klang fast bedauernd. Dann entfernten sich die Schritte.

In diesem Moment brummte das Handy, und das Display leuchtete auf. Beat schnappte sich das Gerät und sprang auf. Über das Display zog sich ein tiefer Riss. Im Licht des Bildschirms erkannte er, dass seine Hände aufgeschürft waren. Jetzt spürte er auch den brennenden Schmerz.

Ein WhatsApp-Anruf von Chiara.

„Mann, Kikeriara, da hab ich doch jetzt keinen Nerv drauf."

Das Handy war nass und wurde zusehends mit Regentropfen übersät. Beat flüchtete sich in einen Hauseingang. Er wischte die Benachrichtigung weg und suchte Thomas aus den Kontakten.

„Hi, Thomas. Papa", sagte er, während er den Knopf für die Sprachnachricht gedrückt hielt. „Ich bin's, Beat. Kannst du mir mal Opas Adresse schicken? Oder am besten gleich den Kontakt. Ich würde den gern mal anrufen." Er hob den Blick und blinzelte auf die Straße. Das Unwetter schien nicht nachlassen zu wollen. Donnergrollen rollte durch die Schwärze über den Dächern, und die verwaschenen Lichter der Stadt erzitterten. Beat fröstelte. Er war nass bis auf die Haut. Die Wut, die sich dem Chaos um ihn herum entgegengereckt hatte, war in sich zusammengesunken.

„Und sag mal, kann ich vielleicht kurz bei dir rumkommen?“ Es war Jahre her, dass er Thomas besucht hatte, aber etwas Besseres fiel ihm nicht ein. „Es gab da so ein bisschen Stress zu Hause. Wegen Schule. Und da dachte ich …“ Plötzlich kam er sich bescheuert vor. Sollte er jetzt noch losheulen oder was? „Ach egal. Melde dich, ja?“

Er ließ den Knopf los und schickte die Nachricht ab.

Mit jeder Sekunde wurde ihm kälter. Eine Frau, die mit prallen Einkaufstüten und einem plärrenden Kind an der Hand an ihm vorbeihastete, warf ihm mitleidige Blicke zu. Er schlang die Arme um sich und biss die Zähne zusammen, damit sie nicht zu klappern anfingen.

Unter seinem Arm vibrierte das Handy erneut.

„Ja?“

Rauschen. Krächzen. Verkehrsgeräusche und Stimmen im Hintergrund.

„Digger, hörst du mich? Das ist nicht mehr Thomas’ Handy.“

„Was? Wer spricht denn da?“

„Das ist nicht mehr Thomas’ Handy. Kennst du den, mein Freund?“

„Das ist mein Vater. Wer spricht denn da überhaupt?“

„Du solltest dich mal um den kümmern. Ich sag nur, wie es ist: Der wollte mich hier abziehen wegen Geld. Am Ende musste er mir das Handy geben. Der Job ist weg. Und, Digger, ich glaub, der hat was mit seiner Putzfrau. Jedenfalls, der braucht Hilfe, ja? Einzelfallhilfe.“

„Ich verstehe kein Wort.“

Knacken. Tuten. Aufgelegt.

Beat starrte aufs Display. Schlagartig fiel ihm wieder ein, dass ja Clemens gestorben war. Thomas war also jetzt schon ein paar Tage allein. Beat hatte so viel um die Ohren gehabt, dass er das ganz vergessen hatte. Bei ihm war noch nie jemand gestorben, aber bestimmt war das sehr schlimm, überlegte er.

Er gab sich einen Ruck und rannte, das Handy an die Brust gepresst, die Straße hinunter zur Bushaltestelle. Einfach so bei

Thomas reinzuschneien und sich auszuheulen, dann wahrscheinlich von Mama abgeholt werden, das wäre ihm zu peinlich gewesen, aber wenn der tatsächlich in Schwierigkeiten steckte? Leute, denen der Partner wegstarb, bekamen doch angeblich schnell Depressionen oder fingen an zu trinken. Er würde hinfahren, um nach dem Rechten zu sehen. „Thomas, ich wollte dich gerade mal wieder anklingeln nach der ganzen Zeit, mal gucken, wie es dir so geht, nach der Beerdigung und so, und da war so ein komischer Typ dran. Da dachte ich, ich check mal, ob alles klar ist bei dir."

Genau so. Wie Erwachsene das eben machten. Mama und Mami waren ja nach der Beerdigung anscheinend nicht auf die Idee gekommen.

Der Bus kam angefahren, und Beat sprang hinein. Zum Glück war der Sitz ganz hinten über der Heizung frei. Er versuchte, den Geruch nach nasser Kleidung zu ignorieren, und starrte in die Schwärze hinter den Scheiben. Die Idee, bei seinem Erzeuger – seinem Vater, verbesserte er sich – mal nach dem Rechten zu sehen, gefiel ihm. Vielleicht würden sie in Zukunft öfter mal was zusammen machen.

Das Handy vibrierte. Noch eine Sprachnachricht von Kikeriara. Diesmal hörte er sie ab.

„Hey, ich bin's, Chiara. Ich wollte noch mal fragen, wegen deinem Opa und den Fotos. Ob ich den mal was fragen könnte. Sorry, wenn das nervt. Ist nur echt total wichtig für mich, und ich würde mich freuen. Irgendwie kann ich mich dann auch erkenntlich zeigen. Vielleicht brauchst du ja mal ein Foto oder so. Obwohl, in deiner Familie wohl eher nicht. Na egal. Sag doch mal, was du denkst."

Beat hörte die Nachricht noch ein zweites Mal ab. Er klopfte sich mit dem Handy auf den Oberschenkel. Sich erkenntlich zeigen … Plötzlich kam ihm ein verrückter Gedanke. Was, wenn Kikeriara in ihn verknallt war? Er traute sich nicht so ganz, daran zu glauben, aber es war die einzige Erklärung, die ihm einfiel. Warum sonst sollte die ihn plötzlich ansprechen und dann am selben Abend noch eine Nachricht schicken? Wegen der Fotos von Opa Eddie? Bestimmt nicht. Er und Kikeriara! So hatte er sich das noch nie vorgestellt. Aber warum eigentlich nicht? Klar, sie hinkte ein bisschen, aber alle waren sich einig, dass sie trotzdem sogar ganz gut aussah und auch noch schlau war.

Der Gedanke, bei Thomas mit Kikeriara im Schlepptau aufzutauchen, gefiel ihm plötzlich noch besser. Natürlich würde er nicht behaupten, dass sie seine Freundin war. Immerhin wusste er ja noch gar nicht, wie sich die Sache entwickeln würde, aber es würde einfach cool rüberkommen, wenn er nicht nur plötzlich vor der Tür stünde, um mal von Mann zu Mann nach dem Rechten zu sehen, sondern auch eine Freundin dabeihätte. So, als ob er ständig irgendwelche Mädchen kennenlernte und es gar nichts Besonderes wäre. Und wenn er Kikeriara jetzt einlud mitzukommen, war das die ideale Gelegenheit zu schauen, was an der Sache dran war.

Beat räkelte sich im Sitz und genoss die Wärme der Heizung. Mit einem Mal kam ihm alles gar nicht mehr so schlimm vor. Wahrscheinlich würde er nach dem Besuch bei Thomas doch wieder nach Hause fahren. Mama hatte ja schon gesagt, dass sie ihm in der Schule helfen wollte. Da würde sich also auch alles wieder einrenken. Und in Zukunft hätte er ja auch Thomas und Kikeriara.

Kurz entschlossen tippte er auf Kikeriaras Profilbild. Das war eindeutig ein Fall für einen Anruf. Während es tutete, bekam er Herzklopfen. Er rief ja nicht so oft bei Mädchen an. Wenn da was gelaufen war, war das bisher eigentlich nur auf Partys gewesen. Und dann auch wieder vorbei. Wie machte man das denn jetzt? Aber sie wollte ja schließlich was von ihm, und das gab ihm schon mal Sicherheit.

„Hallo? Beat?"

Er setzte sich auf und räusperte sich. Was hatte er gleich noch mal sagen wollen?

„Ähm, hi. Kik…" Er biss sich auf die Lippe. „Chiara."

Sie machte ein kleines Geräusch. Scheiße, dachte er. Die hat das gemerkt mit dem blöden Spitznamen. Schnell redete er weiter.

„Du, wegen den Fotos. Gerne. Kein Ding. Ich bin gerade zufällig auf dem Weg zu Thomas, also zu meinem Dad. Dem geht's gerade nicht so gut, na ja, da wollte ich mal checken, dass alles okay ist. Hast du vielleicht Lust, ich meine, dass du da auch hinkommst? Der kann uns die Adresse und die Nummer geben. Und der hat auch noch ein paar Fotos von meinem Opa, echt seltenes Zeug", fiel ihm noch ein.

„Meinst du denn, das passt, wenn ich da jetzt einfach mitkomme? Wenn's deinem Dad nicht so gut geht?"

„Nee, das ist schon in Ordnung. Da ist bloß sein … also, da ist jemand gestorben. Du weißt ja, wie das ist."

Schweigen. Die Bustüren schlossen sich zischend, und der Motor heulte auf. Beat hielt sich das freie Ohr zu. „Was hast du gesagt?"

„Äh. Ja. Okay. Ich bin jetzt einfach ein bisschen überrascht."

Bitte sag Ja, dachte Beat.

„Aber gut. Wo ist denn das? Wo soll ich denn da …"

In dieser Sekunde fiel Beat ein, dass er es nicht wusste. Er wusste zwar, wo die Haltestelle war und wie das Haus von Thomas aussah, aber er kannte weder Straßenname noch Hausnummer.

„Ich bin hier gerade im Bus", sagte er.

„Ja."

„Kannst du … kannst du da vielleicht an die Haltestelle kommen … die hat so 'nen komischen Namen … Karl-Heinrich-Ulrichs-Straße. Genau. Ja?"

„Keine Ahnung, wo das ist. Aber krieg ich mit Handy schon hin. Das muss aber jetzt sein, ja?"

„Na, so … also, ich fahr hier noch 'ne Weile."

„Halbe Stunde kann ich schaffen."

„Halbe Stunde ist super."

Er legte auf. Vor nicht einmal einer halben Stunde hatte er noch gedacht, sein Leben wäre vorbei. Jetzt hatte er so etwas wie ein Date und würde den Abend mit einem anderen Erwachsenen verbringen, wenn Mama und Mami sich eben so blöd anstellten.

Beim Warten auf Kikeriara an der Haltestelle Karl-Heinrich-Ulrichs-Straße verging ihm die gute Laune allerdings wieder. Der Regen hatte zwar aufgehört, aber es wehte immer noch ein empfindlich kalter Wind. Er fror erbärmlich und spürte schon ein Ziehen im Hals und ein leichtes Pochen hinter den Schläfen. Immer wieder schaute er aufs Handy. Die halbe Stunde war längst rum.

Endlich sauste ein Fahrrad auf ihn zu. Die Klingel ertönte, und Kikeriara sprang ab. Trotz des Regens hatte sie das Rad genommen, vielleicht, um schneller da zu sein.

„Hi. Tut mir leid, hab's nicht gleich gefunden."

„Macht nichts. Ich bin auch gerade erst gekommen."

Sie schob das Fahrrad neben ihm her, während er krampfhaft versuchte, sich an den richtigen Weg zu erinnern.

„Du bist ja total nass geworden."

„Ach das. Ja, ich zieh mich dann gleich um bei meinem Dad."

„Ach."

Hier links oder rechts? Der Glascontainer kam ihm richtig vor. Also rechts.

Kikeriara räusperte sich. „Danke, dass du mich so spontan mitnimmst."

„Klar. Kein Problem."

„Ich meine, wir kennen uns ja gar nicht. Ich hatte schon Schiss, dass du das irgendwie komisch findest, weil ich dich einfach so anquatsche."

„Nee, nee."

„Es ist auch echt nur wegen der Fotos."

„Ja, klar."

Scheiße, nur wegen der Fotos. Was sollte das denn jetzt? Na ja, andererseits tat er ja auch so, als wäre das alles ganz zufällig so gekommen. Was es ja eigentlich auch war. Verdammt, war das kompliziert. Er hätte sich am liebsten überall gekratzt, so unwohl fühlte er sich, aber man konnte ja schlecht einfach so fragen, ob jemand vielleicht in einen verknallt war, weil man selbst in diejenige zufällig auch verknallt war, was man aber erst vor ganz kurzer Zeit im Bus gemerkt hatte und sich auch noch gar nicht richtig sicher war, weil es eben auch noch darauf ankam, ob denn die andere Person in einen verknallt war. Das konnte man eben nicht einfach so fragen. Dann wäre ja alles ganz leicht gewesen. Oder konnte man?

„Darf ich dich mal was ganz Blödes fragen?“, unterbrach Chiara seinen inneren Monolog.

Beat verdrehte innerlich die Augen. Er konnte sich ziemlich genau vorstellen, was jetzt kam, denn wenn die Leute schon so anfingen, gab es danach eigentlich nur noch eine Frage. Irgendwie enttäuschte es ihn und machte ihn fast schon wieder sauer, dass ausgerechnet Kikeriara ihm jetzt auch noch mal diese blöde Frage stellen musste. Am liebsten hätte er gesagt: Nee, lass mal. Stattdessen sagte er: „Ja, klar.“

„Also, das haben dich jetzt sicher schon tausend Leute gefragt.“

„Nee.“

„Ich weiß auch gar nicht, ob du das eigentlich weißt.“

„Ich weiß da alles drüber. Meine Eltern fanden das immer total wichtig, dass ich da Bescheid weiß.“

„Ach so. Das ist ja super.“

„Meine Eltern, also meine Mütter und mein Vater, nein, halt, also mein Vater und meine Mama, aber nicht meine Mami …“

O Gott, klang das bescheuert, Mama und Mami, wie so ein totales Baby.

„… die hatten, um mich zu kriegen, so eine Art Beziehung. Es ging aber schon um mich dabei. Die waren nicht verknallt oder so. Meine Mama war ja auch schon mit Mami zusammen damals, aber sie fanden es irgendwie schöner oder natürlicher oder was weiß ich, wenn die beiden … also, wenn ich ganz normal so gezeugt werde. Mit Liebe.“

„Ich dachte, die waren nicht verliebt.“

„Ja, aber es sollte halt mit Liebe sein. Das haben die immer gesagt. Wenigstens das eine Mal.“

„Glaube nicht, dass das nur ein Mal war.“

Kikeriara hielt ein paar Schritte später an, als sie bemerkte, dass Beat stehen geblieben war. „Was ist?“

„Woher willst du denn das bitte wissen? Warst du vielleicht dabei?“

„Nee. Aber es ist doch total unwahrscheinlich, dass deine Mama schon beim ersten Mal schwanger geworden ist. Das klappt doch fast nie. Ich schätze, das wird schon ein paar Monate gedauert haben."

Kikeriara setzte sich wieder in Bewegung, und Beat trottete einen Augenblick später hinterher. Das Rücklicht des Fahrrads leuchtete vor ihm in der Dunkelheit. Ich hasse meine Familie, dachte er. Diese Scheiß-Regenbogenfamilie. Jetzt quatsche ich hier mit einem Mädchen, in das ich wahrscheinlich oder möglicherweise verknallt bin, wenn sie wirklich in mich verknallt ist jedenfalls, über meine Zeugung. Und ich steh wie der letzte Depp da. Wahrscheinlich hat sie recht. Das muss wirklich Monate gedauert haben. Danke, dass mir das mal wieder keiner gesagt hat. Von wegen Offenheit!

„Aber das wollte ich eigentlich gar nicht fragen", kam es von Chiara aus der Dunkelheit.

„Was denn dann?"

Er rannte ein paar Schritte, um zu Kikeriara aufzuschließen.

Das Fahrrad quietschte. Die Reifen summten feucht auf dem Asphalt. Die kleine Straße, in die sie einbogen, duftete nach Blumen und Regen. Kein Auto weit und breit. Aus den umliegenden Häusern fiel warmes Licht.

Beat schaute verstohlen zur Seite und bemerkte, dass Kikeriara rot geworden war.

„Ich wollte nämlich fragen, ob dein Opa, also Edgar Edel, ob der eigentlich schwul ist. Da sind sich die Biografen nämlich uneins. Aber das weißt du vielleicht gar nicht", schob sie erneut hinterher.

„Das weiß ich echt nicht. Hat mich auch noch nie jemand gefragt." Beat überlegte, während er die Häuserfront absuchte. Waren sie schon angekommen?

„Ich denk mal nicht", sagte er schließlich. „Der hat ja schließlich meinen Vater gezeugt."

„Dein Vater hat ja auch dich gezeugt. Und der ist auch schwul. Oder jedenfalls bisexuell."

„Der ist schon total schwul."

„Wenn du meinst. Ich dachte nur."

Beat lachte. „Bisexuell. Wie das schon klingt. Gibt's das denn überhaupt? Ich dachte, das sagen Leute nur, wenn sie nicht zugeben wollen, dass sie schwul sind. Oder lesbisch."

Jetzt war es Kikeriara, die stehen blieb. „Doch", sagte sie über ihr Fahrrad hinweg. „Klar gibt's das." Sie strich sich das Haar aus der Stirn und schob dann weiter.

Sie ist wirklich hübsch, dachte Beat. Auch wenn sie hinkt beim Fahrradschieben. In seinem Bauch breitete sich Wärme aus. Hieß das jetzt, dass Kikeriara bisexuell war? Würde er Sex mit zwei Mädchen haben? Würde er überhaupt Sex haben?

„Warte mal. Da ist es", rief er.

Kikeriara schloss das Fahrrad an einen Laternenpfahl. Dann stiegen sie die Treppen zur Haustür empor.

„Warum ist denn das wichtig, ob mein Opa schwul war oder hetero? Oder bisexuell?", fragte Beat, als er auf den Klingelknopf drückte. Oben, hinter der geöffneten Balkontür, brannte Licht. Musik war zu hören. Leises Klavier, Trommeln.

Wenn der Frühling kommt
Und deine Seele brennt
Du wachst nachts auf aus deinen Träumen …

„Für die Kunst", sagte Kikeriara. „Für die Fotos ist das schon wichtig."

„Der fotografiert doch nicht anders, wenn er hetero ist, als wenn er schwul ist. Oder bisexuell", meinte Beat.

Die Musik oben verstummte. Der Türsummer ertönte. Kikeriara hatte den Mund geöffnet und wollte offenbar etwas sagen. Jetzt überlegte sie es sich wohl anders und folgte Beat in den Hausflur.

Eine Treppe mit dunklem Holzgeländer schraubte sich nach oben. Ein Kokosläufer schützte die Stufen. Müdes Gold schimmerte als Halterung. Durch den Treppenschacht führte ein frei stehender Aufzug mit schmiedeeiserner Verkleidung. Die weißen Wände zierten nackte und etwas untersetzte Götter und Göttinnen. Es roch nach Möbelpolitur und süß nach den Lilien, die auf einem geschwungenen Holztischchen neben dem Aufzug standen.

„Sollen wir den Fahrstuhl nehmen?“, fragte Kikeriara.

Beat schüttelte den Kopf. „Ist gleich im ersten Stock.“

Seite an Seite stiegen sie die Treppe hinauf. „Schön ist das hier“, sagte Kikeriara leise.

Die Wohnungstür war geschlossen. Unter dem Türspion befand sich ein Klopfer in Form einer silbernen Löwin.

„Thomas?“, fragte Beat halblaut. Er griff nach dem Ring im Maul der Löwin und hob ihn an. Ein schrilles Klingeln durchzitterte die Stille. Etwas raschelte, als veränderten die Götter und Göttinnen an der Wand unmerklich die Position.

Ohne dass Schritte zu hören gewesen wäre, öffnete sich die Tür. Der Mann, der dahinter stand, musste gewartet und gelauscht haben. Graues, kinnlanges Haar fiel ihm ins Gesicht. Die Augen waren gerötet. Im weit offen stehenden Kragen des Morgenmantels war deutlich der Brustansatz mit der drahtigen Behaarung zu erkennen. Die bleichen Beine endeten in Plüschschlappen. Die eine Hand des Mannes lag auf dem Türgriff, in der anderen hielt er ein schweres Glas mit einer bernsteinfarbenen Pfütze.

„Beat!“

Der Mann ließ die Tür los und steckte den Kopf ins Treppenhaus, als suchte er noch weitere Personen. „Ist was passiert?“

„Hallo, Thomas. Nee, ist nichts passiert. Ich wollte nur mal nach dir sehen. Da war so ein komischer Anruf von deinem Handy. Und ich dachte auch wegen der Beerdigung. Ach ja, und das ist Chiara. Aus meiner Schule. Sie ist ein Fan von Opa.“

„Guten Abend“, sagte Kikeriara.

Der Mann – Thomas – schien sie erst in diesem Moment richtig zu bemerken. Er reichte ihr die Hand. „Guten Abend. Ja, das ist jetzt überraschend …“ Er sah zu Beat hinüber.

„Wenn es nicht passt, können wir auch wieder gehen“, sagte Kikeriara.

„Wissen deine Mütter, dass du hier bist?", wandte sich Thomas an Beat.

Der nickte. „Hm-hm."

Thomas presste die Lippen zusammen. Dann stürzte er den Rest seines Getränks hinunter und machte eine einladende Handbewegung. „Kommen Sie doch herein, Chiara. Beat." Er nickte.

Sie gingen ihm voran in die Wohnung. Alles sah anders aus, als Beat es in Erinnerung hatte. Neben dem kurzen Flur lag eine Küche. Im Halbdunkel glomm eine blaue Radioarmatur. Beat erspähte Kochgeschirr, das an den Wänden aufgehängt war, Arbeitsplatten und einige schweigende, verchromte Kästen, die sehr teuer aussahen. Nach Essen roch es allerdings nicht.

„Hängt euch doch erst mal auf."

Erst jetzt bemerkte Beat, das Kikeriara sich für den Besuch offenbar hübsch gemacht hatte. Statt der Jacke aus der Schule hatte sie einen hellbraunen, kurzen Mantel an, der vom Regen fleckig geworden war.

„Moment, ich helfe Ihnen", sagte Thomas und streckte schon die Hände aus.

„Sehr lieb", sagte Kikeriara. „Aber ich schaffe das schon. Sie dürfen übrigens gerne Du zu mir sagen. So alt bin ich ja noch nicht."

„Okay. Dann bin ich aber auch Thomas", sagte Thomas.

Kikeriara hängte den Mantel an einen Haken. „Gern. Wenn du meinst."

Beat stand gebückt daneben und zerrte an seinen nassen Schuhen herum. In ihm regte sich schon wieder die Wut. Er fand es unfair, dass sein Vater so lässig mit dem Mädchen redete, in das er, Beat, doch möglicherweise vielleicht verliebt war, jedenfalls, wenn sie auch in ihn verliebt war. Warum kannten sich Schwule überhaupt immer so gut mit Frauen aus? Da fiel ihm wieder ein, was Kikeriara darüber gesagt hatte, wie oft Thomas mit Mama vielleicht geschlafen hatte. Er hätte sich am liebsten wieder überall gekratzt, so unwohl fühlte er sich.

Unter Kikeriaras Mantel kam ein knielanges Kleid mit einigen bunten Schmetterlingen darauf zum Vorschein. Die flachen, schicken Schuhe schob sie geschickt unter ein Bänkchen im Flur. Sie sah viel erwachsener aus als in der Schule, fand Beat, und benahm sich auch so.

„Kann ich euch was anbieten? Mensch, Beat, du bist ja ganz nass. Komm, ich borg dir ein Hemd!" Thomas eilte ihnen voran ins Wohnzimmer und winkte ihnen, ihm zu folgen.

Wenig später fanden sie sich mit Teegläsern in der Hand auf dem Sofa wieder. In der gläsernen Kanne auf dem Metallgestell simmerte das honigfarbene Gebräu. Beat stecke inzwischen in einem stark gemusterten Hemd, das ihm mindestens zwei Nummern zu groß war. Er musste die Ärmel aufrollen, um das Teeglas fassen zu können, und kam sich nun erst recht wie ein Kind vor. Thomas saß ihnen schräg gegenüber in einem s-förmig geschwungenen Sessel aus Holz und hellem Stoff.

„Tja", sagte er und schickte mit einer Fernbedienung, die etwa so groß war wie eine Schuhschachtel, einen Knopfdruck an eine verborgene Stereoanlage irgendwo im Raum. Kurz darauf ertönte Musik aus Geige, Gitarre und dumpfer Trommel, die so sehr rauschte und knackste, dass Beat das Gefühl hatte, gleich wieder im Regen zu sitzen, nur dass er es diesmal gemütlich warm hatte.

„Da wolltest du also mal nach mir gucken", sagte Thomas.

„Hm-hm", nickte Beat.

„Ich hoffe, wir stören dich auch wirklich nicht", sagte Kikeriara und nippte an ihrem Tee. „Du warst ja gerade beim Arbeiten." Sie schaute zum Esstisch hinüber, auf dem ein kleines MacBook zirpte wie ein Tierchen, das es sich bei Teegeruch und der Regenmusik ebenfalls gemütlich gemacht hatte. Weinranken schauderten vor dem Fenster im Wind und warfen zitternde Schatten auf die Whiskyflasche, das Notizbuch und den Füllfederhalter neben dem Laptop.

Thomas strich sich über die Stirn. „Es ist wirklich okay", sagte er. „Ich habe auch nicht gearbeitet. Ich …" Er zögerte.

Der Job ist weg, hatte der Typ am Telefon doch gesagt. Kein Geld mehr da. Beat rutschte auf dem Sofa ein Stück nach vorn.

„Ich habe eine Mail … na, besser gesagt, einen Brief geschrieben. An eine alte Freundin." Thomas hob den Blick und lächelte plötzlich. „Da passt es eigentlich ganz gut, dass ihr beide hier so reinschneit. Was für ein merkwürdiger Zufall."

„Wieso?", fragte Beat.

„Na, das war meine erste Freundin. So richtige Freundin eben. Ich hatte jahrelang nicht mehr an sie gedacht. Und jetzt, wo Clemens, mein Mann", sagte er in Kikeriaras Richtung, „verstorben ist, da musste ich irgendwie wieder an sie denken."

„Ist ja großartig, dass du nach all den Jahren den Kontakt zu ihr wiederherstellen konntest", sagte Kikeriara.

Thomas winkte ab. „Na, die ist nicht schwer zu finden. Sie ist etwas berühmt. Eine Professorin." Thomas dehnte das Wort, als spürte er dem Geschmack nach wie den Whiskyaromen. „Klug war sie immer schon. Und etwas kalt. Anders als du, Chiara, glaube ich."

Mit den geröteten Augen sah er zwischen Beat und Kikeriara hin und her. Beat bemerkte, dass sie voller Tränen standen. Es wäre ihm saupeinlich gewesen, wenn sein Vater jetzt angefangen hätte zu flennen.

„Wir sind nur gute Freunde", sagte Beat schnell. Im nächsten Moment hätte er sich dafür treten können. Warum hatte er das denn jetzt gesagt? Was, wenn sie gar nicht bloß gute Freunde waren? Oder noch schlimmer, wenn sie tatsächlich bloß gute Freunde waren?

Kikeriara sah ihn mit zusammengezogenen Augenbrauen an. „Seit heute Mittag sind wir gute Freunde", sagte sie und hob einen Mundwinkel.

Thomas lachte. „Ach, so ist das", sagte er. „Ja, das verstehe ich."

Beat verstand gar nichts. Irgendwie schienen sein Vater und das Mädchen, in das er vielleicht möglicherweise verknallt war, jedenfalls wenn sie auch in ihn verknallt war, eine Geheimsprache zu sprechen, in die er nicht eingeweiht war.

Eigentlich hatte er Kikeriara und seinen Vater beeindrucken wollen. Jetzt saß er hier im zu großen Hemd und fühlte sich von Sekunde zu Sekunde dümmer.

„Na, dir scheint's ja schon wieder gut zu gehen", sagte er laut zu Thomas.

Schlagartig war die Fröhlichkeit seines Vaters verflogen.

„Nein, mir geht es nicht gut", sagte er leise. Die Teekanne ließ ein kaum hörbares Summen vernehmen, und der Laptop antwortete mit einem Schnurren, als hätte er gerade einen besonders angenehmen Traum. Die schönen Dinge in der Wohnung ließen sich von Thomas' Traurigkeit nicht stören.

„Mir geht es nicht gut", wiederholte er. „Heute war ein … also, es war schon ein ganz seltsamer Tag. Ich habe meinen Job gekündigt", sagte er unvermittelt. „Jahre, Jahrzehnte hab ich in dem Laden gearbeitet. Und jetzt sind da so Jungspunde, die alles besser wissen. Alles, was ich bekommen habe, war ein Bleistift." Er deutete auf den Tisch.

„Krass", sagte Beat. „Dann hatte der Typ also recht, der mich vorhin von deinem Handy angerufen hat. Hast du dem echt dein Telefon als Bezahlung gegeben?"

Thomas seufzte. „Ja, tatsächlich. Aber das reiht sich einfach nur ein in die ganzen Seltsamkeiten und … ach … Blödheiten dieses Tages. Ich hatte ja mein Portemonnaie im Laden vergessen und dachte auch, ich hätte hier in der Wohnung kein Geld mehr. Wegen dem Floristen am Wochenende. Ich hatte dem ziemlich viel Trinkgeld gegeben, zu viel wahrscheinlich, aber ich wollte den einfach nur loswerden. Ich hatte keine Kraft mehr, da lange nachzurechnen. Na, und kaum habe ich dem Typen im Taxi mein Handy gegeben, da mache ich mir hier in der Wohnung einen Whisky auf, und was finde ich in der Dose im Schrank? 250 Euro. Hatte ich irgendwann mal da reingelegt. Für schlechte Zeiten, weil ich sie in der Hosentasche gefunden hatte, was weiß ich." Er legte das Gesicht in die Hände und seufzte schwer. Beat war sich nicht sicher, ob sein Vater gleich lachen oder weinen müsste. „So sieht's mit mir aus", sagte er. „Weil ich nicht mal weiß, wie viel Geld ich noch zu Hause hab, schenke ich wildfremden Leuten mein Handy.

Und mir geben sie einen Bleistift. Ich brauche eben wirklich Einzelfallhilfe."

„Was ist denn das für ein Bleistift?", fragte Kikeriara, so als wäre das die normalste Frage der Welt.

„Den habe ich nach einem sehr ekelhaften jungen Mann geworfen. Aber geschenkt hat ihn mir eine Frau", sagte Thomas, wiederum so, als wäre das die normalste Antwort der Welt.

„Dann solltest du ihn in Ehren halten", sagte Kikeriara. Beat schaute zu ihr rüber. Sie meinte das offenbar todernst.

Langsam wurde es Beat zu viel. Warum war er überhaupt hier? Ihn schien ja hier niemand zu brauchen.

„Einzelfallhilfe", sagte er. „Ist das so was wie 'n Psychologe? Ist bestimmt gut, wenn dir jemand hilft. Wo Clemens doch gerade erst tot ist."

Kikeriara stupste ihn in die Seite, aber das stachelte Beat nur an. Er würde sich doch von einem Mädchen, das er erst seit heute Mittag richtig kannte, nicht vorschreiben lassen, wie er mit seinem Vater zu reden hatte. „Auf der Beerdigung hat man dir das ja gar nicht so angemerkt", sagte er. Die Wut war wieder da. Alles hier war Beat plötzlich viel zu friedlich: das Teestövchen, die warme Musik und der schlummernde Laptop. In ihm blühte erneut etwas auf, das sich nach allen Seiten recken und etwas zum Anstoßen finden wollte.

„Fand ich schon krass, dass du nicht geweint hast."

Sofort hätte er sich treten können. Ihm fiel sein Handy wieder ein und wie der Klingelton während der Beerdigung plötzlich losgegangen war. Bestimmt würde Thomas ihm jetzt deswegen Vorwürfe machen.

Aber sein Vater schaute nur stumm ins Glas. Dann hob er den Blick und sagte: „Ich hatte mich gefreut, dass du gekommen bist." Er lehnte sich zurück und sah Beat direkt ins Gesicht. Sekunden vergingen. Beat spürte, wie ihm heiß wurde. Dann schüttelte Thomas den Kopf. „Du erinnerst mich an deinen Opa, weißt du das?" Immer noch sah er Beat direkt ins Gesicht. Beat schlug das Herz bis zum Hals. Er wollte sich entschuldigen, aber die Wut, die sich immer weiter in ihm reckte und sich bis in die Arme und Beine verzweigte, war stärker.

„Schade, dass der nicht hier wohnt", sagte Beat. „Den würde ich gern öfter besuchen."

Thomas ließ ihn nicht aus den Augen. Er nickte nur langsam, als hätte er etwas bestätigt gefunden, das er ohnehin geahnt hatte, und schwenkte das Getränk im Glas. „Das glaube ich gern. Tja." Endlich entließ er Beat aus seinem Blick und stellte das Glas mit vernehmlichem Klacken auf den Tisch. „Da werde ich mir meine Einzelfallhilfe wohl im Internet suchen müssen. Wie man das heute so macht."

„Ich glaube, ich muss dann auch mal", sagte Kikeriara. Sie klang verärgert. Beats Wut fiel in sich zusammen. Nichts war so gelaufen, wie er sich das vorgestellte hatte. Gar nichts. Es war von vorne bis hinten ein richtiger Scheißtag gewesen.

„Okay, dann gehen wir eben", sagte er laut. Und zu Kikeriara: „Wolltest du nicht noch was?"

„Muss nicht sein", sagte sie bloß.

„Doch, bitte", sagte Thomas. „Die ganze Mühe …" Er machte eine Pause und sah zu Beat hinüber. „… die ganze Mühe soll ja nicht umsonst gewesen sein."

„Sie wollte Opa fragen, ob er eigentlich bisexuell ist", sagte Beat. Er hörte selbst, wie trotzig und kindisch er klang, aber es brach einfach so aus ihm hervor.

Aber Thomas nickte wieder nur und stand auf. Er ging zum Arbeitstisch und notierte etwas. Dann kam er zurück und reichte Kikeriara Zettel und Stift. „Bitte schön. Wenn du dich für meinen Vater interessierst, weißt du ja sicher, dass wir kein so besonders gutes Verhältnis haben."

„Ja", sagte Kikeriara. „Das weiß ich."

„Wenn du was rausfindest", sagte Thomas, „dann erzähl mal. Mir sagt er nichts."

„Okay." Kikeriara stand auf und streckte Thomas die Hand hin. „Vielen Dank. Das ist echt super." Sie zögerte. „Es tut mir sehr leid mit deinem Mann."

„Danke." Thomas lächelte schief. „Wirklich, danke."

„Dein Stift." Kikeriara hielt ihm den Bleistift hin. Thomas hob abwehrend die Hände. „Nein, nein. Behalt ihn. Ich hab das Gefühl, der ist bei dir gut aufgehoben."

Kikeriara lächelte und steckte ihn zusammen mit dem Zettel ein.

„Mir schenkst du nie was", sagte Beat leise.

„Stimmt", sagte Thomas. „Nie. Nie schenke ich dir irgendwas. Einen Moment." Mit schnellen Schritten ging er aus dem Zimmer und rumorte in der Küche. Als er wiederkam, hielt er etwas in der ausgestreckten Hand, eingeklemmt zwischen die äußersten Enden der Fingerspitzen. Er stolperte fast beim Gehen, als würde er von dem kleinen Etwas vorangezerrt.

„Da", sagte er. „Die 250 Euro. Mach damit, was du willst."

Beat hätte ihm die Scheine am liebsten aus der Hand geschlagen. Dann riss er sie an sich und steckte sie sich in die Brusttasche. „Das Hemd behalte ich auch", sagte er.

„Selbstverständlich." Wieder das bedächtige Nicken von Thomas. „Klar."

Beat stand schon mit dem Rucksack in der Hand an der Tür, während Thomas Kikeriara in den Mantel half. „Du lässt dir das aber auch nicht nehmen", lachte sie.

„Immerhin traust du dich zu meinem Vater, um ihm die wichtigen Fragen zu stellen", gab Thomas zurück. „In die Höhle des Löwen. Da muss ich doch wenigstens irgendwas für dich tun."

Kikeriara schlüpfte ihn ihre Schuhe. Für einen kurzen Moment dachte Beat, sie würde seinen Vater umarmen. Doch dann hob sie einfach nur die Hand. „Nochmals vielen Dank", sagte sie.

6

Thomas schloss die Tür hinter ihnen. Er blieb einen Moment stehen und lauschte, wie die Schritte im Treppenhaus verklangen, die des Mädchens vorneweg und die seines Sohnes lustlos und schlurfend hinterher. Dann kehrte er zurück in den warmen Raum mit all den behaglichen, schlummernden Gegenständen. Er setzte sich an den Arbeitstisch, ließ den Blick schweifen und lauschte auf das Knistern der alten Musik, während vor dem Fenster der wilde Wein erschauderte. Er griff nach der Whiskyflasche und schenkte sich erneut ein. So viele Jahre, dachte er. Den Geschmack so vieler Jahre im Mund, so viele Jahre an den Wänden, in den Regalen und so viele Jahre, seit diese Musik gespielt wurde und Menschen, die jung waren, dazu getanzt haben, so viele Jahre, in denen der Wein bis zum Fenster gewachsen ist. Er schüttelte sich. Sentimental ist das, dachte er. Sentimentaler Blödsinn. So alt bist du doch noch nicht, dass du hier sitzt und über das Verlorene heulst. Beat fiel ihm wieder ein. Ich habe ja wirklich nicht geweint, dachte er. Doch, halt, heute Mittag, vor allen Leuten. Komisch, ausgerechnet bei diesem blöden Meeting.

Der Laptop erwachte mit einem leisen Glockenton. Thomas fuhr zusammen. Er stellte das Glas ab und schaute in den Nachrichteneingang. Eine Antwort auf seine Mail von vorhin, die eigentlich ein Brief gewesen war, nur dass man heute eben keine Briefe mehr schrieb … Damit würde er bis morgen warten. Unschlüssig verharrte sein Finger über der Schaltfläche. Es war schon später, klar. Andererseits war es so lange her, dass er von ihr gehört hatte. Und wie viel seltsamer konnte dieser Tag schon noch werden? Er griff nach dem Whiskyglas, trank und öffnete die Mail.

„Lieber Thomas!“, las er.

„Lieber Thomas! Es ist schön, nach all den Jahren von dir zu hören, wenn ich auch zugeben muss, dass ich überrascht bin. Ich habe dann und wann auch noch an dich gedacht und, wie ich zugeben muss, dir genauso ein bisschen hinterherspioniert wie du mir. Da dein Partner ja ebenfalls, wie du freundlicherweise über mich schriebst, ‚etwas berühmt‘ geworden ist, war das nun auch nicht weiter schwierig. Eine schöne Formulierung übrigens, dieses ‚etwas berühmt‘! Ich hoffe, ich schreibe auch noch so wohlgesetzt und professoral, wie du es offenbar aus meinen Briefen von damals noch in so liebevoller Erinnerung hast :) – aber siehst du, die Emoticons, wie die jungen Leute sagen, die kann ich auch schon ;). Es ist seltsam, dass du diese Briefe erwähnt hast, vor allem diesen einen – ich schreibe übrigens durchaus noch Briefe und hätte dir auf deine sehr ernste und auch traurige Nachricht normalerweise auch mit einem solchen geantwortet, mit einem guten Füllfederhalter auf schönem Papier, da ich noch sehr gut weiß, wie sehr du schöne Dinge liebst … gleichviel, oder anyway, wie ich hier zu sagen gewohnt bin, dieser eine Brief geht mir ebenfalls bis heute nicht aus dem Kopf. Kurz gesagt: Ich habe mir eigentlich immer gewünscht, ich hätte ihn nicht geschrieben (hast du ihn eigentlich noch? Ja, oder? Du bewahrst so etwas bestimmt auf). Durch deine Nachricht ist mir dieses Schuldgefühl – ein großes Wort, aber ich empfinde tatsächlich so – wieder ganz bewusst geworden. Eigentlich müsste ich dir natürlich zuerst kondolieren, und natürlich ist der Tod deines Partners etwas sehr Trauriges, aber ich glaube, eben wegen dieses Schuldgefühls von damals empfinde ich bei dieser Nachricht über den Tod eines Menschen, den ich schließlich gar nicht gekannt habe, wirkliche Trauer, weil beides irgendwie miteinander zusammenhängt oder jedenfalls die Traurigkeit, die du empfinden musst, in meinem Gefühl durch meine Schuld noch verstärkt wird … ach, das versteht jetzt wirklich niemand mehr. Ich mache es ganz einfach, auch wenn es mir irrsinnig schwerfällt. Ich habe dich damals belogen, als ich schrieb, ich würde mich von dir trennen, weil du auch an Jungs interessiert sein könntest. Ich habe mir auch in Wirklichkeit keinerlei Gedanken darüber gemacht, ob du dir einen Jungen vorgestellt hast, wenn wir Sex hatten – dass du da mein Erster warst, das habe ich nicht vergessen, glaub mir :). Du weißt, es ging mir damals nicht gut, die Scheidung meiner Eltern, der frühe Tod meines Vaters, ich war immerzu krank damals … aber warum mir das alles heute noch so peinlich ist, liegt daran, dass es eine sehr niedrige und kleinliche Ausrede war, weil ich damals schon jemand anders kennengelernt hatte, und da kam mir so ein dramatischer Grund sehr gelegen, um nicht mehr mit dir sprechen zu müssen. Du kannst dir sicher denken, wer es war, aber es spielt eigentlich auch keine Rolle. Es hat nicht lang gehalten. So, jetzt ist es raus. Ich schäme mich sehr, und ich hoffe, du kannst mir verzeihen. Du hast mir immer schon einen Hang zum Drama unterstellt, und auch all das hier mag übertrieben dramatisch erscheinen. Mein Gott, das ist ein Vierteljahrhundert her, und wir waren wirklich fast noch Kinder. Wozu das alles. Vielleicht, weil ich inzwischen aus eigener leidvoller Erfahrung (das Alter! Wir dürfen das langsam schon sagen …) weiß, wie schwer solche intimen Geständnisse fallen und wie sehr es verletzt, wenn andere nicht sorgsam damit umgehen. Ich kann für mich in Anspruch nehmen, dass ich jung und dumm war, aber trotzdem lässt mich das Gefühl nicht los, dass ich dir damals eine Wunde zugefügt habe, die dich vielleicht sogar bis heute begleitet. Und wenn ich jetzt heillos übertreibe, dann darfst du mich zu Hause vor dem Rechner gern auslachen und dich freuen, dass ich mich in mancher Hinsicht gar nicht verändert habe. Was den Tod deines Partners angeht …“

Aber Thomas konnte nicht mehr weiterlesen. Alles verschwamm vor seinen Augen, und so war nichts Sichtbares bei ihm, sondern nur die unbewussten Laute der schlummernden und schönen Gegenstände, die alte, traurige Musik und der Wein im Wind, als er das Gesicht in die Hände legte und weinte, an den Schultern gepackt und gerüttelt von etwas, das er selbst nicht genau benennen konnte. Er spürte nur, dass es lange klein und hart in ihm gelegen hatte und sich jetzt öffnete und ausbreitete wie eine Blume, und das Öffnen tat so gut und so weh, dass er jetzt endlich weinen konnte. Und endlich spürte er wirklich, dass Clemens tot war und für immer fort und dass er allein zwischen all den Dingen saß, mit denen sie gemeinsam das Leben verbracht hatten, und dass von diesem Leben schon so furchtbar viel vorbei war.

Irgendwann ließen die unsichtbaren Hände von ihm ab. Er horchte in sich hinein und fühlte sich wund und neu empfindlich mit dem, was da in ihm aufgegangen war. Er schniefte und zog den Laptop zu sich heran. „Einzelfallhilfe" tippte er in die Suchmaschine. Und dann, zur Sicherheit, „privat" und „arm auf hohem Niveau". Eine Suchplattform namens „zuhauseversorgt.de" wurde ihm ziemlich weit oben angezeigt. Mit ein paar Klicks war er an der richtigen Stelle.

„Einzelfallhilfe gesucht" trug er in die Kopfzeile ein. Und in das Feld darunter: „Mann im mittleren Alter, verwitwet, auf hohem Niveau arm, sucht persönliche Assistenz in den Fragen des täglichen Lebens. Gute Bezahlung kann im Moment noch geboten werden. Falls das Geld ausgeht, Kost und Logis in der eigenen Wohnung. Kein Sex." Kurz entschlossen fügte er noch seine Adresse hinzu. Immerhin werden sich auch ältere Menschen auf dem Postweg bewerben.

Dann drückte er auf das Feld zum Senden und ließ sich mit einem schmerzvollen Laut im Stuhl zurückfallen. Dann trank er, bis ihm der Kopf auf die Tischplatte fiel. Er schlief mit vielen kleinen, unbewussten Lauten, und die schönen Dinge, die sich um sein gemeinsames Leben mit Clemens abgelagert hatten, umgaben ihn und alles, was neu und weich in ihm aufgegangen war, wie eine Muschelschale, während draußen Wind und Wein umeinanderrauschten.

7

In den folgenden Tagen igelte sich Thomas zu Hause ein. Es war ihm ganz recht, dass er kein Handy mehr hatte. Auch seine E-Mails schaute er nicht an. Ein paarmal klingelte das Festnetztelefon, bis er den Stecker aus der Wand zog. Sicher war das Renate, die verzweifelt versuchte, ihn zu erreichen und ihn für den Laden zurückzugewinnen. Aber sein Entschluss stand fest: lieber auf hohem Niveau arm, als weiter einen Job zu machen, der ihm leer und sinnlos vorkam.

Insgeheim wusste er natürlich sehr gut, dass ihm auch auf dem hohen Niveau seiner Armut irgendwann das Geld ausgehen musste. Aber diesen Gedanken schob er so weit wie möglich weg. Er unternahm auch keinen Versuch, sich einen Überblick über den Stand seiner Finanzen zu verschaffen, um herauszufinden, wie viel Geld ihm überhaupt noch blieb und wann er sich ernsthaft wieder um ein Einkommen bemühen musste.

Ob Beat sich bei ihm meldete, war ihm ebenfalls gleich. Er war bereit, seinem Sohn alles zu verzeihen, aber im Moment war ihm die pubertäre Rotzigkeit des Jungen einfach zu viel. Ob die sympathische Chiara bei dem international renommierten Fotokünstler Edgar Edel Erfolg haben würde, das hätte ihn schon interessiert. Der Gedanke an seinen Vater versetzte ihm einen Stich. Was würde der Alte sagen, wenn Thomas ihm beichtete, dass er den Job geschmissen hatte? Für die „Reklameklitsche", wie Edgar den Laden immer tituliert hatte,

hatte er stets nur Verachtung übriggehabt. Trotzdem war sich Thomas sicher, dass ihm irgendeine Gemeinheit zu seinem Ausscheiden einfallen würde. Nein danke, das wollte er sich wirklich nicht abholen.

Wer hätte sich sonst noch bei ihm melden sollen? Parteifreunde von Clemens? Sicher nicht. In diesen Kreisen war er immer nur der Mann von „Thomas' Mann" gewesen, und mit dessen Tod sah man dort sicher keine Notwendigkeit mehr, sich mit ihm zu befassen.

Blieb noch Katha. Irgendeinen Ärger hatte es da zu Hause mit Beat gegeben, da war sich Thomas ganz sicher. Und sowieso würde sie nach der Beerdigung bei ihm nach dem Rechten sehen wollen. Aber wenn jemand verstand, dass er jetzt allein sein wollte, dann Katha. Er würde sie in ein paar Tagen anrufen und ihr alles erklären.

Einmal fiel ihm der Zettel mit Julia von Rabensteins Nummer in die Hände, und er überlegte tatsächlich kurz, sich bei ihr zu melden, aber er verwarf den Gedanken rasch wieder. Zu nahe war sie ihm am Laden und an jenem ganzen seltsamen Tag, als sein bisheriges Leben ein Ende gefunden hatte.

Denn das war tatsächlich das Gefühl, das ihn derzeit begleitete. Am Abend jenes seltsamen Tages war etwas in ihm aufgebrochen und suchte sich jetzt zaghaft den Weg durch die Adern und Nerven, um ihn umzugestalten, etwas Neues aus ihm zu machen. Das fühlte sich gruselig und aufregend zugleich an. Er trug dieses Neue in seinem Inneren mit sich herum und tastete in regelmäßigen Abständen nach der empfindlichen, noch wunden Oberfläche, wie man an schon fast abgeplatztem Schorf spielt. Er merkte rasch, dass es ihm guttat, das Neue in sich mit Nahrung zu versorgen. Am besten taten ihm Erinnerungen. Bis auf ein paar schnelle Besorgungen, um sich mit dem Nötigsten auszustatten – sein Portemonnaie lag zwar im Laden, und er hatte keine Lust, es sich abzuholen, aber es gab Kreditkarten in der Wohnung –, blieb er zu Hause und fütterte sich mit allem, was ihn mit Clemens verbunden hatte. Er schaute Fotos an, hörte Musik, aß und trank, was sie gern gegessen und getrunken hatten.

Weinen musste er dabei nicht mehr. Die Tränen kamen ihm dafür unvermutet. Zum Beispiel saß er auf dem Balkon und rauchte, vorsichtig, weil er so selten rauchte, und da fiel ihm ein, wie Clemens sonst zu ihm gekommen war und ihm sanft die Zigarette aus der Hand genommen hatte. „Du sollst doch nicht rauchen", hatte er dann gesagt und selbst einen tiefen Zug genommen. „Ich will doch nicht, dass du mir an Krebs wegstirbst."

Oder er wachte nachts auf und merkte, dass sein Gesicht von Tränen nass war, ohne dass er wusste, was er geträumt hatte. Aber der erste Gedanke nach dem Aufwachen galt Clemens' Männergeschichten. Sie hatten sich schon früh in ihrer Beziehung darauf geeinigt, dass es in Ordnung ging, auch mit anderen zu schlafen, solange keine Liebe daraus wurde. Ausgenutzt hatte das aber immer nur Clemens, und weil er so charmant und lustig gewesen war, war bei seinen Bettgeschichten immer schnell mehr aufgekommen als nur Lust. Thomas hatte sich selbst gehasst für das kleinliche und verbiesterte Hinterherspionieren, das er sich als Reaktion darauf angewöhnt hatte. Und dass er sich selbst dann nicht mehr leiden mochte, das hatte er Clemens noch obendrein wieder auf die Rechnung gesetzt.

Nicht zuletzt, um die moralische Überlegenheit nicht aufzugeben, hatte er dann seinerseits alle Flirtversuche und noch die eindeutigsten Angebote ausgeschlagen, die andere Männer an ihn gerichtet hatten. Manchmal hätte er schon gern gewollt, aber der unausgesprochene Wunsch, Clemens nicht mit eigenen Affären wiederum dessen Männergeschichten abzusegnen, war stärker gewesen – und den Verzicht auf so manchen schönen Mann aus einem kleingeistigen Beziehungsmachtkampf heraus, den hatte er natürlich wiederum Clemens als Schuld aufs Konto geschrieben.

Am meisten aber hatte ihm zu schaffen gemacht, dass Clemens immer wieder auch Sex benutzt hatte, um politisch voranzukommen. In allen konservativen Parteien gab es Klemmschwestern zuhauf, brave Zahnärzte und Rechtsanwälte, die sich in Hotelzimmern und sogar nur auf Toiletten von Clemens verführen ließen, um dann, hastig geduscht, zur Familie heimzukehren. Das hatte Thomas Clemens nicht nur als Verrat an ihrer Beziehung, sondern auch an der schwulen Emanzipation insgesamt angekreidet. So war der Schuldenberg immer weitergewachsen, und aus der so großzügig angelegten offenen Beziehung war im Lauf der Jahre ein ganz schön krampfiger Schlamassel geworden, gegenüber dem so manche monogame Heterobeziehung als immerhin ehrlich und aufrichtig durchgehen konnte.

Nach vier Tagen Matratzengruft sprang Thomas mit verheultem Gesicht aus dem Bett, setzte Kaffee auf und legte unter dem verschlafenen Protest der Amseln vor dem Haus eine Excel-Tabelle an, in der er fein säuberlich auflistete, was er und Clemens einander schuldig waren. Jede Affäre, jedes heimliche Treffen, jeder Vorwurf und jeder eigene Verzicht, der doch nur als Angriff auf den geliebten Mann gemeint war, der sich etwas gönnte, alles wanderte in die Tabelle. Als es schon längst hell geworden war, schickte ein erschöpfter Thomas das Dokument an den Drucker. Es waren mehrere Seiten.

Lange Zeit starrte er darauf. Plötzlich griff er zum Füllfederhalter und schrieb ganz unten auf dem letzten Blatt in die Spalte mit Clemens' Schulden: „SICH VON EINEM AUTO TOTFAHREN LASSEN".

Dann heulte er wieder, diesmal laut und schließlich schreiend. Danach riss er alle Blätter in ganz kleine Stücke und legte sich erschöpft wieder ins Bett. Er schlief den ganzen Tag und die ganze Nacht und wachte am nächsten grauen Morgen wieder auf. Das Neue und Empfindliche in ihm war fester und sicherer geworden. Mit den nächtlichen Tränen war es danach vorbei.

So drückte er sich zwar um den finanziellen Kassensturz seines Lebens, aber alles, was sonst zwischen ihm und Clemens gewesen war, wurde Stück für Stück heraufbeschworen, gewogen und abgegolten, bis die Bilanz endlich ausgeglichen war.

Es dauerte fast zwei Wochen, bis er sich endlich traute, das Telefon wieder anzustellen und in seinen E-Mail-Account zu schauen. Tatsächlich fand er dort mehrere erst immer panischer, dann zunehmend ärgerlicher werdende Mails von Renate, er solle sich bitte melden, wenigstens ein Lebenszeichen schicken, sie mache sich Sorgen, er werde gebraucht und die ganze Aktion sei nur kindisch und dumm und so weiter und so fort.

Thomas seufzte, rief die Website eines großen Onlinehändlers auf und bestellte sich ein neues Handy.

Zu seinem großen Erstaunen gab es aber auch zehn, zwölf Antworten auf sein Gesuch nach einer Einzelfallhilfe. Die Anzeige, die er noch in der Nacht nach Beats Besuch aufgegeben hatte, hatte er über die Klärung der Beziehungskonten fast vergessen. Dass sich da überhaupt jemand gemeldet hatte!

Neugierig öffnete er die E-Mails. (Briefe hatte er in dieser Angelegenheit übrigens keine erhalten.) Einige waren erstaunlich umfangreich, enthielten detaillierte Schilderungen des Lebenslaufes der Absender und sogar Fotos. Andere bestanden aus kaum mehr als einer Zeile und waren sehr förmlich gehalten. Die letztere Gruppe irritierte Thomas fast noch mehr als die erste, weil sie wie Formschreiben wirkten. Bewarben sich diese Leute öfter auf Positionen als persönlicher Assistent bei Herren im mittleren Alter, die auf recht hohem Niveau – dem einzigen Niveau, das sie kannten – arm waren?

Nachdem er alle Zuschriften überflogen hatte, konnte er die Bewerbungen grob in drei Gruppen einteilen. Bei der ersten handelte es sich um klar sexuell motivierte Zuschriften, in denen die Absender – es handelte sich ausnahmslos um Männer – mal mehr, mal weniger unverhohlen darum baten, ihren Dienst antreten zu dürfen und dafür möglichst schlecht behandelt zu werden. Dabei schien es weniger um Schmerzen oder die Inszenierung von sexuellem Ausgeliefertsein zu gehen als vielmehr um die Lust daran, möglichst lächerlich gemacht zu werden. Ein Bewerber schrieb explizit, er wünsche ob der albernen und entwürdigenden Posen, die er bei der Arbeit einzunehmen gezwungen sei, ausgelacht und verspottet zu werden. Insbesondere erregten ihn lautstark vorgetragene Mutmaßungen über mögliche Impotenz und den gewiss wenig Ehrfurcht gebietenden Anblick seiner Genitalien, über deren Beschaffenheit er sich gleich selbst mit fantasievollsten Ausdrücken („Würmchen", „Pipinudel", „Nacktmull") in Ekstase und, wie Thomas vermutete, auch schon in die Erlösung geschrieben hatte.

Diese Gruppe sortierte er für sich aus. Er gönnte den so versessen scheinenden Herren ihren völlig harmlosen Fetisch und empfand sogar ein gewisses Bedauern, auf die Bewerbungen nicht zurückgreifen zu können, betonten doch alle Interessenten aus dieser Gruppe, wie gut sie das Heruntergeputztwerden natürlich mit besten Putzdiensten zu vereinen wüssten, ja, sie schickten zum Teil sogar Bilder, die, wenn sie authentisch waren, wirklich exzellente Arbeitsproben abgaben.

Allerdings suchte er ja gar nicht in erster Linie eine Putzhilfe. Er war dort mit der noch von Clemens angeheuerten Kraft gut versorgt, die einmal in der Woche mit dem eigenen Schlüssel in die Wohnung kam, wenn er nicht zu Hause war, und diskret, ja eigentlich unsichtbar, alles erledigte. Es war ihm nämlich überhaupt am liebsten, wenn man ihn so bediente, dass er gar nicht merkte, wie er bedient wurde. Er wollte mit dem Bedientwerden nichts zu tun haben und so wenig wie möglich wissen, dass echte Menschen echte Arbeit verrichten mussten, um ihm sein angenehmes Dasein zu ermöglichen. Dienstbare Geister wären ihm am liebsten gewesen, Heinzelmännchen oder wohlwollende Kobolde, die alles verrichteten, nicht zum Gelderwerb, sondern weil es eben ihr Lebenszweck war. Nun kam es den nach Demütigung gierenden Herren zwar wirklich nicht aufs Geld an – einige schrieben das ganz ausdrücklich –, aber Thomas hätte es einfach nicht über sich gebracht, ihnen direkt gegenüberzutreten und ihre Arbeit auch nur durch seinen Spott als Arbeit anzuerkennen. Ihm war das ganze Arrangement, das hier vorgeschlagen wurde, schlichtweg zu intim, nicht unbedingt, weil es sexueller Natur war, sondern weil es ihn viel tiefer berührt hätte, ihn nämlich nahe an das Eingeständnis herangeführt hätte, dass er im Grunde umsorgt sein wollte.

Thomas hob den Blick vom Computerbildschirm und starrte aus dem Fenster. Dieser Klaas, der Jungspund aus dem Laden, hatte doch nur ausgesprochen, was Thomas selbst schon immer dumpf geahnt hatte: Er war ein Hallodri, ein Hofkasper, als kreativer Querkopf verbrämt, den sich der Laden schon zu lange geleistet hatte, ein bisexueller – Thomas zuckte innerlich vor dem Wort zurück – ein bisexueller Aufschneider, der jetzt endlich einmal zugunsten echter Macher zurücktreten musste.

Und da war sie wieder, die Urkatastrophe seines Lebens, die ihm gleich zwei Therapeutinnen schon vor Jahren bestätigt hatten: Seine Mutter war gestorben, als er noch ein Baby gewesen war, er hatte sie nie gekannt und sehnte sich, nicht einmal unbewusst, nach dem Weiblichen, nach der Mama, die alles regelte. Und so blieb er immer das Spielkind, war im Grunde nie richtig erwachsen und überhaupt zu Ende geboren worden, wie eine Therapeutin sich ausgedrückt hatte. Es blieb ihm nichts, als in all seinen Wünschen, Plänen und Vorhaben herumzupuzzeln und herumzubummeln, was ja, wie man jetzt deutlich sah, nicht ewig gut gehen konnte.

Meine Güte, dachte Thomas. Diese Putzherren rühren mir zu sehr an die letzten Fragen meiner Existenz. Er löschte die entsprechenden Mails und braute sich, da er es für Whisky noch zu früh fand, einen sehr starken Tee. Davon trank er zwei Tassen, bis das Herz pochte. Dann setzte er sich wieder an die Bewerbungen.

Die zweite Gruppe, beschloss er nach längerem Überlegen, war an dem Job gar nicht interessiert, sondern wollte einfach nur Geld geschenkt haben. Wahrscheinlich hatten die Betreffenden – wiederum ausnahmslos Männer – aus seiner Selbstbezichtigung als „arm auf hohem Niveau" den Rückschluss gezogen, er sei reich und habe das Geld nötigenfalls auch zu verschenken. Jedenfalls waren die Mails dieser Gruppe voll von weitschweifigen, in rührend fehlerhaftem Schriftdeutsch verfassten Schilderungen des Unglücks, das die Absender betroffen hatte: Krankheit, Scheidung, Irresein (dies oft nur indirekt aus den Klagen über Verschwörungen, Komplotte, nachbarschaftliche Intrigen, als deren Opfer die Absender sich fühlten, zu schließen), Ämterschikane, Vermieterfiesheit,

Unordnung und frühes Leid. Fast alle Mails endeten erstaunlich unverfroren mit exakten Summen, die die Schreibenden sich erhofften, ja eigentlich schon fest eingeplant zu haben schienen. Thomas hatte es zwar vermieden, sich so ganz genau über den Stand seiner Finanzen zu informieren, aber er war sich ziemlich sicher, dass er diese Summen nicht ohne Weiteres parat hatte.

Abgesehen davon, dass er ja tatsächlich Hilfe suchte und brauchte, erinnerten ihn die Probleme dieser Menschen einfach zu sehr an seine eigenen. Zwar täuschte er sich nun auch nicht so grundlegend über seine Verhältnisse, dass ihm nicht klar gewesen wäre, wie gut es ihm im Vergleich zu den Absendern dieser forschen Bettelbriefe ging, aber gerade das machte ihm zu schaffen. Er war ja, fand er, nicht talentierter, arbeitsamer oder von Kindheit an glücklicher veranlagt als die Schreibenden. Und doch war er auf der Carrerabahn seines Lebens in eine andere Abzweigung gerutscht und hatte aus seinen Schwächen und den ja eigentlich unglücklichen Startbedingungen – Mutter tot, kindheitslange Verlotterung im Künstlerhaushalt – doch noch das Beste gemacht. Er hatte sogar jahrelang mit seiner Schlamperei und dem Unvermögen, normale Wege zu gehen, gutes Geld verdient. Mit seiner Bereitschaft, ungewöhnlichste und anstrengendste Lebensläufe als gegeben hinzunehmen – eigentlich auch nur eine Form höherer Faulheit, schalt er sich innerlich, Trägheit, etwas zu ändern, dem Leben eine Gestalt zu verleihen –, hatte er einen ungewöhnlichen und anstrengenden Mann an sich gebunden, sogar mit Ehegelübde und allem Drum und Dran. Und dieser Mann hatte seinerseits nicht schlecht verdient und das Geld auch gern für und mit Thomas ausgegeben. Wie kam es also, dass es ihm im Leben so viel besser ergangen war als all diesen Verzweifelten, Verbitterten und von eingebildeten Gegnerscharen Verfolgten? Sein Verdienst war es sicherlich nicht gewesen! Ein launisches Schicksal, dem es gefallen hatte, ihn in die Höhe zu erheben, und das ihn jederzeit wieder fallen lassen konnte, wie sich ja in den letzten Wochen gezeigt hatte.

Nun fand er es doch an der Zeit für Whisky. Zur weiteren Stärkung legte er die besonders fetzige Interpretation der *Vier Jahreszeiten* durch das Ensemble Il Giardino Armonico auf.

Unter dem Brausen und Wühlen des „Herbstes" ging er an die letzte und kleinste Gruppe: die der ernsthaften Bewerbungen. Zwei Zuschriften erschienen ihm nach einigem Nachdenken als Erfolg versprechend. Eine einzige ältere Dame war unter den Bewerbern, Frau Kandel, die sich resolut als „altes Mädchen für alles" anpries und neben der Erfahrung als Haushaltsführerin und Mutter dreier inzwischen erwachsener Kinder auch Berufserfahrung als Sekretärin und Lohnbuchhalterin eines mittelständischen Unternehmens in der Zulieferung von Automobilteilen vorweisen konnte.

Der zweite Kandidat, ein gewisser Sven, war Student, allerdings, wie er mit schöner Offenheit schrieb, „aus taktischen Gründen". Er habe sein Leben ganz auf die Abfassung einer großen Hegel-Biografie abgestellt, ein Werk, das die Hegel-Forschung, ja die Philosophiegeschichte überhaupt, „ein bisschen", so Sven, revolutionieren sollte. Dieses einsame und überhaupt erst von der Nachwelt richtig zu würdigende Opus mache es unabdingbar, dass er, Sven, sein Leben bis ins Kleinste im Griff habe und nichts dem Zufall überlasse. Es gelte, den goldenen Mittelweg zwischen der das Werk sichernden Erwerbstätigkeit einerseits und genügend ungestörter, mit unverbrauchten Kräften anzugehender Arbeitszeit andererseits zu finden. Im Grunde, so Sven weiter, wünsche er sich ein Leben als Rentier („nicht wie das bekannte, gutmütige nordische Nutztier, sondern französisch auszusprechen!"), nur seinem Gewissen und dem Geistesriesen des deutschen Idealismus verpflichtet. Auf dem Weg dorthin wolle er aber gern auch Thomas' Leben in gute Ordnung bringen. Er wolle, so der Hegel-Spezialist, „einfach Ihr guter Weltgeist sein". Letzteres überzeugte Thomas besonders, hatte er sich doch dienstbare Geister, die möglichst unsichtbar zu Werke gingen, gewünscht, und „Weltgeist" klang so ätherisch und zupackend zugleich, dass er Sven am liebsten vom Fleck weg engagiert hätte. Nur die vielen Selbstanklagen, die ihn noch Minuten zuvor geritten hatte, brachten ihn dazu, ganz erwachsen und vernünftig erst einmal beide Kandidaten zu einem Vorstellungsgespräch zu bitten.

Beide infrage kommenden Einzelfallhelfer schlossen übrigens ihre Bewerbung mit der Anmerkung, dass Ihnen Kost und Logis nebst einem gewissen Taschengeld lieber wären als ein höherer Lohn.

Bereits am nächsten Vormittag stand Frau Kandel bei ihm im Wohnzimmer. Sie schien zunächst alles zu sein, was Thomas sich gewünscht hatte. Sie war sympathisch, aber wohltuend distanziert, höflich, auf eine Art gepflegt, wie Thomas sie sofort von zahllosen Verwaltungskräften mit Kundenkontakt in besseren Unternehmen wiedererkannte (große Zähne, große Ketten, große Muster), und absolut in der Lage, ein nicht zu intimes und doch anregendes Gespräch zu führen. Sie stellte einige Fragen zu Thomas' Lebensverhältnissen und hatte gleich Ordnungsvorschläge, die ihm unmittelbar sinnvoll erschienen. Sie könne übrigens auch gut kochen und würde selbstverständlich auch die Einkäufe übernehmen.

„Nur heiraten müssten wir", schloss sie ihre Ausführungen.

„Wie bitte?", fragte Thomas, der glaubte, nicht recht gehört zu haben.

„Heiraten. Wir müssten heiraten." Sie nippte an ihrer Teetasse, an deren Rand ein fliederfarbener Lippenstiftabdruck zurückblieb. „Was sollten denn sonst die Leute denken, wenn ich hier bei Ihnen im Haus wohne? Nein, nein." Sie schüttelte den Kopf. „Ohne Heirat geht es nicht."

„Sie haben aber schon gelesen, dass ich in meiner Anzeige Sex absolut ausschließe?"

Sie sah ihn halb mitleidig, halb empört an. „Selbstverständlich. Daran wäre ich auch nicht im Geringsten interessiert."

Thomas nippte ebenfalls am Tee, um Zeit zu gewinnen. „Und dass ich mir Hilfe wünsche, weil mein Gatte, also mein Mann, verstorben ist, das haben Sie auch mitbekommen?"

Frau Kandel nickte. „Natürlich. Wenn Ihnen daran liegt, könnten wir eine angemessene Trauerfrist verstreichen lassen. Aber auf einer Verlobung muss ich schon bestehen."

„Und dass die Ehe nur auf dem Papier existieren würde, das würde Sie gar nicht stören?"

Frau Kandel balancierte die Teetasse vorsichtig auf den Tisch. „Ich war vierzig Jahre verheiratet. Ich habe drei Kinder. Eine Ehe, die nur auf dem Papier existiert, wäre mir sehr recht."

Thomas überlegte einen Moment. „Also das ist mir, glaube ich, zu pervers", sagte er.

Frau Kandel seufzte, stand auf und strich sich den Rock glatt. „Das haben die anderen Herren leider auch gesagt. Nun ja." Sie wandte sich zum Gehen und hielt auf dem Weg in den Flur nur einmal kurz an, um mit dem Zeigefinger über das Regal zu streichen. „Rufen Sie mich an, wenn Sie es sich anders überlegen", sagte sie und verrieb Staub zwischen den Fingerkuppen. „Falls Ihnen die Sexualität Sorgen macht, ich kann Dinge organisieren. Als Sekretärin und als Ehefrau ist man mit diesen Aufgaben vertraut. Ich habe Kontakt zu einigen der ersten Häuser in der Gegend. Ich würde die infrage kommenden jungen Herren auch vorher in Augenschein nehmen. Als Frau ist man das gewöhnt."

„Danke, nein", sagte Thomas.

Frau Kandel zuckte mit den Schultern. „Ich finde den Weg nach draußen."

Einen Tee, dachte Thomas. Ich brauche einen Tee. Oder nein, wir hatten ja schon Tee. Whisky. Ich brauche Whisky.

Blieb nur noch Sven.

Der stellte sich am nächsten Tag vor. Aus Erfahrung klug, brachte Thomas sofort das Sexthema aufs Tapet. „Darum geht es mir also wirklich gar nicht. Wenn du so was suchst, dann tut's mir leid."

Sven, ein merkwürdig altersloser, schlacksiger Pollunderträger, der bis auf einen merkwürdigen Schwubbel auf der Stirn schon voll verglatzt war, schüttelte den Kopf. „Suche ich nicht. Ich will hier nur in Ruhe arbeiten."

„Ach ja." Thomas nickte. „Die große Marx-Biografie."

„Hegel", sagte Sven eisig. „Es geht um Hegel."

„Tut mir leid", sagte Thomas. „Ich kenne mich da wirklich nicht so aus."

„Macht ja nichts", sagte Sven. „Macht ja wirklich gar nichts." Er knetete sich die langen, dünnen Finger.

Thomas räusperte sich. „Du hattest ja erwähnt, dass du lieber hier wohnen würdest, als …"

Sven unterbrach ihn, indem er die Hand hob. „Was weißt du denn überhaupt über Hegel?"

„Was? Äh." Thomas lehnte sich im Sessel zurück. „Also, der war Philosoph?"

Sven verzog schmerzhaft das Gesicht, winkte Thomas aber, er solle weitersprechen. „Ja, und …" Thomas kramte verzweifelt in seinem Gedächtnis. „Und eben Marx … Dass der was mit Karl Marx zu tun hatte. So eine Art … Vorläufer?"

Sven schloss die Augen. Er atmete schwer.

„Hab ich was Falsches gesagt?", erkundigte sich Thomas. „Das täte mir leid."

„Bitte." Sven kniff sich die Nasenwurzel. „Ich brauche einen Augenblick. Ich muss das erst mal … boah. Boah, nee." Er rang nach Luft und stand auf. „Ein *Vorläufer*. Warum nicht gleich ein *unbedeutender Vorläufer*?"

„Von unbedeutend habe ich doch gar nichts gesagt!", protestierte Thomas. „Jetzt setz dich doch bitte wieder hin."

„Marx, ja? *Marx*!"

Sven spuckte den Namen aus, dass es klang wie das Krächzen einer besonders schlecht gelaunten Krähe. „Und so was sucht einen Lakaien. Der feine Herr Marxist sucht einen Lakaien, ja? Na, das ist ja allerliebst. Und wie rechtfertigen wir unsere Teilhabe an der *Ausbeutung der arbeitenden Klassen*? Die Abschöpfung des *Mehrwerts*? Das Anbieten *entfremdeter Arbeit?*"

Aus Svens Mund klangen all diese sperrigen Vokabeln wie die obszönsten und dreckigsten Schimpfwörter. Zugleich kräuselten sich seine Lippen, als hätte er mit dem In-den-Mund-Nehmen dieser Begrifflichkeiten einen Scherz gemacht, den nur Eingeweihte verstünden. Und Thomas erwies sich ganz eindeutig als nicht eingeweiht.

„Ich bin gar kein Marxist", sagte Thomas hilflos. „Also, ich bin sehr für soziale Gerechtigkeit und würde natürlich auch anständig bezahlen. Aber Marx, da kenne ich mich gar nicht aus, die Bücher sind mir zu dick …"

„Die Bücher!" Sven schrie jetzt fast. „Die Bücher sind ihm *zu dick*. Der Herr ist kein Marxist und hält Hegel für einen *Vorläufer*, weil ihm *die Bücher zu dick sind*."

Er sprang auf, rannte in den Flur und riss den Mantel vom Haken.

„Such dir gefälligst einen anderen Dummen, der dein Leben vom Kopf auf die Füße stellt!", schrie er noch. Dann warf er die Tür ins Schloss, dass die Teetassen auf dem Tisch einen Satz machten.

Ich kann doch nicht schon wieder um diese Zeit Whisky trinken, dachte Thomas.

Da klingelte es an der Tür.

Noch ein Bewerber? Es war doch niemand eingeladen. Auf dem Weg zur Tür erwartete Thomas halb, Beat und seine Freundin vorzufinden, die sich zu einem weiteren Überraschungsbesuch einfinden wollten. Vielleicht, dachte er, als er die Hand auf die Klinke legte, ist es ja Julia von Rabenstein, die ihren Stift zurückhaben will, aber es ist ja gar nicht ihrer. Er gehört ja Renate. Und außerdem habe ich ihn gar nicht mehr.

Er drückte die Klinke hinunter und öffnete. Ich muss wirklich aufhören, den ganzen Tag Tee und Whisky zu trinken, dachte er. Das macht mich ganz wuschig.

Vor der Tür stand, überwölbt von der Schürzenjagd der griechischen Göttinnen und Götter, ein Unbekannter.

Bei der Person handelte es sich augenscheinlich um einen Mann. Er war klein, irgendwie feucht, ob vom Schwitzen oder einem leichten Regen, war nicht ganz zu sagen, und trug eine abgewetzte Lederjacke, auf deren Schultern Schuppen leuchteten, die aus den an den Kopf geklatschten Haaren geflüchtet sein mussten. Das Seltsamste an ihm aber war, dass ihm ein zweiter Schädel aus eben diesen an den Kopf geklatschten Haaren zu sprießen schien. Thomas musste an eine parasitäre Pflanze denken, die sich im Dschungel auf einem fauligen Ast festgesetzt hatte. Dieser Kopf war in gelbes Haar getunkt, das ziemlich genau wie Zuckerwatte aussah. In den Geruch nach nassem Hund, den der Besucher mitgebracht hatte, mischte sich eine honigsüße Popcornnote. Ansonsten war der Extrakopf stark geschminkt, vorrangig in den Blau- und Pinktönen, die im Zuge des immer noch anhaltenden Achtziger-Revivals zurzeit überall im Fernsehen auftauchten. Nur um die Augen der Kopfwucherung lag dickes Schwarz, sodass es aussah, als hätte sich zwischen dem Blätterprunk der Dschungelblüte ein depressiver Maki versteckt.

Thomas tat, was er in solchen Situationen immer zu tun pflegte. Er hielt sich an seinen Umgangsformen fest.

„Ja, bitte?", fragte er mit fester Stimme.

„Guten Tag", sagte der Doppelköpfige. „Schmoller mein Name." Er streckte Thomas die Hand hin.

Thomas griff danach und schüttelte sie. „Guten Tag, Herr Schmoller", sagte er und sah dem unerwarteten Besucher fest in die Augen des unteren Kopfes. Trotzdem bemerkte er genau, dass der obere Kopf die Augen verdrehte und gähnte. Die Zähne waren groß, gelb und zeigten Spuren von pinkem Lippenstift. „Was kann ich für Sie tun?"

Der Mensch, der sich als Schmoller vorgestellt hatte, räusperte sich. „Sie suchen Einzelfallhilfe?", fragte er. Eine Hand tauchte an Schmollers Extrakopf auf und krabbelte in den Mund, wo sie in den Zähnen herumpulte. Schmollers unterer Kopf blinzelte, tat aber ansonsten, als wäre nichts.

Thomas schluckte. „Das ist richtig", sagte er.

Die Augen in dem Extrakopf rollten inmitten ihrer schwarzen Nester nach unten und schielten danach, was die Hand da aus dem Mund zerrte. Im Blau auf der Stirn erschienen waagerechte Risse. Der Extrakopf runzelte die Stirn. Thomas fiel es zunehmend schwer, die Situation noch durch tadellose Manieren zu retten.

„Na dann." Schmoller knetete sich vorn die Hände und seufzte. Die Hand hinten im zweiten Gesicht unternahm einen weiteren Beutezug in den Mund. „Schauen wir mal, was das wird. Ich muss zugeben, ich bin nicht so ganz überzeugt."

Nein, dachte Thomas. Dann lieber eine heiratswütige Ex-Sekretärin, die mir die Lustknaben aussiebt. Oder der jähzornige Weltgeist. Aber kein nasser Zwerg mit zwei Köpfen, der nicht so ganz überzeugt ist.

„Die Stelle ist …“, begann Thomas und tastete nach dem Lichtschalter.

„Ich bin Einzelfallhelfer von Herrn Bier hier“, fuhr Schmoller fort. Er machte einen Schritt zur Seite, und im gleichen Augenblick drückte Thomas den Lichtschalter im Treppenhaus.

Eine zweite Person stand hinter Herrn Schmoller. Jetzt, wo das Licht im Treppenhaus eingeschaltet war, erkannte Thomas die hoch aufgeschossene Gestalt, die keineswegs einen Teil von Herrn Schmoller darstellte. Sie trug ein silberfarbenes, ärmelloses Kleid, in dessen Ausschnitt die Rundung zweier beachtlicher Brüste zu erahnen war. Über dem einen nackten Arm trug sie eine quietschgrüne Lederjacke. Der andere nackte Arm hing wie eine Schlange an der Hand, die mit der Expedition in den Mund beschäftigt war. Beide, Schlange und Hand, erstarrten jetzt tatsächlich wie Tiere im plötzlichen Licht.

„Mbrau“, nuschelte die als Bier vorgestellte Person um die im Mund befindliche Hand herum.

„Herr Bier sucht eigentlich etwas anderes …“, sagte Schmoller.

Bier nahm die Hand aus dem Mund.

„Frau“, sagte sie deutlich. Ihre Stimme klang rau, dunkel und hell zugleich. „Frau Bier, wenn schon. Und ich bin äußerst interessiert. Bei einem süßen älteren Herrn die Wohnung machen, das käme mir sehr entgegen.“ Sie zwinkerte Thomas zu, der ein leises Knarren in den Schminkeschichten zu vernehmen meinte.

„Herr Bier“, sagte Herr Schmoller flehentlich.

„Frau“, fauchte Bier.

„Warum haben Sie denn die Jacke nicht angezogen?“, fragte Thomas.

„Was?“, fragte Schmoller.

„Wie?“, fragte Bier.

Thomas deutete auf die Jacke, die über Biers Arm hing. „Es regnet doch“, sagte er. „Und Ihr Kleid ist ganz nass. Warum haben Sie die Jacke nicht angezogen?“

Bier fasste sich an die Brust und rückte den BH zurecht. „Es gibt Wichtigeres als die Bequemlichkeit. Zum Beispiel gut aussehen."

„Und die Jacke sieht nicht gut aus?" Thomas war immer noch froh, dass Bier ein Mensch aus Fleisch und Blut war und keine Wucherung am Einzelfallhelfer Schmoller. „Ich kann mir irgendwie nicht vorstellen, dass irgendetwas an Ihrer Garderobe geschmacklos sein sollte."

„Herr Bier", sagte Schmoller an Thomas gewandt, „Herr Bier ist in Geschmacksfragen leider tatsächlich nicht immer ganz treffsicher."

Bier breitete die Jacke aus, sodass das Rückenteil sichtbar wurde. Auf dem Quietschgrün prangte in Violett eine Darstellung der Jungfrau Maria. Die ausgebreiteten Arme und die Mantelfalten waren so gearbeitet, dass die Gottesmutter als Vulva erschien, in der der demütig gesenkte Kopf die Klitoris darstellte. „*Son of a Cunt*" verkündete eine aus Nieten gesetzte Inschrift darüber.

„Ich bin sehr gläubig", erläuterte Bier.

„Ich glaube nicht, dass das den Herrn überzeugt. Im Gegenteil", beeilte sich Schmoller zu sagen.

„Der Glaube kann etwas sehr Schönes sein", sagte Thomas hilflos. Bier warf sich die Jacke um die Schultern.

„Also, dass ich das richtig verstehe." Thomas atmete tief durch. „Sie, Herr Schmoller, sind der Sozialarbeiter von Frau Bier …"

„Herrn Bier", sagte Schmoller.

„Spritney", sagte Bier und streckte Thomas die Hand hin.

„Er heißt Wolfgang", mischte sich Schmoller ein. Von seiner schuppenbestäubten Jacke tropfte es inzwischen vernehmlich auf den Boden.

Thomas griff nach der Hand. „Spritney, hallo", sagte er. „Ich bin Thomas." Schmoller ging ihm inzwischen ziemlich auf die Nerven. An den Tropf gewandt fuhr er fort: „Und Sie wollen also Ihre Klientin an mich als Einzelfallhelferin vermitteln?"

„Wenn ich das richtig verstanden habe, geht es ja nicht um Einzelfallhilfe im klassisch sozialpädagogischen Sinne. Es wäre ja mehr eine Art Haushälterstelle, verbunden mit einigen Sekretärsaufgaben", sagte Schmoller. Er nahm die Brille ab und blinzelte heftig, während er mit dem Hemdzipfel daran herumwienerte. „Und das wäre in Anbetracht von Herrn Biers eigenen besonderen Bedürfnissen …"

„Frau Bier", sagte Bier.

„Spritney", sagte Thomas.

„… das wäre also nicht so ganz das Richtige. Meine Klientin hat darauf bestanden, dass wir uns hier vorstellen, aber jetzt, da wir gesehen haben, dass hier eine gewisse, wie soll ich sagen …" Schmoller wies auf Thomas, als präsentiere er etwas im Verkaufsfernsehen. „… dass hier eine gewisse *Klasse* gefragt ist, da sollten wir …"

„Wir sollten gar nichts", fiel ihm Bier ins Wort. „Ich sollte mich bei diesem netten älteren Herrn hier auf den Schoß setzen und ihn von meiner *Klasse* überzeugen. Und Sie, Herr Schmoller, sollten … ach, was weiß ich, was Sie machen. Skat spielen, ein Herrengedeck einnehmen, mit den Fingerspitzen onanieren."

„Herr Bier", sagte Schmoller und setzte sich die Brille wieder auf, „Herr Bier arbeitet noch am richtigen Auftreten in einem Bewerbungsgespräch. Und überhaupt. Entschuldigen Sie die Störung. Herr Bier, wir gehen. Jetzt."

„Spritney", fragte Thomas und drückte erneut auf den Lichtschalter, als die Treppenhausbeleuchtung ausging, „was hast du denn gelernt?"

„Nichts", sagte Bier und schob trotzig die Hüfte vor.

„Und was willst du denn so machen? Wenn du es dir aussuchen kannst, meine ich?" Thomas merkte, dass er nach einem Grund suchte, Spritney Bier einzustellen. Zwar hatte er nicht das geringste Interesse daran, dass sie sich auf seinen Schoß setzte, aber sie hatte etwas, was ihm entschieden fehlte, auch wenn er nicht genau sagen konnte, was das eigentlich war.

Bier seufzte. „Ich will einen reichen alten Kerl kennenlernen, der mich aushält und gerne vögelt", sagte sie. „Weil ich nämlich kein Geld habe und auch gerne vögel."

„Ich bin leider nicht reich“, sagte Thomas. „Und am Vögeln bin ich gerade auch nicht sehr interessiert. Ich bin in Trauer.“

Spritney Bier zog eine Schnute. „Das kriegen wir schon wieder hin“, sagte sie. „Trauerbegleitung ist zufällig meine Spezialität. Wir reden ein bisschen. Ich bin sehr verständnisvoll. Du fühlst dich plötzlich erleichtert. Dann merkst du, dass du auch erleichtert bist, weil du nichts mehr anhast. Und kaum drei Minuten später bist du bereits eine große Last los.“

„Das klingt verlockend, aber daran habe ich im Moment wirklich gar kein Interesse“, beteuerte Thomas. „Dafür hättest du ein eigenes Zimmer und müsstest mit mir sonst auch nichts zu tun haben, wenn du nicht willst. Wobei ich da auch nichts dagegen hätte, solange wir dabei angezogen bleiben und du mir nicht gleich auf den Schoß hüpfst. Ich habe Tee und Whisky und gute Bücher und bin auch ein guter Gesprächs…“

„Jesus, hilf“, stöhnte Spritney und hielt sich die Ohren zu. „Ich bin Gottes funkelndes Geschöpf. Ich bin ein Inschallah auf Stöckelschuhen. Ich hab's verdient, dass der Heilige Geist durch mein Leben weht und mich mitreißt, dahin, wo noch keiner gewesen ist. Und nicht irgendwo in einer Kammer wohnen und, was weiß ich … was soll ich denn hier überhaupt machen? Ich dachte, das ist so eine Sklavenstelle, wo ich den ganzen Tag von einem fetten Daddy besabbert werde, aber da habe ich mich wohl getäuscht.“ Unbehaglich blickte sie zum tropfenden Schmoller hinüber. „Schade.“

Thomas' Handy klingelte. „Moment.“ Er zog das Telefon aus der Tasche. Renate. Wie war die an seine neue Nummer gekommen? Wahrscheinlich hatte sie extra dafür ein Sonderkommando aus Social-Media-Jungspunden zusammengestellt.

Plötzlich kam ihm eine Erleuchtung. „Könntest du da mal rangehen? Das ist meine Firmenpartnerin. Die will, dass ich wieder arbeiten komme, aber ich will das auf gar keinen Fall. Die soll mich auch nicht mehr anrufen. Ja?“

Spritney zuckte mit den Schultern. Sie griff nach dem Handy.

„Ja? Nein. Hier ist Spritney. Spritney Bier.“ Sie lauschte mit schief gelegtem Kopf und musterte dabei die Fingernägel mit dem abgeplatzten Lack. Herr Schmoller tropfte ins Treppenhaus. „Nee", sagte Spritney. „Also, natürlich ist er da. Aber er hat keinen Bock."

Wieder lauschte sie.

„Keine Ahnung. Ich kenne den ja gar nicht", sagte sie dann.

Sie horchte.

„Weil er es mir eben gesagt hat. Gott der Gerechte, ist das denn so schwer zu begreifen! Er will nicht und will auch nicht mehr wiederkommen."

Sie hielt das Handy ein Stück vom Ohr weg, und Renates Stimme war sehr laut zu hören.

„Also", sagte Spritney dann mit ihrer halb dunklen, halb hellen Stimme, die Renates Gezeter mühelos übertönte. „Ich kenne Sie nicht, aber Sie sind kein gottesfürchtiger Mensch. Sie haben keine Liebe in sich. Sie sollten aufhören, so viel zu reden, und ihn in ihr Herz lassen. Dann ist alles auch nicht mehr so furchtbar wichtig, ja? Diese Arbeit. Vergessen Sie das. Suchen Sie sich einen reichen Kerl, der sie aushält und sie gerne vögelt. Rufen Sie hier nie wieder an. Gottes Segen und einen schönen Tag."

Sie legte auf.

Thomas lachte. Er lachte, wie er seit Monaten vor Clemens' Tod nicht mehr gelacht hatte. Die Tränen liefen ihm aus den Augen, und da war wieder das Neue, noch Zarte, das sich in ihm ausbreitete und sich jetzt bis in die Fingerspitzen streckte. Schmoller und Spritney sahen ihn verständnislos an.

„Fantastisch", sagte er, als er wieder sprechen konnte. „Spritney, das war wunderbar. Wenn ich mir Renate dabei … ha! Du bleibst bitte. Ja? Du hast da dein Zimmer, und ich zahle gut, solange ich kann. Ich weiß nicht, wie viel Geld ich noch habe, und ein Teil deines Jobs wird es sein, das möglichst lange vor mir zu verheimlichen. Tu mir den Gefallen und sei meine Muttergottes, die alles Schlimme von mir fernhält. Bitte."

Spritney hob die Augenbrauen. Sie grinste. „Du bist schon auch eins von Gottes relativ vergessenen Kindern, oder?"

Thomas nickte und legte die Hand aufs Herz. „Ich bin so vergessen, ich liege beim Herrgott unterm Sofa und setze Staub an", sagte er.

Spritney überlegte. „Kann ich Freunde mitbringen?“, fragte sie.

„Ich bitte darum“, sagte Thomas.

„Ich rauche“, sagte Spritney.

„Dann rauch ich endlich auch mal wieder mehr.“

„Es kann laut werden.“

„Dann ist es endlich nicht mehr so totenstill hier.“

„Wenn ich einen anderen reichen Alten finde, der mich gerne vögelt, bin ich weg.“

Thomas hielt ihr die Hand zum Einschlagen hin. „Und ich helfe dir, einen zu finden. So gut ich kann. Nur hast du leider recht. Es ist langweilig hier. Ich bin langweilig! Aber ich habe das Gefühl, das müsste nicht so sein. Ich bin doch gar nicht so. Mein Vater ist der international renommierte Fotokünstler Edgar Edel. Und mein verstorbener Mann war ein wenig berühmt. Ich brauche …“ Er überlegte. „Ich brauche ein bisschen Wiedergeburt. Irgendeine nicht ganz so heilige Jungfrau, die da Geburtshelferin spielt. Vom Heiligen Geist in meine Wohnung geweht.“

Schmoller tropfte und guckte entgeistert von Thomas zu Spritney.

„Und da kommst du mir gerade recht“, schloss Thomas.

Spritney zog ein Etui aus der Jacke und klemmte sich eine sehr lange Zigarette zwischen die Lippen.

„Hast du Feuer?“, fragte sie.

Thomas nickte. „Ich habe ein leicht defektes Art-déco-Tischfeuerzeug, bei dem eine gut fünfzigprozentige Chance besteht, dass es explodiert, wenn man es benutzt.“

Spritney ließ die Zigarette zwischen den Lippen wippen und besah sich den tropfenden Schmoller.

„Das klingt gar nicht mal so langweilig“, sagte sie.

Thomas machte eine einladende Handbewegung. „Dann komm doch bitte herein“, sagte er.

Spritney tätschelte Schmoller die Schulter und trat an Thomas vorbei ins Licht.

8

Für Beat war nach dem Abend bei Thomas alles viel weniger schlimm gekommen als erwartet.

Sicher, der Abschied von Kikeriara war verkrampft gewesen. Statt der erhofften Umarmung hatte sie nur kurz die Hand gehoben, „danke“ und „tschüss“ gemurmelt und war dann auf dem Fahrrad in der Nacht verschwunden. Beat hatte dem Rücklicht hinterhergestarrt und sich gefragt, ob Kikeriara eigentlich ein Spezialfahrrad brauchte, weil doch ihr eines Bein kürzer war als das andere. Dann hatte er sich gefühlt wie der letzte Idiot. Auf der Fahrt hierher hatte er sich noch eingebildet, sie könnte in ihn verknallt sein. Jetzt hatte er sich den ganzen Abend wie ein trotziges Kind benommen und Thomas, der doch so freundlich und zuvorkommend gewesen war, in einer Tour beleidigt. Dieses blöde Hemd! Er hätte es sich am liebsten heruntergerissen und auf die Straße geschmissen. In der Brusttasche spürte er die 250 Euro. So viel Geld hatte er noch nie auf einem Haufen in der Hand gehabt. Rasch ging er im Kopf durch, was er sich davon alles kaufen könnte – beinahe schon eine Playstation, wenn er Mama und Mami noch ein kleines bisschen mehr aus den Rippen leierte.

Aber es fühlte sich falsch an. Das Geld war als Zurückweisung gemeint gewesen. Es war vergiftet. Beat hätte es am liebsten dem Hemd hinterhergeschmissen. Er drehte sich um und sah zum hell erleuchteten Balkon seines Vaters hinauf. Ob er noch einmal klingeln sollte? Thomas alles wieder vor die Füße werfen, Geld und Hemd, und ihn anschreien, was ihm einfiele, ihn vor dem Mädchen, in das er möglicherweise verknallt war, so bloßzustellen?

Nein.

Er war ja selber schuld. Wenn Kikeriara einen Grund hatte, ihn blöd zu finden, dann war es allein seine Schuld. Überhaupt, dieser dämliche Spitzname. Kikeriara. Bloß, weil sie hinkte. Wer hatte sich das überhaupt ausgedacht? Sollte das lustig sein? Er beschloss im Stillen, sie künftig auch in Gedanken nur noch bei ihrem richtigen Namen zu nennen. Sofort ging es ihm besser. Ganz blöd war er ja schließlich doch nicht. Immerhin erkannte er, wenn er etwas falsch gemacht hatte. Und mit Kikeriara – Chiara, verbesserte er sich – mit Chiara konnte er dann ja befreundet sein. Das war sowieso viel cooler, als eine Freundin zu haben. Eine Freundin hatten viele. Mit einem Mädchen befreundet war aber kein Junge. Es ging eben um mehr als nur Sex, fand er. Und damit konnte er Chiara doch zeigen, dass er ganz und gar nicht blöd war.

Er machte ein paar Schritte die Straße hinunter und sah sich dann noch einmal nach Thomas' Balkon um. Jetzt gefiel ihm der Gedanke besser, zurückzugehen und sich zu entschuldigen. War es nicht das, was Erwachsene taten? Vielleicht würde es dann endlich zu dem Gespräch von Mann zu Mann mit seinem Vater kommen, das er sich auf dem Hinweg ausgemalt hatte.

Aber er fror und war müde. Der Streit mit Mama und Mami, der ganze beschissene Schultag davor, all das holte ihn plötzlich ein, und er wollte nur noch ins Bett. Und um ein Problemgespräch mit Mama und Mami würde er eh nicht herumkommen. Im Kopf ging er schon alles durch: Ja, es tut mir leid, nein, ich hätte das nicht sagen dürfen, ich will es nie wieder tun, okay, ich liebe euch, Entschuldigung, Entschuldigung, Entschuldigung, ja, ihr liebt mich auch, bis morgen.

Nein. Für eine Entschuldigung bei Thomas war morgen immer noch Zeit. Er machte sich auf den Heimweg. Nach endlosem Warten war er froh, als der Bus kam. Diesmal hatte er nicht so viel Glück wie auf dem Hinweg. Er musste stehen. An die Halteschlaufe geklammert, schlief er beinahe ein.

Zu Hause natürlich das erwartete Drama. Mama und Mami wollten wissen, wo er gewesen war, fanden es dann schon gut, dass er mit einer Freundin (die bedeutungsvollen Blicke, die sie sich zuwarfen, entgingen ihm nicht, und er wusste, dass er schon so gut wie raus aus der Nummer war), dass er mit einer Freundin also bei Thomas gewesen war, taten dann noch ein bisschen sauer, nötigten ihm Entschuldigungen ab … und dann war das Gröbste geschafft. Mama und Mami hätten lange geredet und sie würden einen Termin in der Schule machen und sich für ihn einsetzen, wie er es verdient habe, und bis dahin solle er nur bitte, bitte stay out of trouble und die stupid girls reden lassen, es würde alles in Ordnung kommen. Mama redete dann so lange am Stück, bis Mami, die sichtlich auch bereits müde war, sich ihrerseits für ihre „fuck yous" entschuldigte, so was dürfe man of course zu eine Kind nie sagen, never ever, und sie sei so sorry, und Beat wisse ja hoffentlich, dass sie just concerned sei und ihn aber sehr liebe, lots, und Mama auch, noch viel mehr, und dann durften endlich alle schlafen gehen.

Beat machte die Zimmertür zu und fiel in Unterwäsche ins Bett, ohne Zähneputzen und alles, und pennte durch, bis der Wecker klingelte. Je näher er der Schule kam, desto stärker wurde das üble Gefühl in der Magengegend. Es wäre cool, mit Chiara befreundet zu sein, aber das ginge natürlich nur, wenn sie ihn nicht total scheiße fände und möglichst auch nicht jedem sonst in der Schule erzählt hätte, dass sie den Abend mit ihm verbracht hatte und er wirklich genauso seltsam und dumm war, wie sowieso schon alle dachten. Schlimmer kann's ja auch schon eh nicht mehr werden, dachte er trotzig. Immerhin war er der Typ, der nicht aufs Klo gehen konnte, ohne dass eine Bande Mädels Fotzenleckgeräusche machte. Aber trotzdem hatte er Schiss, dass Chiara ihn einfach mit dem Arsch nicht mehr angucken würde.

Er sah sie schon von Weitem und winkte. Sie winkte zurück, redet dann aber wieder mit ihren Freundinnen. Sollte er jetzt hingehen? Wenn sie ihn vor all ihren Freundinnen abblitzen ließe, das wäre das Schlimmste. Wenn sie nett zu ihm wäre, würden ziemlich viele Leute sofort denken, dass sie ein Paar waren, und das wollte er ja eigentlich nicht mehr. Also vielleicht am besten nur kurz rübergehen und ganz kurz mal fragen, ob alles okay war und ob sie mit der Telefonnummer von seinem Opa was anfangen konnte. Dann wäre ja gleich klar, dass es um eine ganz sachliche Frage ging, um eine Businesssache gewissermaßen.

Er schlängelte sich durch die Grüppchen von Schülern, die vor der ersten Stunde zusammenstanden, und hob noch einmal grüßend die Hand, als er bei Chiara und ihren Freundinnen angekommen war. Die Freundinnen verstummten und guckten verdutzt zwischen ihm und Chiara hin und her.

„Hallo, Beat", sagte sie. Und, zu den Freundinnen: „Beat hat mich gestern zu seinem Vater mitgenommen. Weil ich mich doch für die Kunst von seinem Opa interessiere."

„Genau", sagte Beat.

„War voll nett", sagte Chiara. „Voll die schöne Wohnung hat der. Und wir haben noch was zu trinken gekriegt und ein bisschen gequatscht. Hab jetzt die Nummer."

„Ja, genau", sagte Beat.

Die Freundinnen nickten, als wäre jetzt alles klar.

„Ich wollte da nur noch mal fragen", sagte Beat.

„Ja, ich hab ja jetzt die Nummer. Cool", sagte Chiara.

„Bist du gut nach Hause gekommen?", fragte Beat.

„Ja, danke, kein Problem."

„Ja, super."

Beat stand noch einen Moment herum. „Ja, ich werd dann mal", sagte er. „Tschüss."

„Tschüss", antwortete Chiara und wendete sich schon wieder einer Freundin zu.

Das war doch gut gelaufen, fand Beat. Ein ganz normales Gespräch. Einfach mal kurz nachgefragt, kurze Antwort, alles geklärt. Das konnten sie jetzt öfter machen. Oder auch nicht. Wie es gerade kam. Der Knoten in seinem Magen löste sich, als er zur ersten Stunde ging.

Dann fiel ihm Tonia wieder ein, und er verlangsamte seine Schritte. Stay out of trouble, hatte Mami gesagt. Die stupid girls reden lassen. Leichter gesagt als getan.

Als er das Klassenzimmer betrat, sah er, dass Tonias Stuhl leer war. Und tatsächlich: Sie kam nicht. In der ersten Viertelstunde nach Unterrichtsbeginn rechnete er noch damit, dass die Tür aufgehen würde und sie doch noch dastünde. Danach entspannte er sich langsam. Auch sonst kam kein Lehrer und kein Mitschüler auf den Stress von gestern zu sprechen. Der Tag verlief ruhig, und die Welt ließ ihn in Ruhe.

Dementsprechend gute Laune hatte er, als er, die Kopfhörer in den Ohren, nach der Schule auf den Parkplatz kam. Chiara stand neben einem weißen Mercedes und redete mit einer großen, schlanken Frau, die ständig damit beschäftigt war, sich die langen, kastanienroten Haare aus dem Gesicht zu wischen, die der Wind um sie herumwirbelte.

Heute war schon so viel gut gegangen, da konnte er auch das noch probieren, fand Beat. Er zog sich die Kopfhörer aus den Ohren und schlenderte auf die beiden zu.

„… ist doch auch viel bequemer für dich“, hörte er die Rothaarige sagen.

„Mama“, sagte Chiara. „Lass mich bitte einfach.“

„Hi.“ Er stellte sich neben Chiara und grinste. „Na?“

„Hallo?“ Die Rothaarige lächelte. Beat spürte ein Glühen im Bauch. Die Rothaarige sah aus wie Chiara, nur älter und reifer. Sie hatte Sommersprossen um die Nase und Lachfalten um die Augen. Beat musste an Werbung für Pralinen aus weißer Schokolade denken. Ein blauer Himmel mit ein paar Wolken und genau dieses Auto mit dieser Frau und eine Fahrt um die Klippen irgendwo weit weg. Die Rothaarige lächelte immer noch. Es roch nach dem heißen Teer vom Parkplatz, nach Zigaretten und Flieder und Staub, aber Beat dachte sofort: Das ist ihr Geruch.

„Das ist Beat“, sagte Chiara. Sie klang genervt.

„Ach *du* bist *Beat*“, sagte die Rothaarige. Ehe er sich's versah, war sie auch schon bei ihm und umarmte ihn. Seit er sich erinnern konnte, war er noch nie von einer erwachsenen Frau außer seinen Müttern umarmt worden. Der Geruch war jetzt intensiver. Ihre Wange war kühl und etwas rau, vielleicht von den Sommersprossen. „Ich habe schon viel von dir gehört“, sagte sie an seinem Ohr.

„Das ist meine Mutter“, sagte Chiara.

„Franziska“, sagte Chiaras Mutter und trat zurück. Ein paar Haare kitzelten Beat im Gesicht, als zögerte ein Teil dieser Frau, ihn loszulassen. „Ich heiße Franziska.“

Beats Herz klopfte. *Schon viel von dir gehört.*

„Nur Gutes, hoffe ich“, sagte er.

„Ausschließlich“, sagte Franziska und lachte. Sie musterte Beat, und jetzt fiel ihm auf, dass ihre Augen ebenfalls gesprenkelt waren, als hätte sie hellbraune Sommersprossen auch dort, im Grün. Er guckte weg. Sie lachte wieder. „Du bist der mit der Künstlerfamilie.“

„Ja, na ja. Mein Vater. Und mein Opa.“

„Ach ja. Deine Familie ist ja sowieso so *interessant.*“ Sie lachte erneut, und Beat verstand genau, dass sie seine zwei Mütter meinte, aber sich nicht über Mama und Mami lustig machte, sondern darüber, dass er andauernd darauf angesprochen wurde. Er lachte auch, und seine Befangenheit war verflogen.

„Das kann man wohl sagen. Interessant!“, sagte er.

Franziska beschattete die gesprenkelten Augen mit der Hand. „Künstlerfamilie und aus einem *Frauenhaushalt*“, sagte sie. „Jetzt lerne ich dich auch endlich mal kennen. Meine Tochter und mein Mann sind ja ganz aus dem Häuschen wegen deinem Großvater. Mir ist das *Künstlerische* ja nicht so wichtig. Mehr so … hm.“ Sie legte den Kopf schief und hörte nicht auf, Beat anzugucken. „Ach, ich weiß auch nicht“, lachte sie. „Es muss doch spannend sein, aus einem Zuhause zu kommen, wo es nur Frauen gibt.“

„Na ja“, sagte Beat. „Nicht so spannend eigentlich.“ Warum sagte sie das immer wieder mit den Frauen? Er schob den Gedanken beiseite. Jedes Mal, wenn Franziska lachte, ging durch die Wärme in seinem Bauch eine kleine Welle.

„Mama, ich nehme jetzt wirklich das Rad“, sagte Chiara.

„Ah-ah.“ Franziska wackelte mit dem Finger. „Zu gefährlich. Spatzi, ich will nicht, dass dir was passiert. Denk an dein Bein.“

„Meinem Bein geht's prima.“ Beat sah, dass Chiara rot wurde. „Mama, ich fahre jeden Tag Rad.“

„Und ich sage dir jeden Tag, dass ich mich dabei nicht wohlfühle." Franziska öffnete die Autotür. „Komm rein. Und Beat nehmen wir auch mit."

„Was?" Beat durchfuhr ein heißer Stich. „Wohin denn?"

„Keine Angst." Franziska lächelte ihn über das Auto hinweg an. „Wir tun dir nichts. Aber wie ich höre, hat meine Tochter bereits deine Familie kennengelernt. Da ist es doch nur gerecht, wenn du auch mal bei uns zu Gast bist. Du kannst ja deine Mütter anrufen, dass du mit uns isst. Ich fahre dich dann auch wieder nach Hause. Einverstanden?"

„Ja. Klar. Cool. Warum nicht?" Jetzt, wo er kurz darüber nachdachte, gefiel ihm der Gedanke. Mit seinem Vater war es so schwierig gewesen, von Gleich zu Gleich zu reden, aber mit Franziska schien alles ganz einfach zu sein. Und wenn er jetzt mit Chiara befreundet war, würde er sie vielleicht öfter sehen. Er öffnete die Beifahrertür. Der Geruch von warmem Leder und kaltem Zigarettenrauch wehte ihm entgegen.

„Hallo? Ich bin auch noch da." Chiara machte keine Anstalten einzusteigen. Sie humpelte davon und wühlte beim Gehen in der Hosentasche. Kaum hatte sie den Schlüsselbund hervorgezerrt, klirrte er auch schon auf den Parkplatz. Sie bückte sich so hastig danach, dass ihr der Rucksack von der Schulter rutschte und ebenfalls auf den Asphalt krachte.

„Scheiße!"

„Spatzi, das ist doch albern", lachte Franziska. „Das muss dir doch jetzt nicht peinlich sein mit deinem Freund."

„Das ist mir nicht peinlich. Du bist peinlich!", schrie Chiara.

Franziska warf die Autotür wieder zu. „Steig schon mal ein", sagte sie zu Beat. Dann ging sie auf klackenden Absätzen zu Chiara hinüber, die am Boden hockte und ihre Sachen zusammensuchte. Mit den Stöckelschuhen wirkte sie auf den langen Beinen noch größer.

„Spatzi, der Papa freut sich auch, wenn dein Freund mit zu uns kommt", sagte Franziska laut.

„Hör jetzt doch mal auf mit Papa", schrie Chiara.

Beat stand immer noch da, die Hand am Türgriff, und wusste nicht, was er machen sollte.

„Ich kann auch gehen", sagte er. „Echt."

„Du bleibst", rief Franziska über die Schulter zurück. Und zu Chiara sagte sie: „Du lässt jetzt das Fahrrad hier stehen und kommst mit."

Chiara richtete sich auf und rückte sich den Rucksack zurecht. „Ich komme nicht mit", sagte sie. „Ich fahre mit dem Rad. Hör endlich auf, mich so zu bemuttern."

„Ich bin nun mal deine Mutter", sagte Franziska. „Auch wenn dir das nicht passt."

„Kann ich ja wohl nichts dagegen machen", sagte Chiara.

„Nein", sagte Franziska. „Kannst du nicht."

„Schade."

„Es gibt Dinge im Leben, gegen die sind wir machtlos." Franziska zog eine Sonnenbrille aus der Handtasche und schob sie sich auf die Nase. „Ich kann ja auch nichts dafür, dass du bist, wie du bist."

„Tut mir leid, dass ich behindert bin. Trotzdem kannst du mal aufhören, mir jeden Schritt vorzuschreiben."

Dann holte Franziska eine Schachtel Zigaretten aus der Handtasche und zündete sich eine an, während Chiara sie trotzig anstarrte. Die beiden schienen völlig vergessen zu haben, dass Beat noch am Auto stand und ja anscheinend mit ihnen nach Hause fahren sollte.

„Ich will dieses Wort nicht hören", zischte Franziska. Sie stieß eine Rauchwolke aus. „Und du steigst jetzt *bitte* in das Auto."

„Ich bin doch kein Baby mehr", sagte Chiara und verschränkte die Arme. „Was soll denn diese kranke Show. Ich kann doch wohl mit dem Fahrrad nach Hause fahren. Mir passiert doch nicht auf Schritt und Tritt was. Komm mal klar."

„Auf Schritt und Tritt." Franziska lachte. Es klang gar nicht mehr so spielerisch und einladend wie gerade eben. „Das ist gut. Ich möchte jetzt bitte, dass du vielleicht einmal auch auf meine Wünsche hörst, ja? Ansonsten machst du ja sowieso, was du willst. Kann sein, dass du bei Papa damit durchkommst, aber bei mir nicht. Wenn ich sage, du steigst in das

Auto, dann steigst du bitte in das Auto. Ich werde doch wohl noch irgendwas entscheiden dürfen, was dich betrifft."

„Du entscheidest jeden Tag hundert Sachen, die mich betreffen."

„Weil ich will, dass es dir gut geht."

„Dann reiß dich bitte mal mit deiner blöden Angst zusammen und lass mich die Viertelstunde mit dem Rad nach Hause fahren. Mensch, das ist doch krank, diese Sorge immer."

„Ich will eben nicht, dass dir was passiert. Papa ist ja alles egal. Und einer muss sich ja kümmern. Wenn ich dann die Böse bin, bitte."

„Und dieses Selbstmitleid. Papa hat es auch nicht leicht, aber er gibt wenigstens nicht mir die Schuld dafür."

„Papa hat es nicht leicht? Ich finde, er macht es sich sehr leicht. Und sei froh, dass er nicht dir die Schuld gibt. Er gibt sie nämlich mir. Sei wirklich froh, dass du nicht weißt, wie sich das anfühlt. Sei froh, dass du einen Freund hast, der mit Frauen aufgewachsen ist."

„Was soll denn das jetzt, der ist doch gar nicht mein Freund."

„Ich kann auch echt gehen", sagte Beat. Aber niemand hörte ihm zu. Er hatte keine Ahnung, worum sich dieser Streit drehte, und fühlte sich zunehmend unwohl.

Franziska und Chiara standen sich gegenüber und starrten sich an. Franzska rauchte. Chiara schniefte.

„Kommst du jetzt?", fragte Franziska.

„Nein."

Franziska trat die Zigarette aus. Der hochhackige Schuh kratze über den Asphalt.

„Okay", sagte sie. Mit schnellen Schritten kam sie zum Auto zurück. Beat stand immer noch da, den Türgriff in der Hand.

„Steig ein", sagte sie.

„Und was ist mit Chiara?", fragte Beat.

Franziska öffnete die Fahrertür. Über das heiße Autodach hinweg sah sie Beat an.

„Meine Tochter fährt uns hinterher." Sie lächelte und zeigte Zähne, die so weiß waren wie der Mercedes. „Ich fresse dich schon nicht auf." Dann stieg sie ein.

Beat schaute zu Chiara hinüber. Schief stand sie da, rotgesichtig, verschwitzt. Der Rucksack war ihr halb von der Schulter gerutscht.

Aus dem Auto roch es nach Leder, nach heißem Metall, nach Zigaretten und Parfüm. Teer, Flieder, Staub. Musik kam aus dem Autoradio:

In meinem Zimmer, unter dem Garten / Fühl ich mich sicher, ich kann's euch verraten / Ich schnalle dich um, nehme dich in die Hände / Und schicke den Sound zwischen die Wände

Beat schloss die Augen. Er konnte fast körperlich spüren, wie es wäre, sich in den Sitz gleiten zu lassen und die Tür hinter sich zu schließen, hinein in diese Hitze, diese Gerüche, diese Musik. Dann fiel ihm ein, wie sein Vater Chiara gestern aus dem Mantel geholfen hatte und wie wütend ihn das gemacht hatte. Er sah wieder vor sich, wie sie aufs Fahrrad gestiegen und in der Dunkelheit verschwunden war. *Ob sie eigentlich ein Spezialfahrrad braucht? Eins ihrer Beine ist doch kürzer als das andere ...* Er machte die Augen wieder auf. Wie dumm er gewesen war!

Er beugte sich hinunter und schaute in den Wagen. Franziska hatte sehr braune Beine, die leicht gespreizt auf den Pedalen standen. Ihre Hand lag auf dem Schalthebel.

Ich ziehe mir den Pulli vor dem Spiegel aus / Manic depression im Reihenhaus

„Kommst du?"

Ihre Zähne sahen jetzt noch größer und weißer aus.

„Nee. Ich glaube, ich gehe dann mit, mit Chiara. Danke für das Angebot."

„Okay."

Franziska beugte sich über den Beifahrersitz und griff nach der Tür. Beat schaute sofort hoch, um ihr nicht in den Ausschnitt zu glotzen.

„Selbst schuld", sagte sie unter ihm und riss ihm die Tür aus der Hand. Der Motor sprang an. Beat wich einen Schritt zurück. Mit großen Bewegungen parkte das Auto aus und jagte davon. Zurück blieb ein Hauch von Metall und Musik.

Beat biss sich auf die Lippe. Schon jetzt bereute er, nicht eingestiegen zu sein. Schritte näherten sich. Chiara trat neben ihn.

„Wolltest du denn nicht mit der Frau in dem heißen Auto fahren?"

Beat zuckte mit den Achseln. „Schon. Aber das wäre ja für dich scheiße gewesen."

Sie sah ihn von der Seite an. „Stimmt. Danke." Sie ging zum Fahrradständer und kniete sich hin, um das Schloss zu öffnen.

„Aber du hättest das nicht tun müssen", sagte sie über die Schulter. „Ich komme schon allein nach Haus. Ich kann nämlich Fahrrad fahren, weißt du?"

„Weiß ich", sagte Beat.

„Und dass du mit zu uns kommst, will ich auch nicht."

„Nee, ist okay. Würde ich jetzt auch gar nicht mehr wollen."

Beat war enttäuscht, aber er versuchte, sich nichts anmerken zu lassen. „Vielleicht irgendwann anders mal."

Chiara schob das Fahrrad zu ihm herüber.

„Glaube nicht", sagte sie. „Bei mir zu Hause ist es nicht so cool. Und auch nicht so *interessant* wie bei dir. Meine Eltern streiten sich nicht mal mehr. Es ist alles ganz kalt und leise."

„Mann!" Beat merkte erst, als er schrie, wie sauer er war. „Jetzt sei doch mal nicht so kacke zu mir. Ich kann nichts dafür, dass du Stress mit deiner Mutter hattest. Und außerdem kommst du erst bei mir an und willst die Nummer von meinem Opa, obwohl wir uns gar nicht kennen, und ich nehm dich mit zu meinem Dad, und der ist dann total scheiße zu mir …"

„Ja, weil du halt so scheiße bist!" Chiara schrie jetzt auch.

Die letzten Schülerinnen, die noch aus dem Gebäude trödelten, schauten zu ihnen rüber, aber das war Beat jetzt egal.

„Ich bin überhaupt nicht scheiße. Ich hab den bloß seit Jahren nicht mehr gesehen und erst wieder auf der Beerdigung von seinem Mann. Und dann komm ich dahin mit … mit dir eben. Und das ist vielleicht auch nicht so einfach für mich. Und dann findet der dich eh viel besser als mich."

„Dafür findet meine Mutter dich eben besser als mich. Dann sind wir ja quitt."

„Jetzt hör doch mal auf mit deiner Mutter. Ich hab doch immerhin gerade ..."

„Was hast du gerade? Auf die Chance verzichtet, von einer älteren Frau im Auto einen geblasen zu kriegen?"

Schlagartig wurde Beat noch heißer. Er merkte genau, wie er einen roten Kopf bekam.

„Äh, nee."

Chiara drängelte sich mit dem Rad an ihm vorbei. „O Gott, genau das hast du gedacht, *genau* das. Du bist echt so ein Scheiß..." Sie versuchte aufzusteigen, rutschte ab, fluchte. „So ein Scheiß*junge.*"

Beat lief ihr hinterher. „Da kann ich ja jetzt wohl echt nichts dafür."

„Doch!" Chiara war aufs Rad geklettert und schob sich hektisch mit dem rechten Fuß an. „Da kannst du wohl was dafür. Da kann jeder was dafür, ob er halt so ein Scheißtyp ist oder nicht."

Sie trat in die Pedale. Beat rannte, um Schritt zu halten. So wollte er sie jetzt nicht davonkommen lassen. Da entschied er sich für sie, und dann das.

„Und du laberst dir da einen zurecht über Musik und Fotografie und bist überhaupt ganz erwachsen und flirtest mit meinem Vater", keuchte er.

Chiara trat schneller. „Ja, klar. Mit deinem schwulen Vater."

„Was hat denn das jetzt mit irgendwas zu tun, ob der schwul ist. Du hast doch da endlos über Bisexualität geredet und wie oft der bestimmt mit meiner Mutter hat."

„Keine Angst, ich mach dir schon kein Halbgeschwister mit deinem Papa."

„Und vom Blasen wird deine Mama ja jetzt auch nicht gleich schwanger."

Chiara bremste so abrupt, dass Beat noch ein paar Schritte an ihr vorbeiflog.

„Ey, ich hau dir gleich 'n paar rein."

Beat breitete die Arme aus. „Ja, klar. Mach. Warum nicht. Besser, als wenn du dich zu der Clique ans Klo stellst und zu den Fotzenleckgeräuschen auch noch Blasgeräusche machst."

Chiara runzelte die Stirn. „Wie unterschiedet sich das denn bitte?"

Beat lachte verzweifelt. „Ja, keine Ahnung. Woher soll ich das denn wissen? Irgendwie nasser vielleicht."

Chiara stützte die Hände auf den Lenker und schien nachzudenken. „Aber müsste das nicht eigentlich trockener sein? Weil, das eine ist ja eh schon nass."

Beat sah, dass sie jetzt auch grinsen musste. Er warf die Hände in die Luft. „Ja? Ist das so?"

Chiara stieg ab. „Na, wenn's gut läuft, schon. Nehme ich an."

Sie schob das Fahrrad, und Beat schlurfte neben ihr her. „Chiara, ich hab keine Ahnung von so was. Echt."

„Aber du weißt, was ein Packer ist."

„Woher weißt du denn das? Du bist doch in der Parallelklasse."

„Spricht sich rum."

„Mann. Das ist echt so scheiße. Können die Leute nicht mal die Klappe halten. Ich kann doch nichts dafür, dass meine Mütter mir immer so Zeug erzählt haben."

„Ist doch gut, wenn man so was weiß."

„Wozu? Mir bringt das null. Außer Fotzenleckgeräuschen vorm Klo."

„Und jetzt hab ich dich auch noch um die Chance gebracht, alleine mit einer Frau im Auto zu sein, die dich ja so interessant findet."

„Ja. Genau."

„Tut mir leid."

„Mir auch."

Sie gingen die Straße entlang und kicherten.

„Warum ist das denn so scheiße bei dir zu Hause?", fragte Beat schließlich. „Verstehst du dich wenigstens mit deinem Vater besser?"

Chiara sagte eine Weile nichts. Die bunten Klicker an den Speichen klickerten. „Die könnte ich auch mal abmachen", murmelte sie. „Die sind da dran, seit ich zehn bin." Sie seufzte.

„Mein Vater … also, mein Vater interessiert sich auch für Fotografie. Er sammelt. Von dem hab ich das wohl. Und da haben wir was gemeinsam. Also verstehen wir uns schon besser, ja."

„Aber warum ist dann alles so kalt und still? Deine Mutter ist doch …"

„Eine tolle Frau? Ja, danke, dass du das noch mal sagst. Warum ist alles so kalt und still …" Sie schob das Rad weiter und sah so grüblerisch aus, als beschäftigte sie die Frage zum ersten Mal.

„Irgendwie auch wegen der Fotografie", sagte sie schließlich.

„Weil er da so viel Zeit mit verbringt? Oder weil das so teuer ist?"

„Teuer ist es auch", sagte Chiara. Die Klicker klickerten. „Aber mein Vater hat ja eine eigene Praxis. Das Geld ist schon da. Nee, mein Vater sammelt halt so. In seinem Gebiet. Mapplethorpe. Warhol. Matthew Rolston. Das sind so die ganz Großen. Er hat auch eine Ausgabe von Whitmans *Leaves of Grass,* die Weston illustriert hat. Die hab ich mir als Kind gern angeguckt. An so kleineren, unbekannten Sachen hat er unter anderem die größte Sammlung von Karlheinz Weinberger in Deutschland. Und natürlich ein paar große Formate von Edgar Edel."

„Ja, und?"

„Dir sagt das alles gar nichts, oder?"

„Mein Opa ist der Fotograf."

Chiara seufzte. „Na ja. Viele von den Bildern hätte ich wahrscheinlich als Kind gar nicht unbedingt angucken sollen. Aber für mich und meinen Vater war das immer schon etwas, was wir zusammen machen konnten. Ich habe mir da echt nichts bei gedacht. Aber meine Mutter war damals schon … na, eifersüchtig wahrscheinlich irgendwie."

Sie sah zu Beat rüber, und als sie merkte, dass er nicht begriff, schob sie hinterher: „Auf den meisten von den Bildern sind nackte Männer. Viele nackte Männer. Oder jedenfalls mit nicht so viel an."

„Und warum sammelt dein Vater so viele Bilder von …", sagte Beat langsam. „Oh", macht er dann. „Oh. Okay."

„Mhm“, machte Chiara.

Sie schoben und schlurften, und die Klicker klickerten.

„Und ist das so klar für alle?“, fragte Beat schließlich.

„Nee.“ Chiara schüttelte den Kopf. „Überhaupt nicht. Deswegen meinte ich ja, es ist alles ganz kalt und still. Da hat nie jemand was dazu gesagt.“

„Und dein Vater, der hat jetzt auch keinen Freund oder so?“

Chiara schaute ihn an, als wäre er ein ganz besonders nerviges Insekt, das ihr beim Radfahren um den Kopf schwirrte.

„Wo kommst du denn her?“, fragte sie.

„Aus meiner Familie“, sagte Beat und grinste.

„Ich finde das viel besser, wie es bei euch ist“, sagte Chiara ernst. „Da ist wenigstens alles klar. Ohne Geheimnisse. Ich weiß halt ganz genau, dass mein Vater nur noch bei uns ist, weil seine arme Tochter behindert ist und er ihr die Scheidung nicht antun kann. Dabei wär's mir echt viel lieber, wenn er mal reinen Tisch machen würde. Alles bloß Ausreden! Und meine Mutter ist noch da, weil es ihr so wehtut mit meinem Vater, dass sie ihm immer noch weiter wehtun will.“

„Kapier ich nicht“, sagte Beat.

„Da muss man auch bei uns groß geworden sein, dass das Sinn macht“, sagte Chiara. „Du hast echt Glück mit deiner Familie, weißt du das?“

„Findest du?“

„Ja. Finde ich.“

„Du weißt doch gar nicht, wie es bei uns ist.“

„Ich kenne schon mal deinen Vater. Und ich kenne dich.“

Sie gingen eine Weile weiter nebeneinander her.

„Ähm. Was ist denn das hier eigentlich für 'ne Straße?“, fragte Beat irgendwann.

Chiara blieb stehen. „Musst du überhaupt hier lang?“

„Nee.“ Beat sah sich um. „Nee, irgendwie so überhaupt nicht. Wo sind wir denn hier?“

Chiara schlug sich die Hand vor die Stirn. „Mann, Beat, du bist echt so ein …“

Sie sahen sich an. Die Klicker hatten aufgehört zu klickern.

„Ach, was weiß denn ich, was du bist“, sagte Chiara. Sie stieg auf. „Mach’s gut, Beat. Bis morgen.“ Klickernd radelte sie davon, ohne sich noch einmal umzusehen.

Beat starrte ihr noch eine Weile belämmert hinterher. Dann machte er kehrt, trottete den ganzen langen Weg bis zur Schule zurück und machte sich von dort aus auf den Heimweg.

Abends, im Bett, stellte er sich vor, er wäre zu Franziska ins Auto gestiegen. Das heiße Metall, die Ledersitze, der Zigarettenrauch, die Musik und die langen, braunen Beine, die die Pedale auf- und niederdrückten. Ihr Lächeln, die weißen Zähne und immer wieder die gesprenkelten Augen. Sie bog in einen Waldweg ein.

„Beat“, sagte sie.

Sie öffnete ihm den Gürtel. Als sie sich über ihn beugte, sah er die Brüste im BH mit den braunroten Spitzen, was wahrscheinlich in echt gar nicht ging, aber egal, und der Duft nach Staub und Flieder und ihr Mund schloss sich warm und feucht … aber war das nicht eher trocken?

Er öffnete die Augen und ließ seinen Schwanz los, bevor er kam. Irgendwie erschien es ihm plötzlich unhöflich, sich auf Chiaras Mutter einen runterzuholen, nach allem, was Chiara ihm erzählt hatte.

Kurz überlegte er, sich stattdessen auf Chiara einen runterzuholen, aber das kam ihm noch unhöflicher vor.

Außerdem war da dieser Geruch nach Metall und Leder und Zigaretten, *ihr* Duft, und die gesprenkelten Augen und die Brüste, als sie sich vorbeugte. Scheiß drauf, dachte er und versuchte, sich wenigstens so lange zurückzuhalten, bis sie in seiner Fantasie die Beine spreizte und der Slip sichtbar wurde und er richtig mit ihr … aber bei diesem Bild war schon alles zu spät. Er lag da, während das Sperma auf seinem Bauch trocknete, und lauschte auf die Netflix-Serie seiner Mütter. Dann wischte er sich notdürftig ab und setzte sich die Kopfhörer auf. Die Musik sprang dort wieder an, wo er am Morgen ausgeschaltet hatte.

Wir ficken deine Mama / Wir sind jeden Tag im Studio / Jetzt gibt’s wieder Drama / Und du bist immer noch ein Hurensohn

O Mann, dachte er. O Mann. O Mann.

9

Kaum hatte Thomas den feuchten Herrn Schmoller im Treppenhaus stehen lassen und die Tür hinter Spritney Bier geschlossen, bereute er seinen Entschluss auch schon wieder.

Immerhin kannte er diese Person ja gar nicht, die er bis vor Kurzem noch für eine Art Parasit auf dem Kopf eines Sozialarbeiters gehalten hatte. Und die erste Arbeitsprobe hatte sie zwar mustergültig abgeliefert, indem sie Renate nachhaltig abgewimmelt hatte, aber war er nicht eigentlich auf der Suche nach Einzelfallhilfe gewesen? Nach jemandem, der Ordnung und Stabilität in sein Leben brachte, statt die ohnehin schon verrückte Situation in noch höhere Grade der Absurdität zu überführen? Jemandem, der nicht zuletzt helfen würde, sein schwindendes Vermögen zusammenzuhalten, statt es durch Extravaganzen noch weiter zu gefährden, wie es bei Bier ja, wenn er es recht betrachtete, zu erwarten stand? Und nicht zuletzt hatte er sich seine Einzelfallhilfe eigentlich immer als mütterliche, umsorgende Person vorgestellt. Allenfalls ein bleicher Privatsekretär mit steinerner Miene wäre infrage gekommen. Minimalanforderung war aber doch wohl, dass der Mensch, den er künftig als Untermieter und Wirtschafter bei sich beherbergte, ihn irgendwie mochte oder zumindest höflich behandelte.

Beides schien bei Bier nicht unbedingt der Fall zu sein. Das selbst ernannte Inschallah auf Stöckelschuhen schien keine besondere Dankbarkeit dafür zu empfinden, dass Thomas es der amtlichen Obhut des beflockten Herrn Schmoller entsteißt hatte. Auch das Zimmer – Clemens' Zimmer mit dem

Schreibtisch, dem Diwan und den Bücherwänden sowie einigen schönen Drucken von Kubin – befand der „*Son of a Cunt*" (oder sollte doch der Heiland damit gemeint sein?) als „muffig". Biers erste Amtshandlung bestand denn auch darin, im Eiltempo einige nach Vanille duftende Zigaretten im Zimmer durchzudampfen, wohl als Sofortmaßnahme gegen fortgeschrittenen Muff. Den von Thomas angebotenen Whisky wies sie als „zu bourgeois" zurück; sie trinke ausschließlich Champagner oder Gingetränke.

Mit zunehmend ungutem Gefühl in der Magengegend eilte Thomas in die Küche und wühlte dort in einigen Kühlschrankfächern, bis er endlich aus einem Rest Duke Munich Dry Gin, Eis aus Seepferdchenförmchen, das von irgendeiner Party übrig war, und einem Zitronenlikör, den Clemens einmal anlässlich geplatzter Koalitionsverhandlungen mit einer gelben Partei geschenkt bekommen hatte, so etwas wie einen Gimlet fabrizierte, den Spritney gnädig entgegennahm.

In ihrem Rucksack hatte sie nichts dabei außer einem Schminkset, einer verdächtig umfangreichen Pillensammlung, einem Gerät, das Thomas zunächst für einen Vibrator hielt, bis Bier ihm erklärte, es handle sich um einen Elektroschocker zwecks Überfallabwehr, vier Slips, die überwiegend aus Nichts bestanden, das nur hier und da von etwas schimmerndem Stoff gehalten wurde, einem Apfel, einem Deostift, einem Handy, einer Zahnbürste und einer zerfledderten Bibel.

Zu guter Letzt zog sie noch eine Madonna von der Machart hervor, wie Thomas sie von fliegenden Händlern an der polnischen Grenze kannte. Die Figur war etwa dreißig Zentimenter lang – „Schwanzlänge!", so Bier –, bestand aus Kunststoff und war inbrünstig lackiert. „Das ist Ciccone", sagte Spritney und platzierte das Ding mitten auf dem Schreibtisch.

„Ich wusste gar nicht, dass die Muttergottes einen zweiten Vornamen hatte", sagte Thomas pikiert. Er war zwar keineswegs gläubig, hegte aber den abergläubischen Respekt des säkularen Atheisten vor den Dingen der Religion. Bier warf ihm einen vernichtenden Seitenblick zu. „Dann weißt du wohl nicht viel!"

Sie stürzte den Rest des Gimlets hinunter und stellte die letzte Pfütze vor Ciccone ab. Daneben legte sie eine Nelkenzigarette und eine Tablette aus ihrer Sammlung. „Opfergaben", erläuterte sie auf Thomas' irritierten Blick hin.

Thomas schüttelte den Kopf. „Ich verstehe zwar nicht viel vom Christentum, aber Opfergaben? Ist das so was Brasilianisches, Haitianisches? Candomblé oder wie das heißt?"

Bier pustete ihm Rauch ins Gesicht. „Keine Ahnung, wovon du redest. Aber dass du echt glaubst, Ciccone gibt ihren einzigen Sohn für uns, und das soll dann umsonst sein, das ist mal wieder typisch."

„Typisch für was? Und ist nicht eigentlich das selbstlose Opfer Christi das, was das Christentum ausmacht?"

„Typisch für Leute wie dich, die alles haben. Ihr denkt immer, es gibt alles umsonst. Aber in Wirklichkeit ist nichts umsonst. Alles will bezahlt sein. Gibt es hier irgendwo eine Anlage? Ich würde gern beten."

„Klar. Da drüben." Thomas deutete auf den kleinen, mattschwarzen Würfel im Bücherregal.

„Ah, okay." Spritney tippte auf ihrem Handy herum, bis sich das Gerät mit dem Würfel synchronisiert hatte. Augenblicke später erfüllte infernalischer Lärm das Zimmer.

„Was singt der da?", brüllte Thomas über das Geknüppel und Gegrunze hinweg.

Bier dachte gar nicht daran, die Musik leiser zu drehen.

„*A Greater Foundation*", schrie sie zurück. „Manchmal muss alles kaputtgehen, damit wir Jesus erkennen können."

„Aha", machte Thomas. Er nahm einen neuen Anlauf. „Wenn du dich eingerichtet und gebetet hast, müssen wir uns mal zusammensetzen und über deine Pflichten reden."

„Was?" Die Musik war so laut, dass sich im Gimletrest zu Ciccones Füßen Kreise bildeten.

„Deine Pflichten!", schrie Thomas. „Dein Job hier!"

„Ja, ja." Spritney wedelte mit der Zigarette. „Später."

Sie schlug die Tür hinter Thomas zu. Kurz darauf wurde die Tür wieder aufgerissen. Lärm, Zigarettenrauch und Spritneys

Gesicht fielen wieder auf den Flur. „Ich bräuchte noch das W-LAN-Passwort."

Thomas gab es ihr.

Er machte sich ein Abendbrot und versuchte beim Fernsehen, das Gedröhn aus Clemens' Zimmer – Spritneys Zimmer – zu ignorieren. Auf sein Klopfen kam keine Reaktion, obwohl er doch nur hatte fragen wollen, ob Spritney vielleicht auch etwas essen wollte. Irgendwann ging er ins Bett. Die Musik ballerte immer noch. Dazwischen war Spritneys Stimme zu vernehmen, die sich angeregt mit jemandem zu unterhalten schien. Immer wieder ertönte auch lautes Lachen. Ob sie sich im Zwiegespräch mit Ciccone befand oder telefonierte, vermochte Thomas nicht zu sagen.

Er lag wach im Bett, starrte an die Decke und fragte sich bang, ob seine neue Hausangestellte vielleicht schon all ihre Freunde zusammentelefonierte, um hier in seiner Wohnung eine Party oder eine ekstatische schwarze Messe zu veranstalten, bei der kein Stein auf dem anderen bliebe. Wen hatte er sich da bloß ins Haus geholt? Die kurze Euphorie, die ihn überkommen hatte, als Bier sich in seinem Treppenhaus materialisiert hatte, war längst verflogen, und die Vorstellung, eine Art magische Madonna in seinem Leben zu haben, die seinem Dasein noch mehr Unberechenbarkeit verlieh und ihn auf neue Wege zwang, erschien ihm jetzt keineswegs mehr reizvoll.

Morgen, beschloss, Thomas, würde er Bier in ihre Pflichten einweisen. Eine Woche Probezeit wollte er ihr einräumen. Wenn sie sich als nützlich erwies und ihm alles Unangenehme genauso resolut vom Leibe hielt wie Renate vorhin am Telefon, dann wollte er sich mit manch exzentrischem Verhalten arrangieren. Aber einen detaillierten Miet- und Arbeitsvertrag musste es geben, in dem Punkte wie nächtliche Musik, Verhalten in den Wohnräumen und der höfliche Umgang mit dem Arbeitgeber und Vermieter festgehalten waren. Und überhaupt würde er jetzt gleich aufstehen, bei Bier klopfen und dafür sorgen, dass der Lärmpegel … und da war er auch schon eingeschlafen.

In dieser Nacht träumte er von Clemens. Ihm war, als würde er mitten in der Nacht von Spritneys spiritueller Musikdröhnung aus dem Schlaf gerissen. Wütend stürmte er im Traum über den Flur. Die Tür zu Biers – Clemens' – Zimmer stand offen. Rotes Licht pulsierte im Rhythmus des Lärms. Als Thomas im Türrahmen stand, sah er, dass Spritney auf dem Schreibtisch lag. Sie trug nichts als eine Art langen Schal oder Kopftuch, das sie bis zu den Füßen umfloss. Gewaltige Brüste ragten auf, dazu zwischen den Beinen ein nicht weniger gewaltiger Penis, der im Traum in den inbrünstigsten Farben schillerte.

Von irgendwo her trat Clemens ins Bild. Er nahm eine halb gerauchte Zigarette aus dem Mund und legte sie sehr sorgfältig über Spritneys Penis ab. Er sah dabei sehr ergriffen aus, als vollziehe er eine heilige Handlung. Spritney schien die Zigarette auf ihrem Bauch nichts auszumachen. Sie legte den Kopf zurück und stöhnte. Clemens umfasste Spritneys Penis und fing an, ihn rhythmisch zu reiben. Thomas spürte, wie er eine Erektion bekam. Clemens drehte sich halb zu ihm um.

„Ihr Stecken und Stab trösten dich", sagte er. „Sie deckt dir meinen Tisch."

Clemens' Hand bewegte sich schneller. Spritneys Penis schien von Sekunde zu Sekunde größer zu werden. Sie stöhnte. „Sie schenkt dir voll ein", sagte Clemens.

Thomas wollte ins Zimmer hinein, aber er war wie festgewurzelt.

„Ich dachte, du bist tot", sagte er unter Tränen.

„Ich bin nicht tot." Clemens lächelte. „Ich bin bei dir. Die ganze Zeit. Solange du lebst." Spritney kam, und Sperma lief über Clemens' Hand, und Thomas spürte, dass auch er gleich kommen würde – und dann erwachte er.

Er hatte im Schlaf ejakuliert. Das war ihm seit Jahren nicht mehr passiert, und er schämte sich sofort. Er tastete auf dem Nachttisch nach Taschentüchern und säuberte sich notdürftig. Dann wuchtete er sich ächzend hoch, zerknüllte die Taschentücher und warf sie in den Papierkorb. Er schlüpfte in den Morgenmantel und öffnete die Schlafzimmertür. Von Spritneys Musik war nichts mehr zu hören.

Leise ging er in die Küche und setzte Kaffee auf. Während das heiße Wasser durch den Filter gespuckt wurde, versuchte er, die Scham niederzukämpfen, die wegen des Traums in ihm aufgestiegen war. Nicht nur, dass er die neue Mitbewohnerin gleich für den ersten feuchten Traum seit Jahren missbrauchte, er musste auch gleich noch seinen verstorbenen Ehemann da mit reinziehen. Und was hatte ihm dieser peinliche nächtliche Reigen eigentlich sagen wollen? Dass er insgeheim auf Spritney stand?

Ganz sicher nicht. Sie war schon rein äußerlich nicht sein Typ, und dazu wusste er noch nicht einmal, ob sie ihn überhaupt mochte. Was dann? Dass Clemens es aus dem Jenseits heraus guthieß, dass diese merkwürdig eigenwillige Christin bei ihm lebte und ihm, wie man früher gesagt hätte, den Haushalt besorgte? Thomas presste die Handballen gegen die Augen.

Die Küchentür quietschte, und Spritney kam herein. Sie war ebenfalls im Morgenmantel, den sie bei Clemens im Schrank gefunden haben musste, und barfuß, sodass Thomas sie nicht hatte kommen hören.

Verlegen zog er den Mantel enger um sich. Ob man die Spermareste auf seinem Bauch eigentlich riechen konnte? Er hoffte, dass der Kaffeeduft alles überdecken würde.

„Morgen", nuschelte Spritney und drängelte sich an ihm vorbei. Im Gegensatz zu Thomas schien ihr die Situation gar nicht unangenehm zu sein, obwohl der Bademantel über ihren Brüsten weit auseinanderklaffte. Ohne Thomas' Antwort abzuwarten, griff sie nach der Kaffeekanne, schnappte sich eine der neben der Maschine gestapelten Tassen und goss sich ein.

„Morgen." Thomas räusperte sich. „Ich glaube, wir sollten uns mal unterhalten."

Spritney schlürfte vernehmlich und sah Thomas dabei über den Rand der Tasse hinweg an. Sie wackelte mit den Augenbrauen, was wohl heißen sollte: Leg los.

„Ich würde mich wirklich freuen, wenn du mich mal normal behandeln würdest", sagte Thomas.

Spritney setzte die Tasse ab. „Was heißt denn normal?"

„Normal freundlich." Thomas zog sich einen Stuhl heran und ließ sich hineinfallen. „Würdest du mir vielleicht auch einen Kaffee eingießen?"

„Ich bin doch nicht deine Dienerin."

Thomas seufzte. „Sag ich ja auch nicht. Aber es wäre einfach nett. Zumal es ja schließlich meine Wohnung ist. Und mein Kaffee."

Spritney stemmte die Faust in die Hüfte. „Soll ich dir jetzt auch noch dankbar sein? Du wolltest doch unbedingt, dass ich hier einziehe."

Thomas lachte. „Sag mal, hast du's eigentlich drauf angelegt, dass ich dich wieder vor die Tür setze? Mensch, ich versuche hier, freundlich zu dir zu sein und irgendwie eine gute Zusammenarbeit auf die Reihe zu kriegen. Seit du deinen feuchten Herrn Schmoller losgeworden bist, benimmst du dich hier in meiner Wohnung wie ein verzogenes Kind."

Spritney winkte ab und machte Anstalten, aus der Küche zu rauschen.

„Wo willst du denn jetzt hin?", fragte Thomas irritiert.

„Packen", rief Spritney über die Schulter zurück.

„Jetzt warte doch mal. Das ist doch lächerlich."

Spritney blieb stehen. „Lächerlich? Nee. Du bist lächerlich. Einzelfallhilfe. Lebst hier in deinem Palast und lachst dir irgendeine dahergelaufene Transe an, die du gar nicht kennst, weil dein Alter abgekratzt ist. Du bedienst mich von vorn bis hinten und machst keinen Mucks, wenn ich die ganze Nacht die Musik aufdrehe. Das heute Nacht, das war der große Spritney-Kool-Aid-Metal-Test, mein Lieber. Ob da noch mal was kommt von dir. Und weißt du was? Du bist durchgefallen. Ich weiß nicht genau, was du da im Schilde führst, aber dass es da am Ende nicht um Sex geht, das glaube ich dir keine Sekunde. Und wenn nicht um Sex, dann irgendwas anderes Perverses. Wahrscheinlich war's mein Glück, dass ich heute Nacht die Zimmertür abgeschlossen habe. Sonst läge ich bestimmt schon zerstückelt im Tiefkühler."

„Ich gebe zu, das sieht wirklich alles ziemlich komisch aus. Pass auf. Ich mach dir einen Vorschlag. Wir frühstücken jetzt zusammen. Ich erzähl dir aus meinem Leben und du mir von dir. Wenn wir dann beide noch denken, dass das mit der Einzelfallhilfe eine gute Idee ist, dann machen wir einen richtigen Vertrag, wo alles klar geregelt ist. Und wenn wir merken, es passt nicht, dann lassen wir es. Ich zahle dir eine angemessene Summe für zwei Tage Arbeit und ein Taxi, wohin du willst. Okay?"

Spritney musterte Thomas mit schief gelegtem Kopf. Sie kniff die Augen zusammen.

„Riecht es hier nach Sperma?", fragte sie.

Thomas wurde rot. „Das musst du dir einbilden", sagte er. „Setz dich. Ich würd's wirklich gern noch mal probieren. Ich hatte nämlich auch die ganze Nacht Schiss vor dir, weil ich nämlich geglaubt habe, du lädst dir hier einen Haufen irrer Freunde ein und dann opfert ihr mich gemeinschaftlich deiner Ciccone. Bis mein Mann mir im Traum gesagt hat, dass du gut für mich bist. Und mit Leuten hatte er meistens recht. Also komm schon her."

Spritney musste lachen. Sie setzte sich und zog eine Schachtel Zigaretten aus ihrem Ausschnitt.

„Moment." Thomas sprang auf und lief ins Wohnzimmer. Gleich darauf war er wieder da. In der Hand hielt er ein silbriges Etwas von der Größc eines Tennisballs, um das sich metallene Blumenranken schmiegten.

„Was ist das denn?", fragte Spritney.

„Das Tischfeuerzeug, von dem ich dir erzählt habe." Thomas hielt es Spritney unter die Nase. „Bereit?"

Spritney klemmte sich eine Zigarette zwischen die Lippen. „Besteht da nicht eine fünfzigprozentige Chance, dass das Ding in die Luft geht?"

Thomas hob die Augenbrauen. *„No risk, no fun."*

Spritney zuckte die Schultern. „Also los."

Thomas schloss die Augen. Dann drückte er den glatten Knopf. Es klackte. Er hörte Spritney paffen. Dann wehte ihm warmer Rauch ins Gesicht. Er öffnete die Augen.

„Hat geklappt." Spritney musterte ihn erneut mit zusammengekniffenen Augen. „Du bist echt komisch", sagte sie. „Ich werde nicht schlau aus dir. Erst bist du so superhöflich und spießig. Dann trägst du mir alles hinterher und verkriechst dich in deinem Zimmer. Dann hab ich das Gefühl, du willst mich rausschmeißen, bis du mir erzählst, dein toter Mann hat mich empfohlen. Und dann die Nummer mit dem Feuerzeug. Was bist du denn eigentlich für einer?"

„So genau weiß ich das auch nicht." Thomas griff nach dem Päckchen, das auf dem Tisch lag, und zog eine Zigarette heraus. Dann schob er Spritney das Feuerzeug hinüber. „Jetzt bist du dran."

Ohne seinem Blick auszuweichen, griff Spritney nach dem Tischfeuerzeug, hob es vor Thomas' Gesicht in die Höhe und wartete eine dramatische Sekunde. Dann drückte sie den Knopf. Ein Flämmchen schoss in die Höhe. Thomas neigte den Kopf und sog an der Zigarette. Ein Brennen, das er seit Jahren nicht mehr gespürt hatte, raste durch seine Lungen. Er hustete.

„Ich kenne mich selber nicht mehr", sagte er. „Mein Mann ist gestorben. Ich habe meinen Job gekündigt. Ich habe einen Brief an meine erste Freundin geschrieben. Mein Sohn hat mich besucht, zum ersten Mal seit Jahren. Ich weiß nicht mehr, wer ich bin. Ich brauche Hilfe. Einzelfallhilfe. Deswegen war ich gestern so begeistert von dir. Ich dachte wirklich, dich schickt der Himmel. Dann hab ich Angst gekriegt. Aber jetzt, heute Morgen, denke ich, genau das brauche ich. Dass mir jemand ein bisschen Angst macht und mich dahin schickt, wo ich nicht weiß, wie es weitergeht. Weil, das andere kenne ich ja schon. Und das funktioniert nicht mehr. Zu viel Angst ist aber auch nicht gut."

Er stand auf, um einen Aschenbecher zu holen. Sorgfältig legte er die Kippe am Rand ab.

„Spritney." Er streckte die Hand über den Tisch. „Wenn du mir versprichst, mich nicht im Schlaf zu missbrauchen und umzubringen, dann gebe ich dir hiermit feierlich das gleiche Versprechen."

Spritneys grinste, grinste mehr und zeigte schließlich alle gelben Zähne. „Okay."

„Okay."

Sie schüttelten sich ausgiebig die Hand.

„Und jetzt erzähl mal deine Story", sagte Spritney. „Und gib mir meinen Kaffee wieder."

Thomas tat, wie ihm befohlen, und erzählte dann alles von Anfang an. Er unterbrach den Bericht nur, um neuen Kaffee zu kochen. Spritney verschwand in dieser Zeit, um Brötchen vom Bäcker gegenüber zu holen – barfuß und im Morgenmantel.

„Und so war das alles." Thomas drückte die Zigarette aus. Die Küche war blau gequalmt. Er stand auf, um das Fenster zu öffnen. „Mensch, jetzt habe ich hier stundenlang gequatscht. Dabei wollte ich doch eigentlich alles über dich erfahren. Ob ich wirklich ganz beruhigt mit dir in einer Wohnung schlafen kann. Wenn ich doch bloß noch bei mir im Laden arbeiten würde. Diese App, die die Frau von Rabenstein da entwickelt hat, die wäre jetzt enorm praktisch."

Spritney setzte sich auf. „Von Rabenstein? Julia von Rabenstein?"

„Ja?" Thomas schlürfte Kaffee. „Genau. Julia hieß sie. Kennst du die etwa?"

Spritney zeigte wieder ihr gelbes Grinsen. „Das kann man wohl sagen! Nach deiner Geschichte war ich ja schon ganz überzeugt, dass es mit uns doch passt. Aber wenn du jetzt auch noch die Julia kennst …"

Thomas lachte. „Das muss wirklich vom Herrgott persönlich eingefädelt sein."

„Du sollst seinen Namen nicht unnützlich führen!" Spritney deutete mit der glühenden Zigarettenspitze auf ihn.

„Schon gut, schon gut." Thomas winkte ab. „Aber sag mal, ist dir das eigentlich wirklich ernst mit dieser Religionsgeschichte? Passt so gar nicht zu deinem … na, zu dir eben."

„Da kannst du Gift drauf nehmen, dass mir das ernst ist." Spritney nickte versonnen und schnippte Asche in den Aschenbecher. „Aber damit du das verstehst, musst du schon erst mal meine Story kennen."

„Bitte", sagte Thomas.

Und Spritney erzählte.

10

„Na ja, erst mal wurde ich geboren, schätze ich. Das behaupten jedenfalls meine Eltern. Obwohl die das ja eigentlich auch nur aus irgendwelchen Akten wissen. Auf die Welt gebracht hat mich nämlich jemand anders. Und mich gemacht dann noch mal wieder mit jemand anders. Ich bin nämlich adoptiert gewesen. Und in den Akten war auch die Geburtsurkunde, und da stand drin: ein Junge. Deshalb bin ich auch sonst ziemlich skeptisch bei allem, was da so drinsteht, auch mit der Geburt und der Zeugung. Das kann heute niemand mehr wissen.

Meine erste Erinnerung ist, wie ich mit drei im Auto sitze und zu meinen Eltern fahre. Der Typ am Steuer hat einen Bart. Keine Ahnung, wer das war. Irgendeiner vom Jugendamt? Mein Erzeuger? In diesem Auto bin ich erst auf die Welt gekommen, mit drei. Vorher weiß ich nichts. Außer dem, was in den Akten steht, aber das glaube ich ja, wie gesagt, alles nicht so ganz.

Und da in meiner Familie, wo ich dann hingekommen bin, da war es super und ganz schrecklich. Meine Eltern waren ziemlich reich, und weil sie sich schon immer Kinder gewünscht hatten, haben sie dann alles für mich gemacht. So war das eben super, alles, und ganz schrecklich. Ich habe meine Eltern dann nämlich sehr schnell enttäuscht, weil ich nicht so sehr dankbar war für alles, was sie für mich getan haben.

Das ging gleich am Anfang so los. Ich kam da an mit sehr schlechten Klamotten, so billigen Klamotten, mit der Katze Garfield drauf. Und meine Eltern wollten mir dann gute Klamotten anziehen, richtige Klamotten, ohne Comickatzen. Das war das Allerschlimmste. Ich war ja gerade erst auf die Welt gekommen, quasi. Und dieses Katzenkleid, das war das Einzige, was ich hatte. Und den mit dem Bart, aber der war schon wieder weg. Ich wollte um nichts auf der Welt, dass man mir diese Klamotten auszieht, dieses Kleid oder lange Hemd oder was das war. Weil ich dann ja nichts mehr hatte! Aber meine Eltern waren die einzigen Menschen, die überhaupt noch um mich rum waren, und die waren so nett zu mir und haben ganz beruhigend auf mich eingeredet.

Ich wusste: Ich darf jetzt nicht ausflippen. Weil die dann vielleicht wütend werden und mich wieder wegschicken. Es war also die Wahl zwischen dem, was ich am Leibe trug, sozusagen, und Menschen. Ich hatte keine Ahnung, wie ich mich da entscheiden sollte.

Also hab ich mich ganz steif gemacht, wie ein Brett. Es hat sehr lange gedauert, bis ich dann nackt war. Dann habe ich mich weicher gemacht, weil ich lieber die neuen, richtigen Klamotten haben wollte als nackt sein. Es ging aber immer so weiter. Mit den falschen Klamotten bin ich da schon angekommen, und wenn man mir etwas Besseres geben wollte, habe ich es immer nicht gewollt. Ich wollte zum Beispiel immer nie was lernen, was im Kindergarten und in der Schule dran war. Still sitzen, da ging es schon mal los. Klar konnte ich still sitzen, aber da war immer so eine Angst in mir, wenn ich zu lange sitze, dann passiert wieder was.

Ganz oft war das auch so. Indem zum Beispiel was erzählt wurde, viel zu lange und alle durcheinander. Und ich durfte nicht weg. Natürlich bin ich trotzdem weg. Und das haben dann meine Eltern vorgeworfen gekriegt, wenn sie mich abgeholt haben. Und dann war ich wieder undankbar gewesen.

Und vor allem wollte ich nicht in die Jungsgruppe und in die Mädchengruppe. Es gab immer eine Jungsgruppe und eine Mädchengruppe. Und ich wollte da nicht hin. Ich wusste dann irgendwann, dass ich in die Jungsgruppe sollte, aber ich wollte da nicht hin. Ich konnte da nicht hin. Mein Körper ist nicht aufgestanden und hingegangen. Das hat mir keiner geglaubt, aber es war so. Meine Beine waren wie zwei Stöcke unten an mir dran. Da habe ich oft gedacht, vielleicht hat mich der mit dem Bart, der aus dem Auto, ja doch im Wald gefunden, weil ich so Stöcke an mir dran habe.

Die Erzieherinnen haben immer gesagt: Aber du hast doch einen Pullermann. Und das stimmte ja auch, aber es war auch gelogen. Zur Strafe musste ich ein paarmal in die Mädchengruppe, aber ich wollte da nicht hin. Die Mädchen waren fieser als die in der Jungsgruppe. Ich wollte nur bei mir sein. Eine Mumu hatte ich auch nicht, aber ich wollte auch keine. Ich fand Busen gut, und den wollte ich haben. Alle haben dann gesagt, mir wächst keiner, wenn ich größer werde, aber ich dachte immer so: Woher wollt ihr das wissen? Man kann ja auch mit drei in einem Auto auf die Welt kommen und dann erst seine Eltern kennenlernen.

Die ganze Sache mit Puller und Mumu, und dann kommt der Samen in die Eizelle und dann das Kind, das klang so ausgedacht. Alle Bücher, die davon handelten, waren auch mit Comics oder so ganz alten Fotos, die wie gemalt aussahen. Ich war da echt misstrauisch.

Was gut war, war eben Kirche. Wir sind da mit dem Kindergarten hin. Die anderen Kinder fanden es immer blöd oder wollten nur die Bilder anmalen, aber ich wollte alles wissen. Maria und Josef hatten Jesus auch einfach so gekriegt. Und er war sogar noch gleichzeitig der Sohn von Gott und ein Teil von Gott oder Gott selber. Und den Heiligen Geist gab es auch noch. Da musste der Pastor immer lachen und meinte, jetzt wird es aber zu kompliziert für so einen kleinen Burschen. Damit meinte er mich. Ich fand das nicht kompliziert. Ich fand das total einleuchtend.

Alles war auch schön in der Kirche. Es gab Kerzen und Musik und bunte Fenster. Und alle hatten lange Hemden an. Ich fand es so toll und großartig, dass dieses ganze riesige Haus, das so anders war als alle anderen Häuser, nur gebaut worden war für die Sache mit Jesus, Maria, Josef, Gott und dem Heiligen Geist. Es war nur für Leute wie mich.

Das mit der Musik, das kam später. Einmal fand ich Metal praktisch, weil meine Eltern sich immer lauter darüber beschwert haben, wie undankbar ich war. Und Metal war einfach immer lauter. Am meisten hat es sie, glaube ich, geärgert, dass ich nie still sitzen konnte, nie ruhig sein, nie was lernen, nie einfach nicht auffallen. Außer in der Kirche. Und Kirche war halt so das Schlimmste für meine Eltern. Kirche war dumm und falsch. Es war so typisch für mich, dass sie mir so viele Sachen geben wollten, und ich hab stattdessen wieder das Falsche genommen.

Und dann war Metal noch gut, weil in der Musik sehr, sehr viele von den Gefühlen sind, die auch in mir sind. Die Kirchenmusik war schön, aber in mir ist mehr als nur Schönheit. Und im Metal ist alles drin. Vor allem, als ich in der Kirche dann auch nicht mehr so hingepasst habe. Ich wollte nämlich, auch als ich älter wurde, kein Mädchen oder Junge sein, egal, ob Puller oder nicht. Ich bin das dann oft gefragt worden, von Ärzten und Psychologen, und ich konnte immer nur sagen, es gibt Jesus und seine Mutter Maria und Gott. Und das bin ich alles.

Da war dann erst mal klar, mit mir stimmt ganz grundsätzlich was nicht. Ich bin vielleicht verrückt. Schizophren. Das heißt wörtlich übersetzt, dass man zwei Seelen hat. Oder dass die eine Seele kaputt ist. Ich hatte aber nur eine unsterbliche Seele. Und es kam sehr schnell raus bei den Tests, dass ich die Bedingungen für so eine Schizophrenie nicht erfülle.

Da hatte ich schon wieder einigermaßen was falsch gemacht, denn das wäre meinen Eltern inzwischen lieber gewesen, wenn ich wenigstens richtig krank gewesen wäre. Also haben sie sich immer lauter beschwert, und ich brauchte immer lauteres Metal. Und in die Kirche durfte ich auch nicht mehr, weil die Kirche was gegen Schwule hat und gegen Transen, und das war zum damaligen Zeitpunkt immer klarer, dass ich das mindestens bin, eine schwule Transe. Und Metal durfte in der Kirche auch nicht sein.

Aber das stimmte auch wieder nicht. Ich habe dann nämlich rausgekriegt, es gibt auch Metal, das christlich ist. Und da ging es um alles, was mich auch beschäftigt hat. Ich war da schon so groß, dass ich wusste, der Glaube ist etwas anderes als die Kirche. Und wenn es da keinen Platz für mich gibt, dann muss ich mir meine eigene Kirche für meinen eigenen Glauben machen.

Und von meinen Eltern musste ich auch weg. Fanden sie, und fand ich inzwischen auch. Ich wollte in die große Stadt, weil ich schon mitgekriegt hatte, dass es da noch andere gibt wie mich. Schwule Transen und noch viel schönere Sachen. Meine Eltern wollten mir Geld geben, aber ich wollte kein Geld. Ich wollte, dass sie mir noch das falsche Kleid mitgeben, das ich damals im Auto anhatte. Aber es gab das Kleid nicht mehr. Das haben sie weggeschmissen. Weil es so falsch war.

Ich hatte es ja gleich gewusst, als sie mich damals ausgezogen haben, dass sie mich wieder wegschicken, wenn sie sauer auf mich werden. Sie haben es sehr lange ausgehalten, aber am Ende nicht mehr.

In Berlin war es auch wieder alles super und schrecklich. Schrecklich, weil ich auch wieder falsch war. Alle Schwulen und queeren Leute kamen mit der Religion nicht klar. Metal ging, also, auch nicht für alle, aber war nicht so schlimm. Nicht still sitzen, nicht einfach unauffällig sein, das war okay. Aber Religion ging gar nicht. Also, Christentum ging nicht. Es gibt noch andere Religionen, die wären besser gewesen. Aber mein Gott war zu falsch. Weil viele Schwule und queere Leute sehr gelitten haben unter der Kirche. Das verstehe ich, aber ich habe nicht gelitten. Ich habe unter allem anderen gelitten, aber doch nicht unter Gott und Maria.

Und das war richtig schrecklich, dass ich immer wieder gemerkt habe, es ist so super, aber ich darf da nicht dabei sein. Ich fand zum Beispiel Ficken immer super und konnte das auch sehr gut. Aber damit war es immer ganz schnell vorbei wegen Gott. Weil es auch kein Witz ist. Die denken immer, es ist ein Witz, es ist ironisch, aber es ist kein Witz.

Und Ficken ist eben für mich nicht irgendwas. Ich komme da Leuten sehr nahe, und es tut mir dann weh, wenn die mich wegschicken. Bei Herrn Schmoller war das auch so. Wir haben natürlich nicht gefickt. Herr Schmoller fickt, glaube ich, nicht so gerne. Ich hätte auch nicht gerne mit ihm gefickt. Und dann mache ich das auch nicht. Auch nicht für Geld. Manchmal habe ich schon Geld genommen. Das war super und schrecklich. Super war aber, dass ich dadurch noch Brüste gekriegt habe. Das hatte ich auch schon immer gewusst, dass mir sehr wohl noch welche wachsen können. Ärzte haben sie mir gemacht, und dann sind sie gewachsen. Die Ärzte sind aber auch von Gott. Und Geburt ist auch nicht immer aus dem Bauch heraus, es kann auch im Auto sein. Und Brüste können auch gewachsen werden. Es passiert nicht von selber. Glauben passiert ja auch nicht von selber. Man muss sich Mühe geben.

Es ist alles anders, als viele Leute denken.

Der Name Bier ist von meinen Eltern. Ich denke oft an sie. Alles war schrecklich und so super bei ihnen. Der Name erinnert mich oft an sie. Und der Vorname, Spritney, das ist wegen Britney Spears. Das hat mal jemand zu mir gesagt. Es ist umgekehrt wie bei Britney Spears. Das fand ich witzig. So bin ich dann als erwachsener Mensch doch noch zu meinem Namen gekommen.

Es ist wirklich fast nichts so, wie die meisten Leute denken.

Wenn ich so sage: Ich will einen reichen Mann, der mich gern hat und mich fickt, das ist auch kein Witz. Reich muss er sein, weil ich nicht arbeiten kann. Mich muss man sich leisten können. Und reiche Leute haben auch nicht so viel gegen Religion. Reiche Leute sind großzügiger. Und Ficken, weil es schön ist. Und mein Leben soll schön sein. Es soll alles schön sein in meinem Leben. Es war alles schon schlecht genug. Der Himmel auf Erden soll es sein! Das darf man eigentlich auch nicht sagen. Aber Gott vergibt alles. Er vergibt sogar Hitler, damit wir es nicht tun müssen. Für uns wäre es zu viel.

Viele Leute sagen auch, man darf nicht schwul und nicht queer sein und nicht ficken. Das ist Quatsch. Ich weiß, es steht sozusagen in den Akten, aber ich glaube nicht an Akten. Ich muss mir nur Maria angucken und Jesus. Jesus konnte bestimmt gut ficken. Und Maria auch.

Gott will, dass wir glücklich sind.

Bei dir hab ich auch gedacht, du findest mich falsch. Erst lässt du mich rein, und dann wirst du sehen, wie ich bin, und dann muss ich eh wieder weg. Aber jetzt bin ich mir nicht mehr so sicher.“

11

„Du musst nicht weg. Du musst nie weg, wenn du nicht willst." Thomas hatte Tränen in den Augen. „Du hast das so unglaublich erzählt. Ich meine, das ist so eine … krasse Geschichte."

„Aber warum?" Spritney breitete die Arme aus. „Du hast doch alles. Und das bisschen Unglück! So eine Menge Unglück habe ich schon oft ertragen. Glaub mir, da braucht man keine wie mich. Ich brauche einen Herrn Schmoller, der mir hilft mit dem Geld und der Wohnung und so. Aber du doch nicht."

Thomas überlegte. „Ja, dass du das glaubst, dass so ein kleines bisschen Unglück nicht so schlimm ist, das ist ein Teil davon. Aber … pass auf, ich erzähl dir noch eine Sache, die hab ich noch nie jemandem erzählt. Na ja, doch, einer Freundin – meiner Freundin, damals. Und Katha.

Und zwar ist das die Geschichte mit meinem Vater und dem Vampir …"

Spritney zog die Augenbrauen hoch.

„Wart's ab." Thomas nahm sich noch eine Zigarette von Spritney, bediente erneut das gefährliche Art-déco-Feuerzeug und stieß eine Rauchwolke aus. „Also, die Geschichte von meinem Vater und dem Vampir. Und warum ich genau so eine wie dich nötig habe. Ich bin ja mit meinem Vater alleine aufgewachsen. Mein Vater ist der international renommierte Fotokünstler Edgar Edel … das sagt dir was? Nein? Egal. Meine Mutter habe ich nie kennengelernt, und mein Vater war viel weg. Zu der Zeit, in der diese Geschichte spielt, ging es gerade richtig ab bei ihm. Er flog rund um die Welt, London, New York, Tokio, Brasilia – vor allem Südamerika, die lieben den da. Und ich war dann oft allein. Klar, ich hatte auch Babysitterinnen, Nannys, Freunde von meinem Vater. Aber immer wieder kam es vor, dass ich eine Nacht allein in unserem Haus verbrachte.

Warum mein Vater mich nicht mitgenommen hat? Hat er manchmal auch. Aber ich ging ja zur Schule, und so sehr mein Vater in seinem eigenen Leben auf alle Konventionen geschissen hat, so wichtig war es ihm anscheinend, dass bei mir alles in möglichst geordneten Bahnen verlief. Schule musste sein, auch wenn ihm die Noten ziemlich egal waren. Das hatte er wohl meiner Mutter versprochen. Ich habe so wenig in sein Leben gepasst.

Schule. Ich bekam Einsen und Zweien, vielleicht gerade weil ich so oft alleine blieb und mich in meine Bücher vergrub. Viele Freunde hatte ich auch nicht gerade. Wenn dein Vater ein international renommierter Fotokünstler ist, der ständig ziemlich verkokst und mit irgendwelchen Gespielen in der Zeitung ist, das nehmen die Eltern der Klassenkameraden dir schon irgendwie übel. Ich habe mich oft für ihn geschämt. Dass die anderen aus der Schule das cool fanden, dass bei uns zu Hause die Partys abgingen, das kam ja erst später. Und geschämt habe ich mich insgeheim trotzdem für ihn.

Ich dachte immer: Musst du so auffällig sein? So laut? Müssen denn alle wissen, was du da treibst, in deiner Kunstwelt? Was sicherlich auch ein Grund war, warum er mich nicht dabeihaben wollte. Er wollte sich eben ungestört anhimmeln lassen und die Boys und Girls abschleppen, die sich bei den Vernissagen an ihn rangeschmissen haben. Wenn dein Vater kein international renommierter Fotokünstler ist, dann steht bei dem Lebenswandel ziemlich schnell das Jugendamt vor der Tür.

Aber ich ging ja regelmäßig zur Schule, hatte gute Noten und tauchte auf den Skandalfotos nicht auf. Und mein Vater war reich. Und wenn er sich in der Schule mal blicken ließ, war er der liebenswürdigste Mensch der Welt. Er hat einfach dieses Charisma. Der kommt in die Elternsprechstunde und ist so braun gebrannt und hat das Hemd offen stehen und riecht noch nach den Cocktails von New York und Flughafenputzmittel, und die meinen natürlich, das ist irgendeine Kunstessenz, die noch an ihm klebt. Irgendwas wie Fotofixierer oder Rotlicht, das ihm noch in den Klamotten hängt und so ganz leise strahlt und schimmert.

Und dann lächelt er den Direktor so an und legt ihm die Hand auf die Schulter, und sofort denkt der Direktor an diesen einen Sommer, wo er mal mit dem schönsten Jungen der Klasse im Zelturlaub zusammenrücken musste, weil sie leider, leider nur einen Schlafsack dabeihatten. Und man kennt ja die Geschichten, die in den Zeitungen stehen. Und mein Vater schafft es halt in Sekundenschnelle, dass der Direktor das Gefühl kriegt, dieser Edgar Edel ist doch eigentlich der schöne Junge von damals. Nie hat er wem davon erzählt, aber dieser international renommierte Fotokünstler, der versteht mich. Dass der das so konnte, mein Vater, das muss wirklich am Fotografieren gelegen haben. Er konnte eben sehr gut hinsehen, war ganz dicht dran und hatte zugleich immer diese Distanz, die die Leute aber nie als abweisend empfunden haben. Er war so wahnsinnig präsent und gab den Leuten zugleich das Gefühl, sie hätten die ganze Bühne für sich. Wo mein Vater war, war Bühne, und alle fühlten sich plötzlich ermutigt, alles zu zeigen, was sie sonst immer ganz tief in sich versteckten. Sie durften jetzt endlich mal die Rolle spielen, die sie insgeheim doch immer schon gewesen waren.

Der Vampir, genau. Du musst wissen, mein Vater hat sich schon sehr früh, noch mit meiner Mutter, das Haus gekauft. Das ist natürlich kein gewöhnliches Haus. Das ist unten im tiefsten Bayern, zwischen den Bergen am See, inmitten von dunklen Wäldern, und auch der See ist tief und schwarz.

Die Wolken kommen manchmal so direkt über die Bergrücken und spiegeln sich im schwarzen Wasser, dass du nicht mehr weißt, wo oben und unten ist. Den Wind kannst du immer hören, und das Wasser gurgelt und klatscht ans Ufer, es wispert im Schilf. Der Wald ist verfilzt und undurchdringlich, da schlafen die Berge wie gewaltige Tiere darunter. Das Haus ist ein Käfig aus Holzgittern, und die Wände sind aus Glas. Wenn man in der Dämmerung die schmale Straße hinunterkommt, liegt es da wie ein Guckkasten.

Kennst du an den Bahnhöfen diese Miniaturwelten? Als ich Kind war, gab es das. Zwanzig Pfennig kamen da rein, und dann konntest du die Züge steuern. Und in der Landschaft drum herum spielen sich kleine Szenen ab. Die Postbotin küsst den Apotheker. Ein Moped liegt auf der Straße in einer Pfütze aus Klebstoff – ein Unfall? Die Polizisten trinken ein Bier, während der Räuber hinter ihnen aus dem Haus schleicht. Alles steht still, und die Gesichter der Figürchen sind rosa Flecke mit Punktaugen und roten Strichen als Mund.

So lag auch unser Haus da. Alles war hell erleuchtet, nichts rührte sich, und ringsum fuhren im Dickicht geheimnisvolle Reisende von hier nach dort: Zugvögel aller Art, Igel, Fische und Eulen. Und andere, dunklere Gestalten, die es nur in meiner Fantasie gab. Schattenhafte, dürre Leute mit hochgeschlagenen Kragen, die lautlos huschten oder auf Pferdefüßen dahinklapperten. Sie zerflossen an den Rändern und flatterten, wenn der Wind auffrischte.

Wenn ich allein zu Hause war und es dunkel wurde, dann machte ich auch im Haus alle Lichter aus, damit mich nur ja niemand von draußen sehen konnte. Ich hockte still in einer Ecke und atmete ganz ruhig und gleichmäßig. Hier ist niemand, dachte ich. Das Haus ist verlassen. Geht weiter. Und immer kratzte etwas an den Scheiben, oder ein Schatten schwebte vom Waldrand herüber und verharrte vor dem Fenster. Aus den Augenwinkeln sah ich Gesichter mit starren Augen, und mir war ganz deutlich so, als hätten sie mich hier in meiner Ecke im Dunkeln erspäht. Ich tat so, als würde ich sie nicht sehen, und atmete einfach weiter. Ich dachte: Geht weg. Ich bin so uninteressant. Ich bin wie ein Kaninchen, das nur am Waldboden nach Nahrung sucht. Ich bin keine Nahrung für euch. Und ich wagte erst wieder, mich umzusehen, wenn ich spürte, dass sie weg waren.

Vampire waren das keine. Es gab nur einen Vampir bei uns. Draußen auf der Insel. Und der lag da und schlief. Das wusste jeder. Zum Grundstück gehörte eben ein Teil des Sees. Und in diesem Teil lag die Insel. Die Insel war so klein, dass du sie in einer Minute umrunden konntest. Und mitten auf der Insel war die Gruft. Das war so ein weißes Türmchen mit einem Kreuz drauf und schwarzen Löchern als Fenstern. Dahinter konntest du die Reste einer Treppe sehen, und die Treppe verschwand dann unter der Erde. Da, wo jetzt unser Haus stand, da war früher mal ein Schloss gewesen. Na ja, kein richtiges Schloss. Eine Art Landhaus eher, mit ein paar Türmchen und Erkerchen. Mein Vater hatte eine Fotografie davon. Ein paar Ruinen waren auf dem Grundstück noch zu besichtigen.

Und einmal, das weiß ich noch, spülten die Wellen eine Brosche an, eine Gemme. Das Gesicht einer Frau war drauf, mit Perlen umrandet. Die war von damals. Und die Frau, das war vielleicht die Frau aus den Geschichten. Es wusste nämlich jeder, dass der Graf, der einmal hier gewohnt hatte – oder der Baron oder was auch immer, die Geschichten waren nicht sehr präzise, was die Titel anging, am Ende war's ein Landrat oder Forstbeamter –, dass also der Graf, sagen wir mal Graf, dass der Graf ein echter Blaubart war, also reihenweise junge Frauen aus der Umgebung geheiratet und dann umgebracht hat, um ihr Blut zu trinken, und dass sein Blutdurst so unersättlich war, dass er noch nach dem Tod hier umging und in den langen, schwarzen Nächten Mädchen in seine Gruft zog – und manchmal auch Jungs, die im Dunkeln den Mädchen zum Verwechseln ähnlich sahen.

Was für eine scheißgruselige Geschichte. Natürlich auch ein bisschen albern und abgegriffen, wie diese Geschichten so sind. Nein? Findest du nicht? Ich eigentlich auch nicht.

Vor allem damals, wenn ich allein zu Hause war und alle Lichter ausgemacht hatte. Und wenn sowieso schon diese Besucher aus dem Wald um unser Haus strichen. Natürlich habe ich dann zur Insel rübergespäht. Lieber hätte ich nicht hingeguckt, aber nicht zu wissen, was da los war, das wäre ja noch schlimmer gewesen. Und natürlich habe ich dann da immer so ein Licht gesehen. Es schimmerte durch die Bäume. Und manchmal dachte ich, es würde sich bewegen. Und natürlich hingen bei uns an allen Wänden sehr große Fotos aus dem Werk meines Vaters, weil er ein sehr eitler Mensch war. Und natürlich schauten all diese Leute, die er fotografiert hatte, auf mich herab, aus ihrem Schwarz-Weiß, mit den weit aufgerissenen Augen und den Gesichtern, die von den Drogen manchmal nur Haut und Knochen waren, und den schwarzen Nestern an ihren ausgemergelten Körpern.

Natürlich habe ich meinem Vater irgendwann davon erzählt, wie sehr ich mich in diesen Nächten ängstigte. So natürlich ist das eigentlich gar nicht, wenn man bedenkt, was wir für ein Verhältnis zueinander hatten. Aber irgendeine Nanny oder ein Freund, der mich mal so im dunklen Haus in einer Ecke gefunden hat, der hat wohl meinem Vater davon berichtet.

Und da sagt er eines Abends zu mir – es wird schon dunkel, die Vögel schreien tief über dem Wasser des Sees, und die Luft ist elektrisch –, er sagt: Komm, wir gehen da jetzt mal hin.

Ich sage, warum, das muss doch nicht sein, ich glaube eh nicht an diese alten Geschichten. Er nimmt eine von seinen Kameras und sagt: Na, dann ist es ja nicht weiter schlimm. Und weil er mein Vater ist und der international renommierte Fotokünstler Edgar Edel, gehe ich also mit.

Ich habe weiche Knie. Als ich ins Boot einsteige, kentern wir fast, so sehr zittere ich, aber mein Vater tut so, als wäre nichts. Die Kamera um den Hals, rudert er uns das Stückchen bis zur Insel.

Wir steigen aus. Das Gras reicht mir fast bis zur Hüfte. Es riecht nach Moder und alten Blättern. Ich wische Spinnweben beiseite. Dann treten wir in den Schatten der Bäume; in der Dämmerung ragt die Ruine der Kapelle vor uns auf.

Komm, sagt er, komm.

Das Gras und die Zweige wischen über mich, als wollten sie mich zurückhalten. Mücken umtanzen mich und trinken schon mal von mir.

Wir stehen an der Tür. Jetzt ist fast alles schwarz. Da runter?, frage ich. Natürlich, sagt er. Natürlich da runter. Er lacht heiser. Ohne Licht?, frage ich. So dunkel ist es doch gar nicht, sagt er. Und wie könnte ich ihm widersprechen?

Wir tasten uns die Treppe hinunter. Fast sofort sind alle Geräusche weg. Es riecht auch ganz anders. Nach feuchtem Stein und alten Leuten. Wie kann das sein, denke ich. Hier wohnt doch niemand. Sehr weit weg ist ein Glockenton zu hören. Unregelmäßig und nur angetippt. Der Wind oben im Turm. Mir fällt das Licht wieder ein, das ich nachts oft in diesem Gemäuer gesehen habe. Jetzt sind wir am Fuß der Treppe angelangt. Ich kann die Hand vor Augen nicht sehen. Ich spüre Finger. Mein Vater zieht mich weiter. Ob er weiß, wo wir hinmüssen, frage ich. Klar, sagt er, und ich begreife, dass er schon öfter hier war. Ich stoße gegen etwas Hartes. Mein Vater nimmt mich am Arm. Es ist eine weitere Treppe. Wir steigen wieder empor. Mein Fuß tritt ins Leere. Ich stolpere fast. Wir sind da.

Und jetzt wird es echt verrückt. Es hat schon so seine Gründe, warum ich das noch nie jemandem erzählt habe.

Da ist jemand. Ich spüre es sofort. Wir sind nicht allein. Und als ich das denke, ist der Schimmer da. Es ist genau dieses Licht. Ein verwaschener Fleck, an den Rändern ausgefranst, wie ein Loch in der Dunkelheit. Er flackert und bewegt sich. Ich schreie. Ich reiße mich los. Dann ein Blitz. Ich verstehe noch, dass mein Vater ein Foto gemacht hat. Ich stürze mich die Treppe runter, verliere den Halt und überschlage mich. Stumm vor Schmerz schlage ich unten auf.

Sekunden später ist mein Vater bei mir. Ich flüstere so kraftlos wie im Traum: Ich will hier raus. Er nimmt mich an der Hand und führt mich durch den Gang, die Treppe hinauf, ins Freie. Ich renne los. Er mir hinterher. Am Boot holt er mich ein. Das Gewitter bricht los. Überall Regen. Die Insel verschwindet hinter uns. Ich blicke zurück, sehe den Schimmer zwischen den Zweigen, die Spitze der Ruine und schreie wieder, er soll schneller machen.

Wir kommen am Haus an, und er nimmt mich in den Arm. Da ist wieder dieser Geruch nach Flughafen und Alkohol. Er versorgt mich mit Pflastern, macht mir Abendbrot. Langsam beruhige ich mich wieder. Was war das?, frage ich. Was denkst du denn?, fragt er zurück. Der Vampir, sage ich. Der Vampir aus der Geschichte. Aber das ist doch unmöglich. Es gibt keine Vampire.

Was hast du gesehen?, fragt er. Denk daran, was du gesehen hast. Und da weiß ich, dass es wahr ist. Irgendwas ist da drüben. Und es ist lebendig.

Tage später hängt ein neues Bild bei uns an der Wand. Es zeigt die Schwärze der Kapelle und das flackernde Licht. Und mitten in diesem Licht steht eine hagere Gestalt, umflattert von einem Schemen, wie ein Umhang. Die Augen sind helle Flecke und die Nase ein Knochenloch. Die Hände hat sie wie zum Angriff erhoben. Dieses Bild, ‚Vampir' heißt es, ist später eines seiner berühmtesten geworden.

Und wenn ich danach alleine zu Hause war, dann hing da jetzt immer dieses Bild. Es ist okay, wenn du davor Angst hast, meinte mein Vater. So bist du eben. Und daran ist nichts verkehrt.

Hast du denn keine Angst?, habe ich gefragt. Er hat den Kopf geschüttelt. Ich liebe dich, hat er gesagt. Aber du kommst aus einer anderen Welt. Da ist es hell, und die Dinge sind, was sie scheinen. Du wirst zur Schule gehen und weiter gute Noten kriegen, und irgendwann wirst du einen Job haben und Kinder und viel Geld verdienen. Ich liebe dich dafür, weil das auch die Welt ist, aus der deine Mutter kam. Aber meine Welt … Und dabei hat er auf das Bild gezeigt: Meine Welt ist das da. Wer kann sagen, was das ist? Das ist die Kunst. Dieser Bereich da. Und da gehöre ich hin.

Mein Vater redet übrigens wirklich so. Das denke ich mir nicht aus.

Seitdem war es also klar für mich, wo ich hingehörte und wo mein Vater hingehörte."

Thomas senkte den Blick auf die vielen Zigarettenstummel, die inzwischen im Aschenbecher lagen.

„Tja", sagte er, um irgendwas zu sagen.

„Gruselig", sagte Spritney. „Wirklich gruselig. Dein Vater."

„Mein Vater?" Thomas sah auf. „Der Vampir!"

„Nee“, sagte Spritney. „Dein Vater. Vor Vampiren hab ich keine Angst. Ich habe Gott an meiner Seite. Ciccone an meiner Seite. Vampire und andere Geschöpfe des Teufels können mir nichts anhaben. Aber vor Menschen habe ich Angst. Und dein Vater ist schon ein gruseliger Mensch.“

Thomas klatschte in die Hände. „Genau deshalb brauche ich dich. Danke. Das wollte ich die ganze Zeit sagen. So, wie mein Leben jetzt ist, da brauche ich Hilfe. Einzelfallhilfe. Aber nicht so, wie der Taxifahrer meinte. Oder wie ich zuerst selbst gedacht habe. Ich brauche dich nicht, weil du einfach crazy bist. Ich brauche wen, der den Teufel nicht fürchtet, aber die Menschen. Ich bin genauso geworden, wie mein Vater gesagt hat. Na ja, fast. Aber mit Clemens' Tod, da ist wieder was in mein Leben gekommen, das ist … was mein Vater meinte, wenn er auf das Bild gezeigt hat. Wo alles nicht mehr klar ist. Und ich kann da nicht mehr weglaufen. Ich brauche wen, der mit mir zusammen hingeht.“

„Hingeht, wo es nicht so klar ist?“, fragte Spritney.

Thomas nickte.

„Zu Gott also“, meinte Spritney.

„Nein. Ich bin nicht gläubig. Und ich werd's auch nicht. Und Kunst bitte auch nicht. Das ist die Welt von meinem Vater. Ich brauche … ich weiß auch nicht. Jedenfalls nicht das, was ich schon so lange kenne.“

Ein Grinsen breitete sich auf Spritneys Gesicht aus. „Gott nicht, Kunst nicht … sag mal, du meintest doch, du kennst die Julia? Julia von Rabenstein?“

„Ja, wieso?“

„Und du hast seit deiner Kindheit Angst vor Vampiren.“ Spritney lachte jetzt lauthals. „Mann, das passt ja wie die Faust aufs Auge. Moment, ich telefoniere mal ein bisschen rum.“

12

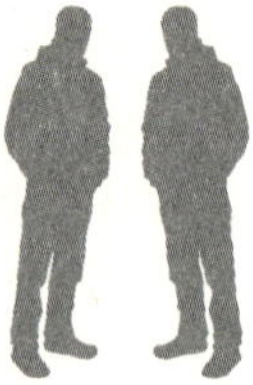

Es klingelte. Vor der Tür standen das „Tier“ aus der *Muppet Show*, Hanni, Nanni und Frau von Rabenstein. Seltsam, dachte Thomas. Immer, wenn ich in letzter Zeit meine Tür aufmache, kommen irgendwelche Monster. Als Kind hab ich mich so gegruselt, und es ist nie was passiert. Laut sagte er: „Hallo. Kommt doch rein.“

Das „Tier“ entpuppte sich als Thorsten, der Spielleiter. Thorstens Gesicht bestand ganz und gar aus roten Haaren, in denen, von einer breiten Stahlbrille geschützt, blassblaue Augen wohnten. Er trug ein T-Shirt, auf dem ein ganzer Fantasyroman explodiert war, gekrönt von einem Schriftzug, der an die Dornenkrone eines Grafikdesigners erinnerte, der für die Sünden der ersten Generation Internet gestorben war. Unten guckten schwarze Jeans raus, in denen wohl die Stelzen versteckt waren, auf denen der fassförmige Körper des Spielleiters sich vorantastete. Diese Aufgabe hatte sich Thorsten zusätzlich durch einen dicken Stapel Bücher erschwert, den er unter dem Arm trug. Thomas, als Büchersammler stets neugierig, schielte hinunter und erhaschte die Titel *Blutmagie & Seelenmarter, Kinder der Nacht, Unsterbliche Bünde II* sowie das im Vergleich dazu erstaunlich prosaische: *Vampyros. Regeln.*

„Hi“, sagte Thorsten. Sein Händedruck war erstaunlich schlaff, als drückte er Thomas ein Stück Tofu in die Hand.

Hanni und Nanni waren das, was man zu Thomas’ Schulzeiten „Pferdemädchen“ genannt hätte. Sie waren, obschon schlank, in jeder Hinsicht irgendwie abgerundet. Beide trugen sie glänzende Pferdeschwänze, die eine in aschblond, die andere brünett. Sie waren dezent geschminkt und sehr adrett, wenn auch etwas langweilig gekleidet. Geradezu artig schüttelten sie Thomas die Hand. Fast erwartete er, dass sie auch noch einen Knicks machten.

Dann kam Frau von Rabenstein.

„Hallo, Julia", sagte Thomas. Aus irgendeinem Grund fiel ihm das Schlucken schwer. Da wird doch wohl nicht eine Erkältung im Anzug sein, dachte er. Julia hatte die Hände hinter dem Rücken verschränkt. Ihre Wangen waren gerötet, vielleicht vom Aufstieg die Treppe empor. Sie lächelte, und im bukolischen Licht der Götter und Göttinnen im Treppenhaus zeigten sich Grübchen, die Thomas im Konferenzraum so gar nicht aufgefallen waren.

„Hallo", sagte sie.

„Komm doch rein."

Die anderen waren bereits auf dem Weg ins Wohnzimmer, wo sie von Spritney überschwänglich begrüßt wurden.

„Julia", sagte Thomas. Er lachte. „Jetzt komm doch."

Sie schloss die Augen und errötete noch mehr. Der Götterhimmel hielt den Atem an.

„Bitte", sagte Thomas. Er musste wieder lachen und wusste gar nicht, warum. „Was soll das denn. Nun komm."

Und als hätte diese dritte Aufforderung wie im Märchen den Bann gelöst, holte Julia von Rabenstein tief Luft und trat über die Schwelle in Thomas' Wohnung.

„Das habe ich dir wieder mitgebracht", sagte sie und streckte ihm das Portemonnaie entgegen, das er bei seiner Flucht aus dem Laden vergessen hatte.

„Danke." Er steckte es ein. Was für eine Begrüßung!

Sie kehrte ihm den Rücken zu, und gerade, als wieder das Lachen in ihm aufstieg, begriff er, dass sie diesmal nicht peinlich berührt war, sondern erwartete, dass er ihr aus dem Mantel half.

„Wo sind nur meine Manieren", sagte er. Es sollte lustig klingen, aber sie nickte sehr ernst.

„Du meldest dich gar nicht", sagte sie forsch. „Renate ist auf 180. Die hat schon überlegt vorbeizukommen. Mit der Polizei."

„Ach je." Um seinen Schrecken zu überspielen, hängte er den Mantel sehr sorgfältig über einen Kleiderbügel. „Damit habe ich ja jetzt nicht gerechnet, dass es hier um Arbeit geht."

Die Grübchen kamen zurück. „Worum soll es denn dann bitte sonst gehen?"

„Wir wollen doch was spielen."

„Jedenfalls", sagte sie unvermittelt, „habe ich Renate dann erklärt, dass Spritney bei dir wohnt und dass sie sich auf Spritney verlassen kann. Wenn Renate dich unter Druck setzt, dauert's ja nur länger."

„Moment. Hat Spritney nicht Renate am Telefon …"

„Ja, ja." Julia nickte eifrig. „Renate war ganz angetan. Von dieser Durchsetzungskraft. Und dass es zu dir passen würde, dass du eine so strenge Vorzimmerdame hast."

Jetzt wurde Thomas rot. „Na, das passt aber auch zu Renate, dass sie da gar nicht beleidigt … aber von wegen, das dauert länger. Ich komme nicht zurück in den Laden. Das Kapitel ist für mich endgültig abgeschlossen."

Julia legte den Kopf schief. „Ja, ja", sagte sie.

„Nichts ja, ja. Ich meine das ernst."

„Ja, ja."

Sie drehte sich um und ging, die Hände wieder hinter dem Rücken verschränkt, ins Wohnzimmer. Im Türrahmen blieb sie stehen und sah sich nach ihm um.

„Ich habe ja schließlich gewissermaßen in dich hineingesehen."

„Wie denn das?"

„Mit der Aufzeichnung. Von der App."

„Ach so. Ja. Das hatte ich ganz vergessen."

„Du hast die ja nie zu Ende gehört."

„Hast du etwa?"

„Na klar."

„Ach, das funktioniert doch nie. Das wissen wir doch beide. Den Kunden erzählen wir natürlich alles Mögliche. Aber unter uns?"

Sie zuckte mit den Schultern. „Wenn du meinst."
„Ja, meine ich."
Wiederum sehr unvermittelt fragte sie: „Hast du eigentlich meinen Stift noch?"
„Was?"
„Den Stift. Den du da rumgeschmissen hast in der Sitzung."
„Das war doch gar nicht deiner. Das war doch Renates."
Jetzt lachte Julia. Es war ein helles Lachen, das über die Kleiderhaken und die Lampe im Flur hüpfte, in die Musik sprang, die Spritney mittlerweile im Wohnzimmer aufgelegt hatte, und sich dort wohlfühlte.
„Wenn du es so genau nehmen willst", sagte sie leichthin.
„Für mich ist es eben wichtig, wem der Stift gehört", sagte Thomas und kam sich sofort unsäglich dumm vor.
„Ja, ja", sagte Julia und ging ihrem Lachen hinterher.
Die nimmt mich ja gar nicht ernst, dachte Thomas. Er sah Julia zu, wie sie, die Hände hinter dem Rücken, wippend, fast ein bisschen hüpfend, einen Fuß vor den anderen setzte. Sie sah sich um mit blitzenden Augen und runden Wangen und schien sich zu freuen, wie über eine gelungene Ausstellung.
Meine Wohnung ist doch kein Museum, dachte Thomas. Hier wohnen doch Leute.
Sie ließ den Finger über die Bücherwand streichen, hielt hier und da inne und freute sich weiter. Die Röte auf den Wangen, dachte Thomas. Ob die getrunken hat? Er fühlte sich selbst wie nach zwei Gläsern Sekt.
Thorsten, der Spielleiter, Spritney, Hanni und Nanni unterhielten sich lautstark. Thomas registrierte beiläufig, dass Spritney einige sehr teure Weine aus dem Küchenregal gezogen hatte, scherte sich aber im Moment nicht darum.
„Was ist denn so wichtig an dem Stift?", fragte er und folgte ihr zu den Büchern.
Sie studierte weiter die Buchreihe und schien sich insbesondere für die kleine Sammlung des guten Ventil-Verlags zu interessieren.
„Für das Spiel braucht man doch Stifte", sagte sie, indem sie ein Bändchen halb herauszog. „Und ich habe meinen vergessen."

„Dafür hast du an mein Seelenbild von der App gedacht."

Julia zog urplötzlich aus der Regalreihe unter der Ventil-Sammlung ein violettes Büchlein. Thomas erkannte es sofort als Sammelband mit den Beiträgen einer Konferenz über irgendeine sehr obskure TV-Serie, den er nur der Vollständigkeit halber erworben hatte.

„Guckst du dir so was an?", fragte sie.

Er schüttelte den Kopf.

„Schade." Sie blätterte ein wenig in dem Buch und schob es dann wieder zurück. „Der Regisseur ist inzwischen ziemlich berühmt, weißt du? Der macht diese ganzen Superheldenfilme."

Thomas schüttelte erneut den Kopf. „Die gucke ich erst recht nicht."

Julia lachte wieder, und die ganze Gesellschaft verstummte und sah zu ihr herüber. Spritney lächelte, als hätte in der Kirche gerade die Orgel eingesetzt. Thorsten putzte sich mit dem explodierten Fantasyshirt die Brille. Hanni und Nanni stand der Mund offen.

„Aber warum denn bloß nicht?", fragte Julia. Sie fragte so mitleidig, so ehrlich erstaunt und aus derart übervollem Herzen, dass es Thomas vorkam, als griffe sie in seine Brust und schöbe alles beiseite, alles, was er für selbstverständlich angenommen hatte, wie man es eben machen musste, die Möbel, Accessoires, die Drucke an den Wänden, die teuren Weine, den Whisky, den Tee, die vielen Einspielungen der *Vier Jahreszeiten*, ja sogar seine dummen Vorsätze (oder jedenfalls erschienen sie ihm in diesem Moment dumm, herrlich dumm, geradezu niedlich oder süß), diese dummen Vorsätze, ab jetzt wirklich alles anders zu machen, auf hohem Niveau zu verarmen und seine letzten Tage als Witwer mit Einzelfallhilfe zu fristen. In seinem Herzen – und dieser Gedanke kam ihm, jedenfalls jetzt, in diesem Moment, überhaupt nicht dumm vor, er spürte ja, dass er ein Herz hatte und dass es hüpfte wie ein Vogel oder wie Julia von Rabensteins Lachen – wurde es weit, und Gedanken wehten durch seinen Kopf, klar umrissen wie die Dinge eines Frühlingsmorgens: Warum denn bloß nicht? Warum schaute er keine obskuren Serien, sah sich keine Superheldenfilme an, hörte nie auch nur ein dank moderner Technik gewonnenes Röntgenbild seiner Seele ab und verschenkte gar noch Stifte, die ihm doch extra bis zum Fahrstuhl hinterhergetragen worden waren, nachdem er sie schon, dumm und niedlich und süß, wie er war, irgendeinem albernen Jungen hinterhergeschleudert hatte, der sie doch weiß Gott nicht verdient hatte?

„Ich weiß es doch auch nicht", lachte er.

„Ja, das solltest du aber."

„Unbedingt."

Spritney klatschte in die Hände. „Leute."

Alle scharten sich um den Tisch. Spritney goss Thomas und Julia ein, nicht ohne dabei großzügig Wein zu verschütten.

„Hey", maulte Thorsten, der Spielleiter. „Das sind Erstauflagen."

„Ach, jetzt hab dich nicht so mit deinem Rollenspielkram", sagte Spritney. „Da sind schon wesentlich schlimmere Dinge drauf gelandet."

Thorsten wurde rot, und Hanni und Nanni kicherten. „Wie meinst'n das?", brummte er und fummelte schon wieder an seiner Brille herum.

Spritney tätschelte ihm den Kopf. „Ehrlicher Metaler-Schweiß, den du in deiner Junggesellenbude vergießt. Das meine ich damit, mein Sohn. Nicht etwa irgendwelches Ejakulat angesichts der Vampirgräfinnen und ihres Lesbenharems im Magiekapitel. Also …"

Ohne auf Thorstens weiteren Protest zu achten, bedeutete Spritney allen, sich zu setzen. Sie huschte zum Lichtschalter. Kurz erhellte nur noch das Display der Stereoanlage den Raum. Von draußen fiel Laternenlicht. Die Musik stampfte zackig und düster.

Come closer and see / See into the trees / Find the girl / While you can / Come closer and see / See into the dark / Just follow your eyes

Thomas ließ den Blick in der Runde der vier stumm dasitzenden Gäste umherwandern und stellte etwas beschämt fest, dass er bei der doch eigentlich recht albernen Ballade erschauderte. Er fragte sich, ob Julia so etwas gefiel und ob er sich plötzlich auch für dieses Pathos erwärmen würde, wenn sie ihn so erstaunt ansähe und fragte: *Aber warum denn bloß nicht?*

Ein Streichholz wurde angerissen, und Spritneys Gesicht sprang aus der Dunkelheit. Das lila-türkisfarbene Make-up und die großen schwarzen Augen sahen jetzt besonders dramatisch aus.

„Willkommen", sagte sie. „Und vielen Dank an Thomas, der heute unser Gastgeber ist."

Alle murmelten pflichtschuldig irgendwas. Eine Chipstüte raschelte. Spritney warf einen strafenden Blick zu Hanni und Nanni hinüber.

„Ehrlich, es ist sehr nett. Das ist mit Abstand die stilvollste Wohnung, in der wir je *Vampyros* gespielt haben."

Hanni und Nanni protestierten, aber Spritney winkte ab.

„Ihr wisst, dass es wahr ist. Ich möchte vor dem Spiel ein kleines Gebet sprechen …"

Kollektives Aufstöhnen.

„Fickt euch, ihr kleinen Pisser. Ich habe schon *Vampyros* gespielt, da wart ihr noch gar nicht geboren. Also habt etwas Respekt. Gott im Himmel, wir danke dir, dass du uns zu Thomas geführt hast. Wir danken dir auch für *Vampyros* und überhaupt für das Fantasyrollenspiel. Und für die unsterbliche Musik und die düsteren Zeilen von The Cure. Wir danken dir für Robert Smith, der auch alt und dick noch tonnenweise Make-up aufträgt. Wir danken dir für diesen Wein und diese Chips. Danke auch, dass du deine Tochter Ciccone mit Jesus gesegnet hast. Denn dank Jesus müssen wir vor Vampiren keine Angst haben und können alles als ein großes Spiel sehen."

„Moment mal", protestierte Thorsten.

„Vor allem aber", fuhr Spritney ungerührt fort, „danken wir dir, dass du Julia und Thomas auf deinen unerforschlichen Wegen zusammengeführt hast. Und dass ich sie beide kenne. Erst dachte ich, Thomas ist ein perverser Mörder, aber dann habe ich herausgefunden, dass du ihn schon früh besucht hast und dass Ciccone stark ist in seinem Leben."

„*Star-Wars*-Runde ist nächste Woche", rief Hanni oder Nanni auf diesen Satzverdreher hin dazwischen.

„Fresse." Spritney holte tief Luft. „Thomas wird seit seiner Kindheit von einem Vampir verfolgt. Einem echten Vampir. Herr, er sieht dein Licht nicht. Und Ciccone opfert er auch nicht. Aber du bist der Vater. Und so bitten wir dich, ihm beizustehen, wenn er die Liebe zu seinem Vater wiederfinden will."

„Das ist doch hier keine Therapiesitzung", warf Thorsten ein. „Können wir jetzt endlich weiterspielen, wo wir letztes Mal aufgehört haben?"

„Therapie, Therapie", fauchte Spritney. „Ich rede hier mit Gott."

Hanni oder Nanni beugte sich vor. „Ich möchte jetzt gern mal über unsere Charaktere reden."

Thomas zuckte zusammen, weil er zunächst vermutete, dass jetzt über irgendwelche intimen Geheimnisse oder etwas gesprochen würde, das er möglicherweise in den Augen dieser sehr jungen Gäste bereits falsch gemacht hatte – Charakterschwächen eben. Zu seiner Erleichterung, aber auch seinem Befremden stellte sich aber schnell heraus, dass alle Mitspieler im *Vampyros*-Spiel einen sogenannten „Charakter" ihr Eigen nannten, eine Spielfigur also, die durch eine Reihe besonderer Eigenschaften und Fähigkeiten repräsentiert wurde, in denen Punktwerte anzeigten, wie gut die Figur etwas beherrschte, ob sie also zaubern, Menschen hypnotisieren, sich in eine Fledermaus verwandeln oder auch nur eine Kutsche fahren konnte.

Thorsten, der Thomas ja von Beginn an als „Spielleiter" vorgestellt worden war, hatte als Einziger keine solche Figur, sondern sollte wohl allerhand abenteuerliche und unheimliche Situationen beschreiben, auf die die Mitspielenden dann in der Haut ihrer Charaktere reagieren konnten. Sollte der Ausgang einer Handlung einmal auf der Kippe stehen, wenn es also etwa galt, ein menschliches Opfer zu hypnotisieren, um ihm das Blut auszusaugen, würde, so erklärte man Thomas, mit einigen seltsam geformten Würfeln – zehnseitig, stellte Thomas fest, zwölf- und sogar zwanzigseitig – gewürfelt werden, um gemäß den Regeln aus dem Buch *Vampyros* das Ergebnis abzulesen.

Inhalt des Spiels, so alle übereinstimmend, sei im Wesentlichen, im Laufe der gemeinsam entwickelten Geschichte eine Gruppe von Vampiren auf ihrem Weg zur Macht zu begleiten – Macht über eine Stadt, ein Land, magische Orte und andere Vampire. Mittel dazu seien Intrigen, Sex, Magie und immer wieder auch Schätze und Geld.

„Eine Soap-Opera!", meinte Thomas irgendwann.

„Genau!", riefen Hanni und Nanni wie aus einem Mund.

„Na ja", sagte Thorsten.

„Ein verfickter mystischer Reigen und eine Parabel auf die Abgründe der Seele", wisperte Spritney dramatisch.

„Schaust du denn Soap-Operas?", fragte Julia.

„Nee." Thomas schüttelte den Kopf. „Aber ich lese Shakespeare. Und die *Buddenbrooks*."

„Der Verfall einer Familie", nickte Thorsten. „Genau das richtige Thema für *Vampyros*."

„Du brauchst ja auch noch einen Charakter", bemerkte Julia.

Thomas prostete ihr zu. Er war froh um den guten Wein. Den immer wieder aufbrausenden Düsterkitsch aus der Anlage und dieses Selbsterfahrungsspiel bei Kerzenschein, das hätte er bei einem weniger guten Getränk nicht durchgehalten.

„Na, du hast ja mein Innenporträt von der App", bemerkte er.

„Er könnte unser Ghul sein", kicherte Hanni.

„Oder eine Mumie", gluckste Nanni.

Ghule und Mumien, erfuhr Thomas, waren im Spiel Diener von Vampiren und wurden oft Gästen oder unregelmäßigen Mitspielern zugeschanzt, weil, so die Runde, „die Regeln da auch nicht so kompliziert sind".

„Wie kompliziert kann das schon sein?", fragte Thomas großspurig.

Thorsten beugte sich vor und ließ vielsagend den Daumen durch die unzähligen Seiten von *Vampyros* gleiten.

„Komm, wir machen dir einen Vampir. Ich denke, du bist ein Tepes."

„Bestimmt." Thomas nahm einen Schluck Wein. „Was ist ein Tepes?"

„Tepes leben unter den Menschen als erfolgreiche Geschäftsleute, als Künstlerinnen und Mäzene, als Stars und Meinungsmacher, als glamouröse Dealer, als Edelprostituierte und Sektenführer. Sie verkehren in New York, Hollywood, Tokio, Brasilia … und sie ziehen die Fäden. Sie wirken wie normale Menschen, aber hinter der Fassade lauern die Abgründe. Ihre Macht begründet sich gar nicht so sehr auf Geld oder Gewalt wie bei anderen Familien. Magisch sind sie zwar recht stark, vor allem, wenn es um die Hypnose geht, aber ihre eigentliche Stärke ist das Charisma. Das Spiel mit den Menschen. Die Verführung." Julia zwinkerte ihm zu.

„O Gott", stöhnte Thomas. „Das klingt echt total nach meinem Vater."

Aber er ließ sich gutmütig durch die Charaktererschaffung lotsen. Tatsächlich war es kompliziert und langwierig. Ständig galt es, irgendetwas zu addieren und abzuziehen oder in einer der vielen Tabellen nachzuschlagen, die auch noch wie im schlimmsten Excel-Dickicht miteinander verzahnt waren.

Als Thomas auf die Uhr sah, war es bereits später Abend. Außer ihm schienen aber alle noch taufrisch zu sein.

„Ich brauche mal eine Pause", seufzte er.

„Du brauchst noch einen Namen", korrigierte Julia.

„Ja … ich weiß nicht. Wie heißt ihr denn so?"

Hanni und Nanni hießen Saphira und Alira und waren sehr alte und mächtige Racovita, die im Spiel Schwestern waren. Spritney war Jewel, eine von Drogen irre gewordene Wurdalak, die in den Straßen Moskaus die Bandenkriege gegen Werwölfe und durch irgendwelche Dimensionstore massenhaft auf die Erde gekommene Feen anführte.

„Hm-hm." Thomas schenkte sich Wein nach. „Und du?", fragte er Julia.

„Ich bin Orlok Wisburg, ein Karpartos."

„Sind das nicht die Hässlichen?"

„Ich bin sogar superhässlich. Guck mal: Eine von meinen Spezialfähigkeiten ist, dass ich Menschen vor Schreck erstarren lassen kann, wenn ich meine Kapuze abnehme."

„Du brauchst noch einen Namen", warf Thorsten ein.

Thomas überlegte. „Josef Zakarias", sagte er dann.

„Klingt gut." Thorsten nickte. Alle anderen nickten auch.

„Lasst uns beginnen." Thorsten zündete eine Kerze an. Hanni und Nanni grinsten und guckten sich an. Spritney rollte ein paar der seltsam geformten Würfel zwischen den Händen. Thomas warf Julia einen Seitenblick zu. Sie berührte ihn ganz leicht am Knie, als wollte sie sagen: keine Angst.

Dass sie ihn anfasste, hatte genau den gegenteiligen Effekt. Plötzlich war Thomas flau im Magen. Bis eben hatte er bloß gehofft, dass dieses langwierige und irgendwie peinliche Spiel bald vorbei wäre. Jetzt kam er sich plötzlich vor, als hätte er gerade eine unbekannte Pille eingeschmissen und wartete auf die Wirkung.

Das Erste, was Thomas bemerkte, war, dass Thorsten ein erstaunlich guter Erzähler und geschickter Dramaturg war. Er verstand es, mit wenigen Worten eine Szene zu beschreiben, in der die anderen dann agieren konnten. Immer dann, wenn sich die Gruppe im Fragenstellen und Herumrätseln verlief, ließ er etwas Neues passieren, brachte eine neue Information oder eskalierte die festgefahrene Situation, indem neue Figuren auftraten oder die Umstände sich plötzlich drastisch verschärften. Dabei bekam die Gruppe nie das Gefühl, dass er ihnen die Handlung vorschrieb oder sie in eine bestimmte Richtung drängte, so als würden sie nur einer Geschichte hinterherlaufen, die er schon längst fertig im Hinterkopf gehabt hatte. Alles, was passierte, ergab sich tatsächlich organisch aus dem Wechselspiel ihrer Handlungen mit Thorstens Erzählung, hier und da um unvorhergesehene Ereignisse erweitert, die durch Würfelproben generiert wurden.

An ein oder zwei Stellen zauberte der schmächtige Metalhemdträger sogar Handouts aus dem Hut, etwa einen handgeschriebenen Brief oder einen Edelstein, in dessen Tiefen ein Porträt schimmerte. Thomas hielt das Ganze zwar für ein billiges Hologramm in einem Glasstück, war aber gern bereit, sich täuschen zu lassen.

Von Minute zu Minute beeindruckte ihn die Leistung des Spielleiters mehr. Immerhin hatte er jahrzehntelang sein Geld damit verdient, Ideen zu haben und sie anderen möglichst farbenprächtig aufzuschwatzen. Wäre er noch im Laden tätig gewesen, er hätte Thorsten vom Fleck weg eingestellt.

Aber auch die anderen Mitspieler trugen ihren Teil dazu bei, dass Thomas mehr und mehr in der gemeinsamen Geschichte versank. Hanni und Nanni gaben Saphira und Alira als durchtriebenes Schwesternpaar, das einem Film von Robert Rodriguez alle Ehre gemacht hätte.

Spritney hatte spürbar Vergnügen an Jewels drogeninduziertem Irresein und gab jeder Szene einen unvorhergesehenen Dreh, ohne den Bogen so weit zu überspannen, dass es lächerlich geworden wäre.

Und Julia verkörperte das Monster Orlok mit seinen zahllosen Masken und Prothesen als Mischung aus Anthony Soprano und Darth Vader, einen sinistren, skrupellosen und brutalen Anführer, der genau so lange rational und ruhig agierte, wie man ihm nicht in die Quere kam – dann brach er in viehische Gewalt aus, die Julia durch einige höchst ekelhafte Details rüberbrachte, ohne alberne Blutbäder schildern zu müssen.

Thomas hörte eine Weile nur zu, während die anfängliche Befremdung immer mehr der Begeisterung wich. Er wollte aktiv ins Geschehen eingreifen. Aber wie? Schließlich entschloss er sich, seinen Josef Zakarias als genau das zu spielen, was er, Thomas, ja auch war: ein Fremder in dieser Welt, der sich mit den ungeschriebenen Regeln erst vertraut machen musste. Zakarias war eben vor kurzer Zeit erst aus seiner hinterwäldlerischen Karparteneinöde ins schillernde Guandong gekommen, den fiktiven asiatischen Stadtstaat, in dem das Spiel angesiedelt war. Die Bauern, die seiner Familie so viele Jahrhunderte untertan gewesen waren, hatten sich nun, im eimundzwanzigsten Jahrhundert, endlich doch erhoben und ihn mit halb automatischen Waffen voller Silberkugeln aus seinem Schloss gejagt. Da sie ihn auch mit moderner Cybermagie verfolgten – Thomas kam jetzt richtig in Schwung und erzählte das einfach so, obwohl er keinen Schimmer hatte, was „Cybermagie“ eigentlich sein sollte, stellte aber beruhigt fest, dass die anderen sogar irgendwie beifällig nickten –, musste er die Flucht bis ans andere Ende der Welt antreten, eben nach Guandong, wo die Flüche nicht mehr wirkten – wieder beifälliges Nicken. Nur mit dem Glanz eines uralten Namens versehen, versuchte er jetzt, sich in der Vampirunterwelt der pulsierenden Metropole ein neues Unleben aufzubauen …

13

„Und damit machen wir für heute Schluss“, sagte Thorsten.

„Was? Nein! Ich will wissen, wie es ausgeht.“ Thomas blinzelte, als wäre er gerade aus einem Traum erwacht.

„Dann musst du nächstes Mal wieder dabei sein.“ Hanni und Nanni räumten ihre Stifte in ein Federmäppchen. „Wir spielen alle zwei Wochen. Die Kampagne ist doch noch lange nicht vorbei.“ Nanni blies die Kerze aus, und Hanni schaltete die Deckenbeleuchtung ein. Spritney reckte sich. Thorsten war vom meisterhaften Geschichtenerzähler und Regisseur wieder auf Normalmaß geschrumpft. Blass und gleichmütig räumte er seine Regelfolianten zusammen. Thomas musste an ein erschöpftes Medium denken, das von allen Geistern verlassen war und nun ganz besonders elend im prosaischen Alltag hockte, nachdem eine andere, geheimnisvollere Welt für allzu kurze Zeit von ihm Besitz ergriffen hatte. Der explodierte Fantasyroman auf dem T-Shirt verstärkte in seiner hilflosen Verstiegenheit diesen Eindruck nur noch.

Thomas sah sich um. Zerknüllte Notizzettel, Stifte, Würfel, Gläser, leere Flaschen und Chipstüten. Die CD mit der schwarzen Musik war längst zu Ende. Hanni stand auf und drückte wieder auf den Play-Knopf. „Sonst noch jemand ein Glas zum Abschied?“, fragte sie. Nanni und Spritney hoben die Hand.

Als der Gothic-Kitsch wieder anschwoll, spürte Thomas, wie ihm jemand auf die Schulter tippte. Es war Julia. Sie grinste, und Thomas musste sich kurz zusammenreißen, nicht den gerissenen und brutalen Orlok in ihr zu sehen.

„Kann ich hier irgendwo rauchen?“, fragte sie.

„Äh, ja. Klar. Überall eigentlich“, erwiderte er verdattert.

Sie schüttelte den Kopf. „Nee. Ich brauch frische Luft.“

„Rauchen und frische Luft? Was soll das denn?“

„Verstehst du das nicht? Ich will den Kopf klarkriegen und wieder wach werden. Und halt Nikotin und warmen Rauch. Passt doch super zusammen.“

„Na ja.“ Er stand auf. „Es gibt einen Balkon. Da lang.“

Sie nickte und ging in die andere Richtung. „Das wollte ich wissen“, rief sie, schon halb im Flur, durch die anschwellenden Düsterklänge und die Unterhaltung von Hanni, Nanni und Spritney. „Ich hole nur gerade meinen Mantel.“

Eine Zigarette zwischen den Lippen, den rechten Arm noch in den Ärmel schlängelnd, kam sie zurück, und Thomas, Glas in der Hand und Whiskyflasche unter dem Arm, lotste sie durch das angrenzende Schlafzimmer auf den Balkon.

Kühle Luft schlug ihnen entgegen. Thomas merkte erst jetzt, wie stickig es drinnen geworden war. Blüten wiegten sich im Wind. Im Licht der Straßenlaterne glänzten sie fahl und wächsern, als wären sie im Lauf des Spielabends von irgendwelchen Vampirschmetterlingen ins Unleben befördert worden.

Julia zündete sich ihre Zigarette an und blies Rauch über die Balkonbrüstung, der der Szenerie noch eine Note von Londoner Nebel verlieh. Thomas hätte es nicht gewundert, wenn eine hufklappernde Kutsche um die Ecke gebogen wäre.

„Unglaublich, wie man da absorbiert wird“, sagte er und goss sich Whisky ein.

Julia brummte zustimmend. „Finde ich auch immer wieder.“

„Wie lange machst du das denn schon?“ Thomas nippte am Whisky und spürte, wie ihm die scharfe Wärme durch Hals und Brust rann. Er musste an das Blut der Vampire aus dem Spiel denken.

„Seit ich so fünfzehn, sechzehn bin.“ Julia schnippte Asche auf die Straße. „Das war eigentlich was für meinen Bruder. Der kam da mit so Fantasysachen an. Also noch nichts mit Vampiren. Eigentlich ging es da nur darum, Monster zu töten und ihnen ihre Schätze wegzunehmen. Aber ich wollte da von Anfang an dabei sein. Ich fand das immer schon geil, jemand anders sein und so in eine fremde Welt eintauchen, aber vor allem haben mich die Cover geflasht."

Sie wedelte mit der Hand, die die Zigarette hielt, und ließ Rauch aus den Nasenlöchern quellen. „So dunkle Wälder, schroffe Berge, dampfende Dschungel. Und immer Helden mit Schnauzbart und Muskelpaketen, die Drachen und Tiger bekämpfen. Oder Zauberer, die in leuchtende Kugeln blicken, während im Hintergrund schon die Dämonen dräuen."

„Dämonen dräuen!" Tomas lachte leise. „Was für ein Kitsch."

„Na ja." Julia verschränkte die Arme und sah ihn von der Seite an. „Alles, was nicht sein darf, spielt sich eben im Kitsch ab. Heldentaten. Magie. Liebe."

Sie hörte nicht auf, ihn anzusehen, als erwartete sie eine Antwort.

Thomas hatte keine Ahnung, welche das sein könnte. Er nahm schnell noch einen Schluck Whisky. „Ich hätte ja gar nicht gedacht, dass du da so eine Ader hast."

„Was für eine Ader?" Sie schien ehrlich überrascht.

„Na, für Kitsch."

„Ach so. Ich dachte, an meinem Hals." Sie beugte den Kopf zur Seite und zeigte den angesprochenen Körperteil vor. Ihre Haut war sehr weiß, aber das konnte auch das Licht der Straßenlaterne sein. Thomas hatte sofort den Drang wegzuschauen. Als er den Blick senkte, bemerkte er eine sehr große Hummel, die in eine hängende Blüte im Balkonkasten kroch. Eine erneute Rauchwolke aus Julias Richtung umhüllte die Blumen, woraufhin die Hummel noch tiefer zwischen die Blätter krabbelte, bis nur noch der emsig pumpende pelzige Hinterleib zu sehen war.

„Kommst du eigentlich wirklich nicht in den Laden zurück?", fragte Julia neben ihm. Zwischen dem Rand des Whiskyglases, das er eilig wieder an den Mund gesetzt hatte, der honigfarbenen Pfütze am Grund und dem in Rauchschwaden gehüllten Hummelpo in der untoten Blüte sah er einen Zigarettenstummel auf den Balkonboden fallen. Julias

Fuß in einem roten Schuh zertrat ihn sorgfältig. Thomas war etwas schwindelig, obwohl er Whisky sonst ganz gut vertrug.

„Ja, also, das weiß ich noch nicht so genau", hörte er sich zu seiner eigenen Überraschung sagen. Noch bevor er sich weiter darüber wundern konnte – hatte er nicht lautstark geschworen, in diese dumme Firma keinen Fuß mehr zu setzen, sein Leben nicht mehr mit derartigem Unsinn zu verschwenden, sondern lieber … ja, was eigentlich?– geschah etwas noch viel Verwirrenderes und eigentlich auch Wunderbares.

Es war nämlich so, dass Julia ganz dicht an ihn heranrückte und kaum noch etwas murmelte wie: „Kannst du mal … es ist aber auch …", ehe sie sich, halb neben ihm, halb vor ihm stehend, also irgendwie etwas mit dem Rücken und etwas mit der Brust, anatomisch völlig unmöglich, an ihn drückte, an ihn schmiegte, dachte er und wusste nicht, wohin mit der Flasche und dem Glas und überhaupt, sodass er also alles einfach in der Hand behielt.

„Kalt", sagte Julia.

Sie sagte es gewissermaßen in seinen Pullover hinein, und eine Stelle knapp oberhalb seines Herzens erwärmte sich etwas durch ihren Atem. Wahrscheinlich auch, dachte er, Zigarettenrauch, womit sein Herz in gute Gesellschaft der von Hummeln bepumpten Untotenblüte geriet. Das kann man auch riechen, dachte er. Und roch. Und ihr Kopf mit den Haaren, die ihn auf alle möglichen Arten im Gesicht kitzelten, befand sich ja nun einmal auch direkt unter seinem Kinn und roch, oder, dachte er, duftete, nach Shampoo und Rauch und ein bisschen süß. Sie ist überhaupt, fand er zu seiner eigenen Überraschung, ein bisschen süß. Und dann sagte sie das zu ihm: „Du bist ja auch ein bisschen süß."

Kurz dachte er, er hätte mehr Whisky getrunken, was ja aber, rein von der Stellung her, mit Glas und Flasche und Julias Rücken und Brust und dem Kopf mit den Haaren, unmöglich war. Aber dennoch wurde ihm noch wärmer und leichter, und etwas zog in seinem Bauch und noch etwas tiefer. Und es musste dieses Ziehen weiter unten gewesen sein, das Julia veranlasste, sich nun ganz zu ihm herumzudrehen, sodass Nase und Kinn etwas piekstcn, und ihr Atem und was jetzt möglicherweise vom Zigarettenrauch noch übrig war machten ihm die Herzbrust immer wärmer. Und Julias, dachte er plötzlich, Brüste, o Gott, Brüste, das müssen Brüste sein, jetzt stell dich doch nicht so blöd an, natürlich sind das Brüste, wann haben dich jemals Brüste interessiert, Julias Brüste drückten schon fast da, wo es weich wurde bei ihm, und darunter rundete sich ihr Bauch, es war ein schöner, runder Bauch, gegen seinen, und er bekam die dümmste Erektion seines Lebens, das wahrhaftig an dummen, wie er fand, Erektionen nicht arm gewesen war. Dumm, weil sie so halb herausguckte aus ihm wie ein Hummelpo, der bei allem Laternenlicht und allen Rauchschwaden und eigentlich toten Blüten eben nicht anders konnte. Alles, was er aktiv dazu denken konnte, war: Was soll das denn jetzt?

Jetzt kam sie ganz dicht zu ihm, und mit der leisesten, letzten Drehung rasteten sie ineinander wie die zwei weichsten Puzzleteile der Welt, die sehr, sehr gut, stellte Thomas überrascht fest, ineinanderpassten. Und da, wo seine Erektion so herumhummelte, da drückte es flach und gewölbt dagegen, und er dachte in rascher Abfolge Schwanz, Penis, Scheide, Vagina, Vulva und o Gott.

„Schade", sagte Julia, und da merkte er, dass sie im engeren Sinne ja auch noch da war.

„Was denn?", fragte er.

„Das mit dem Laden. Dann kann ich nämlich nicht …"

„Was denn?", fragte er wieder, mindestens so dumm wie seine Erektion.

„Hm", machte sie. Und dann biss sie ihm ganz leise in die Brust, knapp oberhalb der Brustwarze, wo es anschwoll und weich und fest war.

O Gott, dachte er wieder, und, weil das eben schon mal zusammengehangen hatte, Vulva. Er hatte inzwischen eine so richtig saudumme Erektion, und jedes Mal, wenn sich Julia ganz leicht bewegte, was sie leider oder zum Glück ständig tat, fühlte sie sich noch mehr an wie die Hummel in der Blüte und reckte sich noch ein bisschen saudümmer.

Julia rückte – schade, dachte er erleichtert – von ihm ab und legte ihm aber gleich schlimmerweise die Hände auf die Brüste, die angebissene und die, die noch saudumm darauf wartete, wie Thomas feststellen musste.

„Geht nicht", sagte sie. Sie schob ein bisschen, aber nicht sehr. Es war mehr wie ein Katzentritt. „Süß, aber geht nicht. Wir arbeiten dann ja zusammen. Und du bist genau genommen mein Chef. Und das geht für mich nicht klar."

„Es ist ja", sagte er, und das lag vielleicht an der saudummen Erektion oder seinen noch viel saudümmeren Brüsten, knospende Brüste, ging ihm auf dem nebelumtosten Hummelbalkon durch den Kopf, „es ist ja eigentlich schon klargegangen."

Und jetzt kam so ein Moment, in dem sich alles, das Schöne und das Schlimme und das halt schon Saudumme, zusammenballte oder irgendwie auffächerte – Thomas war mit Flasche und Glas und einer ganzen Julia inklusive ihrer komplizierten Topografie aus Haaren, Katzenpfoten, Brüsten und „o Gott" irgendwie räumlich überfordert –, jedenfalls ein Moment, in dem sie zu ihm hochschaute und auch Augen hatte und vor allem einen Mund, der, wie Thomas trotz der schlechten Lichtverhältnisse abschätzen konnte, auch nicht so weit weg war. Es konnte sogar sein, dass dieser Mund halb geöffnet war.

Es wäre aber echt schon saudumm, dachte Thomas. Und: oh, als er nämlich geküsst wurde oder seinerseits küsste, so genau war das jetzt nicht festzustellen. Es gab Lippen, die ihm erstaunlich weich vorkamen, und eine Zunge, die nicht so weit vorkam, aber auf diesem Balkon als Schnecke und Blatt, das sich entrollte, nicht fehl am Platz war. Ameisen entdeckten ihn und Schmetterlinge, die sprichwörtlichen Schmetterlinge, die saudümmsten aller schockverknallten Tiere, und aus der warmen, weichen Höhle, die sie hier gebaut hatten, raste mit Whisky und Zigarettenrauch, o Gott, o Gott, etwas abwärts, genau dahin, wo sich jetzt alles drängte. In der Blüte, die gar nicht tot war, sondern nur geschlafen hatte, gestochen von alten Werkzeugen wie Spindeln, vielen Ehejahren und dem Wunsch, jetzt nicht zu viel zu spüren, brummte die

Hummel mit dem Kopf im Nektar und wusste gar nicht, wohin mit sich.

Es war dann alles sehr schnell vorbei.

„Ja", sagte Julia und rückte einen Katzenschritt von ihm weg.

„Ja", sagte er, was natürlich auch wieder saudumm war.

Sie klopfte ihm gegen die Brust, und das war jetzt schon der Abschied.

„Also."

„Hm-hm."

Sie war schon mit einem Bein wieder im Schlafzimmer, da fiel ihm noch eine rettende Frage ein.

„Woher kennst du denn eigentlich Spritney?"

„Aus der Uni." Jetzt waren die Grübchen wieder da.

„Wie, Spritney studiert? Ich dachte nicht mal, dass die Abi hat."

„Hat sie auch nicht. Die saß immer in den Vorlesungen. Eigentlich überall. Und war die Einzige, die Fragen gestellt hat. Und da haben wir uns angefreundet. Vor allem, als wir festgestellt haben, dass wir beide diese Ader haben."

„Was denn für eine Ader?"

„Für Kitsch. Und Gothic. Und Vampirrollenspiele."

„Ach so."

„Also.

„Ja."

Sie war schon ein Schatten in seinem Schlafzimmer, als ihm noch eine rettende Frage einfiel.

„Wie heißen denn Hanni und Nanni eigentlich in echt?"

„Wer?" Sie steckte den Kopf wieder auf den Balkon. Es sah aus, hätte sie gar keinen Unterleib. Dabei war sich Thomas sehr sicher, dass sie einen hatte. Er konnte ihn fast noch spüren.

„Hanni und Nanni. Also, Saphira und Alira. Die Pferdemädchen. Ich habe die beiden gar nicht gefragt."

Das silberhelle Lachen war wieder da. Es sprang auf die Balkonbrüstung, kitzelte die Hummel am Po und sprang mit doppeltem Rittberger ins Straßenlaternenlicht.

„Du meinst Babsi und Kuku."

„Babsi und Kuku? Das ist ja fast noch blöder als Hanni und Nanni."

„Pscht." Sie wedelte mit der Hand und legte sie dann vor den Mund, um ihr Lachen am Ausbrechen zu hindern. Die Augen blitzten aber weiter.

Ermutigt flüsterte er weiter: „Sind die Schwestern? Babsi und Kuku?"

„Nee. Die sind ein Paar."

„Die sind ein Paar?" Vor Überraschung vergaß er wieder zu flüstern. „Das Paar mit dem langweiligsten Liebesleben der Welt? Zu Hause am Kamin auf Barbour-Jacken onanieren?"

Er hatte wohl doch mehr Whisky getrunken, als er geglaubt hatte. Zu seiner Erleichterung und großen Freude stellte er fest, dass sie das witzig fand.

„Nein. Die haben so eine total krasse SM-Beziehung. Manchmal kann eine von denen beim Spielen nicht richtig sitzen. Wegen dem Verhauen."

„Was? Was, was, *was*?"

Thomas kämpfte gegen das immer aufs Neue aufwallende Lachen an.

„Ist so. Eine von denen ist trans, ich kann mir bloß nie merken, welche."

„Was?"

„Ah." Julia rieb sich die Nase und blitzte und funkelte mit den Augen. „Vielleicht sage ich dir nicht *immer so ganz* die Wahrheit."

„Hm." Jetzt legte Thomas den Kopf schief. „Ich habe auch so eine Ader."

„Ah." Sie nickte. „Das merke ich schon. Ja, das ist ja gut. Bis dann."

„Bis dann. Äh, apropos bis dann. Kann ich dich vielleicht mal anrufen? Irgendwann?"

Das sagte der Whisky aus ihm heraus oder die Hummel in der Blüte. Oder, dachte er, die saudumme Erektion, die sich vor dem endgültigen Verblühen noch einmal besonders vorwitzig zu Wort melden wollte.

„Nein, kannst du nicht.“ Sie zog den Kopf ins Dunkel des Schlafzimmers, nur um ihn gleich darauf wieder in die Nacht zu halten. „Thomas, kein Mensch telefoniert heute noch. Du kannst mir eine Nachricht schreiben. Mach's gut.“

Die Hand ragte noch aus dem Schlafzimmer, winkte und wurde in die Tiefe gesaugt.

„Ich hab doch deine Nummer gar nicht!“, rief er ihr hinterher. Im selben Augenblick fiel ihm ein, dass daran etwas falsch war, als müsste er die Nummer eigentlich bereits kennen, aber er kam inmitten von Whiskynebeln und Hummelblüten nicht darauf, was es war.

„Frag Spritney!“, tönte es aus dem Schlafzimmer.

Thomas drehte sich um, schaute auf die Straße und hoffte, die hufklappernde Kutsche, die Julia vorhin mit dem Nebel beschworen hatte, würde vielleicht noch unten warten, damit er ihr dramatisch hinterherlaufen konnte. Es war aber keine Kutsche da. Auch der Nebel hatte sich verzogen.

„Was war das denn alles?“, fragte er die Hummel in der Blüte, weil eben niemand anders da war. „Was war denn das nur bitte alles gerade?“

Als die Hummel ihm nicht antwortete, schob er vorsichtig die Blütenblätter über dem pelzigen Po beiseite. Das Tierchen war wohl eingeschlafen, rührte sich kein bisschen und summte nur noch leise und regelmäßig, als würde es schnarchen.

„Gute Nacht“, seufzte Thomas.

Er kippte die letzte Whiskypfütze über die Balkonbrüstung und ging hinein, um die Gäste zu verabschieden. Er kam gerade noch rechtzeitig, um sich bei allen für den schönen Abend zu bedanken, eine baldige Wiederholung anzuregen und im Übrigen so zu tun, als wäre nichts gewesen. Kurz bevor er die Tür schloss, warf er einen letzten Blick auf den Götterhimmel im Treppenhaus. Zum ersten Mal fiel ihm auf, dass Hermes ganz unverhohlen die Hand auf Amors Arsch gelegt hatte. Eine strenge Göttin mit Eule auf dem Kopf musterte die beiden, während eine recht dralle junge Person sich unauffällig ein paar Federn aus dem Togaausschnitt pustete.

„Möchte nicht wissen, was ihr macht, wenn gleich das Licht ausgeht", brummte er und schloss die Tür.

Spritney war schon in ihrem Zimmer verschwunden. Der Lärm, der durch die geschlossene Tür drang, war für ihre Verhältnisse beinahe auf Zimmerlautstärke heruntergedreht. Vielleicht lag es am Whisky, aber das Gekreische konnte er diesmal ganz gut verstehen:

I will lay to rest my ghosts / And cover my footsteps / I will stand up straight and walk away / Leaving them far behind

Er klopfte.

„Spritney!"

Sie öffnete. Die Musik wurde lauter und wirbelte Räucherkerzenschwaden auf den Flur. Im Hintergrund des abgedunkelten Zimmers stand Ciccone, umrahmt von glimmendem Rauchwerk. Zigaretten lagen vor ihr als Opfergaben.

„Was willst du? Ich opfere gerade als Dank für den guten Abend." Spritney zog einen sehr knappen Bademantel über den Brüsten zusammen, die heute offenbar noch nicht genug Auslauf gehabt hatten.

„Ja, ich will dich auch gar nicht lange stören." Thomas musste jetzt doch ziemlich laut sprechen, um das fromme Gelärme zu übertönen.

„Hast du vielleicht die Nummer von Julia mal?"

„Was?"

„Julia! Julias Nummer."

Wieder hatte Thomas das unbestimmte Gefühl, etwas Dummes und Überflüssiges zu fragen, und wieder schwamm es auf dem Whiskystrom in seinen Adern davon.

Spritney nickte, langte nach dem Handy und wischte darauf herum. Im Wohnzimmer, wo Thomas' Telefon lag, brummte es.

„Sonst noch was?"

„Nee. Oder doch. Danke. Das hat mir gutgetan heute Abend."

Spritney nickte. „Dachte ich mir. Sehr therapeutisch wirksam."

„Ja, das war krass. Mein Leben lang hab ich Angst vor Vampiren, und dann bin ich plötzlich selber einer und töte andere Vampire …"

Spritney zwinkerte. „Ich meinte nicht das Spiel. Gute Nacht, Thomas."

Sie schloss die Tür. Sekunden später wurde die Musik so laut, dass in der Küche das Geschirr in den Schränken klapperte. Einen Moment lang überlegte Thomas, ob er sich langsam wegen der Nachbarn sorgen sollte. „Aber wenn herumvögelnde Götter und Göttinnen im Treppenhaus kein Problem sind, dann sollte ein bisschen Powerpredigt auch nicht zu viel verlangt sein", fand er dann.

Auf dem Weg durchs Wohnzimmer nahm er das Telefon mit und sperrte den Lärm aus, indem er die Schlafzimmertür schloss. Die Balkontür stand immer noch offen. Fern in der Wohnung rauschte das Kreuzfahrergestampfe wie eine undichte Klospülung, aber das Schnarchen der Hummel in ihrer Blüte kam Thomas lauter vor.

Ächzend ließ er sich aufs Bett fallen.

Wann hatte er das letzte Mal eine Frau geküsst?

Dreißig Jahre musste das her sein, dachte er, oder was hatte die etwas berühmte Professorin ihm geschrieben? Ein Vierteljahrhundert? Katha, fiel ihm noch ein, als wir Beat gemacht haben. Das war ja gar nicht so viel später. Vielleicht zehn Jahre? Fünfzehn? Jedenfalls so lange, dass er beinahe vergessen hatte, wie sich das anfühlte.

Es fühlte sich nicht schlecht an.

Dann fiel ihm ein, dass er vielleicht ein schlechtes Gewissen haben sollte. Wegen Clemens. Kaum ist der Mann unter der Erde, da lacht er sich so eine Frau an. So eine junge Frau an. O Gott, dachte er, wie jung ist die denn eigentlich? Na, gesetzlich wird alles okay sein. Sie ist ja berufstätig und hat ein Studium abgeschlossen … Nein, ein schlechtes Gewissen hatte er nicht. Erstens war er sich ziemlich sicher, dass Clemens ihm nicht böse gewesen wäre. Im Gegenteil, der hätte vermutlich bloß alle Details wissen wollen. Endlich hast du auch mal wen abgekriegt, hörte er die Stimme seines Mannes sagen. Und gleich noch eine Frau muss es sein, na, wenn du loslegst, dann aber auch richtig … Was natürlich Quatsch war, fand Thomas. Es war ja genau genommen gar nichts passiert.

Er war müde und besoffen und bekam schon Kopfschmerzen von den vielen ungewohnten Zigaretten.

Was war denn überhaupt genau passiert? Sie hatten sich geküsst, so viel war klar. Aber bedeutete das jetzt irgendwas? Es ging ja nicht klar für sie. Aber dann war es doch klargegangen. Anrufen sollte er nicht. Aber Nachrichten schreiben. Vielleicht, irgendwann …

„Das ist aber auch kompliziert", sagte Thomas laut Richtung Decke. „Clemens, das hatte ich ganz vergessen, wie kompliziert das ist. Was du von mir gewollt hast, das wusste ich immer ganz genau."

Oder? Der Gedanke war ihm ganz neu und erschreckte ihn zutiefst: dass er vielleicht auch von Clemens nie gewusst hatte, was der eigentlich von ihm wollte. Hatten sie darüber gesprochen? Am Anfang schon, klar, aber in den letzten Jahren nicht mehr. Sex hatten sie noch gehabt, aber es war jedes Mal wie immer gewesen.

„Wie soll das denn jetzt gehen?", fragte er wieder die Decke. „Mit Julia. Oder mit irgendjemandem sonst. Woher soll man denn das alles wissen, wenn man sich eben nicht ein Vierteljahrhundert kennt?"

Zugleich wusste er schon, was Clemens gesagt hätte. „Du Dummerchen, da musst du wohl fragen."

„Genau!" Die Decke war eine geduldige Zuhörerin. „Ich frage sie einfach. Immerhin hat sie ja schon mein Seelenbild. Von dieser App. Sie ist also klar im Vorteil. Ich muss nachfragen. Also frage ich nach."

Er drehte sich auf den Bauch, schnappte sich das Handy und rief den von Spritney gesendeten Kontakt auf. Irgendeine Handynachricht leuchtete auf, die Nummer flackerte doppelt. Ungeduldig wischte er den Kram beiseite.

„Bist du noch wach?"

Warten. Warten. Drei Punkte. Klicker-klacker. Das Geräusch für „am anderen Ende tippt jemand".

„Ja."

„Gut."

Pause. Pause. Drei Punkte. Klicker-klacker.

„Was wolltest du denn?"
„Ich wollte dich fragen, was das jetzt bedeutet."
Drei Punkte. Drei Punkte. Drei Punkte.
„Ich könnte mich jetzt dumm stellen, aber ich weiß schon, was du meinst. Warte mal."
Drei Punkte. Drei Punkte. Drei Punkte.
Plucker. Eine Sprachnachricht. Sprachnachrichten leuchteten Thomas nicht ein. Warum riefen die Leute dann nicht gleich an? Die jungen Leute mussten alles so kompliziert machen. Seufzend tippte er auf „Play".
Schrittgeräusche. Verkehrsrauschen. Ach, die war noch gar nicht zu Hause. Siedend heiß fiel ihm ein, dass man sicher erst nach einer gewissen Anstandsfrist anrufen bzw. Nachrichten schicken durfte – zwei oder drei Tage vermutlich sogar.
Julia räusperte sich.
„Weißt du, was ich total komisch finde? Du bist echt anders als im Laden. Bei meiner Präsentation warst du total der Chef. Du hast sogar Sachen nach Leuten geworfen. Und jetzt hab ich das Gefühl, ich flirte mit einem Fünfzehnjährigen. Ist das immer so bei dir?"
Das war nun keine Antwort auf seine Frage. Puh. Er drehte sich wieder auf den Rücken und schaute die Decke an. Er hasste es, wenn man auf Fragen mit Gegenfragen antwortete. Sein Vater war von jeher Meister darin gewesen. Schnell tippte er.
„Tut mir leid. Ich küsse halt nicht jeden Tag Frauen."
Diesmal kam die Antwort schnell.
„Ich dachte, du bist bisexuell."
Thomas hatte das Gefühl, als hätte er einen Schlag in die Magengrube bekommen. Was sollte er denn jetzt darauf schreiben? Noch bevor er richtig darüber nachgedacht hatte, tippte er:
„In erster Linie war ich eben verheiratet."
Jetzt wieder lange die drei Punkte.
„Ja okay, das ergibt Sinn."
Thomas war jetzt ernsthaft ein bisschen wütend.
„Du bist auch ganz anders als im Laden. Da präsentierst du wie in der achten Klasse, und hier bist du so ein flirty Selbstbewusstseinsmonster."

„In erster Linie war ich eben mit der Ansage ‚Machen Sie das mal bis morgen', in meinem ersten richtigen Job ein bisschen überfordert. Und der Chef hat auch nicht gerade geholfen."

„Ich wollte dir aber helfen."

„Warum hast du mich dann nicht gleich mit einem Stift beschmissen?"

„Oahhh!", stöhnte Thomas und warf das Handy aufs Bett. Das ging gar nicht in die Richtung, die er sich vorgestellt hatte.

Kurz entschlossen griff er wieder zum Telefon.

„Entschuldigung. Das war wahrscheinlich echt blöd."

Er zögerte. Komm, dachte er mit Clemens' Stimme, hilft ja nichts.

„Ich würde dich gern noch mal küssen. Und länger."

Das habe ich jetzt wirklich abgeschickt, dachte er dann. Das habe ich jetzt wirklich an Julia geschickt.

Drei Punkte. Drei Punkte. Drei Punkte. Plucker, plucker.

„:)."

Das ist jetzt alles?

Plucker, plucker. Ping. Sprachnachricht.

„Scheiße, ich muss hier mal … den Schlüssel. Ach. Das hast du aber schön gesagt. Ich fand's auch sehr schön. Du küsst auch viel besser als ein Fünfzehnjähriger. Nicht, dass ich andauernd Fünfzehnjährige küssen würde. Und es gibt wahrscheinlich auch frühreife Fünfzehnjährige, die ganz wunderbar küssen können. Ach, du weißt schon, was ich meine. Ich melde mich morgen wieder bei dir, ja? Dann machen wir was aus. Ich muss jetzt nämlich schlafen. Aber wir machen was aus. Zum Küssen. Und reden. Und … na ja."

Na ja. Thomas ließ das Handy fallen und schloss die Augen. Na ja. Was sollte das bedeuten, na ja? Sex? „Das geht ja wohl alles ein bisschen schnell", murmelte er.

Na ja, hatte sie geschrieben.

Und dann, als er so auf dem Bett lag und an die Decke starrte, fiel ihm endlich ein, dass er Julias Nummer die ganze Zeit schon gehabt hatte, aufgeschrieben am Fahrstuhl mit dem bewussten Stift, der inzwischen bei Chiara gelandet war, und sogar brav ins neue Handy gespeichert, nachdem er das alte an den Taxifahrer verpfändet hatte. Er schlug die Hände vors Gesicht.

„Clemens, Clemens“, flüsterte Thomas. „Du. Was war denn das nur? Heute Abend. Und seit du weg bist. Was ist denn das jetzt bloß?“

Aber insgeheim wusste er ganz genau, was es war.

14

Beat lag mit den Kopfhörern auf den Ohren auf dem Bett und war voll mit harter, kalter Wut. Die Wut war so schwer, dass er sich nicht rühren konnte. Zugleich kribbelte es überall in ihm. Er wäre am liebsten aufgesprungen und losgerannt, immer weiter, ohne anzuhalten.

Das wär's, dachte er. Wegrennen. Weg von der ganzen Scheiße. Weg von der Schule. Weg von der Klo-Gang mit ihren Fotzensprüchen. Und weg von Mama und Mami.

Die Beats pumpten, und der Typ rappte darüber, hysterisch, übergeschnappt, immer leicht neben dem Takt.

Alle gegen alle gegen alle / Alle gegen alle gegen alle

Mama und Mami waren in der Schule gewesen. Jetzt, wo gerade alles ganz gut lief. Es hatte keinen Ärger mehr mit Tonia gegeben. Chiara war da. Sie machten nicht viel miteinander, aber es war cool, dass sie da war. Es fühlte sich gut an, eine Freundin zu haben. Eine Freundin als Freundin. So wie ein Freund eben. Für Beat war ja eh immer klar gewesen, dass er möglicherweise in sie verliebt wäre, wenn sie in ihn verliebt war, und das war sie halt nicht. Im Moment nicht. Egal. Beat war in den letzten Tagen aufgefallen, dass er nicht viele Freunde hatte, und jetzt, wo er es einmal gemerkt hatte, war er froh wegen Chiara.

Und dann kamen Mama und Mami in die Schule.

Ohne ihn zu fragen. Ohne irgendwas abzusprechen. Ohne auch nur Bescheid zu sagen.

Die Tür zum Klassenzimmer ging auf, und die Direktorin stand da.

„Beat, deine Eltern sind hier. Kommst du mal bitte?"

Alle guckten.

„Wie, warum denn? Was soll ich denn da?"

„Es geht um ein Gespräch. Da wäre es gut, wenn du dabei bist."

„Ich bin hier gerade im Unterricht."

Als ob. Alle anderen auch so am Stöhnen. Ey, geh doch. Die Chance, hier rauszukommen. Ist doch egal, warum. Aber Beat wollte nicht. Er war sofort sauer, dass Mami und Mama überhaupt hier auftauchten. Wenn sie ihn schon nicht fragen mussten, brauchten sie ihn ja wohl auch nicht in diesem Gespräch.

„Jetzt komm bitte." Die Direktorin winkte ihn zu sich.

„Beat." Frau Baader wollte mit ihrem Unterricht weitermachen.

Er war aufgestanden und hatte umständlich seinen Kram in die Tasche gestopft.

„Das kannst du doch liegen lassen", meinte Frau Baader.

Aber er hatte gleich gewusst, dass irgendeine Riesenscheiße passieren würde. Und dass er nicht wiederkommen würde.

Alle hatten ihm hinterhergeguckt.

Dann der Weg über die Flure. Die Direktorin vorneweg. Hinter den geschlossenen Türen Murmeln, Musikfetzen, Gelächter. Beat fragte sich, was es in der Schule zu lachen gab.

„Worum geht's denn?", fragte er.

Die Direktorin roch sehr stark nach einem süßen Parfüm. Ihre Beine in den Strumpfhosen rieben sich unter dem Rock aneinander, und ihr Hintern schwang hin und her.

Alter, komm mal klar, dachte Beat. Die Direktorin! Und dann hatte er lieber schnell was gefragt.

„Das kannst du dir doch denken", sagte die Direktorin, ohne sich umzublicken. „Für mich kam das jetzt auch überraschend. Deine Mamas sind plötzlich sehr engagiert."

Mamas. Wie behindert das schon klang. Beat fühlte sich sofort wie im Kindergarten. Die Mamas waren in der Schule zu Besuch. Die lesbischen Mamas. Sie kamen an den Toiletten vorbei. Von Tonia war jetzt, während des Unterrichts, natürlich nichts zu sehen, aber Beat konnte ihre hämische Stimme förmlich hören. Thomas fiel ihm ein. Wäre es besser, wenn sein Vater hier auftauchen würde? Der schwule Papa? Wohl kaum.

Die Direktorin stieß die Tür zum Sekretariat auf, ohne anzuklopfen. Die Sekretärin saß am Computer. Das Telefon klingelte. Es ging alles sehr schnell. Die Tür zum Büro der Direktorin, dahinter vor dem Schreibtisch schon Mama und Mami.

„Hallo, Beat."

„Äh, hallo."

Die Direktorin ließ sich in den Schreibtischstuhl fallen und legte den Zeigefinger an die Wange.

„Dann wären wir ja jetzt alle beisammen."

„Es wäre vielleicht ganz gut, wenn die Frau Baader auch …" Mama beugte sich vor.

„Die unterrichtet jetzt." Die Direktorin drehte sich mit dem Schreibtischstuhl langsam von rechts nach links, langsam, wie eine Katze, die mit dem Schwanz wedelt.

„Okay, when Sie das so maken wullen …" Das war Mami.

Und dann ging es los.

Dass das jetzt schon zu lange so ginge. Mobbing. Sie würden es nicht länger hinnehmen. Der Schulalltag ihres Sohnes vergiftet. Auch zu Hause auffällig. Still, in sich gekehrt. Sehr auffällig. Nicht der Beat, den sie sonst kannten. In dieser sensiblen Phase. Die Noten. Sonst immer gut.

Die Direktorin hob die Hand. Auch wieder nicht so gut. Diese unglückliche Situation könne man nicht für alles. Es würde auch an Beat selbst liegen. Man müsse auch über andere Dinge sprechen. Leistung. Das ließe sich ja klar nachvollziehen. Auch andere Jugendliche hätten Probleme. Dennoch.

A real Unverschämtheit. Dass diese case, wo es clearly ja auch um discrimination ginge, um Diskriminierung. Jetzt so derailt, wie sage man das auf Deutsch. Man solle jetzt nicht ablenken.

Ob die Mamas – die Direktorin sagte tatsächlich „Mamas" –, ob die Mamas jetzt tatsächlich alles, was bei Beat gerade nicht ganz rundlaufe, auf diesen Konflikt bezögen. Den es ohne Frage gebe. Aber es sei hoffentlich keine Unverschämtheit, wenn sie vorschlage, dass man gemeinsam auch einmal woanders hinschaute.

Was das denn heißen solle. Again, stay on topic.

Zum Beispiel in die Familie. Es sei ja schon auffällig, dass dieser Konflikt eben mit den jungen Frauen. Auf dieser sexualisierten Ebene. Die familiäre Situation. Bitte setzen Sie sich wieder. Es müsse doch möglich sein, darüber in Ruhe …

Man sei nicht gekommen, um sich das bieten zu lassen.

Hier würde gar nichts geboten. Es sei eben einfach Fakt, dass auch Beat in unangebrachter Weise … in Begriffen, das müsse sie jetzt leider so sagen, die auch nicht jedem Jugendlichen in dieser Form geläufig seien. Was sie eben wieder zu der Frage bringe, ob nicht auch das häusliche Umfeld …

Es sei unfassbar. Wie hier davon abgelenkt würde, wer das Opfer sei.

Ob es denn klug sei, Beat immer in dieser Rolle zu bestärken. Dass überhaupt ein ja nicht schwächlicher Junge sich gegen die Mädchen nicht …

Jesus, no. We need to seriously schauen auch gemeinsam hin, ob Sie sind vielleicht fucking nuts? Give me a fucking break.

… unsachlich zu werden. Ziel sei natürlich, Beat zu stärken. Sie sei auch nicht zufrieden mit diesem schwelenden Konflikt, der von allen Seiten …

Wie, von allen Seiten?

Also, man müsse schon erlauben. Die Opferrolle sei auf Dauer auch nicht eben emanzipatorisch. Eltern müssten die Kinder auch eigene Wege gehen lassen und nicht ihre Erfahrungen …

I can't even. Leute wie Sie sind es, die uns zu Opfern …

Vielleicht sei es keine gute Idee, auf diesem Niveau.

In der Tat nicht. Man werde sich an andere Stellen. Höhere Stellen.

Das sei Ihnen unbenommen. Wenn sich die Gemüter beruhigt hätten. Vielleicht bei einem neuen Termin. Oder schriftlich. Die gefährdete Versetzung.

Ob Beat denn auch noch irgendetwas sagen wolle?

Ja, Beat. Ob er denn nicht auch etwas sagen wolle?

Zu Hause gleich Tür zu. Aufs Bett. Kopfhörer auf.

Alle machen jetzt auf Mörder / Denn der Freund von dein Freund von dein Freund hat ein Ballermann / Sie schieben gern 'ne Welle, aber wollen alle kein Krieg / Sind Kriminelle, aber ham nicht mal 'ne Quelle für Weed

Draußen wurde es schon dunkel. Beat konnte in seinem Zimmer fast nichts mehr erkennen, aber die Wut in den Gliedern war so schwer, dass er nicht aufstehen konnte.

Er würde nie wieder in die Schule gehen. So viel war klar. Er würde einfach liegen bleiben. Die konnten ihn ja schließlich nicht mit Gewalt in den Unterricht zerren. Und dann? Vielleicht arbeiten gehen. Irgendwo, wo man keine guten Noten brauchte. Als Rapper. Oder Gangster.

Pistole an mein Bauch / Patrone steckt im Lauf / Ich nehm die Drogen, deine Kohle und die Frau / Es ist ein lebenslanger Hustle / Bisschen Sport und eine Jägermeisterflasche

Okay, nein. Quatsch. Aber auf dem Bau. Oder irgendwo Regale einräumen. Leider fiel Beat im nächsten Moment ein, dass die Mamas ihm wahrscheinlich in der Mittagspause das Butterbrot vorbeibringen würden. Wenigstens ließen sie ihn jetzt in Ruhe. Im Auto hatte keiner mehr was gesagt. Wahrscheinlich hatten die auch schon kapiert, dass es nicht so gut gelaufen war. Blöd waren die ja schließlich nicht. Aber warum machten die dann so was Bescheuertes?

Beat musste eingeschlafen sein, denn er schreckte hoch, als das Handy vibrierte. Stöhnend rollte er sich auf die Seite. Chiara. Er überlegte, einfach nicht ranzugehen. Auf irgendein Gespräch über das, was heute in der Schule passiert war, hatte er jetzt wirklich keinen Bock. Aber wenn sie anrief und nicht einfach eine Nachricht schrieb, musste es schon was Wichtiges sein.

Er setzte sich auf, popelte die Kopfhörer aus den Ohren und wischte über den Bildschirm.

„Ja?"

„Beat?" Chiara klang richtig scheiße. Sie schniefte.

„Ja. Was ist denn?"

Wieder schniefen. „Ich wollte dich fragen, ob du noch das Geld hast. Von deinem Vater."

„Ähm, klar." Die 250 Euro lagen in seiner Schreibtischschublade. In den letzten Tagen hatte er immer mal wieder überlegt, sich etwas Krasses davon zu kaufen, aber irgendwie klebten die Erinnerungen an den Abend an dem Geld. Er hatte es seitdem nicht mehr angerührt.

„Kannst du mir was leihen? Ich geb's dir wieder, wenn ich … irgendwann. Ja?"

„Mach ich. Kein Ding. Aber wofür brauchst du's denn?"

Stille. Schluchzen. Chiara weinte.

Beat wusste nicht, was er sagen sollte. „Was ist denn los?"

„Nichts. Ich brauch einfach nur Geld."

„Ey, jetzt sag schon. Du weinst doch. Das hör ich doch."

Chiara atmete tief durch. „Meine Mutter. Die ist echt so scheiße. Wir haben uns gestritten. Und ich will hier nur noch weg."

„Wie, weg? Wie meinst du denn das? Wo willst du denn hin?"

„Keine Ahnung. Bloß weg."

„Jetzt beruhige dich doch erst mal."

„Ey, bitte sag mir jetzt nicht, ich soll mich beruhigen. Gibst du mir jetzt das Geld oder nicht?"

„Ich gebe dir das Geld. Klar. Ich will bloß nicht, dass du abhaust und dann irgendwo auf der Straße pennst."

„Was soll ich denn sonst machen? Ich halt das hier echt nicht mehr aus."

„Ich kenne doch deine Mutter. So schlimm kann das doch nicht sein."

„Du kennst meine Mutter überhaupt nicht. Du weißt nicht, was die abzieht."

„Das bisschen Streit auf dem Parkplatz. Wegen dem Fahrrad. Sei froh, dass du nur eine Mutter hast."

„Du denkst, die ist die sexy Milf, die dich voll erwachsen behandelt. Aber zu mir ist die nicht so."

„Wie ist die denn zu dir?"

„Ich will das jetzt nicht erzählen. Ich will das Geld. Kannst du mir das bitte einfach leihen und jetzt nicht hier den Psychologen machen."

„Entschuldigung. Ich mache mir halt Sorgen. Wir sind doch Freunde."

„Wenn du mein Freund sein willst, dann gibst du mir einfach dieses Geld."

„Und was ist mit deinem Vater?"

Stille. Chiara atmete ganz zittrig ein und sagte nichts.

„Ich meine, wirst du da mit dem Kleiderbügel verprügelt oder was? Da gibt's ja Polizei … "

Chiaras Stimme klang gepresst, so als müsste sie reden, während ihr irgendetwas wahnsinnig wehtat, als sie endlich antwortete.

„Die verhauen mich nicht mit dem Kleiderbügel. Meine Mutter sagt, ich bin zu dick und muss Sport machen."

„Du bist doch gar nicht dick", sagte Beat mechanisch.

„Ist doch scheißegal." Jetzt schrie Chiara plötzlich fast. „Ich kann aber keinen Sport machen, wegen meinem Bein. Und dann sagt sie, aber Fahrradfahren geht. Und ich so: Lass mich in Ruhe. Und sie so: Das hättest du wohl gerne. Und ich so: Ja, allerdings. Und natürlich muss ich dann schon anfangen zu heulen. Ich gehe weg, aber natürlich kommt sie hinterher. Ich mache die Tür von meinem Zimmer zu. Und schließe ab. Und sie bleibt davor stehen und redet immer weiter durch die Tür durch. Dass ich behindert bin, das kann auch nicht immer die Entschuldigung sein. Ich drehe mir das auch immer hin, wie es mir gerade passt. Man muss aber auch mal die Zähne zusammenbeißen. Wenn ich mal jemanden finden will, der mich liebt. Es wird sowieso schon schwer damit. Dick und behindert, das geht nicht. Und verrückt, weil ich mir das nur einbilde mit dem Bein. Das wäre ja wohl nicht so schlimm. Und nur eine Ausrede. Und dann drehe ich die Musik auf. Und dann geht sie richtig ab. Die haut und tritt gegen meine Tür. Die schreit alles, was ihr einfällt. Dass ich faul bin und verkommen und dass aus mir nichts wird und dass ich nichts wert bin. Und noch andere Sachen …" Chiara rang wieder nach Luft.

„Du kannst dir das nicht vorstellen. Das geht stundenlang so. Bis die fast zusammenbricht. Und dann heult sie wirklich wie ein krankes Tier. Und ich soll sie trösten, und sie hat doch nichts, und mein Vater ist so kalt. Wenn ich dann nicht rauskomme und sie in den Arm nehme, dann geht alles wieder von vorne los. Ich halte das nicht mehr aus. Und ich hoffe, das war jetzt überzeugend genug für dich und du gibst mir jetzt dieses Geld."

Beat fühlte sich, als wäre er gar nicht richtig da. Er schluckte. „Was macht denn dein Vater?"

„Mein Vater macht die Tür hinter sich zu und kommt erst raus, wenn alles vorbei ist. Und dann sagt er: Wann gibt es Abendbrot? Oder: Es war wieder so anstrengend heute in der Praxis."

„Aber das ist doch Psychoterror. Das ist doch bestimmt verboten. Gibt es da nicht so Jugendämter oder so?"

„Wenn meine Mutter zu so einem Amt gehen würde, dann wäre die da die besorgteste und verantwortungsvollste Frau der Welt und würde aussehen wie aus der Werbung. Und dann würden die mir da die gleichen Fragen stellen wie du jetzt."

„Und wenn du denen das dann genauso erzählst?"

„Ich will das aber nicht erzählen! Das ist fast genauso schlimm, wie wenn das wieder passiert. Mir reicht's. Ich will hier raus und nicht immer was erzählen."

Beat überlegte. „Komm doch zu uns."

„Ich dachte, deine Mütter sind so schlimm."

„Ja, stimmt. Ähm. Und mein Vater? Mit dem hast du dich doch voll gut verstanden?"

„Sag mal, kapierst du eigentlich nicht, dass der das gerade nicht packt? Der hat das doch kaum durchgehalten, als wir da zu Besuch waren."

„Findest du?"

„Du, ich glaub, das hat keinen Zweck. Ich überleg mir was anderes. Danke für deine Hilfe."

„Halt. Warte." Sie sollte jetzt bloß nicht auflegen. „Ich weiß was."

„Was denn."

Beat war wirklich ganz begeistert von seinem Einfall. „Wir treffen uns jetzt am Südkreuz. 250 Euro, das reicht doch für zwei Fahrkarten. Wir fahren nach München. Und dann rufen wir meinen Opa an. Du hast doch da die Nummer. Wir lassen uns abholen. Der ist reich und hat ein Riesenhaus. Und der ist cool. Der ist da auf unserer Seite. Der schickt uns nicht wieder weg."

„Wieso denn uns? Wieso willst du denn da jetzt plötzlich mit?"

„Bei mir war's heute auch voll schlimm. Und bis du angerufen hast, wusste ich nicht, was ich machen soll. Aber jetzt – klar. Ich bleib nicht mehr hier."

Stille. Schniefen.

„Chiara?"

Sie lachte und weinte zugleich.

„Beat, ich glaube, das ist nicht so 'ne gute … das ist doch Mist. Wirklich. Mit deinen Müttern, das renkt sich schon wieder ein. Und ich hab hier vielleicht auch so 'n bisschen … es hat schon geholfen, dass ich mit dir gesprochen hab. Vielleicht geh ich da wirklich mal zu so 'ner Beratung, was weiß ich."

„Hä? Warum denn das jetzt? Du wolltest doch weg."

„Ja, schon. Aber du musst das nicht für mich machen."

„Doch, lass uns das machen. Von Berlin nach München, das sind vier Stunden mit dem Zug. Wenn alles schiefgeht, sind wir morgen wieder da."

„Sollen wir deinem Opa da nicht erst mal Bescheid sagen? Und fragen?"

„Ach, das geht schon. Das können wir ja noch von unterwegs machen." Insgeheim war sich Beat nicht so sicher, ob das wirklich so klarging, aber er schob den Gedanke beiseite. Wenn sie erst einmal in München waren, hätte Opa ja gar keine andere Wahl, als sie abzuholen. Und dann würden sie weitersehen. Wenn Opa Eddie jetzt schon Nein sagte, dann war das ganze Abenteuer vorbei, bevor es angefangen hatte. Und nach diesem Tag wollte er das auf keinen Fall riskieren.

„Okay."

„Ja? Kommst du mit?"

„Okay. Ja."

„Dann … ich weiß auch nicht. In einer Stunde? Am Bahnhof? Schaffst du das?"

„Ich muss hier irgendwie raus. Und noch Sachen mitnehmen. Aber ja. Ich denke, das kriege ich hin."

„Gut, bis dann."

„Beat?"

„Ja?"

„Wir machen das echt, ja?"

„Ja, klar."

„Okay."

Als sie aufgelegt hatte, sprang er auf und stopfte Klamotten in den Rucksack. Kaugummi, Handy. Das Geld! Beinahe hätte er das Geld vergessen. Er riss die Schreibtischschublade auf und stopfte sich das Geld in die Gesäßtasche. Dann zog er vorsichtig die Zimmertür auf. Die Wohnung lag dunkel und still da. Nicht einmal der Fernseher war zu hören. Wahrscheinlich waren Mama und Mami über ihrem Problemwein auch schon eingeschlafen.

Er schlich auf den Flur und nahm so leise es ging die Jacke vom Haken. Die Kleiderbügel klirrten. Beat erstarrte. Immer noch keine Bewegung in der Wohnung. Er zog die Jacke an und warf sich den Rucksack über die Schulter. Die Turnschuhe nahm er in die Hand und schlich zur Wohnungstür.

„Where are you going?"

Scheiße. Mami.

Sie stand im Türrahmen des Wohnzimmers, ein Weinglas in der Hand. Durch die geöffnete Tür fiel das Licht der Straßenlaternen vom Wohnzimmerfenster auf sie.

„Ich muss noch mal weg."

„Um diesen Zeit?"

„Ja. Ich treff mich noch mit Chiara."

„Und dem kann nicht warten?"

„Nee. Das ist irgendwie .. dringend."

Mami nickte und nahm einen Schluck aus dem Weinglas.

„So go."

„Ich darf?"

Sie schüttelte den Kopf. „I don't think you have to ask."
„Muss ich nicht?"
Beat war verwirrt. Mami schien nicht sauer zu sein, wie er erwartet hatte. Dabei war sie sonst viel anstrengender als Mama.
„No. Obwohl ich würde mir freuen, wenn du fragst ab und zu. But after today? I was gonna say I'm sorry, son. I really am."
Beat hatte einen Kloß im Hals. „Ja, das muss dir nicht leidtun. Ist schon okay." Er wusste ehrlich gesagt gar nicht genau, was sie meinte.
„We messed it up big time. Your Mama … she's asleep. Sie will immer, dass alles schön ist, ja? Dass alle sich verstehen. Und ich .. what can I say? I'm a fighter. Aber ich denke nach heute, dass wir nicht alles können kämpfen für dich. So go help your friend."
„Ihr habt heute nicht alles falsch gemacht. Ihr habt das doch gut gemeint."
„I didn't mean today. Ich meine … ach, I don't know what I mean. Es war vielleicht immer schon nicht so gut mit uns. Für dich."
Beat holte tief Luft, aber Mami winkte ab. „Run", sagte sie. „Es sieht ein bisschen dringend aus."
„Ist es auch."
Er öffnete die Tür und knipste das Licht an. Das Treppenhaus war hell, und in der Wohnung war alles schwarz.
„Beat", sagte Mami.
„Ja?"
„Please come back. Wenn du fertig bist. Will you?"
Fast wäre er umgekehrt und zu ihr gegangen.
„Ja, na klar. Klar komme ich wieder."
Er schloss die Tür hinter sich und rannte die Treppen hinunter.

15

Thomas lag neben der schnarchenden Julia im Bett und fragte sich, wie er hierhergekommen war. Wie er zunächst hierhergekommen war, das wusste er natürlich: mit dem Taxi, diesmal, ohne mit dem Handy bezahlen zu müssen, und auch ohne sexuelle, politische und sexualpolitische Gespräche.

Angefangen hatte alles an der Tür, so viel wusste er noch, wo Julia ihn noch sittsam bekleidet erwartet hatte. Das Gespräch im Wohnzimmer hatte er ebenfalls noch recht deutlich in Erinnerung. Irgendwie hatten sie beide krampfhaft versucht, das Thema eines weiteren Kusses, und was sich dahinter möglicherweise noch alles auftat, zu vermeiden, was aber paradoxerweise gerade dazu geführt hatte, dass diese Gedanken fast schon greifbar zwischen ihnen standen und sich ständig in den Austausch über Bücher, Filme, Musik und am Ende sogar Backrezepte schmeichelte,, drängte,, schoben und warm, wärmer und schließlich glühend überallhin verbreiteten. Es war Thomas vorgekommen, als wäre Julias ganze kleine Wohnung plötzlich von den Geistern des gestrigen Abends heimgesucht. Sah er ins DVD-Regal, las er *Sex and the City*, schaute er ins Bücherregal, waren die ersten Titel, die ihn ansprangen, *Tomboy*, *Venus siegt* und *Das Dreikörperproblem*. Der Algorithmus schickte drahtlos knisternd *Kiss Me* an die Anlage, dann *Made in the Dark* und schließlich sogar *Why Can't I Be You?*. Egal, ob es der Wein oder die Kekse waren – stets wurde irgendetwas verschüttet oder zerbröselt und war nicht mehr ganz zu entfernen, ein Fleck, ein Puder, eine Schicht, an der herumgerieben wurde und die sich darum nur umso fester in das aufsaugende Material fraß. In eine besonders bedeutungsschwangere Stille hinein klingelte der Postbote einmal, zweimal und brachte ein Paket, das Julia leichthin als Wäschelieferung erklärte, sie sei da in einen Kaufrausch verfallen, wie es ihr öfter geschehe, wenn sie allein zu Hause sei und sich nicht mehr beherrschen könne …

Irgendwann hatte Julia den Waschlappen von der Stirn genommen. Sie war nämlich krank oder jedenfalls nicht ganz auf der Höhe, was auch der Grund gewesen war, weshalb sie Thomas zu sich nach Hause bestellt hatte. Vorangegangen war ein längerer Austausch von Nachrichten, den Julia begonnen hatte, gerade, als Thomas bei einem sehr späten Frühstück in der Küche saß und an sie gedacht und sich gefragt hatte, ob er sie möglicherweise anrufen, nein, korrigierte er sich, ihr eine Nachricht schreiben solle.

Brummend hatte sich Julia auf seinem Handy eingefunden. Sie habe unvorhergesehen frei, da sie sich etwas unpässlich fühle. Sofort spürte Thomas die Ader wieder, die sie beide verband. Er äußerte sich also mitfühlend und besorgt, aber nein, schrieb sie, es sei nichts Ernstes, sie wisse sich die Zeit schon zu vertreiben.

Womit denn, wollte er wissen.

Sie räkele sich hier, schrieb sie, so herum und könne sich nicht so recht entscheiden zwischen der neuen Staffel einer Serie um Liebeswirren und einem sehr guten Roman einer feministischen Ikone, der ihr aber, wie sie freimütig gestand, einen Hauch zu masochistisch ausfalle. Thomas kam jetzt immer mehr in Fahrt, befand er sich doch auf heimischem Boden. Mit vielen Worten alles und nichts sagen, das war schließlich sein Metier, und die verwirrende Topografie der leibhaftigen Julia war fürs Erste angenehm weit weg. Er riet zur Serie, da leichte Kost bei Krankheit bekanntlich bekömmlicher sei. Besser noch, versetzte sie, sei freilich Bewegung, sie fühle sich aber nicht in der Lage, das Haus zu verlassen.

Es gebe da ja, so Thomas, Möglichkeiten.

Gymnastik aller Art.

Vom Bett zum Sofa, meinte Julia, würde sie es noch schaffen. Ein weiterer Vorteil der Serie sei ja, dass sie auch im Bett stattfinden könne, wusste Thomas. Wahr, stimmte Julia zu, nur neige sie dazu, in einem faulen Zustand wie heute die sehr kurz aufeinanderfolgenden Episoden ziemlich gierig in sich aufzunehmen, was sie dann noch hungriger zurücklasse. Sie wünsche sich dann, das Gesehene ins Leben zu übertragen, also: echte Menschen.

So ging das dann noch eine Weile weiter. Die beiden hatten nicht nur das, was zwischen ihnen vorgefallen war und vielleicht noch vorfallen durfte, stets so eng umschifft, dass ihnen von den vielen Drehungen und Wendungen angenehm schwindelig geworden war, sondern sich auch besser kennengelernt und erfreut festgestellt, wie sehr sie in Geschmacksdingen beieinander waren, wenn es sich Thomas auch nicht nehmen ließ, die Jüngere mit ihrem Hang zum Kitsch aufzuziehen, was sie ihm mit reizend pikierten Hinweisen auf sein Alter heimzahlte.

Am Ende war die Vereinbarung getroffen, dass Thomas am späteren Nachmittag vorbeikommen sollte und dies und das mitbrächte, was die Zeit bis zur Genesung angenehmer zu gestalten vermochte.

Wie, fragte sich Thomas, indem sein Arm von Julias Gewicht langsam taub wurde, war es dann weitergegangen?

Er hatte überlegt, ob er sich nun besonders duschen, parfümieren und überhaupt so anziehen musste, dass er notfalls auch ausgezogen werde konnte. Das hätte ja das Eingeständnis bedeutet, dass irgendjemand, vielleicht Julia, ihm bei dem bevorstehenden Besuch so nahe käme, dass sein Geruch und Kleidungsstücke, die nicht sofort sichtbar waren, also zum Beispiel Unterwäsche, eine Rolle spielen würden. Am Ende entschied er sich dafür. Es war ja wohl nur höflich, bei einem Besuch gepflegt aufzutreten.

Kurz bevor das Taxi läutete, saß er in der Küche, den Kopf in die Hände gestützt, und überlegte, alles abzusagen. Es war doch Wahnsinn, was er hier tat. Clemens war erst vor einigen Wochen gestorben. Er kannte diese Frau kaum. Ein betrunkener Kuss auf dem Balkon, das sah einem jeder nach, das ließ sich leicht mit der Trauer und den resultierenden Umbrüchen in seinem Leben wegerklären, da tat man Dinge, über die man wenig später schon lachte.

Thomas war aber nicht zum Lachen. Er wünschte, Spritney wäre schon wach, aber aus ihrem Zimmer drang auch jetzt, am Nachmittag, noch kein Laut. Sie schlief wohl den Schlaf der Freizeitvampire.

Verliebt. Er war ganz sicher nicht verliebt. Auch nicht verknallt, verguckt, verschossen. Das passierte Teenagern, aber doch nicht schwul verwitweten Agenturchefs im mittleren Alter, die ob ihrer Verarmung auf hohem Niveau bereits auf Einzelfallhilfe angewiesen waren. Überhaupt kam die Liebe doch nicht so einfach aus dem Nichts über einen und überfiel einen ohne Sinn und Verstand, wie eine Hummel, die sich trunken von einer zufälligen Duftspur in eine Blüte stürzt. So etwas musste sich doch herleiten lassen, begründet sein, durch viele lang erworbene Gemeinsamkeiten und Übereinstimmungen abgestützt werden. Liebe als Erklärung für jedes noch so unvorhergesehene, blöde Verhalten – das gab es ja wohl nur in obskuren Fernsehserien, die Thomas sich schon aus Prinzip nicht ansah, ganz egal, wie auskennerisch er gerade mit Julia darüber geschrieben hatte.

„Aber warum denn bloß nicht?", hatte Julia gestern vor dem Bücherregal gefragt und gelacht, wie nur sie es konnte.

Und dann hatte das Taxi geklingelt, und er hatte gar nichts abgesagt. Er hatte die Tüte mit den Büchern gegriffen, war in den Wagen gestiegen und hatte sich unterwegs absetzen lassen, um eine Flasche Wein zu kaufen.

Erst, als er wieder auf der Rückbank saß, fiel ihm ein, dass Alkohol vielleicht nicht das richtige Mitbringsel für eine Kranke war. Aber Julia nahm die Flasche erfreut entgegen und machte sich nach kurzer Begrüßung auch gleich daran, sie zu entkorken, wiewohl es ihr nach eigener Aussage immer noch „mehr als mittelmäßig ging".

Und dann? Wie war es weitergegangen? Eben: Gespräch, zunehmende Schwierigkeiten, über das einzig Wichtige weiterhin *nicht* zu sprechen, die Wohnung, die sich zunehmend um sie beide gedrängt hatte, als wollte sie sie einander in die Arme treiben. Und dann hatte eben Julia den Waschlappen vom Kopf genommen.

Sie saß Thomas gegenüber, auf der anderen Seite eines Tischchens, in einem Korbsessel. Der Korbsessel flüsterte, als sie den Waschlappen sorgfältig auf das Tischchen legte. Dann sah sie Thomas mit ihren Grübchen an und sagte. „Also."

„Ja."

„Ich denke", sagte sie und strich den Waschlappen glatt, „wir sollten das jetzt noch mal machen."

Thomas schluckte. Und dann kam ein sehr kurzer, sehr langer Moment, der in aller Höflichkeit auf einen Ausgang aus der Situation wies, indem der Moment sich so lang wie möglich streckte, um Thomas die Gelegenheit zu geben, so etwas zu sagen wie: Was denn *tun*?

Aber Thomas besah sich den Moment und wartete einfach ab, bis der Moment sich wirklich nicht mehr länger dehnen konnte und von der folgenden Zeit verdrängt wurde, dorthin, wohin Geister und vergangene Momente gehen.

Dann sagte er: „Ja, das finde ich auch."

Julia lächelte jetzt sehr glühend, und Thomas hatte große Lust, sie noch einmal zu küssen.

„Ich glaube", sagte sie, „mir würde es besser gefallen, wenn du das jetzt tätest. Also, wenn du zu mir kämst, um mich zu küssen."

„Das kann ich tun", sagte Thomas.

Er stand auf und ging zu ihr hinüber und stieß dabei leicht an das Tischchen, und Julia sagte noch etwas wie „Huch!" oder „Herrje!", und dann setzte er sich rittlings auf ihren Schoß. Der Korbsessel knarrte, aber verschob sich, sodass es ging, und Julia war stark genug, um ihn zu tragen. Sie legte ihm die Hände auf die Brüste, und er legte ihr die Hände an die Wangen. Sie lächelten sich an und mussten beide noch mehr lächeln, weil der andere lächelte.

Sie küssten sich dann sehr schnell, weil es wirklich nicht mehr anders ging und es sonst auch albern gewesen wäre.

Sie mochten sich beide gerne beißen.

Er fand, dass sie die rundesten Ohren hatte und einen Hals, der gleich danach kam, und sie atmete dicht bei ihm und sagte etwas Undeutliches und biss ihm ebenfalls in den Hals.

Der ganze Geruch war wieder da, nach ihren Zigaretten und Wein und Schweiß und Shampoo und einer Hautcreme.

Sie rutschte auf dem Sessel hin und her und spreizte die Beine weiter, um ihn bequemer tragen zu können. Er ruckte sich seinerseits ein bisschen zurecht, weil die keineswegs saudumme, sondern ganz angemessene und angenehm drängende Erektion ihm zusehends dazwischengeriet. Nachdem sie auf diese Weise Anlauf genommen hatten, wurde weiter geküsst.

Zu seinem Erstaunen bemerkte Thomas, dass die Haut zwischen seinem Hosenbund und dem sehr hochgerutschten T-Shirt zu den aufregendsten Zonen seines Körpers gehörte, denn als Julia dort mit den Fingerspitzen entlangfuhr, reckten sich alle anderen Hautzellen eine Katzenhaarbreite in die Höhe und sagten: Ich auch, ich bitte auch.

Weil der Raum, der so lange darauf gewartet hatte, dass sie endlich zueinanderkamen, heute alles zuließ, brachte er auch die Hände zwischen ihre Körper und legte sie auf ihre Brüste, fuhr in den Ausschnitt, tastete zwischen BH und Haut und spürte ganz deutlich, wie ihm gröbere und feinere Haut um Hummelhaaresbreite entgegenkam.

„Wollen wir uns vielleicht weiter ausziehen?“, fragte er.

„O Gott, ja“, sagte sie.

Und wie war es dann weitergegangen? Thomas hatte Mühe, sich jetzt, mit inzwischen völlig eingeschlafenem Arm und Julias Haar auf seiner Brust, so ganz genau an alles zu erinnern.

Sie waren aufs Sofa gewechselt. Er war dort schon mit nacktem Oberkörper angekommen. Sie hatte an seinen Nippeln gesaugt, bis er sehr scharf Luft holen musste. Er hatte sich geschämt wegen seines Körpers, weil sie doch jünger und fester war. Er hatte ihr sagen müssen, wie schön sie war, weil er es selbst nicht glauben konnte und es hören musste. Sie hatte zwischen Lecken und einem festen Klaps und anschließendem Festkrallen gesagt, wie gut er sich anfühlte, und dann hatte er die Scham vergessen. Dann hatten sie nur noch Unterwäsche angehabt. Sie war als Erste nackt gewesen und hatte ihm den Rücken zugedreht, sodass er sie von hinten umfassen durfte. Sein Arm lag um ihren Hals, und sie hielt sich daran fest.

„Boah, kannst du mal *richtig* fest da dran ziehen", konnte sie noch sagen und er nur noch nicken, was sie nicht sah, aber spürte, weil er richtig fest daran zog, und sie biss ihm in den Arm und schrie leise mit dem Arm im Mund.

Ihre Brüste fielen schwer zur Seite in seine Hand, und die kleinsten Haare waren daran. Ihr runder Bauch fiel auch zur Seite und in mehr Hände, als er jetzt eigentlich noch haben konnte. Eine davon packte sie in den Haaren, und eine andere ging über den Arsch und zwischen den Schenkeln hindurch …

„Wie sagst du denn da eigentlich?"

„Was? Wie?"

„Zu deiner …"

„Wie sagst du denn zu deinem Penis?"

„Penis."

„Im Ernst?"

„Ja."

„Okay. Dann sag ich Vulva."

„Gut."

… hindurch zu ihrer Vulva, die …

„Quatsch." Sie drehte den Kopf und küsste ihn hier und da. „Du kannst doch nicht Vulva sagen."

„Warum nicht?" Die Vulva war nass und glatt und heiß und kühl. „Vulva."

„Okay, wenn du das noch …" Sie atmete zitternd. „Ein paarmal sagst …"

„Vulva."

„Dann find ich's auch geil."

„Vulva."

Sie biss ins Kissen und drückte sich seiner Hand entgegen. Sie langte hinter sich und haute ihm auf den Arsch.

„Okay, du kannst Vulva sagen oder Möse oder Muschi oder Fotze, aber ich will jetzt deine Hand drinhaben. O Gott, habe ich das wirklich gerade gesagt?"

„Das hast du gesagt."

Sie machten kurz Pause und kicherten und legten die Köpfe aneinander.

Ihre Vulva roch wie ihr Schweiß, nur noch viel intensiver. Und es war wirklich viel Platz in ihr gewesen, und sie hatte sich gewunden und sich hin und her geruckelt und seine Hand hierhin und dorthin geschoben, und ihm war schon da der andere Arm, auf dem sie die ganze Zeit lag, eingeschlafen, aber es gab jetzt wirklich keine Möglichkeit aufzuhören. Sie hatten die richtige Position gefunden, und seine Hand war nass und nasser geworden und sein Handgelenk und sein Unterarm. Es war anstrengend gewesen für sie beide, aber er durfte ihr bei der Arbeit zusehen und ihr zuarbeiten und freute sich.

Irgendwann schloss sie die Augen und sagte so, als sähe sie hinter den Lidern etwas, das zugleich atemberaubend schön und absolut überraschend war: „O Gott. O Gott."

Dieses „O Gott" mit seiner ganzen Hingabe schubste ihn aus dem Bereich, in dem er fröhlich arbeitete und ihr zusah, plötzlich wieder ganz in sich zurück. Beinahe wäre er mit dem Penis an ihren Arschbacken gekommen.

Und was war dann passiert?

Sie hatten eine Weile keuchend dagelegen. Dann wusste er nur noch, dass sie auf ihm gewesen war und er an ihren Brüsten gesaugt hatte und sie seinen Penis umfasst hatte und ihrerseits neugierig losgelegt hatte. Sie hatte die irritierende Angewohnheit, ihm über die entblößte Eichel zu streichen – „Aua!" – „'tschuldigung" –, und sie drückte ihm zu fest gegen die Eier, was er aber nach dem ersten Unwohlsein erstaunlich geil fand.

„Ich blase nicht so gerne", sagte sie irgendwann.

„Macht nichts, ich auch nicht."

Sie leckte ihn überall ab.

„Hm", sagte sie dann.

Ihm war schwindelig gewesen.

„Ja?", sagte er mit Mühe.

Sie pustete sich die Haare aus der Stirn und rieb nachdenklich seinen Penis.

„Ich würde ganz gern mit dir schlafen."
„Machen wir das nicht gerade?"
„Schon. Aber mit, äh, Penetration."
„Ach so." Er überlegte. Sie rieb weiter abwartend seine Penis.
„Okay, ja."
„Okay?"
„Okay."
„Das klingt jetzt nicht so begeistert."
„Nein. Doch. Es ist nur, bisher war das alles ziemlich normal für mich."
Sie haute ihn sanft. „Ich gebe dir gleich normal."
„Exzellent normal." Er überlegte. „Nein, das ist gut. Lass uns das machen."
„Okay. Ich hol nur schnell Kondome."
Sie ließ seinen Penis los, sprang auf und verschwand. Thomas lag auf dem Sofa und fühlte sich leicht und immer noch schwindelig und glühte vor Glück. Klar, dachte er. Kondome braucht man da ja. Plötzlich, zum ersten Mal überhaupt, fragte er sich, warum er eigentlich mit Clemens keine benutzt hatte. Wie unvernünftig. Bei Clemens' ganzem Rumgevögel. So ist das, wunderte er sich. Jahrzehntelang vernünftig schwul verheiratet, und da braucht es erst so ein unvernünftiges, so schönes Herumgevögel mit einer Frau und ihrer Vulva, dass du mal vernünftig wirst.
Und was war dann passiert?
„Mist", sagte sie. „Hätte ich das bloß nicht vorgeschlagen."
„Nee. Daran liegt's nicht." Er guckte auf die saudumme, nicht mehr vorhandene Erektion.
„Hm." Sie nahm ihn in den Arm. „Schade."
„Finde ich auch."
„Sag doch nächstes Mal, dass du das nicht willst."
„Ich wollte das echt." Er guckte zu ihr hoch. „Ich war so geil wie … ach, wie schon lange nicht mehr. Ich bin jetzt noch geil. Weiß nicht, warum er das macht." Er schnippte gegen seinen Penis. Sie schnippte auch.
„Kann ich da irgendwas machen? Wenn du doch noch geil bist? Ich könnte nämlich auch noch."

Und so waren sie wieder in alles reingekommen – nur nicht, dachte Thomas jetzt und zog vorsichtig, vorsichtig seinen Arm unter ihrem Kopf hervor, in ein Kondom.

Am Ende hatte er sich selbst angefasst, während sie neben ihm kniete und sich sehr konzentriert fingerte, als suchte sie etwas in sich, und als sie mit einem lauten „Ah!“ und einem überraschten Lächeln dann anscheinend etwas ganz anderes in sich gefunden hatte und zitterte, zitterte, da hielt sein ganzer Körper den Atem an und wurde hart, bevor er sich ins Gesicht spritzte, an den Hals, auf die Brust und auf den Bauch.

Sie lagen Seite an Seite im Spermageruch und lauschten auf das Blut in ihren Körpern und trudelten in enger werdenden Kreisen wieder in die Welt.

„Du“, sagte sie später, schläfrig, im Bett, im Dunkeln. „Denkst du an deinen Mann?“

Er wollte nicht lügen.

„Schon, ja“, sagte er.

Sie schlief ein und schnarchte.

Er lag wach und fragte sich, wie er hierhergekommen war. Mit dem Taxi, natürlich, aber diesmal, ohne mit dem Handy bezahlen zu müssen, und auch ohne sexuelle, politische und sexualpolitische Gespräche …

Er dämmerte schon weg, als sein Handy auf dem Nachttisch brummte. Vorsichtig langte er hinüber. Drei Uhr nachts. Beat rief an.

Nein, mein lieber, fremder Sohn, dachte Thomas. Ungefragte Besuche und Anrufe mitten in der Nacht … die 250 Euro, die ich dir gegeben habe, die müssen erst mal reichen. Wird schon was Wichtiges sein, aber hier ist es gerade wichtiger.

Er drückte den Anruf weg und rollte sich zu Julia rüber. Sie schmatzte und seufzte. Er roch an ihrem Haar und spürte ihre Brüste an seinen. Ihre Nippel waren hart.

Langsam hob sich sein Penis.

Du willst mich doch wohl verarschen, dachte er.

16

„Du willst mich doch wohl verarschen!“, schrie Beat.

„Jetzt beruhige dich doch mal“, sagte Chiara.

„Sag mir jetzt nicht, ich soll mich beruhigen.“

„Dann beruhig dich halt nicht.“

Sie standen an der Autobahnabfahrt. Lichter rasten vorbei und rissen Windböen mit, die den Regen herumschleuderten.

Beat verschränkte die Hände am Hinterkopf und starrte in den Himmel, wo das Licht der Stadt ein paar Wolken leuchten ließ, die eilig den Nachthimmel überquerten und sich um Chiara und ihn nicht weiter kümmerten. Wie waren sie eigentlich hierhergekommen? Und warum saßen sie nicht in einem Zug nach München?

Angefangen hatte alles damit, dass Beat sich die 250 Euro hatte klauen lassen. Vielleicht hatte er sie auch verloren oder am Ende doch zu Hause vergessen. Vielleicht waren ihm die Scheine auch beim Aufstieg aufs Fahrrad aus der Gesäßtasche gerutscht, als er zum S-Bahnhof geradelt war. So genau war das im Nachhinein nicht mehr festzustellen.

Alles, was er wusste, war, dass Chiara bereits vor dem Fahrkartenautomaten auf ihn gewartet hatte. Sie hatte die Haare zum Pferdeschwanz gebunden, trug eine eng anliegende schwarze Trainingsjacke und einen kleinen, prall gefüllten Rucksack über der Schulter. Trotz der Uhrzeit war es am Bahnhof noch voll gewesen, und sie hatte sich suchend umgesehen zwischen Flaschensammlern, die in die Mülleimer leuchteten, Businessfrauen mit Knopf im Ohr und Kindern, die lärmend auf den Bänken hockten und einander etwas auf den Handydisplays zeigten. Er war einen Augenblick stehen geblieben und hatte sie beobachtet. Lautsprecherdurchsagen hatten gekrächzt, Bahnbedienstete gepfiffen, und es hatte nach Kohlenstaub und Pisse gerochen. Ihr Pferdeschwanz war hin und her geflogen, so hastig hatte sie sich umgeschaut, und sie hatte hagerer und älter ausgesehen. Wahrscheinlich, hatte Beat überlegt, vom Weinen. In diesem Augenblick war er sich ziemlich sicher, dass er in sie verliebt war, wenn sie nur ein kleines bisschen in ihn verliebt wäre.

Dann hatte er sich einen Ruck gegeben, sich in Bewegung gesetzt und die Hand gehoben. Sie hatte ihn entdeckt, ihr Gesicht hatte aufgeleuchtet, und sie hatte ebenfalls gewinkt. Er hatte sie sehr schön gefunden, und in seinem Bauch hatte es fast schmerzhaft gezogen.

Er hatte alles schon vor sich gesehen: wie er die Fahrkarten besorgte, wie der Zug anfuhr, sie saßen sich lächelnd gegenüber, und Chiaras Gesicht wurde weicher und fröhlicher, und dann rauschte der Zug in die Nacht, und ihre Gesichter spiegelten sich in der Scheibe, während sie ihre Hand auf seine legte …

Stattdessen hatte er mühsam alles in den Automaten getippt und dann in den Taschen gesucht und im Rucksack und in den Jackentaschen und noch einmal in den Hosentaschen und dann den ganze Rucksack ausgeräumt, obwohl eigentlich schon längst klar war, dass er das Geld nicht mehr hatte.

„Scheiße." Chiara wischte sich die Augen, sah aber ansonsten weiter sehr hart und tapfer aus. „Du, lass. So was passiert. Da kannst du ja nichts dafür."

Dass sie nicht einmal sauer auf ihn gewesen war, das hatte ihn noch wütender auf sich selbst gemacht. Wie dumm konnte man bitte sein? Wer verlor denn einfach so 250 Euro oder ließ sie sich klauen oder vergaß sie gleich zu Hause, nachdem ihm in letzter Sekunde noch eingefallen war, sie mitzunehmen? Bestimmt war am Ende doch nur Mami daran schuld gewesen, weil sie sich genau in diesem Moment so an ihn angeschlichen hatte.

„Komm, wir fahren noch mal zu mir und gucken nach“, bat er Chiara, aber sie winkte schon ab.

„Das wird doch dann auch viel zu spät.“

„Wie, zu spät? Willst du jetzt weg oder nicht?“

Sie sah ihn mit den feuchten, tapferen Augen an. „Vorhin schon. Aber jetzt … ich fahr nach Hause. Ich hab's bis jetzt ausgehalten. Ich schaffe das auch weiter. Einfach so abhauen, das gibt's doch nur im Film. Das ist doch nicht die Wirklichkeit.“

Aber er wollte nicht aufgeben. Er war so nahe dran gewesen. Einmal was richtig machen. Was durchziehen. Das konnte es doch jetzt nicht gewesen sein.

Er wühlte erneut in den Taschen. „Bisschen was hab ich ja noch klein. Wie viel Geld hast du denn?“

Sie presste die Lippen zusammen und schaute in die Schwärze über dem Glasdach der Bahnhofshalle. Dann stellte sie sich auf die Zehenspitzen und schob die Hände in die Taschen der engen Hose.

„So 'n paar Euro und …“ Sie lachte kurz und bitter. „Das hier hab ich noch.“

„Was ist denn das?“

„Der Bleistift von deinem Vater. Der nützt uns jetzt auch nichts. Genauso wenig wie das verdammte Geld.“ Sie drehte ihn zwischen Daumen und Zeigefinger und holte dann aus, um ihn wegzuschmeißen.

„Warte!“ Beat hob die Hand. „Ich hab eine Idee.“ Beim Anblick des Stiftes war ihm etwas eingefallen. „An dem Abend, als wir meinen Vater besucht haben, da wollte ich ihn anrufen, aber da war was mit seinem Handy.“

„Ja und?“

Ohne auf Chiaras Verwirrung einzugehen, kramte er nach seinem Handy und rief die Anrufliste auf. Welches Datum war das doch gleich gewesen? Da – Thomas' alte Nummer.

„Kannst du mir mal sagen, was du da machst?“, fragte Chiara ungeduldig. „Ich dachte, wir waren uns einig, dass wir deinen Vater da außen vor lassen.“

„Den ruf ich ja auch gar nicht an. Sei mal still, bitte.“

Am anderen Ende tutete es. Dann hob jemand ab.

„Ja?"

Beat erkannte die Stimme sofort wieder. Motorbrummen, Verkehrsgeräusche, Funkverkehr im Hintergrund. Klar, das war das Taxi.

Er hielt sich das freie Ohr zu und machte ein paar Schritte von Chiara weg.

„Hallo. Hier ist … hier ist Beat."

„Wer? Rede mal lauter."

„Beat."

„Kenne ich nicht."

„Ich bin der Sohn von Thomas. Wir haben neulich telefoniert."

„Thomas? Ey, du hast dich verwählt. Ich kenne keinen Thomas."

„Von dem du das Handy hast. Du hast ihn gefahren, und er konnte nicht bezahlen. Und dann hab ich dich später aus Versehen angerufen. Du meintest, er braucht Hilfe."

Stille. Verzerrte Stimmen und Piepsen vom Taxifunk im Hintergrund. Das Ticken eines Blinkers.

„Ey … und jetzt rufst du mich an oder was?"

„Ja."

„Und, was willst du?"

„Mitfahren."

„Und da rufst du ausgerechnet mich an."

„Ja. Ich hab nämlich kein Geld."

Lachen am anderen Ende. „Digger, wenn du glaubst, du kannst mit deinem Handy bezahlen, vergiss es. Ich hab schon eins."

„Nee. Einfach so."

„Wie, einfach so?"

„Ich bin hier mit meiner Freundin. Wir müssen nach München. Und wir haben kein Geld."

„Nach München!" Wieder Lachen. „Ich fahr doch nicht die Kinder von irgendwelchen Almans quer durch Deutschland ohne Geld. Wer bin ich denn?"

Beat sah sich nach Chiara um, die mit verschränkten Armen hinter ihm am Bahnsteig stand.

„Wir wollen zu meinem Opa. Der ist reich. Der zahlt das bestimmt."

„Das würde ich jetzt auch sagen, wenn ich mit meiner Freundin durchbrennen wollte. Komm, vergiss es. Außerdem ist das strafbar. Wenn ihr abhaut und ich helfe euch da – ich krieg da tierisch Ärger."

Beat witterte eine Chance. So unfreundlich der Taxifahrer auch tat, er schien über die ganze Sache nachzudenken. Sonst hätte er bestimmt einfach aufgelegt. Irgendetwas musste ihm jetzt einfallen.

„Sie haben doch auch schon meinem Vater geholfen. Das hätten Sie auch nicht machen müssen."

„Ich hab dem sein Handy abgenommen."

„Aber Sie haben ihm auch noch gesagt, dass er Hilfe braucht. Und mir haben Sie das auch gesagt. Sie kümmern sich doch um die Leute."

„Ich kümmere mich aber nicht von hier bis nach München. Alter, ich muss arbeiten. Ich kenne dich doch gar nicht."

„Dafür reden Sie aber schon ganz schön lange mit mir."

Wieder der Funkverkehr.

„*Malbata xirab!*"

„Was?"

„Und ihr wollt zum Opa, ja?"

„Genau."

„Warum?"

Gute Frage, dachte Beat. Warum eigentlich?

„Meine Freundin interessiert sich für Fotografie …" Nee. Noch mal. „Meine Freundin hat total Ärger zu Hause. Und ich auch."

„Und Opa soll das wieder hinkriegen?"

„Ja, so ungefähr."

„Warum fragst du eigentlich nicht deinen Papa?"

„Der hat mir 250 Euro gegeben."

„Reicht doch für den Zug."

„Ja, die hab ich irgendwie verloren."

„Warum wundert mich das nicht? Warum wundert mich das bloß nicht?" Seufzen. „Hier, pass auf. Das ist ja alles total romantisch und dumm und so, aber nie im Leben fahr ich euch nach München."

Beat wollte protestieren, aber der Taxifahrer redete ihn nieder. „Aber was ich mache, ist, ich sammel euch ein und mach dann auf dem Weg zum nächsten Kunden einen Umweg zur Autobahnausfahrt. Da setz ich euch ab, und ihr könnt trampen wie alle anderen auch."

„Ist das nicht gefährlich?"

„Willst du jetzt mit deiner Freundin zum Opa oder nicht?"

Beat schaute sich wieder nach Chiara um.

„Ja, gut, okay."

„Okay. Wo seid ihr denn?"

„Südkreuz."

Ohne ein weiteres Wort legte der Taxifahrer auf. Beat ging zu Chiara zurück.

„Also."

„Mit wem hast du denn telefoniert?"

„Das ist so ein Freund … ein Bekannter von meinem Vater. Der ist Taxifahrer."

„Und der fährt uns nach München? Einfach so?"

„Nee. Der bringt uns zur Autobahn. Zum Trampen."

„Ich tramp doch nicht nach München!"

„Wieso nicht?"

„Weißt du, wie lange das dauert? Und wie gefährlich das ist? Außerdem sind wir zu zweit. Da nimmt uns doch keiner mit."

„Woher willst du das denn wissen? Wie oft bist du denn schon getrampt?"

„Noch nie."

„Ja, eben."

„Du etwa?"

„Joa." Das war gelogen, aber irgendwie musste er Chiara jetzt überzeugen. Er wollte mit ihr unterwegs sein. Und er wollte ihr zeigen, dass er es schaffen konnte, sie bis zu Opa Eddie zu bringen, nachdem er die Sache mit dem Geld schon so versaut hatte.

„Und der Freund von meinem Vater, der meinte, an der Stelle geht das total gut. Der kennt sich ja aus, als Taxifahrer. Der bringt uns wohin, wo man immer mitgenommen wird."

Chiara schaute auf die Bahnhofsuhr.

„Okay. Wir fahren da jetzt hin und probieren es. Aber wenn wir nach einer Stunde immer noch dastehen, dann lassen wir es und gehen nach Hause. Ja?"

„Ja, klar. Aber das wird nicht passieren. Wir kommen da ganz schnell weg. Du wirst schon sehen."

Und was war dann passiert?

Sie waren dann natürlich nicht ganz schnell weggekommen. Der Taxifahrer hatte sie vor dem Bahnhof abgeholt und während der gesamten Fahrt fast kein Wort mit ihnen gesprochen, sondern stattdessen in seiner Sprache über Funk mit Kollegen gemurmelt. Die paar Minuten dehnten sich zu einer Ewigkeit.

Beat hatte vorne gesessen und krampfhaft überlegt, was er jetzt sagen könnte, um Chiara ein bisschen Zuversicht einzuflößen und sie bei der Stange zu halten. Im Moment sah es überhaupt nicht so aus, als wäre dieser Taxifahrer irgendwie mit ihm bekannt und vertrauenswürdig, was die besten Startplätze fürs Trampen anging. Eigentlich sah es so aus, als würde er sie total genervt irgendwohin fahren, nur um sie loszuwerden, was ja, dachte Beat, leider auch stimmte.

„Ist das Ihre Frau?", fragte er hilflos, um irgendwas zu sagen, und deutete auf das Foto am Armaturenbrett. Zu spät fiel ihm auf, dass es mit einem schwarzen Balken versehen war.

„*Xwişka min e*", sagte der Fahrer, aus seiner Sprache kommend, und schaltete dann erst um. „Ey, lass einfach, ja? Ist gut."

„Okay", sagte Beat. „'tschuldigung."

Im Rückspiegel sah er, wie Chiara hinten die Hand über die Augen legte. Dann war der Fahrer plötzlich in einer Kurve rechts rübergeschwenkt und hatte angehalten.

„Wir sind da", hatte er gesagt. „Macht mal schnell. Ich kann hier nicht lange halten."

„Wo sollen wir denn jetzt hin?", hatte Chiara gefragt. Der Fahrer hatte nur mit dem Finger gezeigt. Bevor er die Tür zugeknallt hatte, hatte er noch innegehalten und kopfschüttelnd zu ihnen rausgeschaut. „*Malbata xirab!* Echt, ey."

Dann hatte er Gas gegeben und sie einfach stehen lassen.

„Toll. Und was machen wir jetzt?" Chiara schlang die Arme um sich.

„Na, trampen. Da oben." Beat ging voran und gab sich Mühe, so zu tun, als wäre er schon x-mal nach München und zurück getrampt. Insgeheim hatte er auch schon keine große Lust mehr. Ihm war kalt, und er bekam Hunger. Jetzt zu Hause in sein warmes Bett kriechen … Hoffentlich ging die Stunde schnell vorbei.

Sie ging aber nicht schnell vorbei.

Ein Auto ums andere dröhnte vorbei; die Kälte kroch ihnen in die Kleider.

„Wie kommen wir denn hier wieder weg?" Chiara spähte durch die Dunkelheit.

„Wie wir gekommen sind." Beat hielt trotzig weiter den Daumen raus.

„Ja, klar, du Witzbold. Wenn wir da in der Kurve nicht totgefahren werden. Aber dann. Ohne Auto? Hast du hier irgendwo wenigstens eine S-Bahn gesehen?"

„Keine Ahnung."

Sie schwiegen beide. Noch ein Auto. Noch eins. Und noch eins.

„Hast du was zu essen dabei?"

„Nee."

„Was zu trinken?"

„Nee."

Noch ein Auto. Und noch eins.

„Das ist doch scheiße, Beat. Lass uns gehen."

„Komm, fünf Minuten noch. Wir müssen nur …"

Und dann war es richtig scheiße geworden, denn ein Auto hatte gehalten. Nur, dass sie das zu dem Zeitpunkt noch nicht gewusst hatten. Zu dem Zeitpunkt hatten sie sich ungläubig angesehen.

Und dann hatte Chiara noch gesagt: „Ey, sollen wir das wirklich machen? Mitten in der Nacht, bei irgendwelchen Fremden?"

Aber Beat war schon losgelaufen und hatte die Beifahrertür des wartenden Wagens aufgerissen. Drinnen saßen zwei Frauen und schauten ihn an. Oder immerhin vermutete er, dass sie ihn ansahen, denn beide trugen Sonnenbrillen.

„Wo soll's denn hingehen?", fragte die auf dem Beifahrersitz.

„Ja, genau, wo soll's denn hingehen?", fragte die Fahrerin.

„München", sagte Beat. Sofort fiel ihm ein, dass das möglicherweise abschreckend wirkte, also schob er hinterher: „In die Richtung. Alles in die Richtung wäre cool."

Die Frau auf dem Beifahrersitz lehnte sich zur Fahrerin rüber und raunte so laut, dass Beat es hören konnte: „Er sagt, er will nach München. In die Richtung."

„München", sagte die Fahrerin. Sie schaute aus dem Fenster in die Nacht und schob sich die Brille die Nase hinauf. „München liegt ja auf dem Weg. Genau auf unserem Weg." Sie schniefte.

„Ehrlich? Super!" Beats Stimme verrutschte ihm etwas, sodass er ein bisschen kiekste. „Dann hol ich mal meine Freundin, ja?"

Die Beifahrerin drehte den Kopf ganz langsam zu Beat und sah mit den Sonnenbrillenaugen zu ihm auf. Beat musste an ein Insekt oder eine Echse denken. Die Haut der beiden Frauen, fiel ihm auf, war sehr weiß.

„Du kannst mitkommen", sagte die Beifahrerin. „Auch mit deiner Freundin. Richtung München."

Die Fahrerin hob den Zeigefinger. „Aber nur", sagte sie, „wenn sie wirklich unkompliziert sind."

„Aber nur, wenn ihr wirklich unkompliziert seid", sagte die Beifahrerin zu Beat.

„Sind wir."

Er rannte zu Chiara. „Wir können mit", keuchte er. „Richtung München. Vielleicht sogar den ganzen Weg."

„Echt?" Chiara reckte den Hals und spähte nach dem Auto. „Was gab's denn da so lange zu reden? Sind die okay?"

„Zwei Frauen", sagte Beat. „Bisschen schräg, aber okay. Hey", meinte er, als er sah, dass Chiara immer noch zögerte. „Das ist doch super. Den ganzen Weg! Nachdem alles so scheiße gelaufen ist. Das ist ein Zeichen. Wir fahren echt zu

Opa Eddie." Ohne weiter nachzudenken, legte er ihr die Hand auf den Arm. „Hm?"

Sie lächelte ihn an. „Okay. Na gut."

Die Beifahrerin war ausgestiegen und hatte den Kofferraum geöffnet. Aus dem Inneren schimmerte es gelblich in die Nacht.

„Euer Gepäck könnt ihr da reintun", sagte sie. „Es ist noch genug Platz."

Der Kofferraum war tatsächlich leer, bis auf eine große Metallkiste und einige schwarze Plastiksäcke.

„Nein, danke", sagte Chiara. „Wir haben ja nicht viel."

„Es wäre aber unkomplizierter." Die Beifahrerin stand reglos da, die Hand an der weit geöffneten Kofferraumklappe.

„Wir haben ja nicht viel", sagte Chiara.

„Wie ihr meint." Die Beifahrerin warf den Kofferraum zu und ging ohne ein weiteres Wort zur vorderen Tür.

Beat und Chiara öffneten links und rechts die Hintertüren und krochen auf den Rücksitz. Kaum hatten sie die Türen zugeschlagen, stieg die Fahrerin auch schon aufs Gas. Der Motor wieherte wie ein aufgepeitschtes Gespann.

„Gibt's hier keine Anschnallgurte?", fragte Chiara.

Die Beifahrerin spähte zwischen den beiden vorderen Sitzen hindurch nach hinten. Die Lichter des Verkehrs liefen über ihre Brillengläser.

„Es gibt Handschlaufen", sagte sie.

Chiara schaute zu Beat. Ihre Augen waren weit aufgerissen. Sie tastete nach der Handschlaufe.

Die Fahrerin schaltete in kurzen Abständen. Der Motor brauste wie Wind in den Baumkronen. Die Beifahrerin ließ Beat und Chiara nicht aus den Augen. In ihren Brillengläsern tanzte Lichtgestöber.

Die Fahrerin schaltete mit einem vernehmlichen Klicken das Radio ein.

He came from where the winds are cold / And truth is seen through keyholes / Strange longings never sleep / Now he's come where no hearts beat

Sie tippte rhythmisch auf das Steuerrad und wackelte mit dem Kopf. Beat wünschte sich, sie würde konzentrierter auf die Straße schauen.

„Frag doch mal, was die zwei um diese Zeit nach München treibt." Sie schniefte laut und lang.

Die Beifahrerin zog die Nase kraus und schniefte ebenfalls. „Von zu Hause abgehaun, möchte ich wetten", sagte sie. „Ärger mit den Eltern."

„Ärger mit den Eltern", sagte die Fahrerin.

„Es ging schon lange nicht mehr gut", sagte die Beifahrerin.

„Schon lange nicht mehr", sagte die Fahrerin.

„Und jetzt ist es zu spät."

„Zu spät."

„Ganz allein auf der Welt."

„Ganz allein."

„Und wohin jetzt?"

„Eben. Wohin?"

Beat räusperte sich. Der Kopf der Beifahrerin kippte zur Seite. Sie schien ihn fragend anzusehen. Der Motor wühlte und galoppierte weiter.

„Na ja", sagte er. „So dramatisch ist es jetzt auch wieder nicht."

„Ich glaube", sagte die Fahrerin, „er redet sich da was ein."

„Ganz bestimmt." Die Beifahrerin nickte.

„Es ist nämlich eigentlich sehr dramatisch."

„Sehr dramatisch."

„Weil sie mitten in der Nacht zu fremden Leuten ins Auto steigen."

Cry wolf / Time to worry

„Wir machen uns da eigentlich keine Sorgen", sagte Chiara. Ihre Stimme zitterte. „Wir sind ja zu zweit. Und wir lassen uns nicht so leicht einschüchtern."

„Sie meint, sie lassen sich nicht so leicht einschüchtern", sagte die Beifahrerin.

„Hab's gehört", sagte die Fahrerin.

Im Motorengeräusch schrien viele Stimmen durcheinander. Beats Herz schlug, als wollte es aus seiner Brust fliehen. Er sah zu Chiara hinüber. Sie klammerte sich an die Handschlaufe und hielt mit der anderen Hand den Rucksack an sich gepresst. Er musste etwas tun. Schließlich hatte er sie überredet, überhaupt in dieses Auto einzusteigen.

„Opa Eddie … also eigentlich mein Vater … da gibt es so eine Geschichte", sagte er laut. „Die waren früher immer auf Vampirjagd."

„Was?" Chiara sah ihn verzweifelt an. „Warum sagst du das jetzt?"

„Es gibt da so ein Märchen. Das Haus von Opa Eddie ist ja an so einem Bergsee. Da gibt es angeblich eine Gruft. Und da schläft ein Vampir drin. Das ist so eine Familiengeschichte bei uns. Meine Mütter meinten immer, das ist Quatsch. So eine Story, mit der Opa meinem Vater Angst gemacht hat, als er klein war. Aber es gibt sogar ein Foto von dem Vampir."

Chiara riss die Augen auf. „Ja, das kenne ich. Ziemlich gruselig. Wobei, zur Entstehung muss man sagen …"

Beat fiel ihr ins Wort. „Na, Opa kennt sich mit so was aus. Wenn da ein Vampir auftaucht, fotografiert er den einfach. Das liegt mir im Blut. Und da fahren wir jetzt hin", schloss er. Er zwinkerte Chiara zu.

Sie lächelte zaghaft.

„Was erzählt er?", fragte die Fahrerin.

„Dass er keine Angst vor Vampiren hat."

Die Fahrerin legte den Kopf in den Nacken und heulte mit dem Motor im Chor. Ihr Lachen schien alles, was im Inneren des Autos stampfte und brüllte, noch mehr aufzupeitschen. Genauso abrupt, wie sie zu lachen begonnen hatte, hörte sie auch wieder auf.

Das Lied war vorbei, und es piepte für die Verkehrsnachrichten. Eine ruhige Stimme zählte Staus auf, die aber alle, soweit Beat das einordnen konnte, nicht auf ihrer Strecke lagen. Wegen irgendeines Festivals kam es aber nach wie vor zu Behinderungen, es seien Betrunkene auf der Fahrbahn. Die

Fahrerin wechselte den Sender. „Wie sieht er denn aus?", fragte sie unvermittelt.

Die Beifahrerin steckte den Kopf durch die Vordersitze. Die Sonnenbrillenaugen mit den ziehenden Lichtern musterten Beat ausdruckslos. Der Kopf verschwand.

„Er sieht süß aus."

„Richtig süß? Du weißt, was ich meine, oder?"

„Süß wie ein Pfirsich."

„Genau so."

„Saftig, prall und mit leichtem Flaum."

„Genau so."

„Freundin?"

„Auf gar keinen Fall."

„Er hat eine Freundin", schaltete sich Chiara ein, und bevor Beat es richtig begriff, hatte sie seine Hand genommen. Ihm wurde heiß in der Magengrube.

„Ich bin seine Freundin", sagte Chiara. Sie ließ seine Hand nicht los. Ihre Augen lagen im Schatten, doch über die untere Gesichtshälfte zogen die Lichter der vorüberfahrenden Autos. Beat drückte ihre Hand. Sie drückte zurück.

Der Motor grollte leiser, wie aus größerer Ferne. Die beiden Frauen auf den Vordersitzen schwiegen.

„Scheiß drauf", sagte die Fahrerin schließlich. „Was quatschen die eigentlich so viel? Ich dachte, die sind unkompliziert."

Die Beifahrerin rief über die Schulter nach hinten: „Ihr seid doch unkompliziert, oder? Haltet doch endlich mal die Klappe."

„Wir sind total unkompliziert", sagte Chiara.

Sie fuhren weiter durch die Nacht. Außer dem Verkehr, dem Galoppieren des Motors und einem gelegentlichen Schniefen von vorne war nichts zu hören. Das Radio spielte alte Lieder. Beat hielt Chiaras Hand und hatte das Glück im Bauch wie eine kleine Sonne.

Irgendwann döste er weg.

Er erwachte, als das Auto mit einem Ruck zum Stehen kam.

„Ihr müsst aussteigen", sagte die Beifahrerin. Beat richtete sich auf und rieb sich die Augen. Chiara musste ebenfalls eingeschlafen sein. Sie blinzelte und gähnte.

„Sind wir schon da?", fragte Beat. Er sah aus dem Fenster. Das Auto stand an einer Autobahnraststätte. Es war immer noch dunkel. Das Radio dudelte. Die Fahrerin schniefte.

Die Beifahrerin schaute zwischen den Sitzen hindurch nach hinten. Sie nahm die Sonnenbrille ab. Ihr Gesicht sah deutlich älter aus, als es Beat zunächst vorgekommen war.

„Es gab eine Planänderung", sagte sie.

„Genau. Eine Planänderung." Die Fahrerin nickte heftig.

„Das Puderdöschen ist alle", sagte die Beifahrerin.

„Ein mieses Gefühl", fuhr die Fahrerin fort. „Als wenn es dich irgendwo ganz heftig juckt. Im Auge zum Beispiel. Du denkst, da ist eine Wimper umgeknickt. Du reibst mit dem Knöchel, aber da ist nichts. Du gehst richtig tief rein ins Auge, damit das Jucken aufhört, aber es hört nicht auf. Und wenn du diesen Zustand erreicht hast, diesen Pudernotstand, dann darf nicht das Geringste mehr schiefgehen. Sonst flippst du völlig aus. Das falsche Lied im Radio. Ein Typ vor dir, der viel zu langsam geht. Oder halt zwei Kinder auf der Rückbank, wenn du eigentlich ganz andere Sorgen hast."

„Pudersorgen", sagte die Beifahrerin.

„Und deswegen müsst ihr verschwinden", sagte die Fahrerin. „Wenn ihr da nämlich noch eine Sekunde länger sitzt, dann knalle ich völlig durch. Vielleicht reiße ich mir dann das Auge einfach raus."

„Nicht dein Auge, Schatz", sagte die Beifahrerin. „Nicht dein schönes Auge."

Beat bemerkte, dass Chiara nach dem Türgriff tastete. Er packte seinen Rucksack fester. „Sie reden von Drogen, oder?", fragte er.

„Die sollen sich verpissen", sagte die Fahrerin.

„Verpisst euch", sagte die Beifahrerin. „Raus mit euch."

„Okay, okay. Wir gehen ja", sagte Beat. Chiara öffnete die Tür auf ihrer Seite und stieg aus. Er rutschte ihr über die Rückbank hinterher.

„Komm, wir hauen ab", sagte Chiara.

Sie warfen sich die Rucksäcke über und gingen, so schnell sie konnten, auf die hell erleuchtete Gaststätte zu. Hinter ihnen knallten die Autotüren. Wie auf Kommando fingen Beat und Chiara an zu rennen. Erst an der Eingangstür des Restaurants blieben sie stehen und sahen sich um.

Das Auto mit den beiden Frauen war schon an der Ausfahrt angelangt. Die Rücklichter glommen böse durch die Nacht. Dann heulte der Motor noch einmal auf, und das Auto jagte über die Autobahn davon.

Sie öffneten die Tür zum Restaurant.

„Was war das denn?", fragte Beat.

„Hexen", sagte Chiara. „Das waren Hexen."

Müde schlurften sie ins Lokal. Das Licht musste irgendwann einmal grell gewesen sein. Jetzt wurde es durch dicke Schichten Fliegenschiss auf den Lampen gefiltert. Aus geheimen Lautsprechern sang eine Frau auf Spanisch. Es roch nach Klostein und den Kaffeeresten auf der Warmhalteplatte. Außer ihnen war kein Gast zu sehen.

Hinter der Theke stand ein junger Mann, der augenscheinlich nur wenig älter war als Beat und Chiara. In seinem Gesicht blühte Akne, unter seinen Händen verschwand graue Wurst in Plastikfolie.

„Hast du überhaupt irgendwelches Geld dabei?", fragte Chiara.

Beat schüttelte den Kopf.

Chiara seufzte. „Ich hab noch so … 10 Euro oder so … hallo?", rief sie dem Verkäufer zu.

„Wir schließen gleich", sagte der junge Mann, ohne aufzuschauen.

„Können wir noch was zu essen kriegen?"

„Wurst ist noch da", sagte der Verkäufer.

Chiara und Beat blieben am Tresen stehen.

„Gibt's nicht noch irgendwas anderes?" Chiara schaute sichtlich angewidert zu, wie es zwischen Wurstscheiben und Plastikfolie regenbogenfarben schimmerte.

Der Verkäufer blickte immer noch nicht auf. „Getränke", sagte er.

„Irgend so ein Fertiggericht würd ich nehmen“, schaltete sich Beat ein.

„Müsste ich erst warm machen“, sagte der Verkäufer.

„Würdest du das vielleicht noch machen?“

Jetzt sah der Verkäufer hoch. „Nee. Wir schließen. Und heute mache ich pünktlich dicht. Ich will noch zum Festival.“

Chiara sah sich um. „Ich dachte, Autobahnraststätten haben rund um die Uhr geöffnet.“

Der Verkäufer verzog keine Miene. „Zwischen vier und fünf Uhr morgens wird geputzt. Da ist dicht.“

„Dann kommt doch gleich jemand zum Putzen“, sagte Chiara. „Vorschlag: Du machst uns irgendwas warm, wir essen hier, während geputzt wird, und ich geb dir 10 Euro, wenn du uns noch Getränke dazupackst.“

„Es ist verboten, Gäste hier reinzulassen, wenn kein Personal da ist“, sagte der Verkäufer ungerührt, während seine Hände weiter Wurstreste einpackten.

„Es ist ja aber Personal da“, sagte Chiara gereizt. „Putzpersonal.“

„Putzpersonal ist nicht lebensmittelhygienisch geschult.“

Chiara deutete auf die schillernde Wurst. „Soll das eigentlich noch verkauft werden?“

Der Verkäufer ließ den Teller unter dem Tresen verschwinden. Die Akne blühte strahlender.

„Nein“, sagte er. „Wieso?“

„Komm schon.“ Beat hielt es einfach nicht länger aus. „Wir sind erst um Mitternacht von Berlin weg, und unsere Mitfahrgelegenheit hat uns hier einfach rausgeschmissen. Außerdem waren das Hexen. Wir haben 250 Tacken verloren und besitzen nichts mehr außer diesen 10 Euro und einem Stift von meinem Vater. Also stell dich jetzt mal nicht so an und steck bitte irgend so eine Nudelpfanne in die Mikrowelle, ja?“

Der Verkäufer horchte auf. „Um Mitternacht aus Berlin? Das müssen wirklich Hexen gewesen sein. Das ist ja gerade mal knapp vier Stunden her, und ihr seid schon fast in München.“

„Was? Wie weit ist das denn noch?“ Chiara stützte sich auf den Tresen. „Scheiße, mein Bein tut weh.“

„Oh!“ Der Verkäufer sah ernsthaft besorgt aus. „Bist du behindert oder so?“

„Ich bin nicht behindert, mein eines Bein ist nur kürzer als das andere“, fauchte Chiara. „Kann ich mich setzen, und du machst das mit der Mikrowelle?“

„Okay“, sagte der Verkäufer. „Aber nur, wenn ihr mir die ganze Geschichte mit den Hexen erzählt. Ich sammle nämlich so Autobahnstorys. Ihr ahnt ja nicht, was man hier jede Nacht so mitkriegt. Die Geschichte vom gruseligen Tankwart. Oder das knutschende Pärchen auf dem Parkplatz, das plötzlich Geräusche hört, und der eine steigt aus … na ja. Aber Hexen sind neu.“

„Okay“, sagte Beat. „Wenn's sein muss.“ Er fühlte sich nicht mehr wirklich in der Lage, einen umfassenden Bericht abzugeben, aber wenn das der Preis für etwas zu essen war, sollte es ihm recht sein.

Sie ließen sich auf die nächstbeste Resopalsitzecke fallen. Chiara massierte sich mit schmerzverzerrtem Gesicht das Bein. „Scheißautofahren“, murmelte sie.

Beat presste die Handballen in die Augenhöhlen. Einen Moment überlegte er, das Handy hervorzuholen und nachzusehen, ob ihn schon panische Nachrichten von zu Hause erreicht hatten, aber vermutlich war es dafür noch zu früh. Auch Chiaras Eltern würden erst in ein paar Stunden merken, dass ihre Tochter verschwunden war, und bis sie beim Rumtelefonieren ausgerechnet auf seine Mütter kamen, würde es noch einmal so lange dauern. Und Mami wusste ja immerhin Bescheid, dass er noch ausgegangen war. Dass seine Eltern sich so schnell Sorgen machten, war eher unwahrscheinlich. Obwohl, Mama war da sicher nicht so cool wie Mami.

Er schreckte hoch, als der Verkäufer kam. Beinahe wäre er eingeschlafen.

„So, zweimal Heiße-Hexe-Cheeseburger und Kaffee. Also, was noch in der Maschine war. Guten Appetit.“

„Danke.“ Beat zog die Plastiktasse zu sich heran und griff mit der anderen Hand nach dem quallenartigen Brötchenhaufen.

„Wo sind meine 10 Euro?“, fragte der Verkäufer.

„Was?“ Chiara ließ ihren Burger wieder sinken. „Ich dachte, das ist für die Geschichte.“

„Nee. Die Geschichte ist dafür, dass ich überhaupt noch mal die Mikrowelle angeworfen habe. Das Essen kostet 10 Euro.“

Chiara warf den Burger hin, wühlte in ihrer Hosentasche und schmiss dem Verkäufer einen zerknüllten Schein hin.

„Okay.“ Der Verkäufer ließ sich neben Beat in die Sitzecke gleiten und sah neugierig in die Runde. „Jetzt erzählt mal.“

Kauend und schlürfend begannen Beat und Chiara ihren Bericht. Das Essen schmeckte gruselig, und der Kaffee war so bitter, dass Beat sich schüttelte, aber wenigstens wurde er langsam wieder wach und fühlte sich nicht mehr ganz so niedergeschlagen.

„… und dann standen wir vor deinem Tresen und haben dir zugeguckt, wie du vergammelte Wurst sorgfältig in Plastikfolie eingeschlagen hast, bevor du sie ordnungsgemäß entsorgst“, schloss Chiara.

„Wow.“ Der Verkäufer lehnte sich zurück und verschränkte die Hände hinter dem Kopf. „Das ist echt mal die coolste Anhaltergeschichte, die ich je gehört habe. Hexen, Drogen, alles dabei.“

„Sehr“, nickte Beat. Sein Magen knurrte immer noch. „Können wir vielleicht noch einen Schokoriegel kriegen oder so? Immerhin war das doch die beste Geschichte aller Zeiten.“

Der Verkäufer schüttelte den Kopf. „Nee. Ich muss da echt aufpassen. Sonst fliege ich noch raus.“

„Das wäre ja furchtbar“, sagte Chiara.

„Genau“, nickte der Verkäufer, der offenbar alles für bare Münze nahm. „Aber ich weiß zufällig die Lösung für all eure Probleme. Ich heiße übrigens Björn.“

„Hallo, Björn“, sagte Chiara.

„Beat“, sagte Beat. „Hi.“

„Jedenfalls“, fuhr Björn eifrig fort, „ihr wollt ja nach München. Das ist gar nicht mehr so weit. Warum kommt ihr nicht einfach mit auf das Musikfestival?“

„Ich will nicht auf irgendein Festival“, sagte Beat. „Ich will pennen und dann so schnell wie möglich weiter.“

„Aber das meine ich doch gerade.“ Björn trommelte vor Aufregung auf den Tisch. „Auf so einem Festival gibt es ja zig Chill-out-Areas und Liegestühle und Hüpfburgen und so.“

„Hüpfburgen?“, sagte Chiara.

„Jedenfalls Plätze zum Schlafen, wo keiner nachfragt und euch keiner belästigt. Außerdem gibt es da morgen Vormittag massig zu essen.“

„Kostet das nicht Geld?“, fragte Beat.

Björn winkte ab. „Merchandising“, sagte er. „Man kriegt da andauernd was geschenkt. Und wegen der Tickets braucht ihr euch auch keine Sorgen zu machen. Ich hab auch keins. Wir gehen durch den Sumpf. Dann müssen wir nur noch kurz durch den See schwimmen. Im Dunkeln merkt das keine Sau. Hab ich schon zigmal gemacht.“

„Ich sehe jetzt aber nicht, wie uns das schneller nach München bringt. Das ist doch bloß ein Riesenumweg.“ Beat sammelte ein paar Käsekrümel von seinem Pappteller und leckte sie sich vom Finger. Die Vorstellung, jetzt durch einen Sumpf zu marschieren und durch irgendeinen See zu schwimmen, gefiel ihm überhaupt nicht.

„Nein. Das ist ja das Beste an der Sache“, strahlte Björn. „Vom Festival gibt’s einen Shuttlebus. Und der fährt direkt nach München zum Hauptbahnhof. Wenn man einmal auf dem Festivalgelände ist, muss man nur noch sein Bändchen vorzeigen und darf einfach mit. Hab ich auch schon zigmal gemacht.“

„Aber wir haben doch dann gar keine Bändchen“, wandte Chiara ein.

„Ihr müsst bloß sagen, dass ihr die irgendwo verloren habt. Hey, ein so süßes Paar wie ihr, da wird jeder Busfahrer weich. Sagt einfach, ihr habt am See rumgemacht und dann die Bändchen abgeschnitten, weil ihr sie tauschen wolltet, als Liebesbeweis. Und dann sind sie ins Wasser gefallen. Hab ich auch schon zigmal gemacht.“

„Das ist eine total bescheuerte Geschichte“, sagte Beat.

„Wir sind überhaupt kein Paar“, sagte Chiara. „Und mit wem hast du diese Geschichte bitte durchgezogen?“

Beat horchte auf. Hatte sie nicht im Auto noch zu den Hexen gesagt, sie sei seine Freundin?

„Mit Nancy hab ich das durchgezogen. Die ist eine Kollegin hier“, sagte Björn. „Glaubst du, nur weil ich Akne habe, macht keiner solche Sachen mit mir?“

„Nee. Entschuldigung.“ Chiara schien ernsthaft betroffen. „Ich bin halt hundemüde.“

„Schon okay.“ Björn war ebenfalls plötzlich ernst. „Glaubt mir. Das ist das Beste, was ihr machen könnt. Hier könnt ihr nicht bleiben. Und ich kann euch aus Erfahrung sagen, dass Anhalter von hier um diese Zeit zu zweit auf keinen Fall mehr wegkommen. Wenn ihr also nicht stundenlang auf dem Parkplatz pennen wollt oder wieder bei irgendwelchen Hexen einsteigen, dann kommt mit mir. Bis zum Festivalgelände ist es eine halbe Stunde. Und schwimmen muss man wirklich nur ein paar Meter.“

Beat sah Chiara fragend an. „Ich weiß nicht. Was anderes fällt mir ehrlich gesagt nicht ein. Wir haben kein Geld und nichts zu essen und zu trinken. Und wenn das stimmt, was er sagt …“

Chiara ließ müde die Hand auf den Tisch fallen. „Okay. Wenn's sein muss. Ich hab auch keinen Plan.“

„Cool.“ Björn sprang auf. „Wartet vor der Tür, ja? Ich mach nur noch schnell alles aus.“

Beat und Chiara warteten vor der Tür, während hinter ihnen in der Raststätte die Lampen ausgingen. Zuletzt verstummte die Stöhnspanierin aus den geheimen Lautsprechern.

Björn erschien und schloss die Eingangstür ab. Jetzt, da er keine Papierschürze und Hygienehaube mehr trug, sah er ziemlich normal aus. Er knipste eine Taschenlampe an und winkte ihnen, ihm über den Parkplatz um das Gebäude herum zu folgen. „Wir müssen da hinten unter den Bäumen durch. Da geht's die Böschung runter. Passt auf, das ist steil“, sagte er im Dunkel vor ihnen. Im Schein der Taschenlampe erkannte Beat nur die weißen Turnschuhe des Verkäufers. Ansonsten war er ganz in Schwarz gekleidet.

„Warte. Nicht so schnell." Chiara griff nach Beats Hand. „Ich schaff das sonst nicht."

Ihre Hand fühlte sich noch genauso groß und weich an wie im Auto. Beat drückte sie. Waren sie also doch noch zusammen!

„Warte mal!", rief er dem tanzenden Lichtkegel hinterher. „Wegen Chiara."

„Okay", kam es von vorn, aber der Lichtkegel entfernte sich keinen Deut langsamer von ihnen. Dann war das Licht ganz weg. Beat zog Chiara voran, bis sie bei den Bäumen angekommen waren. Unter ihnen tanzte das Licht durchs Gestrüpp. Beat sah weiße Schuhe aufblitzen.

„Das muss die Böschung sein. Warte, ich helfe dir", sagte er zu Chiara. Er legte sich ihren Arm um die Schulter.

„Los geht's."

Zusammen machten sie sich an den Abstieg, immer dem Taschenlampenlicht hinterher.

„Wie weit geht's denn hier runter? Das ist ja ein richtiger … aua! … Berg", fluchte Beat. Zweige strichen ihm durchs Gesicht.

„Scheiße!" Chiara kämpfte ebenfalls mit dem Abstieg. Hilflos griffen sie nach Ästen, schlidderten abwärts, stolperten, keuchten. Das Licht lockte sie weiter ins Dunkel.

Trotz der Strapazen merkte Beat, wie seine Laune sich besserte. Er war wach und einigermaßen satt. Wie es aussah, würden sie es tatsächlich bis nach München schaffen. Und so ein Festival mitzunehmen war eigentlich gar nicht so schlecht, wenn man's recht bedachte. Am meisten aber freute er sich, dass er Chiara quasi im Arm halten konnte. So nahe waren sie sich noch nie gewesen. Sie roch nach Schweiß, aber auch nach Vanilleduschgel, und Beat nahm sich fest vor, sie auf dem Weg weiter im Arm zu halten. Dann fiel ihm ein, dass sie sich zum Schwimmen vermutlich ausziehen musste. Oder jedenfalls fast ausziehen. Warum war es eigentlich so dunkel? Dann wurde ihm bewusst, dass er sich auch ausziehen musste, und er war doch dankbar fürs Dunkel.

„Ähm, Beat?“ Chiara riss ihn aus seinen Gedanken. Sie waren am Fuß der Böschung angekommen. Beat spürte, wie seine Füße sofort leicht in den Boden einsanken. Wasser sickerte ihm in die Turnschuhe.

„Ja?“

„Siehst du Björn hier noch irgendwo?“

Tatsächlich war es um sie herum stockfinster. Das bisschen Mondlicht reichte gerade aus, um die verkrüppelten Bäume und Sträucher in der unmittelbaren Nähe zu erkennen. Wind rauschte in den Blättern. Sehr weit weg waren ein paar Autos zu hören.

„Björn?“, rief Beat. „Björn!“

„Björn!“, schrie Chiara.

Keine Antwort.

„Scheiße, Beat, der ist weg.“

Beat nahm sie fester in den Arm. „Björn!“, schrie er noch einmal, so laut er konnte. „Komm zurück! Wir sind noch an der Böschung.“

Als Antwort flatterte irgendwas aus dem Gebüsch neben ihnen auf. Chiara fuhr zusammen.

„Scheiße. Dieser Idiot.“ Beat seufzte. „Hätte der nicht warten können? Na ja. Schlimmstenfalls klettern wir wieder hoch und pennen halt doch an der Raststätte.“

„Beat, ich komm da nicht mehr hoch.“

„Wie, du kommst da nicht mehr hoch?“ Beat spürte, wie ihm eiskalt wurde, aber er gab sich Mühe, sich nichts anmerken zu lassen. „Du bist doch auch runtergekommen. Hey, ich stütz dich.“

„Das klappt nicht. Bergauf ist mit meinem Bein viel schwieriger.“

„Ich trag dich.“

„Du kannst mich doch durch das Gestrüpp nicht bergauf den ganzen Weg tragen.“

„Weißt du doch gar nicht.“

„Ach, jetzt rede keinen Scheiß.“

„Du fährst doch auch immer Fahrrad. Und jetzt kannst du hier nicht den Berg hoch?“

Chiara schniefte. „Hallo, Radfahren ist was anderes. Sorry, dass du mit einer Behinderten durchgebrannt bist."

„Ich dachte, du bist nicht behindert." Beat war jetzt auch sauer. Gerade war alles gut gewesen, und jetzt machte Chiara solche Zicken.

„Kannst du mal bitte aufhören, wie meine Scheißmutter zu reden?"

Beat atmete tief durch. „Okay. Ich kann ja da hoch und irgendwo ein Seil besorgen. Oder Hilfe holfen."

„Pf!", machte Chiara nur.

„Hey!" Beat hatte einen Einfall. „Ich hab doch auch noch mein Handy. Wenn wir es wirklich nicht schaffen, können wir die Feuerwehr rufen oder so. Und außerdem …"

Er warf den Rucksack auf den Boden und kramte sein Handy hervor.

„Was hast 'n du vor?", fragte Chiara.

„Moment." Beat fummelte mit dem Handy herum. Dann fiel weißes Licht auf die Baumstämme vor ihnen. „Taschenlampe."

Chiara schlug sich vor die Stirn und kramte ebenfalls ihr Handy hervor. Im Licht der beiden Handytaschenlampen sahen sie bemoostes Gehölz, tanzende Insekten und Nebel, der aus dem Boden stieg. Beat fröstelte, und Chiara drückte sich wieder an ihn.

„Das sieht verdammt gruselig aus", sagte sie.

„Stimmt. Hey, weißt du eigentlich, wie diese Geschichte mit dem Horrortankwart geht, von der Björn da geredet hat?"

„Nein."

„Also, zwei Teenager halten an einer einsamen Tankstelle. Ein seltsamer Typ bedient sie. Die beiden gehen aufs Klo, und als sie wiederkommen, ist der komische Tankwart weg. Sie steigen ein und brausen davon, weil sie denken, cool, nicht bezahlen. Was sie nicht sehen, ist, dass hinter ihrem Auto ein anderer Tankwart angerannt kommt und immer schreit, dass da eine Gestalt auf dem Rücksitz kauert … aaah!"

Beat schlug die Hände vors Gesicht, als Chiara ihm direkt in die Augen leuchtete.

„Scheiße, was soll das?"

„Warum erzählst du mir das gerade jetzt? Wo ein gruseliger Typ aus einer verlassenen Raststätte uns in den Sumpf gelockt und alleine gelassen hat?"

„'tschuldigung."

Um sie herum war alles voller Waldgeräusche. Die Autos, die die Anwesenheit von Menschen, Licht und Wärme verrieten, rauschten so fern am Rand der Welt, dass es auch schwarzes Wasser hätte sein können.

„Was machen wir denn jetzt?", fragte Beat leise.

Chiara packte das Handy fester und schulterte den Rucksack. „Wir finden jetzt dieses Festival", sagte sie. Sie stapfte in den Nebel. Wenn sie die Füße aus dem morastigen Boden zog, schlürfte es, einmal dumpfer, einmal heller, als unterhielten sich zwei Monster in der Erde, wer zuerst zubeißen durfte.

„Warte!" Beat schulterte den Rucksack und stolperte ihr hinterher. „Den Weg finden wir doch nie."

„Hast du eine bessere Idee?" Chiara bog Zweige beiseite. „Björn meinte, das ist eine halbe Stunde. Und bei so einem Festival gibt es Musik. Und Scheinwerfer. Und viele Leute. Das kriegen wir mit, lange bevor wir da sind."

„Ich mach mal gerade den Kartendienst an." Beat fummelte im Gehen an seinem Handy herum. Irgendwann gelang es ihm, mit klammen Fingern die Orientierungshilfe aufzurufen.

„Also, die Ortung funktioniert hier nicht besonders gut", sagte er, während er vom Display in den Wald und zurück schielte. „Das Ding meint, wir stehen noch auf der Autobahn. Also keine Gewähr, was die Strecke angeht. Aber die Richtung müsste ungefähr stimmen. Mist, dieser See sieht aber ziemlich groß aus."

Mit einem Fünkchen neuer Hoffnung schlugen sie sich weiter durch den Wald. Die Nässe kroch Beats Hosenbeine empor. Immer wieder peitschten ihm Zweige ins Gesicht, und beim Festhalten an schwierigen Stellen langte er in Brennnesseln und dorniges Gestrüpp. Das Gute an den schwierigen Stellen war allerdings, dass er Chiara wieder an der Hand nehmen konnte.

Eigentlich die perfekte Gelegenheit, um sich zu küssen, dachte er. Er stellte sich vor, wie es wäre, Chiara zu küssen. Nach allem, was sie jetzt schon gemeinsam durchgemacht hatten, konnte es doch nicht mehr so eine große Sache sein, sie einfach nach einem Kuss zu fragen, aber er traute sich nicht. Ob sich Chiara eigentlich auch so einen Stress deswegen machte? Vermutlich nicht.

„Hörst du das auch?", riss ihn Chiara aus den Gedanken. Sie legte den Kopf schief und lauschte. „Das ist doch Musik! Von da drüben."

Ohne auf Beats Antwort zu warten, verschwand sie zwischen den Bäumen. Er seufzte und rannte hinterher, so schnell er konnte. Inzwischen war ihm am ganzen Körper kalt. Von den Knien abwärts war alles taub, und er wunderte sich, dass ihm die Beine überhaupt noch gehorchten. Zugleich schwitzte er und fror in der kalten Nachtluft noch mehr, aber jetzt hörte er es auch: Musik, Stimmen. Dumpfes Stampfen. Lichter schimmerten durchs Geäst.

Gleich darauf hatten sie den Wald hinter sich gelassen. Die Lichtflecken ihrer Handytaschenlampen glitten über schwarzes Seewasser. Am anderen Ende der Bucht sahen sie im Schein bonbonfarbener Lichter Zelte, Stahlgestänge und wehende Banner. Nass, verfroren und müde, wie er war, musste Beat an irgendein *Game-of-Thrones*-mäßiges Heerlager denken, von dem aus Wärme, Schlaf und köstliches frittiertes Essen in die Welt ziehen würden.

„Scheiße, ist das weit", fluchte Chiara. „Das schaffe ich nie im Leben, so weit zu schwimmen."

„Können wir da nicht außenrum gehen?" Beat fummelte am Handy, um den Kartendienst wieder aufzurufen.

Chiara schüttelte den Kopf. „Nie im Leben. Jedenfalls nicht, wenn wir so fertig sind wie jetzt. Da können wir gleich zu Fuß nach München."

„Dieser Scheiß-Björn." Beat ließ sich zu Boden fallen und streckte Arme und Beine aus wie ein Seestern. Wie zum Hohn war die Wolkendecke aufgerissen. Der Regen hatte lange aufgehört, und über ihm spannte sich einer der schönsten Sternenhimmel auf, die er je gesehen hatte. „Warum muss der uns auch volllabern, dass wir mitkommen? Und dann lässt er uns im Stich. Wären wir bloß an der Raststätte geblieben."

„Jetzt heul nicht rum." Chiara beschattete die Augen mit den Händen, als blendete sie das Sternenlicht, und suchte die Seeoberfläche ab. „Da!", rief sie plötzlich. „Beat, guck mal!"

„Was ist?" Mühsam rappelte er sich hoch.

„Da. Ist das ein Boot?"

Beat kniff die Augen zusammen. „Kann ich nicht genau erkennen. Sieht eher aus wie ein riesiger Schwimmreifen."

„Nein!" Chiara hüpfte vor Aufregung. „Das ist eins von diesen Einhornschwimmdingern. Guck mal, da drüben am Strand haben sie so Badezeug. Und eins davon ist abgetrieben."

„Ich glaub, du hast recht. Und? Wie sollen wir das ans Ufer ziehen?"

„Na ja. Guck mal. Das bewegt sich doch. Wenn wir noch ein bisschen warten, ist es fast in der Mitte des Sees. Und bis dahin schaffst du doch zu schwimmen. Oder?"

„Ähm. Weiß nicht. Vielleicht. Warum eigentlich ich? Was machst denn du so lange?"

„Du schwimmst hin und holst es her. Dann paddeln wir zusammen rüber."

„Selbst wenn ich das schaffe, saufen wir doch bestimmt mitten auf dem See ab. Das ist ein Spielzeug, kein Ruderboot."

„Wir brauchen bestimmt eine Weile, aber wenn wir vorsichtig sind, klappt es. Besser, als hier die Nacht zu verbringen."

Beat ächzte und stemmte die Hände in die Hüften. Er hatte keine Ahnung, wie weit das Schwimmeinhorn weg war. Bei der Dunkelheit unmöglich zu sagen. Und wie weit konnte er schon schwimmen? In seinem Zustand? Er hockte sich hin und steckte die Hand ins Wasser. Es fühlte sich an, als bekäme er einen Stromschlag.

„Das ist saukalt."

„Da gewöhnst du dich dran." Chiara schien ganz begeistert von ihrem Plan. Kunststück, dachte Beat. Die musste ja auch nicht schwimmen.

„In so kaltem Wasser erfriert man doch total schnell", sagte er misstrauisch.

„Wir sind doch jetzt schon eine Stunde unterwegs." Chiara legte ihm die Hand auf die Schulter. „Da bist du auch nicht erfroren."

„Ja, aber im Wasser gibt man die Körperwärme viel schneller ab. Das ist Physik", sagte er unbestimmt.

„Seit wann kennst du dich denn mit Physik aus?"

„Okay, ich sag dir was." Er nahm ihre Hand. Das war ja inzwischen schon total normal zwischen ihnen. „Wir schwimmen beide dahin, und ich nehme dich auf den Rücken. Ich zieh dich dann."

Chiara nahm ihre Hand weg. „Mein Plan gefällt mir aber besser."

„Echt? Und du willst ganz allein hier im Wald rumstehen? Und stell dir mal vor, mir passiert was. Willst du mich dann retten?"

Chiara blickte zurück in die Waldschwärze, aus der ein kalter Hauch über den See wehte. Die Wasseroberfläche erschauderte, und das Schilf schreckte zusammen.

„Nee, nicht unbedingt", gab sie zu. „Kannst du das denn? Dass du mich so auf den Rücken nimmst?"

„Ich hab Bronze."

„Puh. Okay." Sie legte das Handy auf den Boden, zog den Rucksack von der Schulter und nickte ein paarmal, als müsste sie sich selbst überzeugen. „Dann ziehen wir uns jetzt aus? Was ist denn mit den Handys? Wenn meine Klamotten nass werden, ist ja nicht so schlimm, aber die Telefone brauchen wir ja wohl noch."

„Ich hab eine Plastiktüte. Da stopfen wir Klamotten rein, und in die Mitte kommen die Handys. Das reicht doch."

„Na gut." Chiara schlüpfte aus der Jacke und war schon dabei, sich den Pulli über den Kopf zu ziehen.

Beat atmete tief durch. Jetzt würde es also passieren. Sie würden sich wirklich ausziehen. Schnell, bevor er es sich anders überlegte, streifte er alles ab. Dann machte er sich daran, die Handys wie besprochen in der Plastiktüte zu verstauen.

Wenn er sich hinhockte, konnte sie bestimmt nicht alles von ihm sehen. Warum war es auch so beschissen kalt! Er wusste, dass sich bei einer Erektion größenmäßig später sowieso alles wieder ausglich. Aber ob Chiara das auch wusste?

„Äh, Beat?"

Er drehte sich um und sah Chiara, die mit der Handytaschenlampe in Unterwäsche dastand. BH und Unterhose sahen irgendwie langweilig aus, wie aus Baumwolle. Vermutlich, fiel Beat in diesem Moment ein, hatte Chiara beim Abhauen noch irgendetwas Praktisches angezogen. Trotzdem war er vage enttäuscht. Chiaras Mutter, Franziska, dachte er, trug doch sicher Unterwäsche wie aus der Werbung.

„Willst du echt ganz nackt schwimmen?"

Hastig zog er den Rucksack zu sich heran. „Ich dachte, das saugt sich sonst alles so voll …"

„Ach so." Sie nickte und macht einen Schritt auf ihn zu. Er kontrollierte noch einmal ganz genau, ob im Rucksack so weit alles okay war.

„Hier. Das Handy." Er steckte es in den Rucksack. Jetzt war es dunkel; nur die Festivalbeleuchtung schimmerte noch zu ihnen herüber. Beat traute sich aufzustehen. Nicht anstarren, dachte er, aber ganz normal angucken, das war ja wohl okay.

Chiara hatte einen kleinen Bauch, auf dem blonde Härchen im Festivallicht flimmerten. Für so was hast du jetzt Zeit, dachte er.

„Ja, dann mal los. Du nimmst die Rucksäcke. Am besten einen auf den Rücken und den anderen, äh, den nehme ich vor den Bauch."

Er hängte sich den Rucksack um und watete eilig ins Wasser. Er konnte sich zusammenreißen, bis ihm das Wasser über die Knie schwappte. Der Wind fuhr ihm um die Eier und kroch in die Hautfalten, und alles zog sich zurück wie ein angestupstes Schneckenhorn. Scheiße, dachte er. Scheiße, Scheiße, Scheiße.

Und dann trat er auf irgendeinen Ast, kippte vornüber und landete mit einem gewaltigen „Platsch" im Wasser.

17

Schockgefroren. Überall Kälte. Dann kurz Beruhigung: nur Wasser. Nicht so schlimm. Und dann trat die Kälte richtig nach, und Wasser gurgelte ihm in Mund, Nase und Ohren, und er brach hinaus in die Luft, wo der Wind ihm die letzte Wärme von der Haut reißen wollte, und es kam nur Kälte, Kälte und noch mehr Kälte, und der schönste Sternenhimmel, den er seit Langem gesehen hatte, blickte mitleidlos auf ihn herunter.

„FUCK!“, schrie er. „FUCK, FUCK, FUCK, FUCK!“ Das Festival lärmte ungerührt wie die fernen, kalten Sonnen, die sich so weit über ihnen brüllend und malmend verausgabten.

„Chiara, komm nicht rein“, bibberte er. „Das war eine totale Scheißidee.“

Neben ihm platzte die Wasseroberfläche auf, und Chiara kam herausgeschossen.

„AHHH!“, kreischte sie. „FUCK, FUCK, FUCK, FUCK!“

Sie schlang sofort die Arme um sich und klapperte ebenfalls mit den Zähnen. „Das war eine totale Scheißidee.“

„Ja“, schrie Beat.

„Wir müssen jetzt los, oder?“

„Ja.“

„Okay.“

Zitternd schob er sich ins Wasser. Der See biss mit tausend Zähnen nach ihm. Er gab den Boden auf und stieß sich in die Schwärze, dem mitleidlosen Sternengewirbel und dem Festival entgegen. Chiara fasste ihn an der Schulter und schob sich auf ihn. Er spürte ihre Brüste, aber zum vielleicht ersten Mal in seinem Leben waren ihm die mit einem langweiligen BH bekleideten Brüste, die sich auf seinen nackten Rücken schoben, egal.

Der Rucksack scheuerte an seinen Schultern. Das Gewicht zog ihn hinunter. Er schluckte Wasser und kam aus dem Tritt. Das schwimmende Einhorn trudelte so weit entfernt wie jeder beliebige Stern über ihnen. Er rang nach Luft, während Chiara ihm in die Ohren keuchte. Er kam nicht einmal auf den Gedanken, dass er das unter normalen Umständen unerträglich erregend gefunden hätte.

Das schwimmende Einhorn schien keinen Zentimeter näher zu kommen. Es trudelte im Kreis wie ein gelangweiltes Kind, das den Körper sich selbst überlässt.

„Vielleicht", keuchte Chiara, „kommt es ... nicht näher ... weil ich ... keine Jungfrau mehr bin."

Beat ging unter und schluckte Wasser. Prustend kam er wieder hoch. „Ich bin ...", hörte er sich sagen, „... Jungfrau."

Chiara ächzte oder lachte. Sie drückte ihm einen Kuss auf den Hals. „Das muss ... für uns beide reichen."

Beat kniff die Augen zusammen und schwamm. Und schwamm. Und schwamm. Irgendwann stieß er gegen warmes Gummi, das sich mit einem „Plopp" eindellte.

„Warte. Ich hab's gleich." Chiara flitschte von seinem Rücken und zog sich an Bord der Einhornschwimminsel.

„Aua!"

Er bekam ihre Füße ins Gesicht und ging erneut unter.

„Nimm meine Hand!"

Das ganze blödsinnig grinsende Einhorn neigte sich Richtung Wasseroberfläche. Beat krabbelte über den Gummiwulst ins Innere der Schwimminsel. Schwer atmend blieb er liegen wie ein halb ertrunkener Käfer. Über ihm rührte das verdrogte Einhorngesicht mit dem Regenbogenhorn den Himmel um. Vielleicht war es in irgendeinem Stern stecken geblieben und kreiselte jetzt immer weiter, immer weiter um diesen Fixpunkt.

Beat wurde übel.

„Komm schon." Chiara kniete neben ihm und durchwühlte die Rucksäcke. „Bleib da jetzt nicht liegen. Wir müssen ins Warme. Scheiße, die Klamotten sind echt alle nass geworden."

„Was hast du denn erwartet?" Beat zitterte am ganzen Körper und konnte vor Zähneklappern kaum sprechen. „Aber Hauptsache, den Handys ist nichts passiert. Wir sind echt voll die Outdoor-Experten."

Sie trieben im Kreis. Das Festival stampfte ungerührt am fernen Ufer vor sich hin.

Vielleicht, dachte Beat, sollten sie sich aneinanderdrängen, wegen der Körperwärme. Kein schlechter Gedanke. Wenn schon sterben, dann Arm in Arm mit dem Mädchen, in das er möglicherweise ja verliebt war, wenn sie tatsächlich seine Freundin war, wie sie vorhin im Auto gesagt hatte. Mit dem Mädchen, das er inzwischen schon mehrmals an der Hand genommen hatte. Dem Mädchen, das ihn sogar geküsst hatte.

„Hallo?" Eine fremde Stimme rief nach ihnen. Chiara sah auf. Beat stützte sich auf den Ellbogen und lugte über den Rand der Einhorninsel.

Ein Tretboot kam auf sie zu. Zwei Gestalten traten emsig in die Pedale.

„Hallo!" Beat zog sich am Rand hoch und winkte mit beiden Händen. „Hallo! Wir kommen nicht mehr an Land!"

Chiara stellte sich hin, rutschte aus und winkte halb kniend, halb liegend. „Wir müssen ans Ufer! Uns ist saukalt."

„Fahr mal da rüber", sagte jemand auf dem Tretboot.

Bald reckten sich ihnen helfende Hände entgegen.

„Hey, seid ihr okay?"

Besorgte Gesichter, gerötet vom Feiern und plötzlich ernüchtert.

„Scheiße, die sehen gar nicht gut aus. Lass die mal zum Erste-Hilfe-Zelt bringen."

Das Letzte, was Beat sah, war das grinsende Einhorngesicht. Er kam erst wieder zu sich, als ihm etwas Glattes, Kaltes zwischen die Lippen geschoben wurde. Eine knisternde Folie legte sich um ihn, unter der ihm innerhalb kürzester Zeit so warm wurde, als hätte jemand einen Scheinwerfer auf ihn gerichtet.

„Jupp", sagte eine ältere Stimme. „Eine richtig schöne Unterkühlung. Gut, dass ihr die beiden gleich hergebracht habt."

Beat öffnete die Augen und gähnte, dass ihm die Kiefer knackten.

„Chiara?", nuschelte er.

„Deiner Freundin geht es gut", sagte die Stimme. „Und du bist auch gleich wieder auf dem Damm. Keine Sorge. Hier, trink mal."

Beat spürte den Rand eines Plastikbechers an den Lippen. Das Getränk war warm und zuckersüß.

„Bisschen dehydriert wahrscheinlich auch noch, hm? Habt ihr was genommen?"

„Wer? Genommen? Was denn?" Beat hatte das Gefühl, sein Schädel würde immer noch mit dem Regenbogeneinhorn um einen Stern kreisen, und hatte Mühe, die Frage zu verstehen. „Drogen? Nee. Bloß kalt. Und hungrig."

„Essen gibt es gleich. Erst mal aufwärmen."

Weiche Wärme drückte sich an Beats Brust und Rücken. Er spürte, wie sie sich langsam im ganzen Körper ausbreitete. Als er die Augen einen Spalt weit öffnete, sah er einen freundlichen Sanitäter mit wenigen Haaren auf dem Kopf und vielen Haaren auf den Armen und Händen, der ihn mit Wärmekissen behandelte. Eine Kollegin tat dasselbe mit Chiara.

„Na, geht's wieder?" Der Sanitäter lächelte ihn aufmunternd an. Beat nickte.

„Ich hole mal was zu essen." Die Kollegin drückte Chiara sanft auf die Liege und deckte sie mit der schimmernden Folie zu, die so gut wärmte.

Auch Beat streckte sich aus und ließ sich wieder zudecken.

Bald darauf kam die Sanitäterin mit heißen Pommes zurück. „Hier. Goldig, fettig, stärkt sofort."

Heißhungrig machten sich Beat und Chiara darüber her. Im Gegensatz zum Heiße-Hexe-Burger in Björns Raststätte waren die Pommes geradezu knackig. Der Ketchup war süß und das Salz körnig. Beat hatte das Gefühl, sich das pure Leben in den Mund zu schaufeln. Chiara kaute und schluckte ebenfalls, was das Zeug hielt.

„Okay, ich sehe, ihr kommt langsam wieder auf die Beine", lachte der Sanitäter. „Bleibt hier und ruht euch aus, so lange ihr wollt. Ich und die Kollegin drehen noch eine Kontrollrunde übers Gelände. Wenn ihr euch stark genug fühlt, geht ihr am besten zurück zu eurem Zelt und legt euch hin. Und wenn ihr unbedingt noch irgendeine Band sehen müsst, dann auf gar keinen Fall Alkohol. Immer genug Wasser trinken. Und zieht euch was über."

„Klar", mampfte Beat. „Danke!"

„Keine Ursache. Bedankt euch mal bei euren Freunden, die euch da aus dem Wasser gefischt haben."

Die beiden Sanitäter schnappten sich ihre Taschen und verließen das Zelt.

Beat und Chiara aßen, bis sie nur noch die Pappschälchen auslecken konnten. Dann ließen sie sich seufzend auf die Liegen fallen und lagen eine Weile einfach nur so da, lauschten auf den Festivallärm und spürten der Wärme und dem guten Gefühl nach, rundum satt zu sein.

„Das war wirklich eine saudumme Idee", meinte Chiara irgendwann.

„Stimmt schon", seufzte Beat. „Aber sieh's mal so: Am Ende haben wir es hier ganz gut getroffen. Und wenn es wirklich stimmt, was Björn gesagt hat, dass wir schon ganz dicht dran sind an München und dass dieser Shuttle uns einfach mitnimmt, dann können wir da morgen früh einsteigen und haben den ganzen Weg eigentlich immer noch in Rekordzeit geschafft."

Chiara schüttelte den Kopf und legte sich den Arm übers Gesicht.

„O Mann. Ich habe aber auch das Gefühl, dass wir die Abkürzung durchs magische Kaninchenloch genommen haben. Hexen, gruselige Raststättenhinterwäldler, nächtliche Sümpfe, Einhörner … und jetzt so ein Jahrmarkt mitten im Wald."

„Passt doch irgendwie zu uns."

Chiara drehte den Kopf zur Seite und blickte Beat prüfend an. „Wie meinst du denn das?"

Beat gestikulierte in Richtung Zeltdecke. „Na, das ist doch eh alles so … verrückt. Wir sind wirklich einfach so abgehauen. Ohne Geld. Und fast bis nach München. Ein paarmal sind wir gerade noch so mit dem Leben davongekommen!"

Halb erwartete er, dass Chiara lachen würde, aber sie blieb ganz ernst.

„Stimmt", sagte sie. „Das hätte echt auch schiefgehen können. Danke!", sagte sie unvermittelt. „Danke, dass du mich überredet hast. Und mir geholfen hast. Ohne dich hätte ich es nicht bis hierher geschafft."

„Na klar." Beat spürte, wie er rot wurde. „Ist doch cool. Auch für mich, meine ich." Chiara tastete nach seiner Hand. Beat hielt den Atem an. Eine Weile lagen sie einfach nur so da, hielten sich an der Hand und starrten an die Decke. Das Festival pulsierte.

„Hättest du nicht eigentlich jemand anders fragen können? Eine von deinen Freundinnen, mit denen du immer in der Pause rumstehst?" Beat hoffte ein bisschen, dass sie ihm sagen würde, wie besonders er war.

„Nein. Die hätten bloß versucht, mich davon abzuhalten. So ganz vernünftig."

„Ich habe ja auch versucht, dich davon abzuhalten."

„Ja, aber nicht besonders lange. Und bei dir konnte ich besser Widerstand leisten. Weil wir uns noch nicht so lange kennen. Die anderen … die gehören schon zu sehr zu meiner Welt. Und du halt nicht. Irgendwie dachte ich wohl, Beat, der zieht mich da schon raus …"

„Raus wohin?"

„Wohin ich mich nicht traue. In was Dummes."

„Ah."

Das war jetzt nicht das Kompliment gewesen, das er sich erhofft hatte, auch wenn es merkwürdigerweise fast wie ein Kompliment geklungen hatte.

„Und? Bist du zufrieden? Mit der Dummheit?", fragte er.

Sie grinste unter ihrem Arm hervor.

„Ja, total."
Und da war Beat auch zufrieden.
Wummer, wummer, machte das Festival. Chiara gähnte.
„Was ist denn das eigentlich für furchtbare Musik?"
Beat lauschte
„Irgendwas mit Hip-Hop. Ist bestimmt ganz cool. Schade, dass ich nicht mehr fit genug bin."
Chiara verzog das Gesicht. „Findest du so was gut?"
„Ja. Find ich mega."
Chiara schüttelte den Kopf. „Ist mir alles zu sexistisch."
Beat verdrehte die Augen. „Genau wie bei meinen Müttern. Es nervt echt so total. Was findest du denn bitte gut?"
„St. Vincent", sagte Chiara dumpf aus ihrer Handhöhle. „Soap and Skin. Björk."
„Das sind alles so Frauen, ne?" Plötzlich hatte Beat einen beunruhigenden Gedanken. „Bist du eigentlich lesbisch?"
Chiara wälzte sich ächzend auf den Bauch. „O Gott. Beat. Hör bitte einfach auf. Manchmal bist du so dumm."
„Ich dachte ja nur. Wegen der Musik. Und weil dir Sexismus wichtig ist. Und du wolltest ja auch von meinem Opa wissen, ob der wirklich schwul ist oder bisexuell. Oder bist du bisexuell?"
„O Goooott." Chiara hämmerte den Kopf auf die Liege. „Ich weiß nicht. Bist du bisexuell?"
Jetzt wurde er richtig sauer. „Was soll denn jetzt diese Frage?"
„Ja, eben! Ich weiß es nicht. Hör doch bitte auf."
„Okay."
Sie lagen da, und der Abstand zwischen den Liegen fühlte sich plötzlich sehr groß an.
„Ich dachte, es ist gut, dass ich so dumm bin", maulte er.
„Ja. Die andere Art von Dummheit. Nicht diese Dummheit."
Sie schwiegen eine Weile. Das Festival wummerte weiter. Aber egal, wie cool die Musik vielleicht war, sie war Beat jetzt verdorben.
„Hast du eigentlich einen Lieblingsfotografen? Oder eine Lieblingsfotografin?", fragte er endlich.

„Wie kommst du denn jetzt darauf?“

„Ich weiß nicht. Du meintest, das ist ein Hobby von deinem Vater. Aber wir wollen zu meinem Opa, weil du da so viele Fragen hattest. Also muss ja auch für dich da was dran sein. Ich kenne überhaupt keine Fotografen. Was ja komisch ist, weil Fotografien ja überall sind. Was findest du denn überhaupt so gut am Fotografieren?“

„Was finde ich da gut ...“ Chiara legte sich den Arm über die Stirn, aber diesmal so, dass der größte Teil ihres Gesichtes noch zu sehen war. „Es geht nicht darum, was da zu sehen ist. Es ist eher ... na, die Art, wie man guckt. Und wie man sich verhält zu dem, was man sieht.“

„Aber mit dem, was ich auf dem Foto sehe, kann ich ja nichts mehr machen. Es ist ja fotografiert und vorbei.“

„Eben. Oder eben nicht.“

„Ich bin anscheinend wirklich dumm.“

Chiara lachte. „Na ja. Ich probier's mal so. Also, es gibt da diese Philosophin, Susan Sontag. Die hat ein ganzes Buch über Fotografie geschrieben. Vielleicht das wichtigste überhaupt. Darin sagt sie, Fotografie ist die wichtigste Kunst, die es heute gibt. Weil sie überall ist, wie du ja auch schon meintest. In Zeitungen, in der Werbung, im Internet, Instagram. Alles ist voller Fotos. Die meisten Leute finden es sogar schon schwierig, eine Nachricht oder eine Erklärung zu verstehen, wenn kein Bild dabei ist. Fotografie ist so wichtig, weil sie überall ist und ganz stark verändert hat, wie die Leute die Welt um sie herum sehen. Sie ist so wichtig, dass sie den meisten Leuten gar nicht mehr auffällt. Wie du auch gesagt hast: Das ist doch keine Kunst. Sontag sagt jetzt aber, doch, ist Kunst, und zwar so erfolgreiche Kunst, dass sie den Leuten als ein ganz normaler Teil der Welt vorkommt.“

„Klingt komisch, aber ich versteh's noch.“

„Wusst ich's doch, dass du nicht immer so blöd bist. So, und dann sagt sie weiter, dass das eigentlich schlimm ist.“

„Was ist denn an Fotografie bitte schlimm?“

„Dass die Fotografie überall ist und den Leuten gar nicht mehr auffällt, macht, sagt Sontag, dass die Menschen die ganze Welt angucken wie ein Foto. Als müssten sie sie fotografieren. Oder als wäre alles bloß ein Foto."

„Und warum ist das schlimm? Dann gucken die Leute doch wenigstens mal genau hin. Wenn was Schlimmes passiert oder was besonders Schönes."

„Eben nicht. Sontag sagt, wenn die Menschen die ganze Welt ansehen wie ein Foto oder wie etwas, das jederzeit ein Foto sein könnte, dann gucken sie eben nicht mehr genau hin. Erstens. Weil dann nämlich alles gleich wichtig oder gleich unwichtig wird. Ist ja alles egal, ist ja nur ein Bild. Und zweitens sagt sie, die Leute lernen, wenn die Welt im Grunde ein endloses Foto ist, nur noch Beobachter zu sein und nichts mehr zu machen. Man mischt sich nicht mehr ein. Man fühlt sich gleichgültig oder hilflos oder sensationsgeil, aber man macht nichts mehr. Man guckt nur zu."

„Weiß nicht."

„Na ja. Denk doch mal an so Bilder von irgendwelchen Katastrophen. Jeden Tag eine Million Bilder von sterbenden Leuten. Und irgendwann sagst du, was soll ich da machen?"

„Und das soll alles nur vom Fotografieren kommen? Ist das nicht ein bisschen übertrieben?"

„Ja, schon. Sontag meint das aber auch nicht so. Sie meint, Fotografieren, das ist die Kunst, die zu der Welt passt, wo alles eine Ware ist, die man kaufen und verkaufen kann. Man kann praktisch jeden Augenblick in der Zeit, jeden Moment im Raum in ein Foto packen wie in eine Schachtel und herumtragen und wie ein Paket Waschmittel kaufen und verkaufen. Und das ist das eigentliche Problem, nicht das Fotografieren an sich."

„Ähm, jetzt wird's ein bisschen schwierig, finde ich."

„Ja, okay, das verstehe ich auch nicht so genau. Ist ja auch egal. Wichtiger ist, ich finde, sie hat unrecht. Und deshalb interessiere ich mich für Fotografie. Und für deinen Opa."

„Diese megaberühmte Philosophin hat unrecht. Und du hast natürlich alles besser geblickt."

„Ja, genau. Okay, ich hab mir das nicht alleine ausgedacht. Aber ich finde eher, Fotografie führt dazu, dass ich genauer hinsehe. Auf dem Bild ist der Moment eingefroren. Ich kann mir alles genau angucken. Und je länger ich hingucke, desto seltsamer wird alles. Auch die Sachen, die zuerst ganz normal aussehen. Ich finde gerade nicht, dass da alles für mich egal wird. Alles kommt mir ganz nah, und ich habe immer mehr Fragen. Und wenn ich mir dann den Rest der Welt angucke, ist alles plötzlich auch so seltsam. Sontag hat schon recht, dass man dann die Welt so anguckt, dass eigentlich alles ein Foto sein könnte. Aber das heißt für mich eher: Alles ist besonders und einzigartig. Es gibt nichts Normales mehr. Du hast ja nach meiner Lieblingsfotografin gefragt. Das kann ich gar nicht so genau sagen. Aber bei den Bildern von Lola Álvarez Bravo, das ist eine Mexikanerin, da geht mir das so. Ganz normale Leute, Kinder auf der Straße, Frauen bei der Arbeit, Arbeiter, die unter einem Zug schlafen. Und je länger ich das angucke, desto geheimnisvoller wird alles. Wo kommen die her? Warum liegen die da? Was haben die an? Dass die auf einem Foto sind, schneidet die so aus dem Alltag aus, und alles wird wie in einem Traum. Die ganze Welt kann man so angucken."

„Aber machen kannst du ja mit denen auch nichts mehr. Es ist ja alles vorbei, was auf den Bildern ist. Da hat Sontag doch recht, dass man lernt, man kann nichts machen."

„Finde ich auch gerade nicht. Ich spüre ja beim Anschauen, wie viel Zeit vergangen ist. Und wenn ich mir ein Bild öfter angucke, merke ich auch, wie ich es mir anders angucke. Ich vergleiche mich sozusagen mit früheren Versionen von mir selbst. Und das ist doch gerade nicht: Alles bleibt gleich, nichts ändert sich. Ich merke doch ganz deutlich, dass nichts bleibt, wie es ist. Dass es nicht nur eine Art gibt, das Bild anzuschauen. Oder dass Kinder, Frauen, Arbeiter kein Foto wert sind. Sie sind eben nicht unwichtiger als die Sachen, die angeblich so wichtig sind."

„Ich glaube, ich habe mir einfach noch nie so lange ein Foto angeguckt. Oder so oft das gleiche."

„Solltest du mal machen. Es hilft."

Beat griff nach Chiaras Hand und drückte sie.

„Und was hat das jetzt … ach, vergiss es."

„Nee, sag mal.“

„Werd jetzt nicht sauer. Aber was hat das mit Bisexualität zu tun?“

Chiara lachte.

„Ähm, das hat, glaub ich, mit meinem Vater zu tun. Also, der macht es ja eigentlich, wie Sontag sagt. Er hat halt seine Sammlung von Männerfotos, aber machen tut er nichts. Die Fotos lassen ihn da ganz bequem wegrücken. Und die Männer auf den Bildern liegen vor ihm rum wie in der Auslage im Geschäft. Er muss nicht wirklich irgendwie in Bewegung kommen. Und seit ich über so was nachdenke, seit ein, zwei Jahren vielleicht, frag ich mich, was ist denn mein Vater jetzt? Steht der eigentlich auf Männer, aber wegen mir ist der mit meiner Mutter zusammen? Lügt der alle an und sich selbst auch? Aber er hat ja auch Sex mit meiner Mutter. Das weiß ich. Man kriegt das ja mit.“

Beat verdrehte die Augen und nickte eifrig.

„Oder, denke ich immer mehr, diese Träume, diese Fantasien, was er sich vielleicht wünscht, vielleicht gehört das genauso zu ihm. Aber tut es nicht weh, wenn man das nie machen kann? Und auf den Fotos von deinem Opa, da ist es halt anders. Ich habe das Gefühl, wenn ich die angucke, er sagt: Mach was. Interessier dich für diese Leute. Ich war da und hab sie gesehen. Nicht nur gesehen, die haben sich mir gezeigt und posiert, und es war wie Sex. Und wenn du hinguckst, bist du auch dabei. Komm rein in diese Szene. Ich frage mich eben …“

Sie überlegte, und Beat ließ ihr Zeit, weil ihn die Antwort interessierte.

„Das ist aber auch schwierig. Ich glaube, ich habe das noch nie so … so laut gesagt. Ich frage mich eben, wenn man ganz genau hinguckt auf Leute, wenn man sie so lange anguckt und so genau, dass man nicht mehr denkt, kenne ich doch, Mann, Frau, sieht gut aus, sieht schlecht aus … wenn man Menschen so lange anguckt, bis sie ganz einzigartig sind, ob das immer heißen muss, dass man ihnen deshalb nicht nahe sein darf. Ob es das nur in der Fantasie gibt, im Traum, eingefroren in einem Foto quasi. Oder ob man so gerade ganz nahe rankommt, durch das Zeitanhalten und Hingucken. Und ob andere Leute überhaupt so lange stillhalten wollen."

Beat hielt den Atem an. „Ja, okay."

„Verstehst du das?"

Sie drückte seine Hand und sah ihn mit zusammengekniffenen Augen an.

„Nicht so ganz. Tut mir leid. Aber …" Er wurde rot. „Ich find's schön."

„Du hast mich ja gefragt, ob ich lesbisch bin oder bisexuell …"

„Tut mir leid. Das war echt blöd."

„Ja. Aber, hey, ich weiß es nicht. Ich kann mir … viel vorstellen. Ich weiß aber nicht, ob ich das alles deshalb auch machen will. Oder muss. Und ich hab das Gefühl, ich muss rauskriegen, wie es für meinen Vater ist und für deinen Opa vielleicht, um das besser zu verstehen. Ja?"

„Wenn ich dir da helfen kann, mach ich's."

Sie drückte wieder seine Hand.

„Das weiß ich. Das weiß ich echt."

Beat wusste nicht, was er sagen sollte.

„Es war der schönste Sternenhimmel vorhin", war das Erste, was ihm einfiel.

„Sterne sind auch so wie Fotos."

„Mann, du machst aber auch alles superkompliziert. Kannst du nicht einfach mal irgendwas nur schön finden?"

„Ja, okay. Es war schön. Ich finde es aber immer gut, dass die Sterne ja eigentlich in Bewegung sind. Eruptionen und Explosionen von vor Millionen von Jahren. Und jetzt kommt erst das Licht an. Es sieht aus wie der totale Stillstand. So ruhig, so … ewig. Und die Leute finden das dann schön. Wir sind so klein und unbedeutend, und da oben bleibt immer alles gleich. Wie beruhigend!"

Chiara schüttelte sich, dass die Folie raschelte.

„Ich würde es schrecklich finden, wenn alles immer gleich bleibt. Millionen von Jahren lang. Wir sind nicht so unwichtig."

Sie drehte sich um und zog ihre Hand aus Beats.

Bald atmete sie regelmäßig.

Beat lag noch eine Weile im Halbschlaf und dämmerte zwischen seinem Gedankenstrudel und dem Festivallärm. So viel war heute passiert. „Ich würde es schrecklich finden, wenn alles immer gleich bleibt." Chiara wirkte auch auf den ersten Blick so … brav. Nein, nicht brav. Nachdenklich. Klug. Zehntausend Sachen über Fotos im Kopf und immer am Nachdenken, wie es anderen ging und wo das herkam. Und trotz der Behinderung (oder Nichtbehinderung, fiel ihm ein, manchmal wollte sie ja nicht behindert sein) und trotz der Familie, die so schrecklich war, dass sie sogar weglaufen musste, nahm sie es mit Hexen auf und schwamm durch eiskalte Seen zu Einhörnern. Nicht mal Jungfrau war sie noch.

Beat musste daran denken, wie sie ihn geküsst hatte und wie sie nach seiner Hand griff. Ihr fiel das alles so leicht. Und für ihn war das so schwer. Warum eigentlich? Jedenfalls war sie stark. Wenn es drauf ankam. Ganz anders als alle anderen Frauen, die er so kannte. Er dachte an seine Mütter. Warum waren die so wenig mutig? Die mussten das doch wissen, wie es sich anfühlte, jeden Tag blöd angemacht zu werden, sich zu fürchten, aufs Klo zu gehen, so ein Scheißopfer zu sein, warum war dann alles, was ihnen einfiel, um ihm zu helfen, dass sie bei der Direktorin rummotzten, als wäre er ihr spezielles Schneeflöckchen, das sie vor dem Schmelzen schützen mussten? Sie redeten doch ständig darüber, wie schwer alles gewesen war, früher, für die Lesben und die Schwulen und die Transen, aber auf dem CSD war davon nichts zu merken gewesen.

Seit Beat sich erinnern konnte, war seinen Eltern anscheinend nichts wichtiger gewesen, als möglichst normal und brav und unlesbisch zu sein, damit es ja bloß keinen Ärger mehr gab. Eine richtige Vorzeigefamilie, die besser war als alle anderen, nämlich total liebevoll und offen und bunt und tolerant und all den ganzen Scheiß. Aber wenn es darauf ankam, dass gekämpft wurde, fiel ihnen nichts ein. Es kam ihm vor, als gäbe es zwei Versionen seiner Mütter, und die verrückte, kämpferische und verquere Ausgabe hätten die beiden schon längst in irgendein Zimmer gesperrt und ganz fest abgeschlossen, ohne dass er, Beat, sie zu Gesicht bekommen durfte. Warum zeigten ihm seine tollen Regenbogeneltern eigentlich nie alles von sich? Wenn sie wirklich dafür gekämpft hatten, alles sein zu dürfen, warum waren sie dann so verdammt wenig? Und vor allem so wenig von dem, was er am nötigsten gebraucht hätte?

Das Handy brummte. Er schreckte hoch und tastete nach dem Telefon. Sechs Uhr morgens. Er musste doch eingeschlafen sein ... Das Wummern war jetzt deutlich leiser, und von den Festivalbesuchern war kaum noch etwas zu hören. In der Ecke des Zeltes saß der Sanitäter, den Kopf an die Zeltstange gelehnt, und döste vor sich hin.

Eine Nachricht von Mama. Klar, die stand so früh auf. Das bedeutete wohl, dass ihre Flucht jetzt entdeckt worden war.

Mit einem Tippen rief er die Nachricht auf.

„Beat“, las er. „Beat, bitte melde dich. Mami hat mir erzählt, was passiert ist. Die dachte, du bist schon längst wieder da von deiner Freundin. Wo seid ihr? Chiaras Mutter ruft hier schon andauernd an. Chiara meldet sich wohl auch nicht. Bitte sag ihr, sie soll ein Lebenszeichen senden. Die Mutter ruft sonst die Polizei. Wenn du irgendwie sauer bist, wir können über alles reden!“

Der letzte Satz ließ Beats Puls wieder in die Höhe schnellen. Dieses Scheißgelaber immer. Reden, reden, reden. Diese ewig langen Nachrichten allein schon.

Bevor er richtig nachgedacht hatte, war er auch schon dabei, eine Sprachnachricht aufzunehmen.

„Mama. Hi.“ Er rieb sich mit der freien Hand die Augen. „Mach dir keine Sorgen. Wir sind schon ganz weit weg, aber alles ist okay. Die Sanitäter haben uns gerettet. Chiara geht es auch gut. Sie hat echt dafür gesorgt, dass die Hexen mich nicht vergewaltigen. Dafür hab ich sie dann durch den See zum Einhorn geschleppt. Wir haben noch ziemlich lange darüber geredet, ob man durchs Fotografieren näher an die Leute rankommt oder weiter wegrutscht. Das ist so wie bei den Sternen. Schätze, morgen schummeln wir uns dann in den Bus und fahren weiter nach Süden. Wir sind ja schon fast da. Also alles okay, auch wenn wir kein Geld und nichts zu essen haben. Opa hat ja alles da. Ich hab dich auch lieb."

Er ließ das Handy sinken und starrte an die Decke. Kurz entschlossen drückte er noch mal für eine neue Aufnahme.

„Boah, ich bin aber auch gerade so sauer. Ich hab das Gefühl, ich kenne euch gar nicht richtig. Ihr wollt mir immer helfen, aber wenn ihr wisst, wie das geht, zeigt ihr es jedenfalls nicht. Tschüss!"

Schlafen, dachte er dann. Schlafen wäre jetzt sicher gut, aber zu der ganzen Müdigkeit, den wirren Gedanken, der Wut und Trauer kam jetzt auch noch Angst. Oder Aufregung. Oder trotzige Freude. Verdammt, dachte er und versuchte, die Warmhaltefolie enger um sich zu ziehen. Wie nennt man das denn?, fragte er sich, während das zarte Pochen des frühmorgendlichen DJ-Sets seinen Herzschlag einholte und dann überholte. Wie heißt das bloß? Dieses Gefühl, dass man etwas Krasses gemacht hat, von dem man nie geglaubt hätte, dass man es machen würde? Und erst jetzt, wo man's gemacht hat, weiß man, dass es wichtig war? Und jetzt ist nicht klar, was als Nächstes passiert?

Er kam nicht drauf.

18

Als er erwachte, war es heiß im Zelt. Chiara war schon aufgestanden. Ihre Sachen lagen auf dem Zeltboden herum, aber die Folie war zurückgeschlagen. Von den Sanitätern keine Spur. Draußen war es wieder lauter. Beat blinzelte. Wie spät mochte es sein? Er wollte nach dem Handy greifen, aber dann bekam er Angst, Mama könnte sich gemeldet haben. Jetzt eine Nachricht als Reaktion auf das ganze krasse Zeug, was er da gesagt hatte … lieber nicht. Trotz der Unterkühlung letzte Nacht und wenig Schlaf fühlte er sich eigentlich ganz in Ordnung. Wenn bloß der Hunger nicht gewesen wäre!

Wie auf Bestellung wurde die Zeltklappe zurückgeschlagen, und Chiara kam herein. In der Hand hielt sie eine Eierpappe, in der zwei dampfende Kaffeebecher steckten. Darauf balancierte sie zwei belegte Brötchen und zwei Schokoriegel.

„Guten Morgen“, sagte sie. „Das habe ich im Verpflegungszelt geschnorrt.“

„Du bist die Beste!“ Beat hockte sich im Schneidersitz auf die Liege. Gemeinsam aßen sie, als gäbe es kein Morgen. Die paar Bissen schmeckten himmlisch, waren aber viel zu schnell verputzt.

„Und was jetzt?“ Chiara leckte sich die Finger. „Sollen wir diesen Shuttlebus suchen?“

„Also“, sagte Beat und wog das Handy in der Hand. „Ich hab da heute Morgen schon eine Nachricht von Mama … also von meiner Mutter gekriegt. Die machen sich schon Sorgen. Und deine Ma dreht anscheinend auch schon total am Rad. Sieht so aus, als würde die die Polizei anrufen, wenn wir uns nicht melden."

„Uff." Chiara schielte zu ihrem Rucksack. „Bei mir hat's heute Morgen auch schon ein paarmal gebrummt. Ich guck mir das lieber gar nicht erst an. Was machen wir denn jetzt?"

„Na, ich hab jetzt erst mal geantwortet, dass es uns gut geht und dass die sich keine Sorgen machen sollen. Vielleicht beruhigt das ja alle ein bisschen, wenn die wissen, dass wir am Leben sind und so weit alles okay ist."

„Hast du etwa gesagt, wo wir hinwollen?" Chiara setzte sich auf. „Mensch, Beat, wenn meine Mutter das mitkriegt, dann wartet bei deinem Opa schon die Polizei auf uns. Auf jeden Fall. Da kennt die nichts."

„Ich hab nichts gesagt. Ehrlich. Aber ich finde, wir sollten jetzt vielleicht doch mal bei meinem Opa anrufen. Wenn es wirklich nur noch ungefähr eine Stunde bis München ist, dann kann er doch mit dem Auto kommen und uns abholen. Wir sparen uns den ganzen Krampf mit diesem Shuttlebus. Und wir müssen nicht ohne Essen und ohne Geld noch wer weiß wie lange unterwegs sein. Überleg doch mal. Selbst wenn wir da mitfahren können und dann vom Bahnhof aus bei Opa anrufen …"

„Können wir da nicht einfach hinfahren?" Chiara sah ihn bittend an. „Wenn wir erst mal vor der Tür stehen, kann der uns doch nicht mehr wegschicken. Und wenn wir alles von Angesicht zu Angesicht erklären, hat meine Mutter auch mit der Polizei keine Chance. Aber ich hab einfach Schiss, dass der dann doch deine Eltern oder meine Eltern anruft, bevor er uns abholt. Und dann …"

„Jetzt warte mal", unterbrach Beat. „Machst du dir da nicht ein bisschen zu viel Sorgen? Opa Eddie ist cool. Der macht so was nicht. Wenn ich den anrufe und alles erkläre, hält der dicht. Er kommt und holt uns ab. Und bei ihm zu Hause haben wir alles, was wir brauchen, und können in Ruhe überlegen. Noch so einen Tag wie gestern, nee, danke, keinen Bock. Und ehrlich gesagt hatten wir auch schon total Glück, dass die uns da aus dem Einhorn gezogen haben. Mensch, wir waren echt unterkühlt. Das hätte auch schiefgehen können. Ich rufe da jetzt an und mache das klar, okay?"

Chiara überlegte. Dann nickte sie. „Okay. Wenn du meinst. Du kennst deinen Opa ja besser als ich."

„Gut. Dann such mir mal die Nummer raus, bitte. Oder kann ich dein Handy nehmen?"

Chiara tippte kurz herum und hielt ihm dann das Telefon hin. „Vier Nachrichten von meiner Mutter schon", sagte sie. „Mensch, Beat. Ich hoffe, das klappt mit deinem Opa."

„Ach, klar. Vertrau mir einfach." Beat drückte die Wahltaste und hörte es tuten. Es fühlte sich gut an, zu sagen, wo es langging, und die Verantwortung zu übernehmen. Chiara hatte schon so viel für ihn getan. Jetzt war er dran.

„Hallo?" Opa Eddies Stimme!

Beat setzte sich auf.

„Ähm, hallo? Opa? Hier ist Beat. Hi?"

Stille am anderen Ende. Beat ertappte sich bei dem absurden Gedanken, Opa Eddie könnte vielleicht vergessen haben, wer er war.

„Ach, Beat! Ja. Mensch. Schön, dich zu hören. Ich wusste gar nicht, dass du meine Nummer hast? Oder hast du deinen Vater gefragt? Was gibt's denn?"

„Opa, sag mal, bist du gerade zu Hause?"

„Ja, ich bin zu Hause. Warum?"

„Pass auf. Ich bin hier gerade mit einer … also mit meiner Freundin unterwegs. Oder, na ja, wir sind eigentlich schon fast bei dir. Hier ist so ein Festival, das heißt … keine Ahnung, wie das heißt. Wir sind auch nur zufällig hier …"

Chiara breitete die Arme aus und legte die Stirn in Falten. Offenbar fragte sie sich, was Beat da für einen Müll erzählte.

Er atmete tief durch.

„Ist ja auch egal. Das ist nur so eine Stunde von dir weg. Und ich hab mich gefragt … also, wir wollten wissen, ob du uns hier vielleicht abholen kannst."

Wieder Stille. Dann ein Kichern. Glucksen. Und schließlich lautes Lachen. Opa Eddie lachte ihn aus.

„Ähm, Opa? Warum lachst du?"

„Ja, mein lieber Beat, wie soll ich denn da bitte nicht lachen? Du brennst da einfach so durch mit deiner kleinen Freundin, Hals über Kopf, wie man das so macht, wenn man jung und dumm ist. Du entschuldigst, ich bin alt, ich darf so was sagen. Und jetzt wisst ihr nicht mehr weiter, und dann soll der Opa kommen und es richten. Ich weiß nicht, an wen du mich mehr erinnerst: an deine Mutter oder deinen Vater. Mut habt ihr ja, das muss man euch lassen. Aber jetzt wird es ein bisschen ungemütlich, und dann wird gleich geweint."

„Opa …", versuchte Beat zu unterbrechen.

Aber gegen Opa Eddie hatte er keine Chance.

„Wenn du alt genug bist, mit einem Mädchen abzuhauen, weil ihr in Ruhe vögeln wollt, dann bist du auch alt genug, um zuzusehen, wir ihr da wieder rauskommt. Ich mache mir da aber gar keine Sorgen. Anscheinend habt ihr es ja schon ziemlich weit geschafft, da wird der Rückweg für euch auch kein Problem sein."

„Rückweg?"

„Oder weiter. Dahin, wo die Zitronen blühen. Mir doch egal. Nur zu mir könnt ihr ganz sicher nicht. Ich steige doch nicht ins Auto und fahren den halben Tag, um zwei Teenager aufzugabeln, die vor lauter Hormonsuppe im Kopf nicht wissen, wo oben und unten ist. Und handel mir am Ende noch Ärger mit deinen Müttern ein. Oder noch schlimmer, mit ihrer Mutter. Die Mütter von den Mädchen sind immer das Schlimmste. Aber das findest du bestimmt gerade selber raus. Nein, nein. Sucht euch was anderes, ja? Ich habe hier zu arbeiten und kann keine Störung gebrauchen."

Beat spürte, wie sich in seinem Magen ein Gefühl ausbreitete, als sauste er mit dem Fahrstuhl in den Keller. Er schluckte trocken. Chiara sah ihn noch immer mit weit aufgerissenen Augen an. Scheiße. Was jetzt?

„Okay, Opa", sagte er laut und nickte Chiara zu, als wäre alles in Ordnung. „Natürlich. Klar. Das verstehe ich. Wir schaffen das auch so und melden uns dann. Ach …" Chiara gestikulierte wild, was wohl heißen sollte, dass Beat Opa Eddie einschärfen sollte, auch ja dichtzuhalten.

„... du, wenn Mama anruft ... oder jemand von meiner Freundin ... Franziska heißt die Mutter ... du sagst nichts, ja? Du hast nie von uns gehört."

Wieder das Glucksen am anderen Ende. Beat musste an eine sehr alte Unke denken, die am Grund eines Brunnens hockte und sich diebisch freute, die goldene Kugel in ihrer Gewalt zu haben.

„Den Gefallen tue ich euch gerne. Umso lieber, da er mich nicht die geringste Mühe kostet. Ich werde einfach tun, was ich die letzten Jahre getan habe, wenn die Nummer deiner Mütter bei mir aufleuchtet. Ich gehe nicht ran. Alles Gute für euch beide, ja? Und schreibt mir mal eine Postkarte, wenn ihr es wirklich bis nach Italien schafft."

Und damit legte er auf.

„Und?", fragte Chiara.

„Ja. Äh", sagte Beat. Sehr langsam legte er das Handy an die Seite. Zu seinem Herzschlag hätte das ganze Festival in übelstem Gabba-Gezappel abgehen können. „Also, das ist jetzt gerade ein bisschen schwierig."

„Schwierig? Was heißt denn schwierig? Aber wir können da doch hin, oder?"

„Ja. Na klar." Okay, das hatte er jetzt gesagt. Aber wie weiter? „Er sagt auf gar keinen Fall was." Komm schon, dachte Beat. Lass dir was einfallen. „Aber er kann uns gerade nicht abholen, weil ... weil er arbeitet." Ganz nah an der Wahrheit log es sich doch immer am besten. „Er hat einen Kunden da. Der will Bilder kaufen. Einen Galeristen!" Das klang professionell und glaubwürdig. Chiara sah auch gleich etwas beruhigt aus, schaute ihn aber nach wie vor erwartungsvoll an.

„Und deshalb geht das jetzt auch nicht mit dem Auto. Er sagt aber nichts, wie gesagt, und wir sollen einfach so vorbeikommen."

Er gab sich Mühe, vollkommen ruhig zu wirken, aber am liebsten hätte er sich selbst in den Arsch getreten vor Wut. Wenn sie da erst einmal vor der Tür standen, hatte er sich immer eingeredet, dann würde es sicher niemand übers Herz bringen, sie einfach wegzuschicken. Aber Opa Eddie brachte so etwas übers Herz.

„Okay. Cool. Nicht so schlimm, das mit dem Auto." Chiara legte ihm die Hand auf den Arm. „Danke, dass du den Anruf gemacht hast. Jetzt geht es mir schon besser."

Ihre Berührung gab Beat den Rest. Er ließ den Kopf nach vorne sacken und spürte schon im gleichen Augenblick, wie ihm die Tränen kamen.

„Sorry, das war alles Bullshit", schniefte er.

„Wie, was meinst du? Was ist Bullshit?"

„Dass wir dahin können zu meinem Opa. Er hat keinen Bock auf uns, keinen Bock auf Ärger und keinen Bock, dass er gestört wird. Wir sollen doch wieder nach Hause oder gleich weiter nach Italien, meint er. Aber dass er unseren Eltern nichts sagt, das stimmt", schloss er.

Chiara schlug die Hände vor den Mund. „O Scheiße! Mist. Mist, Mist, Mist. So eine Riesenkacke."

Sie legte die Arme um Beat und vergrub den Kopf an seiner Schulter. „Und was machen wir jetzt?", murmelte sie dumpf in sein T-Shirt.

Beat überlegte. Dann rückte er von ihr ab und sah ihr ins Gesicht. „Wir fahren hin."

„Zu deinem Opa?"

„Ja. Wir fahren da trotzdem hin. Mutig seid ihr ja, hat er gesagt. Wenn wir es bis dahin schaffen, ohne ihn, das bedeutet was. Dann sind wir keine planlosen Kinder. Dann haben wir ihm was bewiesen. Das imponiert ihm, das weiß ich."

„Und wenn nicht? Du hast dich da schon einmal verschätzt."

Beat schüttelte den Kopf. „Diesmal bestimmt nicht. Er kann ein fieser alter Knochen sein. Und er ist definitiv nicht nett. Aber was schaffen, ganz allein was schaffen, das ist das Wichtigste für ihn. Zwei nervige Kinder, die nur rumheulen, die will er nicht haben, aber zwei junge Liebende auf Abenteuerfahrt, das passt zu ihm."

„Junge Liebende?" Chiara grinste schief, und Beat wurde knallrot. „Na, wenn's hilft. Und wenn er uns doch wegschickt?"

Beat sprang auf und merkte gerade noch rechtzeitig, dass er unter der Wärmedecke nach wie vor nackt war. Er raffte die Folie um sich.

„Ja, Scheiße! Dann fahren wir halt nach Italien!"

Rotgesichtig und mit klopfendem Herzen sah er Chiara an.

Sie nagte wieder an ihrer Unterlippe herum. Dann breitete sich ein Strahlen auf ihrem Gesicht aus.

„Scheiße! Dann fahren wir eben nach Italien!", schrie sie und sprang ebenfalls auf.

„Jetzt gleich los?", keuchte Beat und griff nach seinem Rucksack.

„Jetzt gleich."

Ihre Müdigkeit war wie weggeblasen. Sie schlüpften in die klammen Klamotten, rafften ihre Sachen zusammen und rannten nach draußen. Hand in Hand bahnten sie sich den Weg durch die Menge der Feierwütigen.

„Zum Shuttle geht's da hinten", rief Chiara über die Schulter. „Hab ich vorhin schon gesehen."

Beat folgte ihr und wurde durch den Menschenstrom geschleudert wie eine Flipperkugel.

Keuchend kamen sie an einer Straße zum Stehen. An einer Bushaltestelle in einiger Entfernung warteten mehrere Reisebusse. Eine Schlange aus halb nackten Festivalbesuchern mit Rucksäcken und Getränkedosen in der Hand reichte bis fast zum Gelände.

„O Scheiße. Guck mal." Chiara drückte sich plötzlich hinter ein an einem Laternenpfahl befestigtes Werbebanner des Festivals und deutete auf die Wartenden. „Da vorn. Der jetzt gleich dran ist. Das ist Björn."

„Echt? Die Sau!" Beat reckte den Hals. Tatsächlich. Der unheimliche Raststättenverkäufer, der sie im Sumpf so schmählich im Stich gelassen hatte, stand, inzwischen nur noch mit Shorts bekleidet, unmittelbar vor der Bustür und schwankte leicht im Wind. Offenbar hatte er die Zeit seit dem frühen Morgen genutzt, um sich ordentlich die Kante zu geben. Eine überdimensionale Sonnenbrille verdeckte den oberen Teil seines Gesichts, aber es gab keinen Zweifel: Das war Björn.

Eben machte er Anstalten, in den Bus zu steigen. Da reckte sich ein behaarter Arm aus der Tür und stoppte ihn durch einen Stoß vor die Brust. Beat und Chiara beobachteten mit angehaltenem Atem, wie Björn das Handgelenk vorwies und lautstark zu protestieren begann.

„Armband … verloren", konnte Beat ausmachen. „Schwimmen … meine Freundin … tauschen … leider verloren … Schluss gemacht … muss dringend nach Hause … echt wahr …"

„Dich kenne ich, Freundchen!", bellte der behaarte Arm so laut, dass es bis in Beats und Chiaras Versteck zu hören war. Die gesamte Schlange zuckte zusammen und schien Haltung anzunehmen. „Auf den Trick bist du doch schon letztes Jahr gereist. Und das Jahr davor. Mit der Freundin die Bänder getauscht. Im See verloren. Das ist ja wohl die blödeste Geschichte aller Zeiten. Ich meine, einmal lass ich mir das ja gefallen. Bin ja kein Unmensch. Aber das dritte Jahr? Ist dir das nicht selber langsam peinlich? Sieh zu, dass du Land gewinnst. Und sei froh, dass ich dich nicht bei den Ordnern verpfeife. Wenn sich jeder so den Eintritt sparen würde, da wären wir alle hier bald arbeitslos."

Björn trollte sich und schlich mit hängenden Schultern an der Schlange vorbei. Beinahe tat er Beat leid, aber nur beinahe. Immerhin hätten sie bei dem Trip durch den Sumpf und beim Schwimmen im eiskalten See auch im Krankenhaus landen können.

„Komm." Chiara zog ihn am Ärmel. „Das können wir vergessen mit dem Bus."

„Hast recht", nickte Beat. „War eh eine bescheuerte Geschichte."

Hand in Hand stürzten sie sich wieder ins Getümmel.

„Lass mal zum Strand!", schrie Chiara durch den Lärm. „Da können wir in Ruhe weiterüberlegen."

Sie kämpften sich durch die Menschenströme, bis sie wieder am schwarzen Wasser des Sees standen. Jetzt, am Tage, sah das Wasser etwas freundlicher aus. Schilf rauschte im Wind, und ein paar aufblasbare Boote mit Werbeaufdrucken trudelten im Wasser. Das Einhorn, mit dem sie noch heute Morgen im mitleidlosen Sternenhimmel festgesteckt hatten, lag umgekippt am Strand. Seinem Grinsen nach schien es sich aber auch darüber noch zu freuen. Badende waren weit und breit keine zu sehen. Nachdem er letzte Nacht fast erfroren war, wusste Beat auch, warum.

Ächzend ließ er sich neben Chiara in den Sand fallen und starrte aufs Wasser hinaus.

„Tja", sagte er. „Keinen Plan."

„Ich auch nicht." Chiara warf Steinchen ins Wasser. „Wieder trampen?"

„Nee. Davon hab ich echt die Schnauze voll."

„Warte mal." Chiara sprang auf. „Guck mal da draußen!"

Beat beschattete die Augen mit der Hand. „Ein Kanu. Na und?"

„Ein Kajak", berichtigte Chiara. „Das sind Wasserwanderer. Und so viel Gepäck, wie die dabeihaben, paddeln die hier nicht bloß über den See."

„Ich verstehe immer noch nicht, warum du dich so freust. Die werden uns ja wohl kaum mitnehmen."

„Natürlich nicht. Aber wenn es hier Wasserwanderer gibt, dann heißt das, der See ist nicht abgeschlossen. Es gibt Zu- und Abläufe. Bäche und Flüsse."

Beat dämmerte, was Chiara im Sinn hatte.

„Nein. O nein. Ganz bestimmt nicht. Das kannst du vergessen."

„Warum denn? Ich kann Kajak fahren. Als Kind hab ich mit meinem Vater total oft Urlaub auf dem Wasser gemacht. Das geht viel schneller als an Land. Eigentlich macht es sogar Spaß."

„Du willst doch nicht ernsthaft vorschlagen, dass wir mit einem von den Dingern ..." Er zeigte auf die wurstförmigen Plastikboote, von deren hochgewölbter Bordwand je ein Hirsch mit Kreuz zwischen dem Geweih zu ihnen hinüberäugte. „Dass wir mit einem von diesen Dingern den ganzen Weg bis zu Opa Eddie paddeln?"

„Du hast doch gemeint, sein Haus steht an einem See. Zwischen so Bergen."

„Ja, und?“
„Warte mal.“
Chiara war mit ein paar schnellen Schritten beim Rucksack, zog das Handy heraus und wischte entschlossen darauf herum. „Mal sehen … Edgar Edel … Villa … ob mir da eine Route angezeigt wird? Also, wir sind hier … ha! Wusste ich’s doch. Da ist der Zulauf. Der fließt dann … Moment … in diesen Fluss … dann eine Schleuse, ein Kanal … da lassen wir uns rüberschleusen, kein Problem …“
„Kein Problem?“, wagte Beat einzuwenden. „Mit einem Spielzeugboot?“
„Pscht!“ Chiara winkte ärgerlich ab. „Dann hier rum … da ist Fahrverbot am Industriehafen, klar.“
„Industriehafen?“
„Jetzt sei doch mal still!“ Chiara hielt ihm das Handy vor die Nase. „Ist das vielleicht das Haus von deinem Opa?“
Beat beugte sich über das Display und zog das verpixelte Satellitenbild mit Daumen und Zeigefinger auseinander. Ein See, inmitten großer Hügel oder Berge. Am Ufer ein Haus mit vielen Bäumen rundherum. Und nur ein kleines Stück auf den See hinaus eine Insel mit einigen braunen Flecken, die mit etwas Fantasie eine Ruine darstellten.
„O Mann.“ Beat sah Chiara aufgeregt an und spürte tatsächlich so etwas wie Hoffnung. „Das könnte es echt sein. Ich glaube, ich erkenne die Insel wieder mit dieser alten Kirche oder was das ist.“
Chiara nickte. „Hab ich mir gedacht. Also, bist du dabei?“
„Womit sollen wir denn paddeln?“
Chiara zeigte triumphierend auf eine verlassene Strandbar, die in ein paar Metern Entfernung stand. Ein Schild mit dem gleichen Hirschlogo wie auf den Gummibooten quietschte im Wind. Hinter der Theke stand tatsächlich ein wackeliges Regal aus Bambusimitat, in dem nicht nur leere Schnapsflaschen standen, sondern auch einige Plastikpaddel aufgereiht waren.
„Dein Ernst?“, seufzte Beat. „Und wenn die kaputtgehen?“
„Die gehen nicht kaputt.“

„Können wir nicht lieber das Tretboot von gestern Abend suchen?“

„Ich sehe das hier nirgendwo. Aber selbst wenn wir es finden würden, mit einem Kajak geht es zehnmal schneller. Bei einem Tretboot hängt dir nach ein paar Kilometern die Lunge aus dem Hals. Und wenn größere Wellen kommen, sind wir mit dem Kajak allemal besser dran.“

„Wir haben nichts zu essen und zu trinken. Das sind doch mindestens, ach, was weiß ich, hundert Kilometer.“

Chiara schüttelte den Kopf. „Höchstens sechzig. Vertrau mir. Ich musste im Urlaub immer die Karte lesen. Das kann man an einem Tag schaffen, wenn man sich anstrengt.“

„Ja, und ohne Essen und Trinken können wir uns wohl kaum richtig anstrengen.“

Chiara sah sich suchend um. „Das sammeln wir uns auf dem Gelände zusammen. Was meinst du, was die Leute hier alles stehen lassen.“

Beat verzog das Gesicht. „Lecker.“

„Hey.“ Chiara stemmte die Hände in die Hüften. „Willst du das jetzt schaffen oder nicht? Ich dachte, wir sind nicht bloß zwei verplante Kinder, die sofort um Hilfe schreien. Ich dachte, wir sind junge Liebende auf Abenteuerfahrt.“

Die Sonne schien ihr ins Gesicht. Sie kniff die Augen zusammen und lachte, und sie war so schön, dass es wehtat. Scheiße, dachte Beat. Ich bin verliebt. Ich bin so richtig schlimm verliebt. Ich bin so verliebt, wie die Leute in Büchern oder Filmen verliebt sind. Und ich habe keine Ahnung, wie das geht.

„Das ist eine totale Scheißidee“, sagte er.

„Nach Italien!“, schrie Chiara und schmiss die Arme in die Höhe.

Beat sah das Einhorn an, das ihn aufmunternd angrinste. Du hast gut lachen, dachte er. Du bist aus Gummi und nur aufgepustet. Wahrscheinlich von Leuten, die vorher lauter glücklich machende Drogen geschmissen haben.

Chiara hinkte schon durch den Sand auf die Strandbar zu.

„Nach Italien“, seufzte er und stapfte ihr hinterher.

19

Am Tag, nachdem Thomas mit Julia geschlafen hatte, passierten gleich drei seltsame Dinge auf einmal.

Zuerst traf er Clemens' Geist. Dann fuhr er gemeinsam mit Julia in sein Vaterhaus. Und drittens wurde er auf offener Straße für heterosexuell gehalten.

Beim Frühstück war noch alles annähernd normal. Er schlief lange, und als er erwachte, hatte Julia bereits einen einfachen, aber sehr einladenden Frühstückstisch gedeckt. Thomas vermisste lediglich ein Ei.

„Vegan", sagte Julia kauend. „Das ist vegan alles."

„Ach, du isst gar kein Fleisch?", wunderte sich Thomas.

„Ich esse nichts, was von einem Tier kommt", berichtigte Julia.

„Auch keinen Käse?"

„Wenn er von Tieren kommt, dann nicht."

„Gibt es auch Käse, der nicht von Tieren kommt?"

„Gibt es. Aber der schmeckt nicht."

Kaffee war vegan, stellte Thomas erleichtert fest. Allerdings bildete die Pflanzenmilch Flöckchen in der heißen Flüssigkeit. Julia hielt offenbar eine Wochenzeitung, eine linke Wochenzeitung selbstredend, deren eklektische Themenwahl Thomas, der an eher bürgerliche Orientierung am Tagesgeschehen gewöhnt war, einigermaßen ratlos zurückließ.

„Drei Artikel über die Situation von Frauen in Tunesien, einer über den NSU-Komplex, ein Streitgespräch über Tierrechte und diese minutiöse Chronik einer Hausbesetzung … hat das Ding auch einen Politikteil?", maulte er.

„Das ist doch Politik." Julia war ganz in ihr Handy vertieft, wo sie irgendwelche sozialen Medien abklapperte.

„Na ja." In Thomas' Welt war Politik etwas, das Politiker und Politikerinnen in Parlamenten taten, auf Konferenzen und Klausurtagungen, auf Gipfeln und Parteitagen, in Debatten und Talkshows. Er verfolgte dieses Spektakel höchst interessiert, war über Themen, Personal, das Wer-mit-wem und vor allem Wer-gegen-wen stets auf dem Laufenden und freute sich, wenn seine Favoriten und Favoritinnen gewannen. Zudem hatte er in den langen Jahren mit Clemens einiges an Hintergrundwissen mitbekommen und genoss zusätzlich zum normalen Vergnügen am Hin- und Herwogen der Auseinandersetzung auch noch den Kitzel des Bescheidwissens über Persönliches und Privates der Protagonisten, das die Debatte ja auch mitbestimmte.

„Ist eben nicht die Soap-Opera-Variante von Politik", meinte Julia kauend und hatte ihn damit ganz schön ertappt.

„Findest du es denn nicht wichtig, was zum Beispiel im Parlament passiert?", fragte er, etwas angriffslustiger.

„Doch, schon." Julia wischte immer noch über das Smartphone. „Da kann man bestimmen, welche Feinde man hat. Gegen manche lässt es sich besser ankommen als gegen andere."

„Hör mal, du bist ja eine Demokratieverächterin", lachte Thomas. „Eine Quasselbude sei das. Fanden ja schon die Nazis. Du, es gibt genügend Leute, die würden diese Quasselbude lieber heute als morgen abschaffen. Ein paar von denen sitzen sogar schon selber drin. Und dass du heute hier so als Frau, mit allen deinen Rechten …"

„Mein Recht als Frau", sagte Julia und legte jetzt doch kurz das Handy hin, „ist es vor allem, in meiner eigenen Wohnung am Frühstückstisch nicht belehrt zu werden. Von einem, der gestern Abend auch die Propaganda der Tat befürwortet hat, übrigens."

„Es war wohl eher so eine Art *dérive*."

Julia legte den Kopf schief. „Ah, der erste Streit." Sie lachte, aber ganz unernst war es ihr offenbar nicht. „Den Weg zum Versöhnungssex können wir auch abkürzen."

„Was fummelst du da eigentlich die ganze Zeit an deinem Handy rum?" Thomas ging die plötzlich ausgebliebene Erektion von gestern Abend immer noch im Kopf herum, und bevor er irgendeine Art von Sex mit Julia hatte, wollte er gerne in aller Ruhe und strikt für sich klären, was es damit auf sich hatte.

„Ich könnte auch an dir herumfummeln. Aber gut. Ich lese auf Twitter, warum alle Männer Müll sind. Hashtag *men are trash*."

„Entschuldige mal!"

„Jetzt sei doch nicht gleich beleidigt."

„Wie soll ich denn da nicht beleidigt sein?"

„Du könntest es ja mal versuchen."

„Das ist doch blöd. Und kontraproduktiv übrigens. Wie viele Männer haben dann noch Lust, sich für Feminismus zu interessieren? Außerdem stimmt es doch gar nicht."

„Ich würde sagen, es ist nicht die vornehmste Aufgabe des Feminismus, Männer auf möglichst sanfte Weise für sich zu interessieren. Und außerdem stimmt es doch."

„Ach! Du findest also, ich bin Müll."

„Strukturell gesehen."

„Irgendwas an meiner Struktur war dann aber geil genug, dass du den Müll kurz vergessen hast?"

Julia seufzte und griff nach seiner Hand. „Schatz, jetzt lass uns doch nicht streiten."

„Sag nicht Schatz zu mir."

„Du wirst immer gleich so emotional."

„Ach, jetzt bin ich hysterisch!", rief Thomas in gespieltem Ärger und entzog ihr die Hand. „Den Abwasch kannst du alleine machen." Sie mussten schon beide grinsen.

„Mach ich doch sowieso jeden Tag." Jetzt hatte sie seine Hand wieder. „Was ich meine, ist: Statt jetzt auf mich sauer zu sein oder auf alle bösen Frauen bei Twitter, könntest du doch zur Abwechslung mal auf deine Eltern sauer sein …"

„Meinen Vater“, unterbrach Thomas. „Meine Mutter habe ich nie gekannt. Und auf meinen Vater bin ich schon sauer genug, danke.“

„… auf deinen Vater“, fuhr Julia unbeirrt fort, „der dich in dem Glauben erzogen hat, dass dir sämtlicher Raum, sämtliches Geld und sowieso alles Zeug auf der Welt einfach so zusteht, und der damit dafür gesorgt hat, dass du Leuten wehtust, ohne es wahrscheinlich überhaupt zu merken, und der dich damit vor allem so ängstlich um diese Position gemacht hat, dass du sofort total ausflippen musst, wenn die nur mal ein kleines bisschen angekratzt wird. Zum Beispiel durch das, was irgendwelche Leute im Internet schreiben.“

„Also, dass mir alles einfach so zusteht, das hat mir mein Vater nun wahrlich nicht vermittelt. Welche Privilegien sollen das denn bitte sein, von denen du da immer redest?“

„Meinst du das jetzt im Ernst? Hast du dir deine Wohnung mal genauer angeguckt? Deinen Job? Erinnerst du dich bitte, wie wir uns das erste Mal begegnet sind? Als ob der ganze Laden dir gehört.“

„Tut er ja auch.“

„Eben.“

„Mein Gott, alles, was ich mache, ist sowieso falsch!“

„Ich gebe zu, dass du dir das alles sicher nicht ausgesucht hast, aber es muss ja nicht immer so bleiben.“

Thomas warf die Hände in die Luft.

„Ich geb's auf.“

„Ja, aber davon geht es ja nicht weg. Vom Aufgeben. Da guckst du von außen zu bei allem, was politisch ist, und freust dich an der Daily Soap da, während andere die Arbeit machen.“

„Du, ich war aktiv, ja? Wir sind auf die Straße gegangen. Ich bin doch auch kein Mann, so als Mann-Mann. Ich bin doch …“

„Ja?“ Sie beugte sich vor und stützte das Kinn in die Hände. „Was bist du bitte? Jetzt bin ich gespannt.“

Schwul, hatte er sagen wollen, aber wie er sie jetzt so ansah und sich langsam ein gewisses Glühen in ihm breitmachte, kam ihm das falsch vor.

Es glühte dann doch noch ziemlich gemeinsam zwischen ihnen, und es kam zu einer schönen Wiederaufführung aller Bewegungen und Schritte des gestrigen Abends, in neuer Frische und neugierig erforscht.

Trotzdem machte Thomas sich anschließend rasch auf den Weg. Etwas, dachte er, als er zu Fuß durch die vormittägliche Stadt trottete, war bereits anders geworden. Ob es an der kleinen Auseinandersetzung über allerdings sehr grundsätzliche Fragen lag oder an der immer noch in ihm rumorenden Fehlerektion, wusste er nicht zu sagen. Er hatte das unbestimmte Gefühl, dass das Spielerische, das Nichtgesagte und Hingeträumte zurückgewichen waren, dass das Schattenreich, in dem sie sich zuerst begegnet waren, plötzlich schon etwas zu grell erleuchtet und irgendwie ein Element der Konkurrenz hinzugetreten war … er schüttelte den Kopf.

Vielleicht war alles nur sehr schnell gegangen. Überhaupt war es bei einem Mann seines Alters ja nicht unnormal, eigentlich sogar zu erwarten, vor allem unter den gegebenen Umständen der Fremdheit und Verwirrung … Er blieb stehen. Ein Mann seines Alters, so wollte er für Julia gar nicht sein. Sie hatten sich doch zwischen Superhelden und Vampiren, zwischen feierlichstem Kitsch und nebeligstem Romanpflaster getroffen. Alles schien möglich in ihrer so unwahrscheinlichen Romanze. Und dass jetzt nicht alles möglich sein sollte, weil ein Körper – sein Körper – eben nicht so wollte, das wurmte ihn, wusste er plötzlich.

Da fiel ihm etwas ein. Clemens hatte doch … bei all seinen Eskapaden … natürlich! Er schlug sich vor die Stirn und eilte schnellen Schritts nach Hause.

Spritney lag selbstverständlich noch im Bett, als er hereinstürmte.

„Hey! Kannst du nicht anklopfen? Ich mache hier vielleicht gerade sonst was!“ Spritney schminkte sich offenbar nie ab. Sie lugte mit blitzenden Pandaaugen und Samuraikriegsbemalung aus den Laken und schwenkte die stark lackierten Nägel in Thomas’ Richtung. Die Risse in den dicken Schminkeschichten deuteten aber eher darauf hin, dass sie keineswegs „sonst was" gemacht, sondern ganz einfach geschlafen hatte.

„Entschuldigung!" Thomas war schon an Clemens' altem Schreibtisch und wühlte in den Schubladen herum. „Bin gleich wieder weg." Papiere. Briefe. Halb aufgegessene Schokoladentafeln.

„Was wühlst du denn da in meinen Sachen rum?" Spritney stützte sich auf den Ellbogen und blies sich ein paar strohige Strähnen aus dem Gesicht. Das sehr glatte Laken rutschte von einer der kugeligen Brüste, an der sich prompt eine bunt lackierte Handspinne kratzend zu schaffen machte.

„Deine Sachen. Von wegen", murmelte Thomas. Druckerpapier. Pornopostkarten. Parteiwerbung. Warum hatte er nicht jemand Ordentlichen heiraten können?

„Ich habe einen Mietvertrag!", protestierte Spritney. „Das ist mein Zimmer, und das sind meine Sachen!"

„Den haben wir nie unterschrieben." Thomas fing mit dem Durchwühlen von vorne an. Irgendwo musste doch ... ah! Er ertastete den Blister. Eine der Plastikblasen war eingedrückt ... wenn nur nicht ... zwei eingedrückte Blasen. Dann hatte er den Silberstreifen herausgefischt und wog ihn in der Hand. Zwei Tabletten waren tatsächlich weg. Zwei waren noch da.

„Reite jetzt bloß nicht auf irgendwelchen legalen ... was hast du denn da? Sind das Tabletten?" Spritney reckte interessiert den Hals.

„Geht dich gar nichts an."

„Alles, was man schlucken kann, geht mich was an."

Thomas verzog schmerzlich das Gesicht. „Echt jetzt?"

„Ich meinte wirklich nur Spaßpillen." Spritney schwang die Beine aus dem Bett und stakste nackt zum Schreibtisch hinüber. „Wo warst du überhaupt? Ich bin heute Nacht aufgewacht und hab mir Sorgen gemacht."

„Sorgen. Du bist doch nicht drei oder so. Und ich übrigens auch nicht."

„Aber frühtraumatisiert. Ach, jetzt wird mir einiges klar." Spritney tippte mit einem Krallennagel auf den Blister. „Frau von Rabenstein. Und da ist nicht alles nach Plan gelaufen? Na, du bist ja auch nicht mehr der Jüngste."

„Vielen Dank!", fauchte Thomas. „Nur zu deiner Information: Es ist alles sehr nach Plan gelaufen. Vor allem, weil wir gar keinen Plan hatten. Und wenn du dir unter Sex nichts anderes vorstellen kannst, als dass irgendwas irgendwo reingesteckt wird, dann tust du mir leid."

Spritney hieb Thomas auf die Schulter und lachte dröhnend. „Jesus, hilf! Ich habe schon Sex ohne steife Schwänze gehabt, da hast du noch alleine in der Badewanne Arschfick geprobt. Aber du bist doch sonst ein so traditioneller Charakter. Da dachte ich …"

„Warum wollen mir heute eigentlich alle unbedingt unter die Nase reiben, was für ein spießiger alter Mann ich bin?"

„Spießiger *weißer* alter Mann hast du vergessen." Spritney beäugte die Tabletten gierig. „Oh, die guten gelben! Viel besser als die blauen. Gibst du mir eine halbe ab?"

„Reicht das denn?"

Spritney nahm Thomas die Verpackung aus der Hand und drückte eine Tablette auf den Schreibtisch. „Ja. Reicht. Die blauen sind, wie meine Urologin sich auszudrücken pflegte, für die Betriebsfeier und die gelben für das Wochenende mit dem Sekretär."

Thomas zuckte zusammen. Ungefähr so war es wohl für Clemens tatsächlich gewesen. Er hatte immer ausnehmend gut aussehende Sekretäre gehabt.

„Und hab ich denn da die ganze Zeit … ich meine, das tut doch irgendwann weh."

„Eine Latte?" Spritney hatte die Tablette flugs mit dem Brieföffner in zwei Teile geknackt und sich das eine Bruchstück in den Mund geschoben. „Nein. Warst du denn geil bei der Frau von Rabenstein?"

Thomas wurde blödsinnigerweise rot. „Klar. Es war ja auch nicht die ganze Zeit so. Eigentlich war es die ganze Zeit ganz anders. Nur eben dann nicht mehr."

„Na, siehst du. Es ist ein reines Problem der Übertragung zwischen Kopf und Schwanz. Gewollt hast du schon. Und etwas anderes in dir hat dann zu dem einen Zeitpunkt eben nicht gewollt. Jetzt kannst du dein Geld zum Therapeuten tragen oder dich monatelang mit deinen Unsicherheiten rumschlagen. Oder du schluckst diese Pille, und das Blut strömt halt einfach ungehindert dahin, wo es hinsoll. Aber eben nur, wenn da was ist, das dafür sorgt, dass auch Blut strömen will. Wie zum Beispiel so eine Frau von Rabenstein. Vorher passiert gar nichts."

„Und nach einem Mal ist vorbei? Dann brauch ich die nächste Pille?"

„Schönerweise nicht. Das Zeug tut seine magische Wirkung zwei bis drei Tage. Wie gesagt, das Wochenende mit dem Sekretär. Und wenn es bei dir wirklich nur darum geht, dass du da gerade irgendwie gehemmt bist, kann es gut sein, dass du's dir nach ein-, zweimal sowieso auch wieder sparen kannst. Wenn es in deinem zarten Unterbewusstsein angekommen ist, dass es voll okay ist, deinen Schwanz in Frau von Rabenstein reinzustecken."

Thomas starrte auf die halbe Tabletten auf dem Tisch. Gelb und abgebröselt lag sie da, viel zu unglamourös für ein Ticket ins Wunderland.

„Klingt wie der reinste Zaubertrank."

„Wie im Märchen!", nickte Spritney. „Genau das Richtige für mich."

„Ach, du wirfst dir das jetzt nur ein, weil das Nahrung für Märchenwesen ist?"

„Ich bin eben auch nicht mehr die Jüngste", sagte Spritney würdevoll. „Und wenn wir in die Jahre kommen – da sage ich dir sicherlich nichts Neues –, dann steht er einem nicht mehr so hoch, wie man gerne hätte. Und ich bin nicht bereit, das zu akzeptieren. Ich bin ein wandelndes Inschallah, und mein Buraq soll keine lahme Schindmähre sein."

Spritney warf das Haar zurück.

Thomas beäugte nach wie vor die halbe Pille. „Bist du nicht eigentlich Christin?"

„Ein fliegendes Maultier mit Frauenkopf und Pfauenschweif als Bild für meinen schönen Schwanz hat leider nur der Koran zu bieten."

„Und das nimmst du jetzt einfach so? Oder hast du noch was vor?“ Thomas starrte die Pille an. Die Pille starrte zurück.

„Jetzt schon“, freute sich Spritney. „Und notfalls kann ich mich ganz allein daran freuen. Aber warum sollte ich?“

Kurz entschlossen schnappte sich Thomas die halbe Pille und steckte sie in den Mund. Beim Schlucken musste er etwas würgen. Dann war sie unten.

„Na, dann viel Spaß. Grüß Julia von mir.“ Spritney kletterte wieder ins Bett. „Muss jetzt weiterschlafen. Das könnte heute Abend lang werden.“

Thomas wollte sich gerade zum Gehen wenden, als ihm plötzlich etwas einfiel. Er hob den Blister auf und drehte ihn prüfend vor den Augen.

„O nein.“

„Was?“, machte Spritney schläfrig unter den Laken.

„Das Zeug ist fünf Jahre alt. Mensch, Spritney, das ist doch längst abgelaufen!“

„Jetzt krieg dich mal wieder ein. Das wird nicht schlecht.“

„Das wird nicht schlecht? Hast du noch nie von den Risiken abgelaufener Medikamente gehört? Fünf Jahre! Das ist praktisch Sondermüll.“

Thomas ließ den Blister fallen und griff sich an den Magen. „Mir ist schlecht.“

„Gott, du machst aber auch immer aus allem ein Drama. Was soll denn passieren? Schlimmstenfalls kriegst du eben keinen hoch. Wenn ich dich da richtig verstanden habe, habt ihr euch ja eh genügend andere Dinge einfallen lassen. Mach dich mal locker.“

„Keinen hochkriegen ist jetzt wirklich nicht mein Problem.“ Thomas spürte, wie ihm der Schweiß ausbrach. Er fühlte sich, als hätte ihm gerade jemand eröffnet, dass ihm LSD in den Drink gemixt worden war. Als ob es nicht schlimm genug war, dass er hier im Zimmer seines verstorbenen Mannes stand und sich von seiner nur mit Schminke bekleideten Einzelfallhelferin erklären lassen musste, wie moderne Medizin gegen erektile Dysfunktion funktionierte. Jetzt entpuppte sich die Medizin auch noch als gefährliche Schadstoffbombe, die seinen harmlosen Wunsch nach genitalem Geschlechtsverkehr mit Kreislaufversagen, Hirnschlag und Querschnittslähmung strafen würde. Wäre er doch nur bei den schönen und inzwischen schon zweifach erprobten Praktiken des gegenseitigen Erglühens geblieben, die ihm und Julia so wunderbar leichtgefallen waren!

„Meine Güte, ihr Typen und eure Schwänze!", stöhnte Spritney und rumorte unter der Decke herum. „Man könnte meinen, die Dinger sind aus Seifenblasen, so wie ihr euch anstellt."

„Wir? Typen? Eure Schwänze?" Thomas spürte aufsteigende Hitze. War das der Ärger oder schon der nahende Kollaps? „Hast du nicht auch gerade von diesem Wundermittel genascht, weil's dir nicht hart genug wurde?"

Spritney reckte einen lackierten Mittelfinger unter dem Laken hervor. „Mein Buraq ist ganz was anderes! Das ist mein Eigengenital."

„Aber wenn diese gelben Pillen ihm Flügel machen, ist er dann nicht einfach ein Schwanz?"

„Nicht unbedingt. Leute mit Gebärmutter, die das Zeug nehmen, werden leichter schwanger. Je nachdem, was ihr noch vorhabt, solltest du die letzte Pille vielleicht deiner Julia mitbringen." Spritney zog den Stinkefinger wieder ein. „Aber mein Buraq ist eben mal Schwanz und mal etwas ganz anderes. Ich habe durch jahrelange meditative Versenkung und Wichsen die Fähigkeit erworben, meine Leibesinseln umzucodieren. Davon weiß so ein alter weißer Mann wie du natürlich nichts."

„Ich habe heute Nacht meine Sexualität umcodiert", brüllte Thomas und fuhr sich mit der Hand in den Hemdkragen, um besser Luft zu bekommen.

„Das ist für Anfänger", sagte Spritney gelassen unter ihren Laken und wühlte stärker. „Und übrigens kannst du aufhören, dir Sorgen zu machen. Bei mir wirkt das Zeug nämlich schon. Oder vielleicht werde ich einfach nur geil, weil du mich so anschreist. Wer weiß."

„O Gott!" Thomas stürmte aus dem Zimmer.

„In der Tat!", rief ihm Spritney noch hinterher. „In der Tat!"

Als Thomas endlich sein Zimmer erreichte, dröhnte hinter ihm bereits wieder Spritneys malmender Seelengrund durch die geschlossene Tür.

What frequency are you getting / Is it noise or sweet sweet music / What frequency will liberation be / What frequency will liberation be

Und dann geschah das erste wirklich Seltsame an diesem Tag, nachdem er mit Julia von Rabenstein geschlafen hatte. Mitten im Zimmer stand Clemens und lächelte ihn an.

„O Gott", sagte Thomas.

„In der Tat", sagte Clemens. „In der Tat."

Er sah aus wie früher, als er noch gelebt hatte, außer dass er leicht durchsichtig und grünlich war, sodass Bett und Bücherregal durch ihn hindurchschimmerten wie durch einen Film aus Wackelpudding.

„Ich habe Halluzinationen." Thomas blinzelte und fuhr sich über das Gesicht. „Das sind diese abgelaufenen Pillen. Clemens, einmal schlafe ich mit einer Frau und nehme danach deine ollen Tabletten gegen erektile Dysfunktion, schon erscheinst du mir im Wahn. Du hast dich auch wirklich kein bisschen verändert, seit du tot bist."

„Erektile Dysfunktion!" Clemens schwebte auf ihn zu und legte ihm die durchsichtigen Arme um den Hals. „Du redest immer noch genauso schön geschwollen wie früher."

„Schön geschwollen ist gut!" Thomas wich vor der geisterhaften Berührung zurück. „Ich wünschte, mir würde schön was schwellen. Stattdessen stehst du plötzlich hier so mir nichts, dir nichts im Zimmer, als wäre nichts gewesen."

„Es war ja was!" Clemens blieb stehen und verschränkte die Arme, was ihn immerhin einen Hauch solider wirken ließ. „Ich wurde von einem heranrasenden Auto zerfetzt. Schon vergessen?"

„Nein!" Thomas schossen sofort die Tränen in die Augen. „Wie könnte ich das vergessen. Aber sag mal, dich gibt's nicht wirklich, oder? Ich wache gleich in der Notaufnahme auf, wo man mir den Magen ausgepumpt hat, ja? Warum musst du auch immer so unordentlich sein? Kannst du deine alten Potenzmittel nicht mal ordnungsgemäß entsorgen?"

„Kannst du nicht einfach zum Arzt gehen und dir frische besorgen?" Clemens hob eine ektoplasmatische Augenbraue und tappte mit dem Fuß.

„Es geschah im Affekt." Thomas wurde rot. „Eine blöde Idee. Ich sollte einfach einsehen, dass ich mich da mit der Frau von Rabenstein ... also, dass ich mich da in was verrannt habe. Am Ende bin ich eben doch schwul."

Der Geister-Clemens lachte. Einige grün schimmernde Blasen tanzten ihm aus dem Mund und zerplatzten unter der Deckenlampe. Thomas wurde flau im Magen.

„Nein, mein Lieber", kicherte Clemens schließlich. „Mit schwul oder nicht schwul hat das nicht das Geringste zu tun. Es hat vielmehr damit zu tun, dass du mich noch nicht hast gehen lassen."

„So ein Quatsch!" Thomas wurde heiß vor Ärger. „Weißt du, wie lange ich hier in meiner Matratzengruft herumgeschlurft bin, bis ich dir endlich eine dramatische Excel-Tabelle geschrieben habe? Ich habe alles aufgelistet, was zwischen uns nicht im Reinen war. Und jetzt sind wir quitt. Mein Leben kann jederzeit weitergehen. Es geht sogar jetzt schon weiter. Wenn du nicht gehen kannst, bitte. Das ist sicher nicht meine Schuld. Was soll das überhaupt heißen, nicht gehen lassen?"

Clemens zuckte mit den Schultern. Kleine Wellen durchliefen seinen grün schimmernden Körper. „Keine Ahnung. Ich bin Politiker, kein Schamane. Alles, was ich weiß, ist, dass ich nach wie vor auf dem Friedhof herumhänge, zusammen mit den anderen Quallenheinis, die auf ihren modrigen Leichen hocken und warten, dass die Liebsten sie aufrichtig gehen lassen. So lange haltet ihr uns in dieser Welt fest. Es wäre also schön, wenn du recht bald mal vorbeikämest, um dich richtig zu verabschieden. Diese Existenz behagt mir nicht." Clemens wies an sich hinunter. „Ich habe mich doch nicht jahrelang dreimal die Woche zum Fitness geschleppt, um jetzt so einen Astralkörper zu haben."

„Dreimal die Woche!" Thomas lachte bitter. „Zweimal. Wenn's hoch kommt."

„Dreimal. Meistens." Clemens zog eine Schnute.

„Moment mal." Thomas wich einen Schritt zurück und stieß mit dem Rücken gegen die Tür. Er tastete nach der Klinke. „Wenn du doch angeblich auf deinem Grab festgehalten bist, wie kommst du dann plötzlich hierher?"

„Das liegt an den abgelaufenen Medikamenten." Clemens zuckte mit den Achseln. „Du hast leichte Vergiftungserscheinungen."

Thomas packte die Klinke, drückte, die schreckgeweiteten Augen noch immer auf die Erscheinung in seinem Schlafzimmer gerichtet, die Tür auf und entfloh – nur um im Wohnzimmer mit einer ihm völlig unbekannten Frau zusammenzuprallen.

„*O Gospodi! Kto ty?*", bellte die Fremde. Einen guten Kopf größer als Thomas stand sie schwer atmend vor ihm und reckte drohend einen Besen.

„Wer sind Sie denn bitte?", entfuhr es Thomas. Abwehrend hob er die Hände. „Ich habe da gerade im Schlafzimmer … Sie sind nicht zufällig auch ein Geist, oder? Eine Medikamentenhalluzination, meine ich?"

„*Prividenie? Lekarstvo? Chuvak, ty pod kajfom? Smatyvajsja otsjuda, poka ja mentov ne pozval!*" Drohend reckte die Fremde ihr Werkzeug.

„Es tut mir leid, ich … Sie sind real, oder? Ich kann mir kaum vorstellen, dass ich Geister halluziniere, die in Sprachen sprechen, die ich nicht beherrsche."

Spritneys Zimmertür öffnete sich. Sie musste das Geschrei gehört haben.

„*Stoj! Ostav' ego, vse v porjadke, on zhivet zdes'.*"

Die Fremde ließ den Besen sinken. Thomas sah verwirrt von einer zur anderen. „Wer ist das und was macht sie hier, Spritney?"

„*A ty kto?*" Die Fremde stach jetzt mit dem Besen nach Spritney. Die hob die Hände.

„*Ja snimaju tut komnatu. Tot muzhchina, kotoromu prinadlezhit kvartira, umer.*“

„*Umer? Klemens umer?*“ Die Fremde ließ den Besen sinken. Sie sah ernsthaft erschüttert aus.

„*Da … no ja ploho po-russki govorju? Davaj po-nemecki govorit'?*“

„*Luchshe po-ital'janski.*“ Die Fremde stützte sich auf den Besen und strich sich die Haare aus dem Gesicht. Erst jetzt bemerkte Thomas, dass sie gelbe Gummihandschuhe trug. Im Gegensatz zu dem geisterhaften Clemens in seinem Schlafzimmer war sie ganz und gar nicht durchsichtig.

Spritney holte tief Luft und zeigte beschwichtigend die Handflächen. „Ich spreche nicht so gut Russisch. Kannst du Deutsch?“

Die Putzfrau wiegte den Kopf. „Besser Italienisch.“

„*Questo è Thomas, il marito di Clemens. Probabilmente non lo hai mai visto qui, perché non è molto bravo con le cose pratiche. In questo momento è un pò in confusione.*“

Und zu Thomas gewandt sagte Spritney: „Lieber Thomas, beruhige dich, das ist deine Putzhilfe … *Come ti chiami?*“ Sie sah die Putzfrau fragend an.

„Anna“, sagte sie und nickte.

Sie sah Thomas mitleidig an. „*Poveretto!*“, sagte sie. „*Dev'essere dura per lui. Anche se i soldi non gli mancano.*“

„*I soldi non c'entrano.*“ Spritney hatte offenbar gerade etwas Komisches gesagt, denn beide Frauen mussten plötzlich grinsen. „*Il lutto è lutto. E un pò confuso era anche prima …*“

„Sag mal, woher kannst du eigentlich … Russisch? Und Italienisch?“, unterbrach Thomas gereizt. „Von der Uni oder wie?“ Er musste an sein Gespräch mit Julia auf dem Balkon denken und fragte sich, ob die Geschichte von Spritneys Lerneifer an der Hochschule zu den Punkten gehörte, wo sie ihm, entgegen ihrer schalkhaften Versicherung, vielleicht doch die Wahrheit gesagt hatte.

„Ich kenne ein paar Leute aus Eritrea und Guinea.“

„Moment … und da spricht man Italienisch? Und Russisch? Kalter Krieg, Kolonialzeit oder wie?“ Er versuchte vergeblich, sich an den Geschichtsunterricht zu erinnern, aber afrikanische Länder waren kein großes Thema gewesen.

„Russisch sprechen hier nun wirklich ein Haufen Leute … und Italienisch spricht man wenigstens ein bisschen, wenn man aus Eritrea und Guinea kommt und es bis nach Italien geschafft hat", sagte Spritney sanft. „Du gehst einfach nicht sehr oft aus dem Haus."

„Warum erscheinen in meinem Leben in letzter Zeit eigentlich andauernd irgendwelche Frauen?", fragte Thomas und besah sich seufzend seine Putzhilfe. Anna schüttelte den Kopf und machte sich wieder an die Arbeit. *„Se non mi facesse così pena lo prenderei a ceffoni"*, sagte sie zu Spritney. Die winkte ab: *„Anch'io"*

„Könntet ihr mal bitte aufhören …" Thomas wurde vom Brummen seines Handys unterbrochen. Gereizt zog er das Gerät aus der Tasche. Eine Nachricht von Katha. Irgendwas mit Beat, so viel konnte er dem Beginn entnehmen, der ihm auf dem Startbildschirm eingeblendet wurde. Er wollte den Textbalken schon wegwischen, da fiel ihm Beats Anruf von letzter Nacht wieder ein. Ob da wirklich was nicht stimmte? Während Spritney und Anna weiter auf Italienisch etwas offenbar wahnsinnig Witziges miteinander besprachen, rief er die Nachricht auf.

„Thomas, Beat ist heute morgen abgehauen", las er. „Mit irgendeiner Freundin. Seiner Freundin. Mau-Mau hat ihn noch gesprochen. Er wollte wiederkommen, war jetzt aber die ganze Nacht weg. Vorhin hat er mir geschrieben, und das klang ehrlich gesagt ziemlich nach Drogen oder so was. Irgendwas mit einem Festival. Einhörner, Hexen, Vergewaltigungen, nur so wirres Zeug. Und dass sie jetzt beim Arzt wären. Wir sollen uns keine Sorgen machen. Aber nach dieser Nachricht mache ich mir ehrlich gesagt noch mehr Sorgen. Das sieht ihm alles gar nicht ähnlich. Kennst du diese Freundin? Er meinte auch irgendwas von deinem Vater. Wenn ich da anrufe, geht er natürlich nicht ran. Kannst du mal? Vielleicht weiß der ja was. Und probier's mal bei Beat. Vielleicht kommt er zur Vernunft. Hier ist die Nummer. Sag mal Bescheid, bitte."

„Entschuldigt mich." Er winkte Spritney und Anna, schon im Gehen, und stürmte wieder ins Schlafzimmer. Clemens' Geist saß auf dem Bett und schaukelte mit den Beinen.

„Bist du immer noch da?", fauchte Thomas.

Clemens zuckte mit den Achseln. „Die Pillen wirken mindestens zweiundsiebzig Stunden", sagte er.

„Sei jetzt mal bitte still." Thomas trat an die Balkontür und atmete tief durch. „Ich muss einen wichtigen Anruf machen."

„Bei wem denn?" Clemens wippte weiter vor sich hin. Das Bett quietschte leise.

„Bei meinem Vater."

„Oh, oh!" Clemens schüttelte den Kopf. „Du Armer. Obwohl ich den alten Knochen ja immer gernhatte."

„Dann kannst du ja mit ihm reden."

Wieder stiegen die grünen Blasen aus Clemens' Mund, und Thomas begriff, dass er lachte. „Das würde ihm wahrscheinlich sogar gefallen. Und bei deinem Alten würd's mich auch nicht wundern, wenn der mich sehen könnte. Aber nein. Ich kann den Hörer nicht halten." Clemens wies mit bedauernder Miene die durchsichtigen grünen Arme vor. „Und wenn du mir das Telefon ans Ohr hältst, das wäre einfach zu würdelos. Wenn der frühe Tod ein Gutes hat, dann doch, dass man um die Gebrechlichkeit und Hilfestellungen vom Partner herumkommt."

„Okay. Dann Ruhe jetzt." Thomas schnaufte ein paarmal durch. „Uff. Das letzte Mal ist Jahre her."

„Aber ihr habt euch doch bei meiner Beerdigung gesehen. Wenn dein Vater nicht gewesen wäre, wäre ich ja wohl heute noch nicht unter der Erde."

„Eben. Typisch Papa. Das macht es jetzt nicht gerade leichter mit dem Telefonieren. Na dann."

Thomas drückte aufs Display und warf Clemens' Geist einen warnenden Blick zu. Der tat in gespieltem Ernst, als würde er sich vor dem Mund einen Reißverschluss zuziehen.

Es tutete ein paarmal.

„Ja. Hallo. Papa." Thomas starrte mit eingefrorenem Lächeln auf den Balkon. Clemens schaute an die Decke und schürzte die Lippen. „Ja, woher weißt du … genau, ja. Die haben dich angerufen? Ach, gut zu wissen. Da wird sich Mau-Mau aber … zu dir? Wie, wo sind die denn? Eine Stunde vor München? Wie sind die denn dahin … oh, Scheiße. Nichts. Nein, hat nichts mit dir zu tun. Mir ist nur gerade klar geworden … ich hab dem Jungen Geld gegeben. Ja. Eine ganze Menge. Ich konnte ja nicht ahnen …"

Jetzt verstummte Thomas und verdrehte die Augen in Richtung Decke. Aus dem Handy drang unverständliches Gemurmel. Clemens' Geist zog die Augenbrauen zusammen und machte eine fragende Geste. Thomas winkte ab.

„Papa. Papa. Papa! Das hilft mir jetzt wirklich überhaupt nicht. Du, jetzt … bitte halt doch jetzt mal kurz die Klappe, ja? Wichtig ist ja jetzt, wann die bei dir ankommen. Wann war denn das, dass die … Holst du die jetzt ab oder wie? Oder wollten die mit dem Zug … Wie, du hast gesagt, die sollen nicht … Das ist jetzt nicht dein Ernst. Weil du bitte was musst? Du musst arbeiten? Kannst du die bitte sofort anrufen und sagen, sie sollen doch zu dir kommen? Ich … wir holen die dann ab. Ich komme vorbei und hole die … Papa. Jetzt vergiss doch mal deine Scheißarbeit. Papa, da ist dein Enkel, von dem du da … weißt du was? Du änderst dich wirklich nie. Das war früher schon genauso. Arbeit, Arbeit, Arbeit. Mensch, die sitzen da verfroren eine Stunde von dir entfernt und sind wahrscheinlich völlig verzweifelt. Ach, leck mich doch. Ja. Ja, du mich auch!"

Thomas schleuderte das Handy aufs Bett und stand schwer atmend da, die Hände in die Hüfte gestützt.

„Nicht gut gelaufen?", erkundigte sich Clemens' Geist.

Thomas schüttelte den Kopf.

„Warte mal." Thomas griff wieder nach dem Handy. Kaum hatte er ein paarmal aufs Display getippt, hörte er auch schon wieder auf.

„Nee. Sprachnachricht." Er wischte und tippte, dann hielt er sich das Handy dicht vors Gesicht.

„*Du* schickst Sprachnachrichten? Ja ist denn der Zweite Weltkrieg schon vorbei?" Wieder die grünen Blasen aus Clemens' Geistermund.

„Ruhe jetzt." Thomas wedelte ungeduldig mit der freien Hand. „Beat! Hörst du mich? Ach, klar hörst du mich. Ähm. Hier ist Papa. Na, das hast du ja wohl schon gesehen. Folgendes: Deine Mütter sind außer sich vor Sorge. Opa meinte, ihr habt angerufen und dass er unbedingt dichthalten soll. Aber du weißt ja, was für ein Arsch er sein kann. Oder vielleicht weißt du das auch nicht. Jedenfalls, wenn du das hörst, melde dich bitte. Wenn das Geld alle ist, wovon ich ausgehe, wenn ihr jetzt schon fast in München seid, dann können wir euch abholen. Bleibt einfach auf diesem Festival, wo ihr da seid. Schreibt, wo das ist. Oder wir kriegen das auch so raus. Ich … halt die Ohren steif."

„Halt die *Ohren steif*", blubberte Clemens' Geist. „Es ist wohl doch erst April '45."

„Hast du nichts Konstruktives beizutragen?", fuhr Thomas auf.

„Doch." Clemens blieb genauso enervierend ironisch wie zu Lebzeiten. „Dass die natürlich nicht bei diesem Festival bleiben. Überleg doch bitte mal. Zwei junge Menschenkinder, von denen aller Wahrscheinlichkeit nach mindestens eins ins andere verknallt ist, brennen nachts durch und schlagen den Weg zu deinem Vater ein. Kurz bevor sie dort ankommen, melden sie sich überhaupt zum allerersten Mal und kriegen es natürlich mit deinem Vater zu tun, wie er leibt und lebt. Was sagt uns das?"

„Ich weiß nicht. Was sagt uns das, mein verstorbener Gatte?"

„Dass die beiden sich erst kurz vor knapp getraut haben, beim Opa überhaupt mal nachzufragen, wie's denn mit der Unterkunft so aussieht. Und dass sie jetzt wahrscheinlich keinen Plan B haben. Und nun denk doch bitte mal daran, wie du deinen Sohn bei seinem letzten Besuch hier kennengelernt hast."

„Woher willst du denn wissen, wie ich meinen Sohn hier kennengelernt habe? Da warst du doch immerhin schon tot."

Clemens' Geist zuckte erneut mit den Achseln. „Ich bin ja vielleicht auch nur eine Ausgeburt deiner Medikamentenvergiftung und weiß daher sehr genau, was in deinem Inneren vor sich geht. Also, hast du von der Frucht deiner Lenden den Eindruck gewonnen, dass er vernünftig, zurückhaltend und diplomatisch ist?"

„Eher nicht."

„Eben. Und an wen hat er dich erinnert?"

Thomas seufzte. „An meinen Vater."

„Sehr gut", nickte Clemens' Geist. „Und was wird dein Beat nun also tun?"

Thomas kniff sich in die Nasenwurzel.

„Er wird trotzdem zu meinem Vater fahren und da so lange gegen die Tür treten, bis ihm entweder jemand aufmacht oder die Polizei kommt."

Clemens breitete die Hände aus. *„È così."*

„Jetzt fang du nicht auch noch an."

Clemens warf ihm eine Kusshand zu.

„Und was mach ich jetzt?" Thomas verschränkte die Arme und starrte aus dem Fenster.

Clemens starrte an die Decke und wackelte mit dem Kopf.

„Clemens?" Thomas drehte sich halb zu ihm um. „Clemens, was mach ich jetzt? Wenn du mir schon dank der vergammelten Pillen als Geist erscheinst, mit deren Hilfe du früher herumgevögelt hast, kannst du mir jetzt wenigstens ein paar Tipps geben."

„Ich dachte, ich soll die Klappe halten."

„Komm, jetzt sag."

„Na, hinfahren natürlich."

„Wie, hinfahren? Zu meinem Vater? Vergiss es."

„Irgendjemand muss doch die Kinder abholen."

„Und warum ich? Können das nicht die Mütter machen? Ich will hier zufällig gerade nicht weg."

Clemens grinste und ließ eine kleine Blase aus dem Mund entweichen. „Die Wirkung meiner Zauberpillen kannst du deiner Julia ja auch unterwegs demonstrieren. Sex im Elternhaus, sag, wäre das nicht die perfekte Rache? Mit mir wolltest du das übrigens nie."

„Und mit Julia auch nicht. Ich habe die gerade erst kennengelernt. Da schleppe ich die doch nicht zu meinem bekloppten Vater, damit sie mir gleich wieder den Laufpass gibt. Außerdem krieg ich da in dem alten Kasten am See garantiert keinen hoch. Da hilft das stärkste Versteifungsmittel nichts."

„Na, dann sieh's doch mal so." Clemens stützte sich mit beiden Händen aufs Bett, als müsste er sich für das, was er als Nächstes zu sagen hatte, besonders wappnen. „Seit meinem Unfall hast du das Gefühl, du müsstest dein Leben ändern."

„Ich habe mein Leben geändert", fiel ihm Thomas ins Wort. „Es ist genau genommen kaum noch wiederzuerkennen."

„Na." Clemens legte den Kopf schief. „Ich weiß nicht. Vergiss nicht, dass ich quasi direkt auf Potenzpillendämpfen aus deinen brodelnden Eingeweiden geritten komme. Ich weiß, wie's da drinnen aussieht. Und so sehr viel hat sich da eigentlich nicht geändert. Du bist immer noch mein lieber alter Ehemann, der es gern bequem hat und sich über alles Sorgen macht, außer halt über die Dinge, die wirklich beunruhigend sind. Und weil ich nicht mehr da bin und du gerade nicht den ganzen Tag in deinem Laden rumstolzierst, wo du den großen Macher geben kannst, fällt dir das irgendwie auch selber auf. Und jetzt tauchen plötzlich allerhand Frauen auf und reden von Dingen, die du nicht verstehst, und dein Bub tut dir schon den Gefallen und begibt sich in Gefahr, damit du ihn retten kannst. Da könntest du dich doch bei der Gelegenheit … ich weiß nicht … auch gleich selber ein bisschen retten?"

„Ach, retten. Jetzt werd mal nicht dramatisch. So schlimm steht's doch um mich auch nicht."

„Hast du nicht eine Einzelfallhelferin an deiner Seite?"

„Aber das ist doch nur für den Alltag. Können wir bitte meinen Vater da rauslassen?"

„Gut, ich gebe zu, es ist nicht ganz uneigennützig, dass ich dir diese kleine Reise einreden will. Ich hänge zwischen den Welten fest und spuke hier grün rum, weil du mich nicht gehen lassen kannst. Wie ich dich kenne, passiert es nicht so bald wieder, dass du dir irgendwas einpfeifst, was deinem Gehirn ein bisschen die Kontrolle entzieht – und mir die Gelegenheit gibt, mich in deine Wahrnehmung zu drängeln. Also sag ich's dir jetzt ganz deutlich."

Clemens' Geist erhob sich vom Bett und schwebte auf Thomas zu. Zentimeter vor ihm blieb er stehen. Mit einem Mal wurde Thomas von einer wilden Sehnsucht nach seinem verstorbenen Mann ergriffen. Er wollte ihn umarmen, aber seine Hände glitten einfach durch die Gestalt hindurch. Tränen schossen ihm in die Augen.

„Das meine ich", sagte Clemens leise. „Ich bin weg. Für immer. Aber du wirst mich wer weiß wie lange noch zwingen hierzubleiben, wenn du nicht endlich lernst, alleine klarzukommen. Und dafür musst du endlich mit deinem Vater reinen Tisch machen und dieses blöde Vampir-Trauma loswerden."

„Vampire gibt es doch gar nicht", flüterte Thomas.

„Doch." Clemens hob die Hand, als wollte er Thomas über das Gesicht streichen. Kurz vor der Wange hielt er inne. „Doch, die gibt es. Aber du musst sie endlich den Würmern und den Dornen überlassen. Vorher kannst du mich auch nicht gehen lassen. Achtung! Es kommt jemand!"

Clemens verblasste wie ein Glühwürmchen am Morgen. Thomas streckte die Hand nach dem schwindenden Grün aus – und berührte nur den Vorhang vor der Balkontür.

Spritney steckte den Kopf zur Tür herein. Hinter ihr lugte Anna ins Schlafzimmer.

„Thomas. Alles klar? Mit wem redest du denn hier drin?"

Thomas wischte sich die Tränen ab. „Nichts. Mit mir selbst. Ist okay."

„Wirklich? Du siehst nicht so aus."

„Wirklich. Ich … einen Moment, ja?" Thomas las das Handy vom Bett auf und rief Kathas Nummer auf. Es klingelte.

„Katha? Ja, Thomas hier. Du, ich hab mit meinem Vater telefoniert. Also, die beiden Kinder sind wirklich da in der Gegend. Anscheinend ist das so ein Musikfestival. Daher wohl die wirre Nachricht. Ja, ich bin auch erleichtert. Pass auf. Mein Vater, der alte Arsch, hat die aber weggeschickt. Ja, die wollten da vorbeikommen, und er meint, das ist ihm zu anstrengend. Ich weiß. So ist der eben. Du kennst ihn ja. Jetzt denke ich aber, die beiden werden da trotzdem aufkreuzen. Warum? Du kennst doch unseren Sohn besser als ich. Aber ich schätze, einen anderen Plan haben die ja nicht. Ich fahre da also jetzt runter. Ja, jetzt gleich. Wenn Beat und Chiara … genau, das ist die Freundin. Wenn die da auftauchen, bin ich da und nehme sie mit. Und wenn nicht, bin ich wenigstens schon mal in der Nähe, falls wir sie irgendwie, was weiß ich, auf dem Weg nach Italien abfangen müssen. Ja? Nein, ich will das wirklich machen. Ich habe da auch selbst mit meinem Vater noch was zu klären. Du, ich bin so sauer. Das ist alles mal wieder so typisch … ich kann dir gar nicht sagen, wie mich das ankotzt. Und diesmal denke ich, ich muss ihm das selber sagen. Ja? Natürlich habe ich keinen Bock. Aber was soll ich denn machen?“

Aus dem Augenwinkel beobachtete Thomas, wie Spritney der sichtlich verwirrten Anna in geflüstertem Italienisch begreiflich zu machen versuchte, worum es ging.

„Katha. Das musst du nicht. Es reicht doch, wenn ich … na ja. Ein bisschen Verstärkung kann wohl nicht schaden. Ja, falls wir dann doch überall nach denen suchen müssen, klar. Du und ich bei mir zu Hause … wann war das denn das letzte Mal? Irgendwann gleich nach Beats Geburt, oder? Du auch plötzlich so tatendurstig, ja? Hm. Hm. Na, da hat er ja auch irgendwie recht, euer Sohn. Unser Sohn.“

Thomas musste plötzlich laut lachen, obwohl ihm gerade noch zum Weinen gewesen war. Halb erwartete er, dass ihm ein paar grüne Blasen aus dem Mund stiegen.

„Ich finde ja auch, dass du gern öfter wieder so sein könntest wie auf der Beerdigung. Und weniger so … brav. So wie ich.“ Er lachte wieder. „Tja, zu sagen, ich freue mich, das wäre jetzt übertrieben, aber trotzdem. Jetzt freue ich mich wirklich fast ein bisschen auf diese Fahrt. Schade, dass ihr dann erst heute Abend … gut, ihr nehmt dann einen Zug später oder so. Grüß Mau-Mau. Bis dann.“

Thomas drückte auf das Handy und drehte sich zu Spritney und Anna.

„Spritney. Ich verreise. Ganz kurzfristig.“

Spritney nickte. „Das habe ich schon mitgekriegt.“

Thomas hatte schon den Koffer unter dem Bett hervorgezogen und fing an, Klamotten aus dem Schrank zu ziehen.

„Du kümmerst dich hier um alles, wenn ich weg bin. Du bist doch meine Einzelfallhelferin. Ja?“

„Ja. Würde ich schon machen.“ Spritney setzte sich auf die Bettkante, dorthin, wo bis vor Kurzem noch Clemens’ Geist mit den Beinen gebaumelt hatte. „Aber meinst du nicht, ich würde dir mehr helfen, wenn ich vielleicht mitkäme?“

Thomas ließ den Pullunder sinken, den er gerade in der Hand hatte, und sah Spritney an. „Das würdest du tun?“

„Na klar.“ Spritney schlug die Beine übereinander und ließ einen Hausschuh an der Fußspitze wippen, der, wie Thomas jetzt bemerkte, Kaninchenohren hatte. Die Kaninchenohren wippten ebenfalls.

Thomas spürte, wie ihm schon wieder die Tränen kamen. „Das ist echt nett“, sagte er und schluckte. „Nein. Ich meine: Das ist großartig. Aber du musst das nicht machen. Katha und Mau-Mau kommen schon. Allerdings erst ein bisschen später.“

„Ich weiß, dass ich das nicht machen muss, aber ich will. Erinnerst du dich an meine Geschichte? Ich kann mich an deine jedenfalls noch gut erinnern. Ich weiß, dass du zurückgehst. Zurück zu deinem Vampir. Und wenn es um die Monster von früher geht, müssen wir zusammenhalten. Alle, die vor den Monstern wegrennen mussten, weil sie noch nicht stark genug waren.“

„Und du bist jetzt stark genug?“

Spritney lachte. Zum ersten Mal, seit sie mit ihrem nassen Herrn Schmoller vor Thomas’ Wohnungstür aufgetaucht war, sah sie so alt aus, wie sie vermutlich auch wirklich war.

„Nein. Ich bin nicht stark. Ich bin immer noch eine schwule Transe, die mit drei in einem Auto auf die Welt gekommen ist und Heavy-Metal-Gefühle hat. Aber Gott ist stark genug.“

Thomas liefen jetzt wirklich die Tränen.

„Ich glaube aber nicht an Gott.“

Spritney zuckte mit den Achseln. „Sie glaubt an dich.“

Thomas nahm die Brille ab. „Sorry. Das glaube ich auch nicht."

Spritney stand auf und nahm ihn in den Arm. Sie roch nach lehmiger Schminke. Thomas lehnte sich an ihre Brust.

„Ich glaube es für dich", sagte Spritney.

Und dann weinte Thomas, bis es wieder ging, und Spritney weinte auch, und für sie beide war jemand da und hielt sie fest.

Anna schloss leise die Tür.

„Wenn ich dir als deine Einzelfallhelferin einen Tipp geben darf", meinte Spritney schließlich und verrieb die Schminkebäche in ihrem Gesicht noch weiter, „dann solltest du Frau von Rabenstein auch noch mit ins Boot holen."

„Ja, klar." Thomas schüttelte den Kopf. „Warum nicht? Einfach gleich komplett irrsinnig. Wenn wir schon mal dabei sind."

„Ich denke, du kannst jede Hilfe brauchen", meinte Spritney.

Thomas nickte. „Ja, nee, ist klar. Die Frau, die ich eigentlich erst seit gestern kenne, fährt einfach heute mit mir nach München, damit ich sie meinem Vater vorstellen kann. Und ‚vorstellen' bedeutet eigentlich: Ich streite mich mit dem international renommierten Fotokünstler Edgar Edel über alles, was seit meiner Kindheit zwischen uns vorgefallen ist. Wozu unter anderem auch gehört, dass er mich einem Vampir zum Fraß vorwerfen wollte. Das ist doch keine Beziehung!"

„Das ist möglicherweise die Liebe", sagte Spritney.

Sie weinten noch ein bisschen, und dann rief Thomas Julia an, und Julia sagte, natürlich komme sie mit, sie müsse nur noch packen.

Knapp zwei Stunden später trafen sie sich am Bahnhof, bereit, die Fahrt in Thomas' Vaterhaus anzutreten. Und das war schon die zweite merkwürdige Sache, die heute passierte, nachdem er in der vergangenen Nacht mit Julia von Rabenstein geschlafen hatte.

Julia war übrigens wieder ganz bei ihrem koboldhaften Selbst vom Vortag angekommen. Sämtlicher Streit vom Vormittag über Politik und Feminismen schien vergessen. Sie küsste Thomas so glutvoll, als hätten sie sich nicht früher am

Tag ausführlich aneinander gesättigt, forderte Anerkennung für neues Schuhwerk, das mit einer weiteren Postlieferung (Ergebnis eines erneuten Internet-Kaufrausches) angekommen war, stellte gemeinsam mit Spritney fest, dass beide nicht nur Stullen geschmiert und Tierchenkekse für die Fahrt gekauft hatten, sondern auch eine kleine (Julia) beziehungsweise mittelgroße (Spritney) Sektflasche in der geräumigen Handtasche verstaut hatten.

Thomas fühlte sich nach dem Eintauchen ins Gefühl vorhin gleich wieder unreif und unfähig, auch nur etwas so Simples wie eine Zugfahrt mit anschließender Übernachtung vorzubereiten. Er zog sich also darauf zurück, am Schalter anzustehen und der gestressten Angestellten dort mit der besten Laden-Chef-Attitüde zu bedeuten, er sei auf hohem Niveau arm und der Tarifdschungel der Deutschen Bahn interessiere ihn kein bisschen, er wolle nach München, und zwar mit dem nächsten Zug, egal, was es koste, und bitte erster Klasse und im eigenen Abteil, Zahlung per Kreditkarte, danke. Die Gestresste hob angesichts dieser unerhörten Ansprache dann doch den Blick, sah Thomas an, sah die beiden vom Sekt schon etwas errötеten Frauen an, die sich kichernd aneinanderdrängten, und wiederholte trocken: „Eigenes Abteil. Kommt sofort."

Kaum waren sie mit den frisch erstandenen Tickets der Servicehölle entkommen, brachen Thomas' Begleiterinnen in Gegacker aus, das sie nur unterbrachen, um sich aus der kleinen beziehungsweise mittelgroßen Sektflasche noch etwas „nachzugönnen", wie Spritney sich ausdrückte.

„Die hat gedacht …", prustete Spritney.

„… wir sind deine blutjungen Gespielinnen", freute sich Julia.

„Und jetzt geht es mit Daddy ins eigene Abteil", fuhr Spritney entrückt fort. „Gott, davon habe ich immer geträumt. Nicht von dir natürlich", versicherte sie mit einem Seitenblick auf Thomas. „Aber so vom Ding her." Sie nahm noch einen Schluck aus der Pulle.

„Müsst ihr eigentlich so dalberig sein?", fragte Thomas mürrisch.

„Was müssen wir sein?", fragte Julia, machte ein paar Hopser und hakte sich bei ihm unter. „Daddy?", schob sie hinterher.

„Ja, Daddy", meldete sich Spritney von hinten und hakte sich in Thomas' anderen Arm. „Was redest du, Daddy? Red nicht Gymmi, Daddy. Wir sind nur zwei arme Instagram-Kids. Hashtag Daddylove, Hashtag Silberrücken. Wir wollen nur ein Selfie mit deinem großen Daddy, Daddy."

Die beiden blieben stehen, geschüttelt von Albernheit, und wussten sich schier nicht zu lassen. Notgedrungen blieb auch Thomas stehen. „Ob ihr so blöd sein müsst", knurrte er. „Ich finde das echt doof. Für mich ist das ernst. Ich habe Schiss. Mein Sohn ist verschollen, und ich steige zum ersten Mal in meinem Leben in einen Zug mit der festen Absicht, mich mit meinem Vater zu streiten. Ist euch eigentlich schon mal in den Sinn gekommen, dass ich euch mitgenommen habe, damit ihr mir helft? Und nicht damit ihr die ganze Zeit … na eben blöd seid?"

Julia und Spritney sahen sich an und schoben theatralisch die Unterlippe vor.

„Der Gedanke ist uns gekommen", sagte Spritney. Julia nickte eifrig. „Immerhin war ich es, wenn ich mich recht entsinne, die überhaupt mit dem Vorschlag um die Ecke kam, dass wir dich begleiten. Wir wissen also durchaus, worum es hier geht."

„Aber", fiel Julia ein, „ist dir möglicherweise schon mal der Gedanke gekommen, dass das unsere Art ist, die Stimmung ein bisschen zu heben? Es wird alles schon schwer genug."

„Und du glaubst doch nicht im Ernst, dass dein Vater jetzt in eurem Haus am See sitzt und sich depressive Gedanken macht", ergänzte Spritney.

„Im Gegenteil." Julia hakte sich wieder bei ihm unter und zog ihn sanft in Richtung Bahnsteig. „Der hat jetzt schon brav sein Viagra geschluckt und holt sich bei irgendwelchen Gespielinnen und Gespielen seine Inspiration. So gesehen sorgen Spritney und ich also nur für Gleichheit der Waffen."

Thomas spürte, wie er rot wurde. „Der braucht kein Viagra", murmelte er.

„Na, du doch auch nicht“, sagte Julia und tätschelte ihm die Hand. Spritney blickte auf Thomas runter und wackelte mit den Augenbrauen, als wäre sie die schwer gestörte Schwester von Groucho Marx. Julia, die davon nichts mitbekam, redete unbeirrt weiter, so sanft und verständnisvoll wie die Demenzkrankenschwester, die einen besonders störrischen Senior zum Sitzballturnier überreden will. „Schau mal, Daddy, wir steigen jetzt schön in unser eigenes Abteil. Dann gönnst du dir auch endlich mal etwas von der kleinen beziehungsweise mittelgroßen Flasche hier, wir packen unsere Stullen aus …“

„… spielen Flaschendrehen“, fiel ihr Spritney ins Wort, „die Heizung ist kaputt und steht unverrückbar bei dreißig Grad, wir ziehen uns aus, eins führt zum anderen …“

„… und dann wird es *eine richtig schöne* Fahrt“, schloss Julia und langte quer über Thomas’ Bauch, um Spritney strafend zu knuffen. „Das ganze schwierige Zeug kommt dann, wenn wir bei deinem Vater geklingelt haben. Okay?“

„Puh. Okay“, machte Thomas. „Aber nur unter einer Bedingung. Ihr hört sofort auf mit diesem Daddyquatsch.“

„Natürlich“, sagte Spritney und zog ihn ebenfalls voran. „Daddy.“

„Sag nicht Daddy zu Daddy“, kreischte Julia zu Spritney hinüber. „Daddy wird sonst böse.“

„O Gott, ich liebe es, wenn Daddy böse wird“, stöhnte Spritney.

„Leute“, sagte Thomas. „Geht das jetzt echt die nächsten vier Stunden so weiter?“

„O Gott“, juchzte Spritney. „O Gott! Vier Stunden? Daddy!“

„Ich geb’s auf“, seufzte Thomas.

„Ach nein“, schmollte Julia. „Nimm noch vom Viagra, Daddy.“

So stiegen sie in den Zug.

Im Abteil verebbte die allgemeine Hysterie endlich ein wenig. Vielleicht lag es auch nur daran, dass Thomas sich nun ebenfalls den einen oder anderen Schluck Sekt gönnte und sich nach und nach mehr auf das Niveau seiner Begleiterinnen einpendelte. Der Plan, ihn nicht ins Brüten und die Angst abgleiten zu lassen, ging jedenfalls auf. Stullen mampfend und Tierchenkekse vertilgend quatschten sie sich durch den Nachmittag, bis der Zug endlich in die Dämmerung hineinfuhr. Katha meldete sich per Sprachnachricht, man sei jetzt auch losgefahren und quasi einen Zug hinter der Truppe um Thomas.

Irgendwann tat Spritney so, als würde sie schlafen, was Julia zum Anlass nahm, Thomas einige Male glühend abzuküssen und in die Brust zu kneifen, was wiederum Thomas zum Anlass nahm, etwas ängstlich an sich hinunterzuspüren, ob die gelben Wunderpillen schon ihre Wirkung täten. Das Küssen war zwar noch genauso schön wie heute Morgen, sonst blieb aber alles weich wie die Sitze der ersten Klasse, in denen Thomas zunehmend unruhig herumrutschte, je näher sie München kamen.

„Na, du bist aber verkrampft", sagte Julia und tätschelte ihm die Hand. „Ich lasse dich mal und tue es unserer Schönheit nach."

„Ich bin noch wach", sagte Spritney unter dem Arm hervor, mit dem sie die Augen abschirmte.

„Und ich schlummere jetzt", verkündete Julia. „Weckt mich, wenn wir da sind."

So blieb Thomas am Ende der Fahrt doch noch alleine mit seinen Gedanken. Unbehagen breitete sich in seinem Bauch aus wie Blasen werfendes Waschpulver. Wahrscheinlich würde er den geplanten Streit einfach absagen. Ohnehin hatte er schon fast vergessen, was er eigentlich sagen wollte. Vorhin nach dem Telefonat war er dermaßen wütend gewesen, dass es ihm vorgekommen war, als müsste er bloß den Mund aufmachen, wenn er seinem Vater endlich gegenüberstehen würde, und alles würde sich von selbst entladen.

Jetzt kam ihm der ganze Ausflug wie eine riesengroße Schnapsidee vor. Es würde laufen wie immer. Er würde Beat und Chiara einsammeln, wenn sie denn überhaupt im Haus am See auftauchten. Und dann würde er nach Hause fahren und sich ärgern. Wie immer. Er spürte das Gewicht von Julias Kopf an seiner Schulter. Spritney schnarchte vernehmlich unter ihrem Arm hervor. Vor dem Fenster lief am schwarzen

Rand der Welt die Sonne aus. Blut, dachte Thomas. Vampire. Dafür habe ich mir ja zwei Expertinnen eingepackt. Und ein Geist spukt mir auch noch zwischen Magen und Genitalien herum. Immerhin bin ich nicht allein. Vielleicht …

Die Tür zum Abteil wurde aufgerissen. Ein Junge mit Flaumbart und Brille blinzelte hinein. Er sah von Julia an Thomas' Schulter hinüber zu Spritneys imposantem Busen, der im Rhythmus des Schnarchens bebte, und beeilte sich, ein Wägelchen mit Croissants und Cappuccino vor seinen Intimbereich zu schieben.

„Wir erreichen in Kürze München Hauptbahnhof", kiekste er. „Wünschen Sie noch eine Erfrischung?"

„Nein, danke …" Thomas kniff die Augen zusammen, um das Namensschild des Jungen zu entziffern. „… Daniel", sagte er. „Ich brauche nichts. Aber vielleicht wären Sie so freundlich, mir eine Frage zu beantworten?"

„Ich weiß nicht?" Daniels Augen zuckten immer noch zwischen Thomas' Schoß, Julias halb auf diesen Schoß gerutschtem Kopf und Spritneys Ausschnitt hin und her. „Vielleicht?"

„Wenn Sie um jeden Preis verhindern wollten, dass dieser Zug in München einläuft, was würden Sie tun?"

Daniel tippelte nervös auf und ab und arrangierte unauffällig hinter dem Wägelchen etwas in seiner Hose.

Meine Güte, dachte Thomas. Gelbe Pillen hin oder her, aber dass ich nicht mehr so leicht erregbar bin von einer Privatabteilfantasie, das macht mich doch froh.

Das Gesicht des erotisch geplagten Jungen hellte sich plötzlich auf. „Ich würde etwas von meinem Kaffee hier nehmen und dem Lokführer auf den Schoß kippen", sagte er eifrig. „Der Zug würde entgleisen. Alle tot. Woah. Damit hätte keiner gerechnet!"

„Und wären Sie so freundlich …" Thomas griff Julia unters Kinn und schob ihren Kopf etwas höher. Sie stöhnte im Schlaf und schmatzte. Daniel schluckte vernehmlich. „… würden Sie das für mich in die Wege leiten? Daniel? Hm?"

„Wir erreichen in Kürze München Hauptbahnhof", sagte Daniel. Seine Stimme klang, als hätte er sich gerade von einem

Heliumluftballon gegönnt. Hastig bugsierte er den Wagen wieder auf den Gang und schwenkte eine zeltförmige Erektion hinterher. Mit knallrotem Kopf warf er die Abteiltür zu.

Spritney fuhr hoch.

„Hab ich was verpasst?"

„Da war gerade ein Junge an der Tür, der wollte Erfrischungen verkaufen. Anscheinend hat er geglaubt, hier hätte gerade eine Art Orgie stattgefunden."

„Ihr wolltet ja nicht", sagte Spritney und reckte sich gähnend. Julia erwachte ebenfalls und zog eine Hasenschnute.

„Und dann hat er sich, glaube ich, von mir belästigt gefühlt", berichtete Thomas. Er wusste nicht, ob er lachen oder weinen sollte. „Der Arme. Soll ich ihm hinterher?"

Julia kratzte sich den Bauch. „Das nennt man wohl *bisexual privilege*. Genieße es, solange es anhält."

„Er wollte den Zug für mich entgleisen lassen."

„Wie gesagt, genieß es."

Auf dem Bahnsteig nahm Julia seine Hand. Die Menschenmenge umströmte sie. Familien, Gruppen von Jugendlichen, Polizisten in Panzerung, Senioren im Gleichschritt und Betrunkene in allen Farben und Formen gingen ihren Geschäften nach.

„Jetzt halt mich doch mal fest", sagte Julia.

„Entschuldige. Ich denke immer, die starren uns an." Thomas griff fester zu.

„Niemand starrt uns an", raunte Julia ihm ins Ohr. „Die sehen uns gar nicht. Die denken, wir sind hetero."

Thomas sah den Entgegenkommenden prüfend ins Gesicht. Und tatsächlich: Die ganze Welt sah durch sie hindurch. So also fühlt sich das an, dachte Thomas. Es interessiert niemanden, ob wir uns an der Hand halten oder nicht.

Er fühlte sich frei und leicht wie schon lange nicht mehr.

Und das war die dritte merkwürdige Sache, die ihm nach der Nacht geschah, in der er mit Julia von Rabenstein geschlafen hatte.

20

Der Leihwagen fuhr geräuschlos talabwärts zum See. Thomas sah die Berghänge, über die Flechten krochen, das Gewitterlicht, das sie immer um sich zu tragen schienen, das schwarze Wasser, den Wind, der die Bäume duckte. Das Haus stand offen und leuchtend am Grund, als hätte es von all dem nichts zu fürchten. Schon von hier oben waren durch die Fensterfronten Möbel zu erkennen, Möbel und Fotos an den wenigen weißen Wänden. Das Auto, ein geländegängiges Modell, klickte mit dem Allradantrieb auf der Straße, die sich glatt und kühl zur Eingangstür schlängelte, als wäre der Asphalt ein schwarzer, gekrümmter Rücken, der hinter dem Haus in den Wellen verschwand.

„Kalt hier", meinte Julia.

Spritney, am Steuer, zupfte das Kopftuch zurecht. „*Fortress of Solitude*", murmelte sie. „Uh. Hier bist du aufgewachsen? Das erklärt einiges."

„Hm", brummte Thomas. Er saß auf dem Rücksitz und hielt Julias Hand. Er sah das Tal und sah es auch nicht. Das brodelnde Waschpulvergefühl in seinem Bauch zog alles nach innen.

Dann hielten sie. Thomas stieg aus. Seine Arme und Beine waren leicht und kribbelten. Das Geräusch des Türenschlagens kam nicht weit und erstarb. Eine Krähe krächzte höhnisch.

Julia ließ seine Hand nicht los. Sie kam ihm fester und realer vor als seine eigene. Bis zur Haustür waren es nur wenige

Schritte, aber mit jedem Meter hatte Thomas mehr das Gefühl, sich aufzulösen, zu verschwinden, als hätte sein Körper schon die Flucht angetreten und nur sein Geist triebe noch durch das Tal, um jeden Augenblick als Nebel an die Bergflanken geweht zu werden.

Die große Wohnfläche war von hier aus fast komplett einsehbar. Der international renommierte Fotokünstler Edgar Edel war nirgendwo zu sehen. Zwischen Sofas, Stahlmöbeln, riesigen Blumenvasen, Bücherstapeln und den vielen Fotos: Leere. Die mitten im Raum platzierte Küche: leer. Nur das Schlafzimmer und das Atelier lagen im Inneren verborgen, wusste Thomas.

Spritney streckte den Arm aus und klingelte. Ein Glockenton verhallte. Dann wieder Stille.

Spritney klingelte erneut.

Nichts.

„Vielleicht ist er nicht da", sagte Julia. „Sollen wir mal anrufen?"

„Der ist da", sagte Spritney. „Das ist Absicht."

Sie klingelte, klingelte, klingelte erneut. Der Glockenton überschlug sich.

Und dann entstand im Bildhintergrund eine Bewegung. Auf der anderen Seite des Hauses, wo die Wiese zum Ufer abfiel, schob sich ein Kopf ins Blickfeld. Das Schwarze in den Bäumen dort hinten, wusste Thomas plötzlich, das war die Ruine auf der Insel. Edgar Edel wuchs vor dieser Ruine zur vollen Größe heran. Eine behaarte, tropfende Brust, ein praller, fester Bauch, drahtige, graue Schamhaare, Beine mit dicken Adern und Schlappen an den Füßen. Nackt wie er war, betrat er das Haus durch die Hintertür, rubbelte sich beiläufig mit einem herumliegenden Handtuch ab und schüttelte eine Zigarette aus einer Packung.

Spritney klopfte an die Glasscheibe. Edgar Edel, nackt und rauchend, hob gerade so lange den Blick, dass ihnen klar wurde, dass er sie bemerkt hatte. Dann drehte er sich um und verschwand gemächlich im Inneren des Hauses.

„Jesus", sagte Spritney und riss sich die Sonnenbrille vom Gesicht, die sie eigens für die Autofahrt angelegt hatte. Sie klingelte so ungeduldig, dass es sich anhörte, als hätte sie die Glocke am Kragen gepackt und schüttelte sie durch. Julia drückte Thomas' Hand.

Edel, immer noch nackt und rauchend, stecke den Kopf in den Wohnbereich. Er kniff die Augen zusammen und stieß Rauch aus.

„Das kann ich auch, Freundchen", sagte Spritney. Sie schob sich die Sonnenbrille wieder ins Gesicht und knöpfte mit beiden Händen Mantel und Bluse auf. Dann presste sie die nackten Brüste an die Scheibe und reckte beide Mittelfinger.

„Mach auf, du Pimmelotter!"

Edels Mund öffnete sich zu einem Lachen. Er kratzte sich mit der Hand, die die Zigarette hielt, die Brust und schlurfte an die Tür. Es klapperte, als von innen Riegel beiseitegeschoben und Schlüssel gedreht wurden. Thomas hielt den Atem an.

„Endlich", sagte Spritney, während sie sich die Bluse zuknöpfte.

Die Tür schwang auf. Edgar Edel lehnte sich nackt und rauchend an den Türrahmen und kraulte sich die Brust.

„Ich hab doch gesagt, ihr sollt nicht kommen."

„Hallo, Papa", sagte Thomas. Seine Stimme klang dünn und schwach in seinen Ohren.

„Wir haben eine ziemlich weite Fahrt hinter uns und wollen rein", sagte Spritney.

Edgar Edel nahm die Zigarette aus dem Mund.

„Den da kenne ich", sagte er und deutete mit dem Kinn auf Thomas. „Und mit denen da hab ich auch schon Bekanntschaft gemacht." Er reckte das Kinn in Richtung von Spritneys Brüsten. „Und wer seid ihr Clowns?"

„Wir sind seine Freundinnen, du Analdelfin", sagte Spritney. „Wir sind hier, um die Kinder einzusammeln, die bald hier auftauchen werden. Und außerdem hat er was mit dir zu besprechen."

„Oh." Edel zog die Augenbrauen hoch und sah Thomas an. „Was zu besprechen. So verstört, wie du aussiehst, muss es was Ernstes sein. Oh, warte. Ist das so eine Art Intervention? Bist du gekommen, um mir zu sagen, was für eine schlimme Kindheit du hattest, und die anderen sind deine, wie sagt man da, Supporterinnen? Da muss ich dich leider enttäuschen. Ich weiß schon, was ich für ein schlechter Vater war, und habe im Übrigen auch keine Zeit. Ich habe zu arbeiten. Die lange Fahrt habt ihr wohl umsonst gemacht. Wenn ihr im Auto auf Hänsel und Gretel warten wollt, bitte. Daran werde ich euch nicht hindern. Und jetzt entschuldigt mich. Grüß deine Titten von mir", sagte er zu Spritney und machte Anstalten, die Tür zu schließen.

„Nicht so schnell, Vogelbert." Spritney schob den Fuß in die Tür. Er war sehr groß und steckte in einem äußerst massiven Stöckelschuh.

Edels Kopf verschwand hinter der Tür. Es rumorte. Dann schwang die Tür so plötzlich auf, dass Spritney strauchelte. Edgar Edel stand breitbeinig auf der Schwelle, nackt, die Zigarette im Mund. Sein Penis schwang im Wind, und mit beiden Händen umklammerte er den Griff einer Pistole, die er jetzt auf die drei richtete.

„Haut ab", sagte er und spannte den Hahn.

„Spritney", sagte Thomas leise. „Lass uns im Auto warten. Er ist so verrückt. Echt."

„Okay", sagte Spritney langsam. „Okay. Alles klar." Sie richtete sich Kopftuch und Sonnenbrille und setzte sich langsam rückwärts in Bewegung. Thomas ließ seinen Vater nicht aus den Augen und wollte ihr gerade folgen, als neben ihm ein weiteres Klicken ertönte.

„Wir gehen nirgendwohin", sagte Julia. Sie stand ebenfalls breitbeinig da und hielt ebenfalls mit beiden Händen den Griff einer Pistole umklammert.

„Scheiße", hauchte Spritney.

„Nein, eine Glock 17", sagte Julia.

„Julia." Thomas ließ Edgar weiterhin nicht aus den Augen und tastete nach Julias Arm. „Julia, wo hast du plötzlich eine

Waffe her? Und könntest du damit bitte nicht auf meinen Vater zielen?“

„Die Waffe habe ich aus meiner Handtasche“, sagte Julia. „Ich gehe nie ohne aus dem Haus. Die Glock 17 besteht zu 40 % aus Kunststoff. Sehr leicht und praktisch. Und ich ziele so lange damit auf diesen Mann, wie er mit seiner Waffe auf mich zielt.“

Edgar Edel kaute auf seiner Zigarette herum. „Okay, und wer bist jetzt du, Prinzessin?“

„Mein Name ist Julia von Rabenstein. Ich schlafe mit Ihrem Sohn. Und bevor ich in seinem Laden angefangen habe, habe ich drei Monate in stationärer psychiatrischer Behandlung verbracht. Wirklich!“, sagte sie mit einem Seitenblick zu Spritney und Thomas, die mit offenem Mund dastanden. „Ich bin so verrückt.“

„Das wusste ich ja gar nicht“, sagte Thomas.

„Du kennst mich ja auch erst seit gestern“, sagte Julia.

Edgar Edel legte den Kopf schief.

„Ist das ein Kompensatormodell?“

Julia nickte.

Edel brummte verächtlich. „Hab ich nie gemocht. Das Mündungsfeuer blendet.“

„Ich muss ja auch nur einmal treffen.“

Eine endlose Sekunde standen alle vier so da. Irgendwo klimperte ein Windspiel, und Edgar Edels Penis baumelte sanft vor sich hin.

Dann ließ Edel die Waffe sinken. „Du hast dir ein paar neue Freunde zugelegt“, sagte er zu Thomas. „Was ist aus dieser Kunstlehrerin geworden, mit der du früher immer rumgehangen hast?“

„Die kommt später auch noch. Mit ihrer Frau.“

„Gott steh uns bei. Kommt rein.“ Edel machte eine einladende Handbewegung.

„Ich weiß nicht“, sagte Spritney. „Vielleicht bleib ich lieber draußen im Wagen.“

„Komm.“ Thomas streckte ihr die Hand hin. „Er ist zwar verrückt, aber nicht so verrückt. Ihn kenne ich schon mein ganzes Leben.“

Julia schnaubte und steckte ihre Pistole wieder in die Handtasche.

„Leute. Ich hätte euch doch irgendwann sowieso reingeholt." Edel winkte noch einmal. „Jetzt macht hier bitte keine Szene. Außerdem darf man in meinem Alter nicht mehr so lange im Zug stehen. Also.".

„Zieh dir doch was über", sagte Julia und schob sich hinter Thomas ins Haus. Spritney folgte als Letzte. „Das Nacktsein hat mich nicht gestört. Mehr die Knarre", sagte sie und blickte sich misstrauisch um. Edel schloss die Tür hinter ihnen. „Das habe ich schon gemerkt", grinste er und verschwand hinter der Wand ins Schlafzimmer.

Gleich darauf erschien er wieder, bekleidet mit einem wehenden, groß gemusterten Morgenmantel, der die Oberschenkel gerade eben in Minirocklänge bedeckte. „Setzt euch", rief er und eilte an die Küchenzeile, wo er mit einer Kaffeemaschine herumhantierte.

„Ich bin verwirrt." Spritney ließ sich aufseufzend in eins der Sofas fallen. „Diese Stimmungsschwankungen. Ist das normal bei dem?"

Thomas nickte. „Das ist noch gar nichts."

Er sah zu, wie Julia mit hinter dem Rücken verschränkten Händen durch das Haus spazierte, hier und da etwas aus einem Stapel zog oder vor einer der großen Fotografien stehen blieb und sich still über beide runden Wangen freute. Nach dem gruseligen Ausbruch mit der Waffe war sie anscheinend wieder ganz in ihr früheres koboldhaftes Selbst zurückgekehrt und besah das Haus, in dem Thomas aufgewachsen war, mit demselben Museumsblick wie Thomas' Wohnung, in der sie, wie Thomas jetzt einfiel, vorgestern zum ersten Mal gewesen war.

Stationärer Klinikaufenthalt. Geht nie ohne Glock 17 aus dem Haus. Was wusste er noch alles nicht über sie? Und doch schlenderte sie jetzt nach einem halben Tag Zugfahrt durch sein Vaterhaus und war ganz Neugier und Entdeckerfreude. Thomas spürte, wie ein leichtes Glühen im Bauch das Waschmittelgefühl vertrieb. Gut, dass du auch ein bisschen irre bist,

Julia, dachte er. Nie hättest du sonst hier reingepasst. Nie würde ich dich sonst so … er zuckte vor dem Gedanken zurück. Für Liebe war es doch noch ein bisschen früh. Oder?

„Ich bin verwirrt", unterbrach ihn Edel. Die Kaffeemaschine bollerte. Draußen nahm der Wind Anlauf über das schwarze Wasser und zerrannte sich den Kopf an den Bergen. „Warst du nicht mal schwul oder so?" Edel schnippte mit den Fingern. „Da war doch was. Vor ein paar Wochen. Eine Beerdigung. Von diesem Wie-hieß-er-doch-gleich?"

Thomas schossen die Tränen in die Augen. Bevor Thomas etwas antworten konnte, sagte Julia von ihrem Erkundungsgang her: „Warum bist du eigentlich immer so gemein?"

„Sagt die Frau, die mich gerade noch mit einer Waffe bedroht hat." Edel zog Tassen und Teller aus einem Hängeschrank. Dünnes Porzellan klirrte.

Julia legte das Buch, das sie in den Händen gehalten hatte, zurück auf den Stapel. „Das war eine ganz ernst gemeinte Frage", sagte sie. „Kein Angriff. Ein Künstler von deinem Format, ein Mann, der jetzt auch nicht erst seit gestern auf der Welt ist, wird doch auf eine so einfache Frage eine Antwort haben." Sie nahm das Buch wieder auf und blätterte scheinbar zerstreut darin herum.

Spritney und Thomas sahen zu Edel hinüber. Der international renommierte Fotokünstler zog sich den Morgenmantel über der Brust zusammen. Graues und weißes Haar schaute aus dem Ausschnitt. Der Hals, fiel Thomas auf, war tief gefurcht von Falten. Der Wind hörte nicht auf, gegen die Berge zu rennen.

„Ich habe eine Antwort", sagte Edel und schenkte Kaffee in die Tassen. Es klang, als würde er nacheinander sehr sorgfältig eine Reihe von Mäusen erwürgen. Dann stellte er die Kanne ab. Klack.

„Ganz klassisch. Ganz blöde. Ich bin immer so gemein, weil ich Menschen auf Abstand halten muss, damit sie mich nicht verletzen." Edel zog die Augenbrauen zusammen und leckte sich den Finger, an dem offenbar etwas Kaffeepulver klebte. „Das hat natürlich mit meiner Kindheit zu tun, was uns jetzt zu weit führen würde. Was meinen Sohn Thomas angeht, liebe Julia, bin ich immer so gemein zu ihm, weil er mich an seine Mutter erinnert, die uns viel zu früh verlassen hat. Ihr Tod hat mich getroffen wie davor und danach nichts. Sie war die Liebe meines Lebens. Ich habe meinen Körper immer ziemlich wahllos verschenkt, aber das war etwas anderes. Auf Thomas habe ich mich gefreut wie auf das größte Geschenk. Und dann ist seine Mutter gestorben. Seine ganze Kindheit lang hat er mich an sie erinnert. Und das habe ich nicht ertragen. Ich habe ihn weggestoßen, er hat alles getan, um mich zu verletzen, und dann habe ich alles getan, um ihn noch mehr wegzustoßen. Dafür habe ich mich dann gehasst und immer so weiter und so fort." Edel zuckte mit den Schultern. „Eine alte Geschichte. Ich habe dann die ganze Welt bereist, um ihn nicht sehen zu müssen. Und die Nähe, die ich gern von meiner Frau und natürlich eigentlich auch von Thomas gehabt hätte, habe ich mir beim Fotografieren geholt. Ganz nah und doch so weit entfernt von den Objekten meines Blicks. Wirklich, ich bin das reinste Frauenzeitschriftenklischee. Was habt ihr denn?"

Edel hob die Tassen auf ein Tablett und blickte dann in die Runde. Julia hatte das Buch sinken lassen. Spritney nahm langsam die Sonnenbrille ab. Thomas hatte das Gefühl, gleich kotzen zu müssen, so sehr brodelte das Waschpulvergefühl in ihm.

„Liebe Kinder", sagte Edel und balancierte das Tablett vorsichtig in Richtung Sofatisch. „Ich wohne in einem Haus aus Glas." Er stellte das Tablett ab und wies auf die Fensterfronten rundherum. „Es gibt hier keine Geheimnisse. Wirklich …" Ächzend ließ er sich gegenüber von Spritney und Thomas in die Kissen fallen. „… ich weiß nicht, was ihr hier wollt. Was du von mir willst, Thomas."

Er beugte sich vor und begann, Zucker in seine Tasse zu löffeln. „Unser kleiner *Mexican standoff* da draußen, Julia …", Edel sah über die Schulter zu Julia, die immer noch reglos mit dem Buch in der Hand dastand, „… war, so seltsam das klingen mag, auch nicht als Angriff gemeint. Es war eine ernst gemeinte Zurückweisung. Thomas …" Edel legte den Löffel an die Seite, beugte sich vor und berührte Thomas leicht am Knie. Der zuckte zurück. Edel lächelte schmerzlich und zeigte die Handfläche. „Thomas, ich kann mir vorstellen, wie es dir geht. Doch, wirklich. Bitte vergiss nicht, was ich über deine Mutter gesagt habe. Ich ahne, wie es dir nach dem Tod deines Mannes geht. Und jetzt bist du Hals über Kopf verliebt und sowieso geht alles drunter und drüber. Diese Sache mit Beat. Dass er abgehauen ist und ich ihn nicht reinlasse. Na, klar erinnert dich das an früher. Da kommt sicher eine Menge wieder hoch. Aber trotzdem. Ich weiß nicht, was du dir da jetzt von mir erwartest. Was ich deiner Julia gerade erklärt habe, das ist doch alles nicht neu für dich. Wir haben uns das schon Millionen Mal an den Kopf geknallt. Was soll dieser Besuch jetzt? Du hast was mit mir zu besprechen, sagst du. Ich sage dir: Es gibt nichts zu besprechen. Zwischen uns ist alles gesagt. Die Karten liegen auf dem Tisch. Was hast du denn erwartet, was hier heute passiert? Eine große Konfrontation? Der Riesenknall? Dass wir uns Dinge sagen, die wir noch nie ausgesprochen haben? Dass wir beide uns plötzlich mit ganz anderen Augen sehen? Dass wir uns am Ende weinend in den Armen liegen? Du weißt alles über mich. Gut, ich weiß vielleicht nicht alles über dich. Es scheint sich da wirklich was zu bewegen bei dir. Und ich freue mich für dich. Aber, Junge, du bist erwachsen. Schon eine ganze Weile. Ich muss nicht alles über dich wissen. Irgendwann, in nicht allzu ferner Zukunft, bin ich nicht mehr da. Da wirst du auch ohne mich noch ganz anders werden dürfen. Du bist selber Vater. Auch schon eine ganze Weile. Und wahrscheinlich gibst du mir die Schuld, dass Beat dir auch so fremd ist, wie du mir gewesen bist, aber das ist nicht meine Schuld. Du suchst anscheinend irgendwas, das dich ganz und heil macht. Was dir fehlt. Du glaubst, ich bin dir das schuldig, aber ich kann dir das nicht geben. Nicht, weil ich nicht will. Es ist einfach nicht mein Job. Du fühlst dich von mir schlecht behandelt und kommst doch immer wieder angerannt, wenigstens in Gedanken, aber ich zwinge dich nicht dazu. Du bist es, der immer wieder kommt.

Und wenn du willst, dass das aufhört und dass du unabhängig bist, dann musst du bitte aufhören, immer zu mir zu kommen. Wenn ich dich wegschicke, ist das vielleicht auch das Beste, was ich heute noch als Vater für dich tun kann. So, und jetzt wollen wir Kaffee trinken."

Edel ließ sich zurücksinken und griff nach der Tasse. Er schlürfte vernehmlich. Die anderen Kaffeetassen standen unberührt da und dampften vor sich hin.

Julia kam mit schnellen Schritten zum Sofa. „So einfach kannst du dir das nicht machen", sagte sie laut. „Jahrelang lässt du dein Kind hier alleine und verängstigt zurück, weil du nicht mit dem Tod deiner großen Liebe klarkommst. Und jetzt heißt es, du bist erwachsen, dein Problem?"

Edel stellte die Tasse wieder ab. „Das Kind, Julia. Genau. Das Kind. Ich habe das längst zugegeben. Und gebe es hiermit noch einmal zu. Aber ich kann das doch nicht ungeschehen machen. Das ist die Vergangenheit. Jetzt ist jetzt. Und jetzt kann Thomas sich nur selber suchen, was ihm fehlt."

„Das ist ja wohl der größte …", setzte Julia an.

„Er hat recht", sagte Thomas. „Julia. Bitte. Er hat einfach recht."

Draußen rannte der Wind immer und immer wieder zum Berg. Das Wasser zitterte und kräuselte sich in alle Richtungen davon. Das Windspiel im Garten klimperte, und Thomas sah durch einen Tränenschleier die Ruine zwischen den Bäumen aufragen. In seinem Bauch rumorte es, und zugleich schwebten ihm Arme und Beine davon, wurden leichter und leichter und trieben davon wie Nebel, wie Rauch, wie Träume am Morgen. So weit hatte er sich vorgekämpft mit den Freundinnen an der Seite, nur um festzustellen, dass es den Preis, den er hatte erringen wollen, nie gegeben hatte und der Kampf von Anfang an vergeblich gewesen war.

„Thomas?"

Julia, besorgt.

Ihm wurde schwindelig. Alles um ihn herum war noch da, das Sofa, der Boden, der Tisch. Aber in seinem Inneren entglitt ihm alles. Gab es ihn noch? Gedanken gingen ihm durch den Kopf, ohne dass klar war, wo sie herkamen, zu wem sie gehörten und wohin sie verschwanden. Wie Vögel durchzitterten sie einen Raum, den es gab, solange sie da waren, und dann nicht mehr. Thomas wurde übel. Die Welt rutschte zur Seite, und dann gab es keine Seiten mehr. Alles war Wirbel. Er wollte nach dem Tisch greifen, aber er fand seine Hand nicht mehr.

„Thomas!“

Julia, entsetzt.

Thomas fand wieder zu sich, indem er sich auf die Schuhe kotzte.

„Thomas. Meine Güte.“ Julia, die Hand in seinem Haar. Spritneys Hand an seiner Schulter.

„Ich hole mal was, um das wegzumachen.“ Edel stand auf. „Immerhin ist diesmal kein pietätloser Teenager dabei, der alles mitfilmen will.“

Thomas hockte vornübergebeugt da und keuchte gegen die Übelkeit an. Langsam verebbten die Krämpfe.

Als er den Blick hob, war die Aussicht auf die Ruine hinter dem Haus verstellt. An der Hintertür stand Beat, Hand in Hand mit Chiara. Beide waren tropfnass und zitterten. Beat hatte die Hand zum Klopfen erhoben.

„Opa?“ Beat legte das Gesicht an die Scheibe und schirmte es mit der Hand ab. „Opa? Bist du da? Papa?“ Er klopfte. „Papa. Was machst du denn hier?“

Edel kam mit Eimer und Mopp aus der Küche und stellte die Geräte am Sofa ab. „Wenn man vom Teufel spricht“, seufzte er. „Könntet ihr mal die Sauerei wegmachen? Ich öffne.“

„Aber bitte ohne Knarre“, murmelte Julia und griff nach dem Mopp.

„Julia“, sagte Thomas. „Das ist mir jetzt sehr peinlich.“

„Das ist möglicherweise die Liebe“, sagte Julia und fing an herumzufeudeln. „Du würdest das Gleiche doch selbstverständlich auch für mich tun.“

Die Liebe, dachte Thomas. Soso. Und kotzte gleich noch mal.

„Papa?“ Beat drängelte sich an Edel vorbei ins Haus. „Papa, warum kotzt du?“

„Ihm geht's gut", sagte Edel. „Er wird bloß erwachsen."

„Hast du meine Sprachnachricht nicht bekommen?", fragte Thomas und übergab sich erneut.

„Hallo", sagte Chiara und kam mit einem Plastikfetzen in der Hand ebenfalls ins Haus. „Wir hatten ein bisschen Schiffbruch." Sie wies den Fetzen vor. „Zum Glück hatten wir die Einhorninsel im Schlepptau. Das war unser Rettungsboot."

Es klingelte an der Tür, als hätte schon wieder jemand die Glocke am Schlafittchen gepackt.

„Ich geh schon", sagte Spritney.

„Hallo, Chiara", ächzte Thomas.

Chiara hob die Hand. „Hallo, Thomas." Der Einhornfetzen raschelte.

„Wollt ihr duschen?", fragte Edel und machte die Hintertür wieder zu.

„Das wäre himmlisch", sagte Chiara.

„Zusammen oder getrennt?", fragte Edel.

„Beat?" Katha stürmte herein, dicht gefolgt von Mau-Mau und Spritney.

„Und da sind ja auch Bifur und Bombur!", murmelte Edel.

„Mama!" Beat rannte auf seine Mütter zu.

„Baby!" Mau-Mau überholte Katha und riss Beat in ihre Arme. „I'm so fuckin glad you're okay."

„Getrennt, bitte", sagte Chiara. Mit ausgestreckter Hand hinkte sie auf den Haufen aus Beat und seinen Müttern zu. „Hi. Ich bin Chiara."

Als niemand von den dreien reagierte, steckte Julia den Mopp in den Eimer und schüttelte Chiara die Hand. „Hallo, ich bin Julia. Ich bin auch die Freundin von irgendjemandem."

„What's that smell?", fragte Mau-Mau.

„Edgar, hast du vielleicht noch eine mittelgroße oder sehr große Flasche Alkohol im Haus?", fragte Spritney.

„Kommt sofort", sagte Edel.

„Hi, Mau-Mau", sagte Thomas kraftlos.

„Oh no, you did it again. Hi, Thomas."

Katha steckte ebenfalls den Kopf aus dem Umarmungsknäuel. „Warum liegt da übrigens eine Waffe in der Garderobe?"

Edel entkorkte eine Sektflasche. „Sie wollte zuerst schießen", sagte er und deutete auf Julia.

„Sind die immer so?", fragte Chiara an Julia gewandt.

„Ich bin auch erst seit gestern so richtig dabei", antwortete Julia. „Aber ich glaube schon."

„Ist meine Mama hier auch irgendwo?" Chiara sah sich nervös um.

„Die haben wir auf eine falsche Fährte gelenkt." Katha tauchte wieder aus dem Umarmungsknäuel auf und schaffte es irgendwie, Chiara auch noch eine Hand hinzuhalten. „Hi. Ich bin Katha. Eine von Beats Müttern. Ich danke dir, dass du auf unseren Sohn aufgepasst hast. Deine Mutter ist zum Festivalgelände gefahren, um dich dort zu suchen. Sie war nicht sehr nett zu uns und hat gleich mit der Polizei gedroht. Wir fanden es besser, wenn sie erst mal nicht hierherkommt."

„Danke!" Chiara lächelte müde.

„Mama, Mami", Beat befreite sich aus dem Knäuel. „Das ist Chiara. Meine Freundin." Er wurde rot.

„Das wissen wir schon", sagte Katha.

„Wir kennen uns noch nicht so lange", sagte Chiara.

Mau-Mau hob die Augenbrauen. „I guess everybody needs to do some talking", sagte sie.

„Die Dusche ...", sagte Edel und prostete Spritney zu, die inzwischen ebenfalls ein Glas in der Hand hielt, „... die Dusche ist hinten rechts."

Es dauerte dann noch eine Weile, bis alle aufgewärmt und mit warmen Klamotten versehen am Tisch saßen. Es gab ein mittelgroßes beziehungsweise sehr großes Glas für jeden. Bis alle Geschichten ausgetauscht waren, war es dunkel geworden.

„... und dann hat Thomas sich auf die Schuhe gekotzt, und alle sind reingekommen", schloss Spritney.

Der Wind hatte sich beruhigt. Vor den Fenstern war alles schwarz. Thomas hatte das Gefühl, inmitten einer warmen, goldenen Schale zu sitzen, in der ihm nichts etwas anhaben konnte.

„Hat es sich denn jetzt gelohnt?" Katha stupste Thomas an. „Wenn ich das richtig verstanden habe, dann ist das große Gespräch ja ausgefallen." Sie sah zu Edgar hinüber, der ihr ironisch zuprostete. „Ist das denn jetzt so okay für dich, Thomas?"

Thomas wiegte den Kopf. „Ich weiß nicht. Also, ich bin froh, dass Beat und Chiara wohlbehalten wieder aufgetaucht sind. Und …" Er holte tief Luft. „Wie soll ich das erklären? Zum ersten Mal in meinem Leben …"

Er sah in die Runde. Alle blickten ihn gespannt an. Nur Edgar nippte scheinbar teilnahmslos an seinem Glas, als wüsste er sowieso, was kommen musste.

„Julia, hast du noch diese App auf deinem Handy? Die ich bei der Präsentation ausprobiert habe?"

„Dein Innenporträt?" Julia fummelte in ihrer Tasche nach dem Gerät. „Ja, klar."

„Kannst du mein Ergebnis mal vorspielen?"

„Ehrlich?" Julia hob die Augenbrauen. „Willst du das wirklich?"

Thomas nickte. „Wirklich. Das ist so eine experimentelle Social-Media-Sache", sagte er zu den anderen, die ihn ratlos anstarrten. „Von einem Kunden in der Agentur. Man erzählt von sich, und in der App hängt so eine kleine KI, so ein Algorithmus, der spuckt dann ein Innenbild aus. Ist vor allem für Dating-Apps gedacht. Offenbar fällt es den Leuten am schwersten, sich online richtig vorzustellen, sodass auch potenzielle Partner anbeißen, das soll dann die App übernehmen. Bist du so weit?"

Julia nickte und legte das Handy in die Tischmitte. Alle beugten sich vor, als die Stimme mit ihrer beinahe unerträglichen professionellen Wärme aus dem Gerät drang.

„Hallo, mein Name ist Thomas. Ich bin ein bisexueller Mann in den besten Jahren. Zurzeit bin ich Single. Mein Vater ist sehr erfolgreich, ebenso wie meine Freunde von früher. In mir bin ich immer ein bisschen Kind geblieben. Zu meinem Beruf gehört es, andere zu begleiten. In meiner Freizeit befasse ich mich mit den schönen Dingen des Lebens. Meine Freunde sagen, ich denke zu viel nach und mache mir unnötige Sorgen. Termine kann ich schlecht einhalten. Mich für etwas zu entscheiden, fällt mir schwer."

Nach und nach fingen alle in der Runde an zu grinsen. Katha hatte Tränen in den Augen. Beat wurde rot und rutschte nervös auf dem Stuhl herum.

„Meine Stärke ist meine Vielseitigkeit", fuhr die Maschinenstimme fort. „Wenn du dich für etwas aufrichtig interessierst, werde ich mich auch dafür interessieren. Ich begleite dich überallhin. In einer Beziehung mit mir musst du nicht sein wie ich. Ich finde es am spannendsten, wenn du mir Dinge zeigst, die ich noch nicht kenne. Mein Motto aus der Philosophie könnte sein: Der Weg ist das Ziel. Mein Motto aus der Kunst könnte sein: In mir habt ihr einen, auf den könnt ihr nicht bauen. Ich bin zu 85 % prozessorientiert und zu 65 % Sonstiges. Mit dir gemeinsm möchte ich: Whisky trinken und Sonstiges. Mein perfekter Tag beinhaltet: etwas Neues erleben, meinen Gewohnheiten nachgehen und Sonstiges. Am besten erreichst du mich per: Sprachnachricht. Meine Freunde nennen mich: Thomas. Ich freue mich auf dich."

Thomas blickte in eine Runde lächelnder Gesichter.

„Das funktioniert aber verdammt gut", sagte Katha zu Julia. Julia nickte.

„Das bin ich", sagte Thomas. „Ich meine, ihr kennt mich. Vielleicht war euch das immer schon klar. Mir war es nicht klar. Die ganze Zeit, seit Clemens tot ist, habe ich gedacht, ich muss mich entscheiden und endlich ankommen. Wenn ich alles mit meinem Vater geklärt habe, dann werde ich erwachsen und glücklich sein. Wenn ich dies gelöst und jenes abgeschlossen habe, dann habe ich den Punkt erreicht, wo ich fertig bin. Aber es wird nichts fertig. Ich schließe nichts ab. Dass in mir alles so unordentlich rumliegt, das bin eben ich. Daher kommt alles, was ich gut kann. Ich muss nicht erst fertig sein, um … na ja … um erwachsen zu sein, schätze ich."

Lange Zeit sagte niemand etwas. Spritney war die Erste, die die Stille unterbrach. Sie räusperte sich. „Edgar, ich habe meine Eltern nie gekannt. Also, meine leiblichen Eltern. Ich wurde mit drei von einem Mann auf die Welt gebracht. Auf dem Vordersitz eines Autos. Mir ist da eine Sache eingefallen. Ich hätte immer gern …" Spritney deutete auf die Fotos, die an der Wand hingen und an den Möbeln lehnten. „Gibt es so was auch von Thomas' Mama? Ich hätte halt immer gern mal ein Foto gesehen von meinen Erzeugern."

„Spritney ...", sagte Thomas. „Es ist okay. Danke. Aber ... wie gesagt, ich glaube, Edgar hat recht. Ich muss mal langsam auf mich gucken."

„Ich würde gern mal ein Foto von Oma sehen", sagte Beat. „Fühlt sich komisch an, das zu sagen. Oma."

Mau-Mau wuschelte ihm über den Kopf.

Edel stand auf und verschwand hinter der Wand. Alle sahen sich ratlos an. Spritney richtete sich auf und presste die Lippen zusammen. Thomas sah, dass ihre Augen voller Tränen standen, und wusste nicht, warum.

Edel tauchte wieder auf, eine Mappe in der Hand. Er ließ sich auf den Stuhl fallen und klatschte den braunen Pappdeckel auf den Tisch.

„Is this what I think it is? Dem Fotos?", fragte Mau-Mau.

„O mein Gott", sagte Katha. „Thomas."

Alle beugten sich über die Bilder, die Edel nach und nach aus der Mappe zog.

„Ich habe die seit ... ach, Jahrzehnten nicht angeguckt", sagte er mit belegter Stimme. „Du kennst die wirklich gar nicht, Thomas?"

Ein junger Edgar Edel mit einem Baby-Thomas. Eine junge Frau mit braunen Haaren, lachend, beim Baden am Seeufer.

„Wie hieß denn deine Mama?", fragte Julia.

„Cordelia", sagte Thomas. „Sie hieß Cordelia." Er sah in die Runde. Beat und Chiara beugten sich interessiert über die Bilder. Mau-Mau und Katha saßen Arm in Arm und betrachteten verstohlen ihren Sohn und dessen Freundin. Spritney kippte ein Glas Sekt, vielleicht weil niemand sehen sollte, wie unverhohlen sie inzwischen weinte. Julia hatte den Kopf an seine Schulter gelegt und streichelte ihm nachdenklich über das Knie. Edel schaute stumm auf die Bilder, die ihn so gelöst, so gar nicht gemein und ohne die tiefen Falten am Hals zeigten.

Das gelbe Licht im Glashaus hielt die Dunkelheit mit Leichtigkeit draußen. Der See gluckste wie ein zufriedenes Baby.

Ich habe etwas gefunden, stellte Thomas zu seiner eigenen Überraschung fest. Da ist etwas. Es war die ganze Zeit da, und jetzt habe ich es gefunden. Was ist das nur? Wenn ich bloß wüsste, was es ist.

Aber insgeheim wusste er beinahe, was es war.

21

„Puh", machte Julia und ließ sich aufs Bett fallen.

Sie hatte sich schon eine ganze Reihe mittelgroßer Gläser gegönnt und war dementsprechend beschwipst. Thomas stand mit verschränkten Armen im Türrahmen und lächelte sie an.

„Was ist?" Sie hob den Kopf und zeigte ihre Grübchen, die Thomas von Anfang an so gefallen hatten. „Was grinst du so?" Sie drehte sich auf den Bauch und wackelte mit den Beinen. „Es macht mich ganz wuschig, wenn du da so in der Tür stehst und mich anguckst. Haben wir noch was vor?"

Thomas löste sich vom Türrahmen und setzte sich aufs Bett. „Weiß noch nicht", sagte er.

„So ernst? Schade. Es war den halben Tag schon so ernst." Sie biss ihm in den Oberschenkel und legte ihm dann den Kopf aufs Knie. Er fuhr ihr ins Haar und kraulte ihr den Kopf. Eine Weile blieben sie dabei und freuten sich über die Ruhe und das Alleinsein.

„Wenn du als Kind allein zu Haus solche Angst hattest, warum bist du dann nicht hier rein?", fragte Julia. Ihre Stimme klang gedämpft, weil sie in seine Hose sprach. „Hier gibt's doch keine Fenster. Du hättest die Tür hinter dir zumachen können."

Thomas schüttelte den Kopf. „Alleine hier in den Keller? Nie im Leben. Ich war mir so sicher, dass da draußen vor dem Haus Leute waren. Oder Wesen. Hier unten hätte ich mich bei jedem noch so kleinen Geräusch zu Tode gegruselt. Da wollte ich lieber die volle Rundumsicht, oben im Glaskasten.

Außerdem war es damals längst nicht so gemütlich hier unten wie heute. Mein Vater hat das alles erst später ausbauen lassen. Als ich nicht mehr da war und er Platz brauchte für seine Besucher." Thomas schnaubte. „Damals wäre ich hier unten von Spinnen aufgefressen worden, die waren so groß wie meine Hand."

Julia verschränkte die Finger mit seinen. „Wie geht's dir?", fragte sie leise.

„Gut. Danke. Ich … es war irgendwie gar nicht das, womit ich gerechnet hatte. Aber irgendwie geht es mir jetzt besser. Dieser simple Gedanke, dass ich einfach nicht mehr herkommen muss, um irgendeine Sicherheit oder Bestätigung zu kriegen, den finde ich erstaunlich befreiend. Wird noch eine Weile dauern, bis es angekommen ist, aber ich denke, ich packe das."

„Es passt total zu deiner Familie, dass dein Vater alles schon erklärt, und dann kotzt du dir auf die Schuhe, und am Ende wird beim Fotogucken alles ziemlich wieder gut. Ich hatte das Gefühl, bei so einem Psychoseminar dabei zu sein, wo Spritney und ich ein bisschen die Geburtshelfer sind. Oder die, wie nennt man das, die Dummys für die Familienaufstellung. Die die Situation mit aufbauen."

Thomas lachte. „Na ja. Ein bisschen war es ja auch so."

„Freut mich, dass ich helfen konnte." Julia ließ seine Hand los und kreiselte ihm mit spitzen Fingern über den Schenkel. „Apropos helfen …"

Thomas fing ihre Hand ein.

„Moment. Wegen deines Auftritts da … ich muss da doch noch mal drüber reden."

„Ach, nö." Julia vergrub den Kopf in der Decke. „Wegen der Pistole oder wie?"

„Hm-hm."

„Was willst du denn wissen?" Julia ließ das Gesicht in der Decke, als suchte sie Schutz, bis die Befragung vorüber war.

„Das ist schon eine echte Pistole, oder?"

Julia nickte, und die Decke raschelte.

Thomas streichelte ihr den Kopf.

„Na ja. Ich finde es schon ein bisschen schwierig, wenn du gewohnheitsmäßig mit einer Waffe in der Handtasche rumrennst. Gruselig, um genau zu sein."

„Mit gruselig kennst du dich doch aus", sagte Julia dumpf.

„Aber nur mit Fantasiegestalten. Und nicht mit echten Waffen. Mensch, Julia. Bei meinem Vater weiß ich, dass das so ein Hemingway-Machogetue ist. Wahrscheinlich war seine Knarre nicht mal geladen."

„Dafür hast du dir vorhin aber ganz schön in die Hosen gemacht."

„Okay. Er kann das eben auch gut, solche Auftritte. Aber wenn meine …"

Thomas zögerte. Julia hob den Kopf eine Winzigkeit aus den Kissen und linste zu ihm hoch. „Deine was?"

„Wenn meine Freundin mit scharfen Waffen rumrennt, das macht mich nervös."

„Oooh! Du hast Freundin gesagt. Und scharf. In einem Satz."

„Ich hab das Gefühl, du willst nur ablenken."

„Ja. Stimmt. Erwischt."

Sie verschränkten die Hände aufs Neue ineinander und schwiegen.

„Warum warst du in der Klinik?", fragte Thomas schließlich.

„Da möchte ich lieber nicht drüber reden."

„Für mich ist das aber wichtig. Ich habe sonst das Gefühl, dass ich einen elementaren Teil von dir gar nicht kenne."

Julia setzte sich auf und strich sich die Haare aus dem Gesicht. „Mein lieber Thomas, wir kennen uns überhaupt erst seit ein paar Wochen. Wir haben uns – wann? Vorgestern geküsst wie die schüchternen Rehe. Und gestern hatten wir plötzlich Sex. Das war alles wunderbar, und es soll bitte auch so weitergehen, aber für ein paar Sachen ist es mir einfach noch zu früh. Falls du dir Sorgen machst, dass die irre Tante dich mit ihrer Glock erschießt, wenn sie einen Schub kriegt, da kann ich dich beruhigen. Ich neige nicht zum Wahn und bin äußerst funktional. Außerdem bin ich medikamentös zurzeit sehr gut eingestellt. Es ging mir nie besser."

„Was denn für Medikamente? Du nimmst irgendwelche Pillen?"

Sie ließ seine Hand los. „Uff. Ich hätte mir gewünscht, dass wir dieses Gespräch noch ein bisschen aufschieben könnten. Aber okay. Ich bin gelegentlich krank. Es ist nichts Schlimmes, und unter anderem dank dieses Klinikaufenthalts, der dir so große Angst macht, habe ich das sehr gut im Griff. Du hast mich doch auf der Arbeit erlebt. Und bei dir zu Hause. Und bei mir zu Hause. Würdest du mir also bitte zustimmen, dass ich ein normaler Mensch mit einem ziemlich normalen Leben bin?"

„Nein. Du bist ganz und gar kein normaler Mensch."

Julia schmollte sehr hingebungsvoll. „Das hast du aber lieb gesagt. Komm küssen."

Und das taten sie.

„Aber", sagte Julia und schmatzte, um den letzten Kussrest loszuwerden, „ich bin genauso fähig, ein normales Leben zu führen wie jemand, der beispielsweise Diabetes hat. Oder HIV-infiziert ist. Oder Rheuma hat. Irgendeine chronische Krankheit. Irgendwann erzähle ich dir gerne alles darüber, aber für mich hängen da eben recht schmerzhafte Erinnerungen dran. Und ehrlich gesagt war es für mich schon relativ schwierig, diese ganze Fahrt hierher mitzumachen und mir das ganze Familienzeug zu geben. Zumal deine Familie ja jetzt nicht die normalste ist. Ohne Spritney und das ganze Rumgealber und Sexgetue hätte ich das nie hingekriegt. Und wenn ich da mit meiner Waffe ein bisschen überreagiert habe, dann tut es mir leid."

„Mir tut's leid." Thomas strich ihr über die Wange. „Ich habe das ja nicht gewusst. Sonst hätte ich dich gar nicht gefragt, ob du mitkommst."

„Ich hätte schon Nein gesagt, wenn es nicht gegangen wäre." Julia holte tief Luft. „Aber wenn ich dazu noch was sagen darf: Du solltest vielleicht sowieso nicht einfach annehmen, dass alle um dich herum mit jeder Art von Situation klarkommen."

„Ich komme schon nicht mit jeder Art von Situation klar."

„Schon. Aber du fällst sehr weich, wenn du fällst." Sie machte ihre Katzen-Milchtritt-Sache an seinen Brüsten, sodass es ihm sehr schwerfiel, sauer zu werden. Trotzdem regte sich Unmut in ihm.

„Ich bin in ein ziemlich tiefes Loch gefallen, als Clemens tot war."

„Ja. Aber am Boden warteten eine coole Spritney und eine blutjunge Gespielin und der Anlauf, endlich mal mit deinem Vater klarzukommen. Du hast aus dem Loch eben einfach ein Kaninchenloch ins Wunderland gemacht. Da ist es zwar ein bisschen seltsam, aber am Ende wirst du schon heil wieder rauskommen. Wie immer."

„Das klingt so, als würde ich im Leben was hinkriegen, wenn du das erzählst."

„Hast du dir dein Leben mal genauer angeguckt? Du jammerst einfach gerne."

Jetzt wollte Thomas gerne ablenken.

„Blutjunge Gespielin", räusperte er sich. „Ich weiß nicht, wer das sein könnte."

„O ja, lenk mich ab", sagte Julia ihm ins Ohr. „Daddy."

Und als er ihren Atem an seinem Hals spürte und als er ihr ins Ohr biss und als sie ihre Brüste an ihn presste und als ihre Hände sich über jedes Härchen einzeln zu seinen Nippeln vortasteten, da geschah das Schöne und Unvermutete.

„Das gibt's ja nicht", murmelte er an Julias Mund.

„Was gibt's nicht, Daddy?", murmelte Julia zurück. „Wie geil ich bin?"

„Das auch. Aber …" Thomas schob sie ein Stückchen weg. „Ein echter Buraq."

„Ist das eins von deinen Kindheitsmonstern?"

Thomas kicherte. „So ähnlich. Mein Penis."

Julia legte ihm die Hand in den Schritt. „Fühlt sich alles ganz normal an, wenn du mich fragst."

„Normal? Ich gebe dir gleich normal."

„Exzellent normal. Aber wer ist jetzt ein Buraq?"

„Das ist ein geflügeltes Pferd …"

„Ach so. Wo ich herkomme, bei Oma in Polen, ist das jemand, der sich nicht wäscht und so."

„Das will ich nicht hoffen. Aber merkst du denn gar nichts?"

Julia fühlte noch mal nach. „Weißt du, wenn du willst, dass ich dir im Schritt rumgrabbel, brauchst du es nur zu sagen. Kein Grund, wieder irgendwelche Fabelwesen zu erfinden."

„Du merkst es echt nicht. Na, du steckst ja auch nicht drin."

Julia hob die Augenbrauen. „Noch nicht. Das könnten wir auch mal machen. Eine gute Idee."

Thomas sprang auf. „Es fühlt sich ganz anders an. Meine Güte, das ist ja echt verrückt."

„Wie, anders?"

„Als würde ich eine prall mit Blut gefüllte Gurke vor mir hertragen." Er hüpfte ein paarmal auf und ab. „Es wippt sogar."

„Igitt." Julia verzog das Gesicht. „Es ist schön, dass du dich über deine Blutgurke freust, aber mir vergeht dabei ein bisschen alles. Und du regst dich über meine schöne Glock auf."

„Du wirst dich möglicherweise auch gleich freuen. Ich bin mir ziemlich sicher, dass ein Kondom jetzt kein Problem wäre."

„Ja, gut, ich bin zwar noch nicht mal ausgezogen, und ehrlich gesagt brauche ich da auch noch ein bisschen, aber schön, warum nicht mal ganz schnell. Wir kennen uns ja schließlich auch schon seit gestern."

„Vorgestern."

„Egal." Sie zog sich den Pullover über den Kopf. „Hast du denn ein Kondom?", sagte sie unter dem Stoff hervor.

„Wie? Ich dachte, du hättest welche?"

Julia schmiss den Pulli auf den Boden und fummelte auf dem Rücken am BH-Verschluss herum. „Nö. Ich habe ehrlich gesagt nicht damit gerechnet, dass es hier zu so was kommen würde. Als wir losgefahren sind, war die allgemeine Stimmung noch eher tragisch-hysterisch. Konnte ja keiner ahnen, wie sich das entwickeln würde."

„Und da nimmst du lieber eine Pistole mit als Kondome?"

„Du hast ja nicht mal eins davon eingepackt."

Thomas verdrehte die Augen. „Das gibt's nicht."

„Dass Männer sich um Verhütung kümmern müssen, wenn sie Sex wollen? Nee, das gibt's echt nicht." Julia rutschte vom Bett, kniete sich vor ihm hin und begann, ihm den Gürtel zu öffnen. „Ich weiß auch gar nicht, warum du es mit einem Mal so eilig hast. Sieht doch alles prima aus hier. Und wenn Daddy nicht mehr so kann, bin ich als blutjunge Gespielin ja auch noch da. Zumal es ja die letzten Male ganz prima ohne Kondom ging. Du hast so starke Hände …“

„Nee. Nee. Warte mal.“ Thomas schob ihre Hände weg. „Das ist zwar jetzt ehrlich gesagt total gut … exzellent gut“, korrigierte er sich, als er ihren Blick auffing, „aber ich habe einfach keinen Nerv, dass wir gleich vielleicht doch eins brauchen und dann ist keins da und … ich weiß einfach, dass das klappen wird. Das ist das …“ Er biss sich auf die Zunge. „Das ist einfach so ein Abend heute.“

„Okay“, sagte Julia gedehnt. „Ich stehe jetzt also wieder auf und setze mich aufs Bett, ja? Ich knie nicht länger vor dir und öffne dir den Gürtel, ja? Ich möchte nur sichergehen, dass es das ist, was du möchtest.“

„Gleich“, sagte Thomas hastig. „Wir machen genau da weiter. Schone deine Knie ein bisschen, und ich … mein Vater hat welche. Weiß ich von früher. Die sind in der Küche. In der Besteckschublade. Wenn alles noch wie früher ist.“

„In der Besteckschublade.“ Julia setzte sich aufs Bett und schlug die Beine übereinander. „Klar. Warum nicht? Darf ich hier unten rauchen?“

„Du darfst hier überall rauchen“, sagte Thomas und drückte ihr einen Kuss auf den Scheitel. „Bis gleich.“

Er riss die Tür auf und hastete die Kellertreppe empor. Leise Musik drang aus dem Glashaus. Edgar Edel war anscheinend noch wach. Mist, dachte Thomas. Dann gab er sich einen Ruck. Ich bin doch nicht mehr vierzehn!, sagte er sich. Ich werde doch wohl meinen Vater ganz offen nach einem Kondom fragen dürfen.

Er nahm zwei Stufen auf einmal. Die durch ein saudummes Medikament herbeigeführte Erektion hüpfte prall voran. Oder war es gar nicht die halbe Tablette? Seit sie die Fotos seiner jungen Eltern angesehen hatten, war ihm leicht zumute. Ihm fiel das unbekannte Gefühl wieder ein, das sich in ihm ausgebreitet hatte, als er endlich um Clemens geweint hatte.

Wie Äste, die sich vorsichtig in seine Gliedmaßen schoben und wachsen und erkunden wollten. Etwas Neues war da. Und es fühlte sich gut an.

Egal, dachte er noch einmal. Ob Pille oder Befreiung von seelischen Altlasten, das ist die saudümmste Erektion meines Lebens. Kondome, was wolle! Er kicherte blöde und befreit.

Die Musik war inzwischen lauter, sodass er den Text verstand.

So wie auf dem Ölgemälde überm Himmelbett / In dem Raum neben dem Raum neben dem Raum mit dem Spinett / Sehen Sie mich an, als wären wir vom gleichen Stand / Und Sie nehmen meine Hand

Beinahe pfeifend vor geschwollener Freude bog er um die Wand, hinter der das Wohnzimmer lag. Edgar Edel lag bäuchlings auf dem Tisch und ließ sich von Spritney ficken.

Frau Baron / Das Land, auf dem ich wohn / Gehört Ihnen / Und ich muss Ihnen dienen

Thomas wollte sofort weg, zurück hinter die Wand, in den Keller, alles ungeschehen machen und nichts davon je gesehen haben. Er presste sich mit dem Rücken an die Wand und starrte mit weit aufgerissenen Augen ins Nichts. Die saudumme Erektion pulsierte leicht im Takt der Musik.

Ich bin ein Bauernsohn und heute Nacht / Geb ich Ihnen die Pacht

Aber es war zu spät. Er hatte leider bereits alles und noch mehr gesehen. Als er die Augen zusammenkniff, stand das Bild noch immer vor ihm wie ein Filmstill.

Spritney trug den Morgenmantel seines Vaters. Allerdings stand er vorne weit offen, sodass sowohl die melonenförmigen Brüste als auch der wippende Schwanz nur allzu gut zu erkennen waren. In ihrer unnachahmlichen Art machte sie aus dem Flatterteilchen seines Vaters ein verruchtes Dessous. In dem Moment, als Thomas um die Ecke getänzelt kam, war sie gerade im Begriff gewesen, ein Kondom überzuziehen. Ihr Schwanz, der, fiel Thomas ein, wahrscheinlich ebenso chemisch aufgepeitscht war wie seiner, der schrecklicherweise auch in dieser Albtraumsituation keine Anstalten machte, sich zu entsteifen, wippte hin und her, und Spritney hatte etwas Mühe, ihn mit dem Latexlasso zu erwischen.

Edgar Edel, sein schlechter Vater, der international renommierte Fotokünstler Edgar Edel, lag bäuchlings auf dem Küchentisch und biss in ein Sitzkissen. Sein nackter Körper wirkte anders als heute Abend, als er vom Bad im See gekommen war. Er war faltig und quoll aufgrund der Liegeposition zu den Seiten etwas weg. Der graue Haarpelz wirkte weniger viril und Sean-Connery-haft, sondern eher wie eine Liederlichkeit der rosigen Haut darunter. Trotzdem musste Thomas zu seinem eigenen Erschrecken erkennen, dass sein Vater einen attraktiven Körper besaß. Es war ein alter Körper, ja, aber ein Körper, der hingegeben und erwartungsvoll auf dem Tisch lag und vor Bereitschaft, genommen zu sein, förmlich glühte.

Bitte geh runter, dachte er in Richtung seines Penis. Wenn ich hier gleich von irgendjemandem erwischt werde, wie ich mich an die Wand drücke, während mein Vater auf dem Esstisch gefickt wird, möchte ich bitte wenigstens keine Erektion haben.

Als hätte es noch eines weiteren Beweises bedurft, dass seine Erektion wirklich die saudümmste Erektion von allen war, klopfte sie weiter fröhlich an seinen Hosenbund, distanzlos wie ein übereifriger Sozialpädagoge, der die verdrogte Klientel mit dem Jugendwort des Jahres begrüßt.

Ein scharfes Klatschen ertönte.

„Ich liebe deinen Arsch, Daddy", sagte Spritney.

O Gott, dachte Thomas. O Gott. O Gott. O Gott. Ich muss hier weg, aber seine Beine weigerten sich, den Rückweg zur Treppe anzutreten, vielleicht, weil zu viel Blut in seinen Penis geströmt war, der nach wie vor den Kopf reckte, stolz wie ein Dreijähriger, der ohne Hände balancieren kann.

Wieder das Klatschen. Edgar Edel stöhnte.

„Du bist eine geile kleine Hure", murmelte er.

Thomas wünschte sich ein Loch, das ihn gnädig aufnahm, strich den Wunsch aber gedanklich gleich wieder, als Spritney sagte:

„Deine geile kleine Hure wird dich gleich in dein enges Loch ficken."

Klatschen.

Geht, dachte Thomas in Richtung seiner Beine. Los. Wir müssen hier weg. Sein Penis stand so fröhlich, dass er fürchtete, das Genital würde gleich ein Liedchen pfeifen und ihn verraten.

„Aua!"

Thomas schreckte zusammen. Spritney würde niemals etwas tun, das sein Vater nicht wollte, oder? Sie hatte vorhin Tränen vergossen, als die Familienfotos gezeigt wurden. Thomas fiel ihre Geschichte wieder ein. War da Retraumatisierung im Spiel? Ließ sie jetzt ihrer ganzen Trauer in einer Vergewaltigung irgendeiner Vaterfigur freien Lauf?

„Tief atmen, Daddy. Entspann dich. Wir dehnen dich weit genug für den Buraq. Alles gut?"

Kein Klatschen. Ein Reiben und Streicheln.

„Ja. Bin nur etwas aus der Übung."

„O Daddy, deine Hände haben nichts verlernt. Das kann ich dir sagen. Ausatmen. Und etwas dagegendrücken, Daddy. Komm, mach die Beine breit. Oh, gleich bin ich drin. O Gott, Daddy."

Und jetzt, vor Scham fast vergehend und mit einer völlig falsch adressierten Erektion in der Hose, begriff Thomas, dass Spritney wirklich gut vögeln konnte. Das ganze Gerede über Sex war nicht bloß Auftrumpfen und Herumblödeln. Spritney verstand Sex wie Handwerk und eine weitere der vielen Sprachen, in der sie sich auszudrücken verstand. Sein Vater war in guten Händen.

Kaum hatte er diesen Gedanken gefasst, hörte er Edgar Edel lange und gedehnt aufstöhnen. Es hörte sich an, als stieße er am Ende eines anstrengenden Weges auf einen Ausblick, der zugleich atemberaubend schön und absolut überraschend war.

Endlich gelang es Thomas, seine Beine zum Gehen zu bewegen. Mit leichtem Schwindel schlich er die Kellertreppe hinab, bemüht, kein Geräusch zu verursachen. Allerdings wurde das

Klatschen und Schmatzen hinter ihm zusehends lauter, sodass die beiden Vögelnden ihn wahrscheinlich ohnehin nicht bemerkt hätten.

Was war das nur?, dachte Thomas. Das Gesicht von meinem Vater …

Aber insgeheim wusste er genau, was es war.

„Na?", sagte Julia. „Fündig geworden?"

„Ähm", sagte Thomas. Er ließ sich neben ihr aufs Bett fallen. „Nein. Oder doch. Ich weiß nicht."

Julia stützte sich auf und kniff ein Auge vor dem Zigarettenrauch zusammen. „Was ist denn? Du siehst aus, als hättest du ein Gespenst gesehen."

„Nein. Ausnahmsweise nicht."

Julia setzte sich auf. „Irgendwas sagt mir, dass wir jetzt keinen Sex mehr haben werden. Obwohl." Sie schielte auf seinen Schritt. „Daran liegt's nicht."

Thomas holte tief Luft. „Julia. Mein Vater vögelt gerade mit meiner Einzelfallhelferin."

Julia sah ihn einen Moment mit offenem Mund an und brach dann in schallendes Gelächter aus.

„O Gott, hast du die beiden etwa …"

„Ja. Hab ich."

Julia lachte noch heftiger. „O Gott, entschuldige. Das ist so witzig. Nein, es tut mir leid für dich. Das sicher sauunangenehm. Du da mit deinem Riesending und dann … sorry, es ist doch witzig." Und dann lachte sie, bis ihr die Tränen kamen.

„Zum Glück kannst du wenigstens nicht mehr weiter traumatisiert werden", gluckste sie schließlich, als sie sich einigermaßen wieder beruhigt hatte.

„Uff. Da bin ich mir nicht so sicher." Thomas schlug die Hände vors Gesicht. „Aber weißt du was?", sagte er und sah Julia ernst an. „Irgendwie habe ich mich am Ende fast für ihn gefreut. Spritney macht das, glaube ich, echt gut."

„Es war ja auch ein bisschen absehbar", meinte Julia und drückte die Zigarette aus.

„Absehbar?"

„Na ja. Seit ich Spritney kenne, redet sie davon, dass sie einen reichen älteren Mann finden will, der sie gerne vögelt."

„Aber sie vögelt ihn."

„Ich denke, solange die anderen Kriterien erfüllt sind, ist sie in diesem Punkt kompromissbereit."

Ein Schrei ertönte von oben.

„Daddy!"

Irgendetwas Schweres fiel um.

Thomas und Julia erstarrten und sahen sich mit schreckgeweiteten Augen an.

„Auf meine Titten, Daddy!", scholl es von oben.

„Mach das Maul auf!", brüllte es zurück.

„Julia", sagte Thomas und tastete nach ihrer Hand. „Ich möchte hier raus. Ich glaube, sie ziehen ins Badezimmer um. Und wer weiß, was danach kommt."

„Wir können doch da jetzt nicht hoch. Ich habe Spritney ja wirklich gern, aber nie im Leben möchte ich sehen, wie sie mit deinem kreuzirren Vater verschiedene Varianten von ‚Duschen' ausprobiert."

„Komm." Thomas packte sie am Arm. „Wir nehmen den Fensterschacht. Hab ich als Teenie oft gemacht. Wir heben das Gitter raus, und dann zwängen wir uns hoch. Dann stehen wir direkt am Seeufer."

„Uh, ich mag es, wenn du so bestimmend bist, Daddy", sagte Julia. „Ich komme ja schon und zwänge mich irgendwo rein."

„Julia." Thomas hob allen Ernstes den Zeigefinger. „‚Daddy' ist für immer gestorben. Ja? Das geht nach heute Abend wirklich nicht mehr."

Julia starrte mit zuckenden Mundwinkeln auf den Zeigefinger.

„Okay. *Thomas*."

Sie machten sich daran, das Gitter vor dem Fensterschacht herauszuheben.

„Ganz schön … schwer. Muss eingerostet sein", ächzte Thomas.

„Ganz schön unsicher auch für das Haus eines Kunststars", sagte Julia. „Gibt's da keine Alarmanlage?"

„Erinnere … dich doch mal … an den Empfang mit der … Waffe.“ Thomas keuchte, als ihm das Gitter mit dem letzten Ruck entgegenkam.

„So, raus.“

Sie zwängten sich durch den engen Schacht ins Freie. Aufatmend standen sie im Dunkeln. Von Fickgeräuschen war weit und breit nichts mehr zu hören. Das Wasser klatschte wohltuend unsexuell gegen den nassen Sand. Am anderen Ufer stiegen die Berge schwarz in die Nacht und erinnerten kein bisschen an etwas Phallisches.

„Puh“, machte Thomas. Es kam ihm vor, als hätte es die absurde Szene dort drinnen nie gegeben.

„Puh.“ Julia griff erneut nach seiner Hand. „Schön hier.“ Sie drängte sich an ihn. „Aber kalt.“

„Hm.“ Er legte den Arm um sie. Zwischen seinen Beinen herrschte endlich wieder Ruhe. Sollte er seinem Vater böse sein, weil er ihn um die Erektion seines Lebens gebracht hatte? Nein, entschied er. Er wollte doch für sich selbst verantwortlich sein. So war das doch gewesen.

Thomas starrte in die Nacht, lauschte auf die Wellen und zog Julia enger in seine Arme. Er dachte an die Fotos, die sie vorhin betrachtet hatten, von Cordelia, seiner Mutter, und seinem jungen Vater. Ob die beiden genauso hier gestanden hatten und inmitten von Bergen und Wellen sicher behütet gewesen waren?

„Hey.“

Am dunklen Ufer regte sich etwas. Eine Handytaschenlampe blendete ihn. Beat und Chiara saßen dort auf einer Decke im Sand.

„Selber hey.“ Arm in Arm mit Julia ging er zu den beiden hinunter.

„Na, könnt ihr nicht schlafen?“

„Nö, dieser Keller ist ein bisschen trostlos“, antwortete Beat.

„Außerdem war einfach so unglaublich viel los. Mir schwirrt noch der Kopf“, ergänzte Chiara. „Aber mir wird langsam kalt.“ Sie stupste Beat an. „Lass uns mal reingehen.“

„Äh, nein“, sagte Thomas hastig. „Bleibt doch noch einen Moment.“

„Ja." Julia setzte sich auf einen Deckenzipfel. „Es ist doch so eine schöne Nacht."

„Hallo!"

Alle drehten sich um.

Katha und Mau-Mau kamen um die Hausecke.

„Wir waren noch spazieren", verkündete Katha.

„Es war eine crazy day", seufzte Mau-Mau.

„Kann man wohl sagen", gab Thomas zurück.

Alle fanden irgendwo Platz auf der Decke oder auf einer rasch ausgebreiteten Jacke. Lange Zeit sagte niemand etwas. Alle hingen ihren Gedanken nach.

Schließlich räusperte sich Katha und sagte: „Thomas, ist das da eigentlich *die* Insel?"

„Was ist denn mit der Insel?", schaltete sich Julia ein. „Ich bin ja erst seit gestern dabei", fügte sie entschuldigend an.

„Die Vampirinsel", murmelte Beat.

Thomas stöhnte. „Och, Leute. Es reicht für einen Tag."

Aber als Julia und Chiara nicht lockerließen, erzählte er mit Unterstützung von Katha und Beat doch noch die ganze Familienlegende im Schnelldurchlauf.

„Wir sollten dahin!", sagte Julia sofort. „Leute, wir sollten da rüber. Können wir da rüber?", fragte sie Thomas.

„Könnten wir schon", antwortete er zögerlich. „Früher lag hier immer so ein Ruderboot. Aber vielleicht ist das inzwischen schon längst durchgefault. Es war schon in meiner Kindheit nicht mehr ganz taufrisch. Und außerdem hab ich keinen Bock."

„Ich find's auch ein bisschen gruselig, um ehrlich zu sein", meldete sich Katha. Sie zog die Jacke enger um sich und lehnte sich an Mau-Mau. „Es ist wirklich kalt. Ich für meinen Teil werde gleich mal versuchen, ins Bett zu gehen."

„Me too", stimmte Mau-Mau zu.

„Ich fürchte, das Haus ist gerade … besetzt", sagte Thomas langsam.

„Was meinst du mit ‚besetzt'?", erkundigte sich Katha. Sie blickte sich suchend um. „Wo sind eigentlich Spritney und dein Vater?"

„Sie besetzen gerade das Haus“, sagte Thomas mit vielsagendem Blick.

„Zimmer für Zimmer“, ergänzte Julia.

„Ooooh. Okay“, machte Katha.

„Fuck me“, lachte Mau-Mau. „Ick meine, ick gönne Spritney, though ick würde lieber eine alte Fisch aus diesen lake in die Mund nehmen als den Ding von deinem Daddy. No offense.“

„Wir dürfen nicht mehr ‚Daddy‘ sagen“, sagte Julia.

„Whyrum?“

„Die beiden sind sehr laut. Und Spritney ist ja gerne mal ein ungezogenes Mädchen.“

„Fuck me.“

„Ich versteh nur die Hälfte“, sagte Beat kopfschüttelnd.

Chiara legte ihm die Hand auf den Arm. „Dein Opa hat was mit der Mitbewohnerin von deinem Vater, glaube ich. Und wir sollten den beiden ein bisschen ihre Privatsphäre lassen.“

„Wir müssen eher zusehen, dass sie uns unsere Privatsphäre lassen“, korrigierte Thomas. „Aber sonst richtig.“

„Dann lass uns rüber auf die Insel.“ Julia sprang schon auf. „Bitte, Thomas. Du weißt, ich hab da eine Ader. Ich meine, das ist eine Insel inmitten schroffer Berge mit einer Kirchenruine. Und im Keller schläft vielleicht ein echter Vampir. Seit ich als Kind die Rollenspielcover von meinem Bruder angestarrt hab, habe ich mir genau das gewünscht. Jahrelang habe ich *Vampyros* gespielt und mir das gewünscht. Komm schon. Und für dich ist es bestimmt auch gut. Dich deinen Ängsten zu stellen. Traumabewältigung und so.“

„Ich habe für heute genug Traumata bewältigt. Und mir ein paar neue eingefangen. Nee, echt nicht.“ Thomas blieb stur sitzen.

„I'd come.“ Mau-Mau stand ebenfalls auf. „I mean, Thomas, you know ick hasse ein bisschen deine alte Mann, aber the one thing, die ich immer hab geil gefunden, das war diesen Landschaft. I can see why he likes it. Für den Kunst? Come on. Du kannst dem Atmosphäre nickt schlagen hier. And I'd rather face a vampire than watch daddy bestrafen his naughty girl. Oder wie rum they are doing it auch immer.“

„Ich sehe schon …" Katha stand auch auf. „Da geht kein Weg dran vorbei. Große Lust hab ich zwar nicht, aber was Mau-Mau sagt, stimmt schon." Sie warf einen Blick zum Haus zurück. „Besser, als da reinzugehen. Und woanders rumspazieren gegen die Kälte, das sehe ich auch nicht. Das Haus ist leider aus Glas. Selbst wenn wir uns ins Auto setzen, kriegen wir allerhand zu sehen, was wir nicht sehen wollen."

„Können wir nicht spazieren fahren?", fragte Thomas hoffnungsvoll.

Mau-Mau schüttelte den Kopf. „Wir haben alle getrunken, right?"

„Aber hier ist doch sonst keiner!", maulte Thomas.

„Nah. I've been down that road before. Dem geht verfluckt steil runter in die Kurvens. I don't wanna see your daddy … sorry, your father fuck, but I'm not ready to die just to avoid it."

„Und außerdem will ich *wirklich* da rüber!" Julia war wieder ganz koboldhafte, hibbelige Begeisterung.

„I think it'd be fun." Mau-Mau zuckte mit den Achseln.

„Komm schon", sagte Katha.

„Ihr wollt das jetzt wirklich machen, oder?" Thomas wuchtete sich ächzend hoch. „Haben wir überhaupt Licht? Beat, kannst du mir mal deine Handytaschenlampe leihen?"

„Schatz", sagte Julia, „du hast doch auch ein Handy, hm? Das hat auch eine Taschenlampe. Morgen besorgen wir dir ein Handy mit extragroßen Tasten aus dem Seniorenbedarf."

„Sehr witzig", knurrte Thomas. „Kommt ihr nicht mit?", fragte er an Beat und Chiara gewandt.

Die beiden sahen sich an.

„Nö", meinte Beat.

„Macht ihr mal", sagte Chiara.

„Okay." Thomas atmete tief durch. „Na dann", sagte er. „Gott, ich hoffe, der alte Kahn ist kaputt."

Die vier Erwachsenen verschwanden.

Die Wellen klatschten an den Strand; die Berge zogen den Wind enger um sich.

„Zum Glück sind wir da nicht mit", sagte Beat. Er schüttelte sich. „Hexen, Gruseltankwarte, Irrlichter, Einhörner und

Horrorjahrmärkte haben mir gereicht. Ich brauch nicht auch noch einen Vampir."

Chiara griff nach einem Stock und zeichnete Linien in den Sand. „Da ist ja auch kein Vampir."

„Woher willst du das so genau wissen?", fragte Beat. „Also, ich glaub's auch nicht, aber irgendwas muss doch da sein. Sonst hätte die Story meinen Vater doch nicht so mitgenommen. Und denk mal an das Bild von Opa. Das Vampirfoto. Meintest du nicht, das ist sogar berühmt?"

Chiara nickte und zeichnete weiter ihre Linien. „Das ist berühmt. Ehrlich gesagt fällt es mir jetzt noch schwer zu glauben, dass ich da vorhin einfach so vor dem Original stand. Jahrelang hab ich das mit meinem Papa in Büchern angeguckt. Und hier, zack, einfach so."

„Hä? Hab ich gar nicht gesehen. Wo hängt denn das?"

„Auf dem Klo im Keller."

„War klar."

Sie schwiegen eine Weile. Vom See wehte Platschen und Spritzen zu ihnen herüber. Irgendjemand, vermutlich Julia, juchzte laut.

„Sieht so aus, als wäre das Boot doch nicht kaputt", kommentierte Chiara trocken. „Scheint denen ja Spaß zu machen."

„Wenn meine Mütter mal was getrunken haben, werden die immer leicht peinlich." Beat gähnte. „Hast du eigentlich die Antworten gekriegt, die du wolltest? Wegen der Bisexualität und der Kunst und … wie war das noch mal? Ob man den Leuten da näher kommt oder immer weiter weg muss?"

„So ungefähr, ja. Hab ich die Antworten?" Chiara tippte den Stock in den Sand. „Irgendwie schon", sagte sie dann.

„Jetzt bin ich gespannt." Beat rückte noch dichter an sie heran. „Sag mal."

„Ich habe gesehen, dass Leute sich ändern können. Auch wenn es total aussichtslos scheint. Und dass es Orte gibt, an denen meine Mutter mir nicht hinterherkommt. Cool übrigens von Mau-Mau, dass die noch mal mit meiner Mama telefoniert hat. Wusstest du nicht? Ich hab echt noch nie jemanden gesehen, der sich so wenig von meiner Mutter beeindrucken lässt. Und dass die Zeit vergeht, hab ich gelernt. Dass nach Jahren alles anders sein kann. Ich werde nicht ewig bei uns zu Hause festsitzen. Und die Fotos? Bringen die die Leute näher zusammen oder weiter auseinander? Kommt auf die Leute an, würde ich sagen. Und die Bisexualität …“ Sie überlegte noch einmal und kritzelte weiter. Beat wartete.

„Dein Opa treibt es anscheinend gerade mit der Mitbewohnerin deines Vaters. Wie alt sind die beiden? Sechzig? Siebzig? Und dein Vater hat eine neue Freundin.“

„Die ist halb so alt“, warf Beat ein.

„Ja, könnte man denken. Aber ehrlich gesagt weiß ich manchmal nicht, wer da unreifer ist.“

„Weil du so reif bist.“

„Idiot.“ Sie haute ihm leicht mit dem Stock auf den Kopf. „Nein. Was ich meine, ist: Es ist Bewegung drin. Nichts muss feststehen, wenn man das nicht will. Solange man diese Bewegung hat, ist alles gut. Vielleicht findet sie jahrelang nur im Kopf statt. Oder auf Fotos, die man im Schrank hat und nur sehr selten hervorholt. Aber das gehört auch dazu. Diese Liebe … oder Sex … das sind auch Bilder. Und Wörter. Und Lieder. Und wenn zwei Leute oder wer weiß wie viele Leute sich in der Bewegung treffen, dann werden aus den Bildern und Wörtern und Liedern eben Berührungen. Ach, ich weiß auch nicht.“

Sie schmiss den Stock ins Wasser.

„Ich muss da noch drüber nachdenken. Aber Bisexualität – was für ein bescheuertes Wort. Weil die meisten Leute nicht alles mit allen Leuten gleichzeitig machen können, bleibt da eben sehr viel Platz für … andere Sprachen. Andere Sprachen von Liebe. Und Sex. Und das gehört auch alles dazu und ist gut und richtig und nicht schlechter oder besser als die Sprache der Körper. Und deshalb passt es mit der Kunst so gut.“

„Ich glaube, ich habe mich in dich verliebt“, sagte Beat.

„Oh. Ich bin, glaube ich, leider nicht in dich verliebt.“

„Schade.“

Die Wellen platschten. Die Berge scherten sich genauso wenig um irgendetwas wie die Sterne am Himmel. Fern über dem Wasser, auf der dunklen Insel, krachte ein Ast. Jemand schrie. Dann wurde gelacht. Dann war es wieder still.

„Jetzt gehen sie zur Kirche“, sagte Chiara. „Ich hoffe, sie sind nicht zu enttäuscht. Weißt du, das Vampirbild ist ja wirklich berühmt. Da haben schon zig Leute zu geforscht. Und natürlich hat dein Opa auch schon endlos in Interviews drüber geredet. Ehrlich gesagt kannte ich die Geschichte schon, wie dein Opa und dein Vater da rüber sind. Der Vampir ist natürlich eigentlich das Spiegelbild von deinem Opa. Da drüben in den Ruinen steht in der Sakristei so ein alter Spiegel. Dein Vater hat den damals gesehen und ist sofort schreiend weggerannt. Und dein Opa hat dann sein Spiegelbild fotografiert. Da gibt's dann so Aufsätze drüber, von wegen als Sinnbild des Abschieds von der Kindheit, die Einsamkeit des Künstlers, Narziss in der Spiegelung, Lacan, das Spiegelstadium und all das. Wenn man's weiß, kann man es auf dem Foto eigentlich auch sehen.“

„Wie kannst du nicht in mich verliebt sein?“ Beat weinte hemmungslos. „Nach allem, was wir zusammen durchgemacht haben. Du hast mich geküsst!“

„Ja? Hab ich? Sorry, das weiß ich gar nicht mehr.“

„Auf dem See. Als ich dich getragen hab.“

„Ach so. Mensch, Beat. Das war eben eine Ausnahmesituation.“

Sie wuschelte ihm durch die Haare.

„Ich mag dich sehr. Nur nicht so. Tut mir leid, dass du so traurig darüber bist.“

„Ich hab doch alles verstanden, was du mir gesagt hast. Ich war wirklich oft total bescheuert, aber ich krieg das jetzt bestimmt besser hin.“

„Ja, du, das freut mich natürlich für dich. Aber ich bin doch nicht irgend so ein Preis, den du am Ende mit nach Hause nehmen darfst, als Belohnung, weil du immer so gut aufgepasst hast. Ich will dir auch nicht immer alles erklären. Das wird mir dann irgendwann auch zu anstrengend.“

„Meinst du nicht, das kann sich noch ändern bei dir?“

„Nee.“

„Warum nicht?"

Jetzt wurde Chiara rot, aber vielleicht war das auch nur das Licht der Handytaschenlampe, das zwischen ihren Fingern hindurchschien.

„Wenn du es genau wissen willst: Ich finde dich nicht attraktiv."

„Du findest mich nicht attraktiv?"

„Ich würde zum Beispiel nicht mit dir schlafen wollen. Und wenn ich mit jemandem zusammen bin, will ich ja auch mal mit dem schlafen."

Beat sagte eine Weile nichts. Die Wellen kamen neugierig näher ans Ufer. Die Wolken am Himmel rissen auf, und ein Berg öffnete schläfrig ein Auge.

„Beat? Sag mal was. Ich mag dich echt."

„Äh. Okay. Ja, das ergibt natürlich Sinn."

„Du würdest ja auch mit mir schlafen wollen."

„Schätze schon."

„Das würde dann ja gar nicht gehen."

„Nee."

„Also."

„Ja."

Die Wellen kuschelten sich wieder dichter aneinander und legten sich. Der Mond zog dem Berg die Decke zurecht. Von der Insel kamen Schreie. Äste und Zweige knackten. Schliddern, Rutschen. Jemand kreischte. Mehrere Stimmen fluchten durcheinander. Am Ufer der Insel tanzten Lichtflecken. Es platschte. Wieder Kreischen. Dumpfe Ruderschläge und viele Spritzer.

„Ach, da kommen sie", nickte Chiara.

„Klingt nicht so, als hätten sie das mit dem Spiegel rausgekriegt", seufzte Beat.

„Machen deine Mütter nicht beide was mit Kunst?", fragte Chiara. „Warum wissen die das nicht? Ich weiß das doch schon."

Beat seufzte erneut. „Die fassen nichts an, was mit meinem Opa zu tun hat."

Einige Augenblicke später kamen die Erwachsenen aus der Dunkelheit gerannt.

„Jesus. Fuck. This place is nuts", keuchte Mau-Mau.

„Das war mit Abstand das Gruseligste, was ich je erlebt habe.“ Katha klammerte sich an ihrer Frau fest.

„Das ist ein echter Vampir. Ein echter Scheißvampir.“ Julias Hose war zerrissen, und über ihre Wange zog sich ein roter Striemen. „O Gott, ich kann nie wieder *Vampyros* spielen. Das war doch nicht echt. Oder? Thomas? Das kann doch nicht sein.“

„Es hat sich fucking bewegt“, sagte Mau-Mau. „Es hatte, like, vier Köpfe und lots of Tentakel und so.“

„*Irgendwas* ist da drüben.“ Katha verbarg den Kopf an Mau-Maus Brust. „Ist mir scheißegal, was das war. Ich will ins Haus.“

„Es kommt nicht rüber“, sagte Thomas tonlos. Er streichelte Julias Rücken. „Es ist noch nie rübergekommen.“

„Das beruhigt mich kein bisschen.“ Katha machte sich von ihrer Frau los und stampfte in Richtung Haus. „Und wenn ich Spritney die Gleitcreme anreichen muss, ich gehe da jetzt rein. Hier draußen bleibe ich keine Sekunde länger.“

„Seid froh, dass ihr nicht dabei wart.“ Julia ging ihr hinterher.

„Kein Kunst ist dem wert“, fluchte Mau-Mau und ging auch.

„Aber, Julia, weißt du, was mich freut?“ Thomas beeilte sich, Julia einzuholen. „Egal, was das ist. Mein Vater hat mir einmal keine Lügengeschichten erzählt.“

Die Erwachsenen verschwanden um die Hausecke.

„Danke, dass ihr uns nicht einfach dem Vampir überlasst!“, rief Beat hinterher. Chiara kicherte.

Die Wellen kamen ans Ufer. Die Berge hielten Abstand.

„Lügen“, sagte Beat leise. „Gehören Lügen auch zur Bisexualität? Oder zur Kunst?“

Chiara überlegte.

„Nur die guten.“ Sie sah ihn an. „Nicht die schlechten, die Leuten wehtun.“

„Aber woher weiß man, wo der Unterschied ist?“

Chiara stand auf und ließ die Wellen an ihrer Hand schnuppern. Die Berge erwachten und schlichen langsam, im Tempo der Kontinentalverschiebung, um sie herum.

„Das“, sagte Chiara, „ist die Kunst.“

22

Am nächsten Morgen schliefen sie alle lange. Chiara und Beat waren die Ersten, die ins Wohnzimmer kamen. Dort galt es zunächst, allerhand wegzuräumen.

„Ich glaube, wir brauchen Gummihandschuhe", bemerkte Beat trocken und machte sich auf die Suche. „So viele, wie hier rumliegen, muss ja irgendwo noch die Packung sein."

Chiara zog ein paar Schubladen auf, schnappte sich Müllsäcke und machte sich ans Werk. Als Katha und Mau-Mau gähnend nach oben kamen, war der Frühstückstisch bereits gedeckt.

„Oh, wow." Mau-Mau ließ sich an den Tisch gleiten und langte gleich nach einem hart gekochten Ei.

„Spatzi, mach das doch zu Hause auch mal, hm?", sagte Katha und schenkte sich Kaffee ein.

„Nur, wenn ihr auch lauter mit Gleitcreme verschmierte Handschuhe im Wohnzimmer liegen lasst." Beat schnitt scheinbar ungerührt sein Brötchen auf. Chiara senkte den Blick und biss sich auf die Lippe. Katha verschluckte sich lautstark am Kaffee.

„Dann müssen wir wohl auch weiterhin selber Frühstück machen", sagte sie, als sie sich ausgehustet hatte.

„Let's give it our best, honey, hm?" Mau-Mau klopfte ihr auf den Rücken. „Seems like a small price to pay for a good breakfast."

Katha verschluckte sich gleich wieder.

Dann kamen Julia und Thomas, verstrubbelt, rotwangig und glücklich. Niemand sagte etwas, aber alle warfen sich bedeutsame Blicke zu. Als alle schon fast fertig waren, tauchten Spritney und Edgar Edel auf, kratzten sich, gähnten und zeigten sich aufdringlich verliebt.

„Ich hoffe, wir waren gestern nicht zu laut“, sagte Edgar.

„Ich hoffe, ihr habt alles genau mitgehört“, widersprach Spritney. „Besonders die Kinder. Lernen von den Besten!“

„Es war schon okay“, sagte Thomas. „Wir waren eh alle draußen auf der Vampirinsel.“

„Hm“, machte Edgar Edel und rührte in seinem Kaffee.

Nach dem Frühstück ging man in Grüppchen auseinander, um zu packen und Reisevorbereitungen zu treffen. Man hatte sich auf die Abfahrt in zwei Stunden geeinigt. Diesmal sollten alle gemeinsam den Zug nehmen.

Thomas und Julia waren die Ersten.

„Armer Beat“, sagte Thomas leise, als er das schmale Gepäck im Kofferraum verstaute. „Irgendetwas sagt mir, dass es mit seiner Chiara nicht so geklappt hat, wie er es sich gewünscht hat.“ Er seufzte. „Teenager sein ist aber auch Mist. Ich weiß nur noch allzu gut, wie mir meine erste Freundin das Herz gebrochen hat. Hoffentlich bleiben die beiden wenigstens Freunde. Ich mag das Mädchen wirklich.“

Er warf den Kofferraum zu und sah auf die Uhr.

„Wo bleiben denn alle? Na, die haben sicher noch was zu besprechen.“ Er legte den Arm um Julia. „Gut, dass es zwischen uns beiden von Anfang an so reibungslos gelaufen ist, was?“

„Ja“, meinte Julia. „Also, was das betrifft, da wollte ich noch mal mit dir reden.“ Sie wand sich aus seinem Arm.

„Worüber denn reden?“ Thomas wusste nicht, wohin mit dem Arm, und steckte schließlich hilflos die Hände in die Hosentaschen.

Julia holte tief Luft. „Ich finde, wir sollten es langsam angehen lassen.“

„Langsam angehen heißt jetzt …?“

„Wir sollten uns eine Weile nicht sehen.“

„Moment mal." Thomas rückte sich die Brille zurecht. „Machst du mit mir Schluss? Nach zwei Tagen?"

„Drei Tagen", sagte Julia.

„Egal!" Thomas senkte hastig die Stimme. „Du machst mit mir Schluss, nachdem wir heute früh noch den Sex unseres Lebens hatten?"

„Deines Lebens vielleicht. Nein, sorry, das war gemein." Sie legte ihm die Hände auf die Brust. „Sex ist nicht das Problem. Das ist alles ganz exzellent normal."

Sie mussten beide grinsen.

„Was dann?", fragte Thomas.

„Erstens ..."

„O Gott", stöhnte Thomas. „Es gibt mehrere Gründe."

„Du bist so ein Blödmann!" Sie knuffte ihn und machte dann wieder ihr Katzen-Milchtritt-Ding. Es wirkte.

„Also erstens", sagte sie, „geht mir das alles wirklich ein bisschen flott. Es war ja am Anfang ganz prickelnd, dass wir uns gar nicht kannten. Und dass du keine Superheldenfilme kennst, das verzeihe ich dir. Und zum Rollenspiel hab ich dich ja auch schon bekehrt. Aber da ist einfach noch zu viel anderes."

Thomas nickte. „Die Pistole in deiner Handtasche."

„Zum Beispiel."

„Aber das muss doch nicht heißen, dass jetzt Schluss ist." Thomas spürte erst jetzt so richtig, wie viel ihm Julia nach diesen wenigen turbulenten Tagen bedeutete. „Julia, ich habe das ... ich hab dich doch gerade erst gefunden. Wiedergefunden. Jetzt hau doch nicht gleich ab. Wir haben alle Zeit der Welt."

„Das finde ich auch. Allerdings ..."

„Ist es, weil ich schwul bin?"

„Ach." Julia zog eine Schnute. „Schwul, papul. Nein. Es ist eher was Berufliches."

Thomas schlug sich die Hand vor die Stirn. „Jesus! ‚Der Laden.' Du, ich schwöre dir gerne hier und jetzt zum wiederholten Male, dass ich nie wieder einen Fuß in diese Anstalt setze."

„Na ja." Der Milchtritt wurde schneller. „Mag ja sein. Auch, wenn ich dir das nicht glaube. Da geht's ja schon mal los. Aber immerhin gehört dir der Laden. Guck mal, Renate wird auch nicht jünger. Und bis zum Rentenalter will die den Job sicher nicht machen."

„Ach. Das wusste ich ja gar nicht."

„Da siehst du mal. Wir verstehen uns wirklich gut, Renate und ich. Und in ein paar Jahren braucht die eine Nachfolgerin. Warum sollte das nicht ich sein?"

„Ja, warum solltest du das nicht sein?"

„Wenn mein Geliebter der Eigentümer ist? Nee. Das geht für mich nicht klar."

„Und das sagst du mir jetzt."

„Das habe ich dir schon ganz am Anfang gesagt, nachdem wir uns das erste Mal geküsst hatten."

„Ich dachte, es ging dann doch klar."

Julia scharrte mit den Füßen. „Dachte ich auch, aber ich habe mich da wohl ein bisschen hinreißen lassen."

„Ein bisschen hinreißen?"

„Nach der Klinikgeschichte, wo es mir jetzt endlich wieder gut geht … du, ich glaube, ich sollte jetzt erst mal vernünftig sein."

„Und was heißt das jetzt?"

Julia seufzte. „Weiß ich doch auch nicht. Du bist doch der Ältere von uns beiden. Warum weißt du nicht mal was?"

Katha und Mau-Mau kamen aus dem Haus, die Rucksäcke über die Schulter geworfen und Chiara im Schlepptau.

„Lass uns zu Hause noch mal drüber reden." Julia drückte ihm einen Kuss auf die Wange. „Ich fahre."

Schon war sie im Auto verschwunden.

„Wollte nicht Spritney …", setzte Thomas an. „Moment mal. Wir passen doch gar nicht alle ins Auto. Oder haben die schon ein Taxi …"

„Blitzmerker! Spritney kommt nicht mit", rief Julia dumpf aus dem Wagen.

Jetzt trottete auch Beat aus dem Haus, dicht gefolgt von Spritney und Edgar Edel. Die beiden gingen Arm in Arm. Sie trugen ausgesucht scheußliche Morgenmäntel spazieren, unter denen ihre Penisse deutlich sichtbar in der Morgenbrise schaukelten, die von den Bergen herabwehte. Edgar Edel hatte sich Spritneys *Son-of-a-Cunt*-Jacke um die Schultern gelegt. Unter dem Arm trug er die Mappe mit den Fotos vom Abend.

„Alright." Mau-Mau warf die beiden Rucksäcke in den Kofferraum und legte den Arm um Katha. „Ready to go?"

„Moment." Beat sah zwischen Chiara und seinen Müttern hin und her. „Wir passen doch gar nicht alle ins Auto."

„Ich bleibe hier", sagte Chiara. „Erst mal."

„Right." Zu Beats nicht geringer Überraschung umarmte Mau-Mau Chiara. „Du makst allem so, wie wir besprochen haben. Okay? And don't you worry. We'll deal with your mom and dad, if they try any bullshit. Und dann, wenn du wieder zurück bist, wir überlegen etwas. Ja? You stay strong, girl."

„Mache ich", sagte Chiara aus der Umarmung.

„Oder schwach", sagte Katha und drückte Chiara ebenfalls. „Man darf auch mal schwach sein. Das ist auch okay."

„Yeah, but strong is better. Like this old fucker here." Mau-Mau klopfte Edgar Edel im Vorbeigehen auf die Schulter. „Du hältst diesen Mädchen sicher für uns. I'm sure you will."

„From my cold, dead hands", nickte Edgar Edel.

„Let's pony up the ride." Mau-Mau schlüpfte auf den Beifahrersitz.

„Man darf wirklich auch mal schwach sein." Katha verschwand maulend hinter Mau-Mau auf dem Rücksitz.

Beat hatte Mühe zu verstehen, was um ihn herum geschah. Chiara stand neben Spritney und Edgar und strich sich die Haare aus dem Gesicht. „Tschüss, Beat. Danke für alles. Ohne dich hätte ich es nie hierher geschafft."

„Ja. Klar." Er hob ebenfalls die Hand. Seine Augen füllten sich mit Tränen. Zum ersten Mal spürte er ganz deutlich, dass sich überall um ihn herum Geschichten zutrugen. Geschichten, die sich in kleinen Zeichen und in fremden Sprachen äußerten. Geschichten, die vielleicht spannender waren als seine eigene, und dass er sie erfahren und sogar miterleben könnte, wenn er andere Menschen so aufmerksam betrachtete wie sich selbst.

„Ach, nicht weinen." Chiara hinkte auf ihn zu und umarmte ihn. „Wir sehen uns wieder. Bald."

Sie löste sich von ihm und nahm Spritney an die Hand. Edgar Edel schob seine Hand von Spritneys Schulter in ihren Ausschnitt.

Beat wollte die drei nicht mehr länger ansehen. Er kniff die Augen zusammen und ließ den Blick über den See und die Berghänge wandern. „Thomas?", sagte er leise.

„Ja?" Sein Vater legte ihm den Arm um die Schultern.

„Ist Opa jetzt der Einzige, der eine Freundin hat?"

Thomas seufzte. „Sieht ganz so aus."

Beat legte den Kopf an Thomas' Schulter. „Opa nervt echt total, oder?"

„Mein Sohn, ich sehe, du bist im Begriff, erwachsen zu werden."

Julia hupte. Alle drei Frauen steckten den Kopf aus dem Auto.

„Steigt ihr jetzt ein, oder bleibt ihr ewig da stehen?"

„Komm. Wir fahren." Thomas zog Beat zum Auto.

Edgar kam ihm hinterher und hielt ihn zurück. „Nimm die Fotos mit. Bitte." Er streckte Thomas die Mappe entgegen.

„Danke." Thomas wusste nicht, was er sagen sollte.

„Moment noch. Hat mal jemand einen Stift?", fragte Edgar Edel in die Runde. Alle klopften an sich herum, bis Chiara endlich den Bleistift fand, den sie seit dem Besuch in Thomas' Wohnung mit sich herumtrug.

Edgar zog das Foto aus der Mappe, auf dem Thomas als Baby mit seiner Mutter zu sehen war. Schwungvoll signierte er es auf der Rückseite und drückte Thomas Foto und Stift in die Hand.

„So. Falls du mal dringend Geld brauchst, kannst du das jetzt verkaufen. Ein unbekanntes Werk von mir."

„Du bist echt so ein Arsch", sagte Thomas.

Sie umarmten sich.

Sie waren schon fast mit dem Auto vom Grundstück, da kam Spritney mit wehenden Morgenrockschößen hinterhergerast und bedeutete, sie sollten das Fenster hinunterkurbeln.

„Thomas!“, keuchte sie. „Schickst du mir bitte Ciccone hinterher? Sie steht noch in meinem Zimmer. Ja? Ich glaube nicht, dass ich zurückkommen werde. Mit der Einzelfallhilfe ist es wohl vorbei. Scheiße, wir haben ja auch nie diesen Vertrag gemacht. Meinst du, du kommst alleine klar?“

Thomas lächelte. „So gut wie bisher auch, Spritney. Natürlich schicke ich dir alles. Und vielen Dank. Wirklich. Von ganzem Herzen.“

Dann fuhren sie zwischen den Bergen davon.

Nie wieder Einzelfallhilfe, dachte Thomas. Draußen zogen die Berge vorbei, und der Wind lief mit ihnen um die Wette. Nie wieder Vampirangst. Er presste die Mappe mit den Fotos an sich, die sein Vater ihm zum Abschied geschenkt hatte. Nie wieder … nie wieder irgendeine Scheiße.

Eine gute Stunde später hatten sie eine Autopanne. Julia steuerte das schlingernde Auto an den Straßenrand. Alle stiegen aus und besahen sich den Schaden. Ein Reifen war platt.

„Right, wer kann ein tire wechseln?“

Es stellte sich natürlich heraus, dass niemand auch nur ansatzweise einen Reifen wechseln konnte.

Sehr bald wurde es kalt zwischen den Bergen. Es schien unmöglich, den Zug noch zu erreichen. Handys wurden gezückt. Edgar Edel ging nicht ran. Auch Spritney war nicht zu erreichen. Endlich meldete sich Chiara, die erklärte, sie sei mit dem Ruderboot unterwegs, im Haus sei es etwas laut. Mit Edgar Edels taubenblauem Mercedes sei also nicht zu rechnen.

Auch mit der Autovermietung war anscheinend nicht zu rechnen. Eine Bandansage bat dort um Geduld aufgrund technischer Störungen und eine kurze Nachricht nach dem Piepton. Für diese Unannehmlichkeit wurden Preisnachlässe in Aussicht gestellt.

Die Wolken schoben sich unerbittlich zwischen die Bergspitzen. Die Berge knarrten bedrohlich, hielten aber für den Moment stand. Dass in diese Einöde überhaupt ein Taxi kommen sollte, geschweige denn rechtzeitig, um den Zug noch zu erwischen, schien ausgeschlossen.

„Wir haben ja auch eine Taxi gestern …", meinte Mau-Mau zögerlich.

„Ja, aber das hat auch eine halbe Stunde gedauert, bis wir wen gefunden haben, der die Tour mit uns machen wollte", versetzte Katha.

Vögel hingen wie Drahtschlingen im wirbelnden Himmel. Man umarmte sich oder schlang die Arme umeinander, stampfte. Ein Auto rollte vorüber. Beat hob die Hand. Das Auto kam in einiger Entfernung zum Stehen. Die Beifahrertür schwang auf.

„Beat, was machst du da?" Thomas spähte misstrauisch zu dem fremden Wagen hinüber. „Da kann doch irgendjemand drinnen sitzen."

Bevor die anderen auch noch protestieren konnten, war Beat bereits zu dem Auto gejoggt, das mit laufendem Motor wartete.

Eine dunkelhaarige Frau mit schwarzen Augen sah ihn an. Im Auto war es warm. Das Radio lief.

„Hattet ihr eine Panne?", fragte die Frau mit schwerem Akzent.

„Die Autovermietung ist schon informiert, aber wir schaffen es nicht mehr rechtzeitig nach München", sagte Beat etwas unzusammenhängend. „Können Sie uns vielleicht mitnehmen? Wir sind auch unkompliziert."

Die Frau verschob den Rückspiegel und besah sich die anderen, die am Straßenrand standen.

„Wer seid ihr denn überhaupt?"

„Das sind meine Mütter und mein Vater und seine Freundin. Oder Ex-Freundin. Weiß nicht so genau."

Die Fahrerin verdrehte die Augen. „*Malbata xirab!* Okay. Aber ihr müsst euch quetschen."

Beat winkte den anderen, ihm zu folgen.

„Ist das auch sicher?", flüsterte Katha beim Einstieg.

„Mama. Jetzt mach schon. Ich erkenne eine Hexe, wenn ich sie sehe. Das ist keine."

Dann fuhren sie los. Das Auto kroch durch die Serpentinen, immer in der Deckung überhängender Felsen vor den jagenden Wolken. Die Fahrerin hatte keinerlei Lust auf Small Talk. Alle Versuche von Thomas' und Kathas Seite, über irgendwelche Nichtigkeiten zu plaudern, ließ sie an sich abprallen.

Schließlich trat Stille ein. Die vier Erwachsenen, auf der Rückbank zusammengepfercht, fingen an zu dösen. Thomas ließ den Blick über die Berge schweifen. Die Fahrerin drehte das Radio lauter.

Beat sah zur Fahrerin hinüber. Dann fiel sein Blick auf das Foto am Armaturenbrett. Ein ebenfalls schwarzhaariger Mann mit dunklen Augen. Eine schwarze Binde lief über das Bild.

„Ist das Ihr Mann?", fragte er.

Die Fahrerin sah zu ihm rüber. „*Ev birayê* … mein Bruder", sagte sie. „Ist tot. Iran. Du weißt."

„Tut mir leid", sagte Beat.

Beat starrte wieder aus dem Fenster. Die Wolken und die Berge starrten zurück. Irgendwo weit hinter ihnen lag das kalte schwarze Wasser des Sees und tief in diesem Entwicklerbad die Sterne mit ihrem uralten Licht.

Er dachte an Chiara. Es ist doch furchtbar, wenn alles immer bleibt, wie es ist. So unwichtig sind wir nicht.

„Ich kenne den", sagte er.

„Was?" Die Fahrerin war gerade dabei, sich eine Zigarette aus der Packung zu fummeln.

„Den Mann auf dem Bild. Ihren Bruder", sagte Beat. „Ich habe seine Telefonnummer. Sie müssen ihn unbedingt anrufen."

Die Fahrerin löste eine Hand vom Lenkrad und nahm die Zigarette aus dem Mund. Sie achtete jetzt überhaupt nicht mehr auf die Straße.

„Junge, das ist nicht witzig. Erzähl keinen Scheiß."

„Nein. Wirklich."

Beat war aufgeregt, aber er war sich noch nie in seinem Leben so sicher gewesen. Hier war eine Geschichte, das spürte er ganz deutlich, eine Geschichte, die größer war als seine eigene und in die er sich einmischen musste, wenn irgendwann einmal etwas anders werden sollte. Er zog das Handy aus der Tasche und suchte Thomas' alte Nummer raus.

„Bitte." Er hielt der Fahrerin das Handy hin. „Sie müssen da jetzt anrufen."

Die Fahrerin ließ die Zigarette fallen. Sie zögerte. Berge und Wolken kreisten umeinander. Sie schnappte sich das Telefon.

„Wenn du mich verarschen willst ..." Beat hörte, dass sie den Tränen nahe war.

Die Fahrerin lenkte mit einer Hand weiter und presste mit der anderen das Handy ans Ohr. Die Hand zitterte. Beat hörte das Tuten bis zu seinem Sitz.

Dann meldete sich eine Stimme. Von einer Sekunde auf die andere fiel das Gesicht der Fahrerin in sich zusammen. Sie nahm die Hand vom Lenkrad und presste sie an den Mund. Das Auto geriet sofort ins Schlingern. Ohne nachzudenken, streckte Beat die Hand aus und griff nach dem Lenker. Die Felswand raste auf sie zu. Die Reifen quietschten, und die Fahrerin schluchzte. Das Auto kam Zentimeter vor der Wand zum Stehen. Alle wurden nach vorne geschleudert. Der Gurt riss Beat an der Schulter.

Er hob den Kopf. Ein Spinnennetzmuster zog sich über die Windschutzscheibe.

Die Fahrerin hatte die eine Hand in den Haaren vergraben. Mit der anderen stützte sie sich aufs Lenkrad und presste zugleich das Telefon gegen das Ohr.

„Ev tu yî bi rastî? Ez nikarim yeqîn bikim ku ev tu yî. Ji min we bû, ev kurê li vir dixwaze henekê xwe bi min bike. Tu li ku yî? Tu baş î?"

„Warum halten wir?" Julia rieb sich die Augen.

„Hatten wir einen Unfall?" Thomas kam ebenfalls langsam zu sich.

Die Fahrerin schrie jetzt.

„Çi? Erdoğan? Ez bawer nakim, eve çi ye. Te xwe piçekî jî neguheriyî. Erdoğan berda! Min ewqasî ji xwere mereq kirin. Ez difikirim qey tu miriyî!"

Beat rieb sich die Stirn. Sein Körper fühlte sich mies an, aber zum ersten Mal seit langer Zeit hatte er das Gefühl, nicht komplett blöd zu sein. Zu seiner Überraschung merkte er, dass er sich aufgeregt und ganz ruhig zugleich fühlte. Obwohl er gerade in einen Autounfall verwickelt gewesen war, hatte er das merkwürdige Gefühl, dass ihm nichts etwas anhaben konnte und dass er alles schaffen konnte.

Sounds of laughter, shades of earth / Are ringing through my open views / Inciting and inviting me / Limitless undying love / Which shines around me like a million suns / It calls me on across the universe

„John Lennon?“ Katha schreckte hoch und stieß sich den Kopf. „Aua!“

„No. It's someone else.“ Mau-Mau musterte Beat vom Rücksitz aus. „Aber ick habe keinen Ahnung, wem es ist.“

23

„Ihr müsst da nicht mitkommen."

Beat drehte sich zu seinen Müttern um. Sie standen vor dem Schultor. Es war zehn vor acht. Ströme von Schülern drängten sich an ihnen vorbei, allein oder in Grüppchen. Die Luft roch nach Herbst, und aus den Fenstern des Schulgebäudes schien das Neonlicht schon gelblicher.

„Keine Angst. Wir versuchen, nicht peinlich zu sein." Katha klopfte ihm auf die Schulter.

„Du musst nicht mit zu die Direktor. Das ist eine Ding, die wir klären müssen. Alles andere ist up to you." Mau-Mau zog Katha enger an sich. „Run. Du willst doch sicher nicht gesehen werden mit uns."

Beat seufzte. „Okay. Wenn ihr meint. Ich wünsche euch viel Glück."

Er schulterte den Rucksack und betrat das Gebäude.

Es kam ihm ewig vor, dass er hier gewesen war, obwohl es erst wenige Tage her war. Neugierig sah er sich um. Alles wie immer. Nur Chiara fehlte. Sie würde, wie er nach dem Telefonat von gestern Abend wusste, auch die nächste Woche über noch bei Edgar und Spritney bleiben. Ob sie wieder nach Hause ging, war noch nicht klar. Eine Familienberatung sollte da jetzt einschreiten, und Chiaras Vater hatte angekündigt, er wolle ausziehen.

„Vielleicht kannst du ja dann bei dem wohnen", hatte Beat hoffnungsvoll gemeint.

Aber Chiara war nicht überzeugt gewesen. „Am liebsten würde ich alleine wohnen", hatte sie gesagt.

Und das war ja wohl die beste Idee, da musste Beat ihr zustimmen.

Er war schon auf dem Weg ins Klassenzimmer, als er merkte, dass er pinkeln musste.

Nein, dachte er. Das gebe ich mir jetzt echt nicht. Aber nach ein paar Schritten blieb er stehen. Doch. Er hatte ja wohl nicht Hexen, Gruseltankwarte, Irrlichter, Einhörner, nächtliche Festivals, einen Schiffbruch, einen Autounfall und ein Liebesgeständnis überlebt, um jetzt klein beizugeben.

Er ging zum Klo.

Tonias Clique lungerte vor der Tür herum, als wäre sie nie weg gewesen. Mit weichen Knien näherte sich Beat der Tür. Tonia löste sich von der Wand, an der sie bis eben noch gelehnt hatte.

„Oh, *Beat*", quietschte sie. „*Beate!*" Die Clique kicherte bereits pflichtbewusst.

Beat legte die Hand auf den Türgriff. Er würde einfach gar nichts sagen. Er würde so lange gar nichts sagen, bis es ihnen zu blöd wurde. Wenn er eins gelernt hatte, dann ja wohl, sich zu beherrschen. Was gingen ihn diese gackernden Kinder an?

„Beate, dich habe ich ja schon ewig nicht gesehen. Meine Muschi ist schon ganz ausgetrocknet. Wo warst du so lange, hm? Auf einem Muschileckkurs? Nein, warte. Du brauchst ja keinen. Das lernst du ja alles zu Hause. Hast du auch eine Muschi, Beat? Darfst du überhaupt aufs Jungsklo?" Sie legte die Hand auf seine und verstellte ihm den Weg in die Toilette.

„Komm, zeig uns mal deine Muschi", sagte sie.

Beat sah sie mit zusammengekniffenen Augen an. Endlich kicherte die Clique, aber nicht sehr. Beat dachte an Chiara.

„Wird dir das nicht selber langweilig?", fragte er.

„Nee", sagte Tonia. „Muschilecken wird mir nie langweilig. Beate."

„Es ist einfach nicht witzig", sagte Beat.

„Finde ich schon."

„Wenn du zu mir Beate sagst statt Beat. Das ist nicht witzig. Es ist einfach nur falsch. Und Muschilecken ist nicht witzig. Also, es sei denn, man will es witzig machen. Oder es kitzelt. Keine Ahnung. Ich hab's ja noch nie gemacht. Aber du ja auch nicht."

„Willst du damit sagen, ich bin 'ne Lesbe, Beate?"

„Ich weiß nicht, was du bist, und es interessiert mich auch nicht. Ich will, dass du mich in Ruhe lässt."

„Willst du mir jetzt wieder eine hauen? Mach mal. Kann's kaum erwarten, dass du fliegst."

Beat breitete die Arme aus. Er war fest entschlossen. Er würde sich jetzt und hier hinknien, Tonias Beine umschlingen und lauthals verkünden, dass er ihr schon zeigen würde, was bei ihm zu Hause jeden Abend vor dem Essen so getrieben wurde. Aber es kam nicht dazu.

„Scheiße!" Ein Mädchen aus der Clique löste sich aus dem Ring, der Beat umgab, und zeigte mit ausgestrecktem Arm in die Eingangshalle. Tonia sah sich um, und wie auf Kommando drehte die gesamte Clique den Kopf. Und dann sah endlich auch Beat, was los war.

In der Eingangshalle standen Katha und Mau-Mau und küssten sich mit weit geöffneten Mündern. Katha packte Mau-Mau dabei ziemlich unverhohlen an den Arsch. Eine Traube von Schülern hatte sich um sie gebildet, aber niemand lachte oder machte eine blöde Bemerkung. Alle verharrten andächtig, als wäre ein Fabelwesen im grauen Schulalltag zu Besuch.

„Das sind meine Mütter", sagte Beat, aber niemand achtete auf ihn. „Sie küssen sich", ergänzte er überflüssigerweise, wiederum ohne Reaktion.

„Fick mich seitwärts", sagte ein Mädchen aus der Clique. „So möchte ich auch mal geküsst werden. Was?" Sie zuckte mit den Schultern, als die anderen Mädchen sie anstarrten. „Was habt ihr denn? Ich find's halt gut. Also, nicht von so 'ner alten Frau natürlich. Aber so vom Ding her."

„Igitt. Du bist so eklig", sagte Tonia.

„Und du bist bescheuert", sagte das andere Mädchen. Sie drehte sich um und ging. Die anderen folgten ihr.

„Hey!“ Tonia stürmte ihnen hinterher. „Kommt sofort zurück. Das ist noch nicht vorbei. Wir sehen uns noch“, sagte sie über die Schulter zu Beat. Dann war sie fort, verschluckt von der Menge der Schüler, als wäre sie nie da gewesen.

Katha und Mau-Mau küssten sich immer noch. Inzwischen lag nicht nur Kathas Hand auf Mau-Maus Arsch. Mau-Mau hatte auch noch beide Hände an der Brust ihrer Frau.

Es klingelte. Die Schüler erwachten wie aus Hypnose und verliefen sich in Richtung ihrer Klassenräume.

Beats Mütter küssten sich immer noch. Er wünschte, sie würden langsam damit aufhören. Ihr Versprechen, heute bestimmt nicht peinlich zu sein, hatte sich nur halb erfüllt, aber es fühlte sich nach der besseren Hälfte an. Immerhin, dachte er, waren wenigstens nicht Opa und Spritney mitgekommen. Wer weiß, was dann passiert wäre.

„Dann gehe ich jetzt mal auf Klo“, sagte er halblaut zu sich. „Ich gehe pinkeln.“

Niemand hörte ihn.

„Im Sitzen“, murmelte er. „Ich pinkel nämlich immer im Sitzen.“

Aber auch das interessierte niemanden.

Er ließ die Tür hinter sich zufallen und überlegte, was das für ein Gefühl war, das sich von seiner Magengrube aus im ganzen Körper ausbreitete. Es war das Gefühl, einen Autounfall überlebt zu haben. Eine Geschichte war an ihr gutes Ende gekommen. Er war nicht unverwundbar, und er war auch nicht der Klügste, so viel stand fest. Aber er würde klarkommen.

Wie heißt das nur?, dachte er, während er sich auf die Schüssel hockte. Wie nennt man das noch gleich? Keine Ahnung. Echt. Wo ist Chiara, wenn man sie mal braucht?

Aber insgeheim wusste er genau, was es war.

24

„Und du bist dir ganz sicher?"

Renate blieb stehen, die Hände in den Manteltaschen vergraben, und sah ihn prüfend an. Seit dem Eklat im Laden hatten Thomas und sie sich nicht mehr gesehen. Jetzt endlich hatten sie sich ausgesprochen.

„Ich bin mir sicher." Thomas lächelte. Auch er trug inzwischen einen Mantel, wenn er spazieren ging. Nachdem sich die Ereignisse ein paar Tage lang überschlagen hatten, war es urplötzlich Herbst geworden, und die Welt stand da, als wollte sie zur Abwechslung einmal nur das Gesicht in die letzten warmen Sonnenstrahlen halten. „Ich habe mir das alles sehr gut überlegt."

„Okay." Renate hakte sich bei ihm unter, als sie weitergingen. „Und das hat nicht vielleicht bloß etwas mit einer drallen Person mit zugegebenermaßen sehr attraktiven Grübchen zu tun? Nicht, dass du am Ende enttäuscht bist."

„Lieb, dass du dich um mich sorgst, aber mit dem Laden bin ich wirklich fertig. Ganz egal, was aus Julia und mir wird."

Sie gingen eine Weile schweigend nebeneinander her.

„So lange", sagte Renate leise. „Mensch, so lange gibt es das alles schon. Mir ist das irgendwie erst richtig klar geworden, als Clemens gestorben ist. Alles kann sofort vorbei sein. Und wir wissen so wenig voneinander."

Vor dem Friedhofstor blieben sie stehen.

„Soll ich nicht doch mit reinkommen?"

Thomas schüttelte den Kopf. „Danke. Das mache ich besser allein."

„Okay. Ich gehe dann in den Laden und mache den Papierkram fertig. Wir werden dich vermissen. Ich werde dich vermissen."

„Du hast doch Frau von Rabenstein."

Renate schnaubte. „Und dafür fünf so gegelte Schnösel wie diesen … wie hieß der noch?"

„Ah. Da fällt mir was ein." Thomas griff in die Innentasche seines Mantels und zog den Bleistift hervor. „Bitte schön. Der gehört dir."

Renate begriff nicht gleich. Dann lachte sie. „Ist das der? Den du nach dem geschmissen hast? Dass du den aufgehoben hast. Danke."

Sie steckte den Stift ein.

„Eigentlich habe ich gar nicht besonders gut darauf aufgepasst", gestand Thomas. „Ich habe ihn bei erster Gelegenheit verschenkt. Und dann ist er, glaube ich, so von Hand zu Hand gewandert. Bis er irgendwann wieder bei mir angekommen ist. Und jetzt gebe ich ihn dir."

„Typisch du." Renate schüttelte den Kopf. „Genau so warst du immer. So hast du alle deine Ideen bekommen. Für den Laden. Einfach alles verschenkt. Alle Ideen. Sofort raus. Irgendwas kommt schon wieder. Und das hat dich so gut gemacht. So einzigartig." Sie blickte zu ihm hoch. „Und ich glaube, das hat Clemens auch so an dir geliebt. Und ein gewisses Fräulein mit Serienfimmel. Den Stift nehmen wir dann für die Unterschriften, ja? Wenn du ausscheidest."

„Das ist ein Bleistift."

„Eben."

„Okay."

„Und Thomas?" Sie hielt ihn am Arm fest, als er schon gehen wollte. „Bleib nicht für immer weg. Komm uns besuchen. Ich habe das ernst gemeint. Alles kann so schnell vorbei sein. Du, dass wir den ganzen Laden aufgebaut haben. All die Jahre. Mensch. Und jetzt erfahre ich das mit deinem Sohn. Und deinem Vater. Und diese ganzen Vampirgeschichten. Was, wenn du unter die Räder gekommen wärst und nicht Clemens? Ich hätte das nie gewusst."

Sie umarmten sich.

Dann betrat Thomas den Friedhof.

Er sah Clemens schon von Weitem, wie er durchsichtig und grün auf dem Grab hockte.

„Hallo", sagte er, als er da war, weil er nicht wusste, was er sonst sagen sollte.

„Kommst du endlich", sagte Clemens.

Thomas setzte sich auf den Grabstein. Clemens legte die Hand auf seine. Sie fühlte sich kühl und etwas feucht an und sank halb in Thomas' Hand ein.

„Das ist es jetzt", sagte Thomas. „Oder?"

Clemens nickte, und der Ausschnitt Welt, der durch seinen Kopf zu sehen war, geriet ins Wackeln. „Das ist es jetzt."

„Ich will nicht", sagte Thomas. „Ich will, dass du lebst und bei mir bist. Warum musst du tot sein?"

„Weil mich ein Auto überfahren hat."

„Warum muss ich weiterleben?"

„Weil dich bisher noch kein Auto überfahren hat."

Sie guckten in die Weite.

„Ich will auch tot sein", sagte Thomas leise.

„Bitte. Lass uns doch nicht ausgerechnet die dümmsten Szenen der Weltliteratur nachspielen." Clemens legte ihm den Wackelpuddingarm um die Schulter. „Du hast deinen Sohn. Und diese Julia."

„Was weißt denn du von Julia?"

„Hm." Clemens legte den Kopf schief, und die Welt neigte sich mit. „Vergiss nicht, dass ich mit den Pillen zu dir gekommen bin. Ich kenne mich in dir gut aus."

„Ich glaube nicht, dass du ein abgelaufenes Medikament bist, das mir das Hirn vernebelt. Ich glaube, du bist ziemlich echt."

Sie saßen wieder schweigend da.

„Ich kann nicht gehen. Ich kann nicht weggehen und dich hier alleine lassen. Du steckst in einer Blumenvase in der Erde. Ich hab's nicht mal ertragen, wenn du nicht richtig zugedeckt warst. Ich kann doch jetzt nicht in die Wohnung gehen, und du bleibst hier."

Clemens beugte sich zu ihm hinüber und küsste ihn. Thomas schloss die Augen. Die Tränen liefen ihm über die Wangen.

„Du spürst es schon, hm? Das ist kein Kuss", sagte Clemens. „Keine Lippen. Kein Fleisch. Kein Blut. Ich bin kaum mehr als ein paar Erinnerungsfetzen, zusammengehalten von meiner Zähigkeit, deiner Trauer und den letzten Sonnenstrahlen in diesem Jahr."

Und da wusste Thomas, dass Clemens wirklich und wahrhaftig tot war. Und doch blieb Clemens bei ihm, bis er ganz und gar mit Weinen fertig war, weil er es ihm vor langer Zeit versprochen hatte.

Thomas stand auf. „Ich gehe jetzt", sagte er. „Ich gehe."

Clemens nickte.

Thomas drehte sich um und winkte. Dann zog er die Schultern hoch und stemmte sich gegen alles, was ihn hielt, die Jahre, die Erinnerungen und das Alter.

Am Tor sah Clemens noch einmal sein Gesicht als hellen Fleck.

Dann war er auf dem Friedhof allein.

Clemens sah dem Laub beim Fallen zu. Wo die Blätter fehlten, tropfte das Licht hindurch wie flüssiges Gold. In den Adern war noch Saft. Im Wind war bereits die Kälte der Nacht zu spüren.

Eine Maus kam aus einem Loch gekrochen und betrachtete ihn aus ihren Knopfaugen.

„Gleich", sagte Clemens. „Ich geh ja gleich. Nur noch ein bisschen."

Es war die schönste aller Welten, schon immer gewesen, und niemand wollte sie verlassen.

„Gleich. Nur noch einen Moment."

Clemens weinte. Seine Tränen wurden, wie die Tränen aller Geister, zu Perlen und Edelsteinen, bevor sie den Boden berührten, und fielen durch die Räume zwischen den Zeiten und Welten, bis sie Schmuck um das Porträt einer jungen Frauen wurden, das fern in den Bergen ans Ufer gespült wurde.

„Wirklich", sagte er, als die Sonne den Horizont berührte. „Ich hab's gleich."

Die Maus lächelte böse.

Clemens hob die grüne Augenbraue und lachte durch seine Tränen. „Du bist auch eins von Gottes relativ vergessenen Geschöpfen, oder?"

Und für einen Moment stellte er sich vor, dass das kleine Wesen mit den winzigen Pfoten eine noch viel winzigere Boombox einschaltete, die irgendein höllisches Lied abspielte.

Ich hab dafür gezahlt, / also tanz.

„Nein", sagte Clemens. Er schüttelte den Kopf. Die Maus verschwand in einem Erdloch. „Schluss mit dem Unsinn. Ich muss es ja nicht mehr. Ich muss nicht mehr."

Er stand auf und sah wieder dorthin, wo das flüssige Licht die Lücken im Blattwerk füllte. Ein Wind kam auf, fuhr durch die Äste, wirbelte durch die Blätter, tanzte mit dem Sonnenlicht, und Clemens' Augen weiteten sich, als erblickte er etwas atemberaubend Schönes und zugleich absolut Überraschendes, und als der Wind erstarb, war auch Clemens fort, fort an den Ort, an den die Geister und die vergangenen Momente gehen, und er überließ die Welt den Lebenden.

MUSIK

Land in Sicht
Ton Steine Scherben

Deine Mutter
SXTN

Ich bin schwarz
SXTN

Halt dich an deiner Liebe fest
Ton Steine Scherben

Four Seasons
Il Giardino Armonico

Electric Guitar
Tocotronic

*Jetzt sind die F*tzn wieder da*
SXTN

A Greater Foundation
As I Lay Dying

A Forest
The Cure

Blue 42
Haste the Day

Alle gegen alle
Zugezogen Maskulin

Mörder
Bonez MC & RAF Camora feat. GZUZ

Cry Wolf
A-Ha

Liberation Frequency
Refused

Frau Baron
Jens Friebe

Across the Universe
Rufus Wainwright

Danksagung

Lukas Nicolaisen, Sophie Nikoleit, Constantine Neumann, Federica Matteoni, Irina X, Sebahattin Topçuoğlu, Zeynep Akay, Philipp Fuge, Daniel Decker, Svenja Balbayik, Kuku Schrappnell, Babsi de le Ordinaireteur, Veronika Kracher, Oona Leganovich, Jim Button, Maja Koutsandreou, Benjamin Maack, Marcus Zilz.

Bei der Abfassung dieses Textes begleiteten mich gedanklich die Bücher *Vice Versa: Bisexuality and the Eroticism of Everyday Life* von Marjorie Garber, *The Motion of Light in Water* und *Trouble on Triton* von Samuel R. Delany sowie *Beziehungsweise Revolution* von Bini Adamczak.

Zum Thema Fotografie halfen mir Susan Sontags *On Photography* und *Das reflektierte Bild* von Ulrike Mietzner und Ulrike Pilarczyk.

Der Roman profitierte von zahllosen Beiträgen unter den Hashtags #metoo, #menaretrash und #metwo 2017–2018.

Das Vampirrollenspiel habe ich selbst tatsächlich nie gespielt, danke aber dennoch seinem Erfinder Mark Rein-Hagen für diesen so einflussreichen Beitrag zum Hobby. Beats und Chiaras Roadtrip verdankt einige Anregungen dem Rollenspielabenteuer *Bill in Three Persons*, das Greg Stolze für *Unknown Armies* erfand.

Ohne die Menschen, die mit mir hartnäckig ins Nerdreich der Orks, Raumschiffe und alten Götter zurückkehren, hätte dieses Buch nie geschrieben werden können. Dank an Simon und Damaris Weinert, Jakob Schmidt, Philipp Eisnecker, Daniel Westheide und Saskia Sell.

Rund um die Entstehungszeit dieses Buches verstarben in rascher Folge mein Mitspieler und Mitboxer Fabian Volker Püschel sowie meine Großeltern Rosemarie Köberle und Nikolaus Nicolaisen. Die Welt der Lebenden ist ärmer ohne sie. Ihnen ist dieses Buch gewidmet.